庫

武田信玄

火の巻

新田次郎

文藝春秋

武田信玄　火の巻　目次

武田信玄　火の巻

信虎よりの使者

躑躅《つつじ》が崎《さき》の館に帰った信玄は、旅装も解かずに北条氏康《うじやす》の使者大導寺《だいどうじ》義継と会った。大導寺義継は川中島大会戦の勝利を祝う言葉を述べてから、氏康の言葉を伝えた。

「川中島の戦いで大損害を受けた越軍は当分関東へ進撃して来ることはありますまい。今こそ、共同の敵を関東から追放するときだと存じます」

越軍はとても関東には出て来られないだろうから、いまのうちに、上杉政虎に心を寄せている関東の諸城を攻め取ってしまおうという誘いであった。

「峠を越えて関東へ兵を進めよと云わるるのか」

「さようでございます。北条勢と武田勢が手を組みながら上野《こうずけ》に攻めこめば、まずもって敵なしというところでございましょう」

「北条勢と武田勢が手を組みながらか……」

信玄がなんとはなしに云った言葉に大導寺義継はすぐ気がついて

「さよう、武田勢と北条勢が心を合わせてかかれば、関東を平定するのに二月《ふたつき》とはかからないでしょう」

と今度は武田勢を先に立てて云った。

信玄はすぐには返事をしなかった。川中島の大会戦で越軍は大打撃を受けている。しかし甲軍もまた多くの死傷者を出している。負傷者を収容するために、甲信内の温泉場に湯屋の増設を急いでいるところであった。ここでまた出陣となると信玄を恨《うら》むものも出るだろう。

「お味方の大勝利のあととは申しましても、なにかとお心遣いのこともあろうかと存じます。が、そこを枉《ま》げて御出馬願いたいのでございます。このような機会はまたとあるものではございません」

信玄はそう云う大導寺義継の顔を見ていた。頭の廻転の速い男だなと思った。信玄の考えていることを推測して先へ先へと云うあたり油断のならない男だと思った。

「なにぶんにも戦さから帰ったばかりゆえ取りこんでいて、すぐ返事ができないが、数日中にこちらから使者を送ると氏康殿にお伝え下され」

「数日中に？」

「いや、二、三日中にお返事しよう」

「では、それまで待たせていただきます」

信玄はこいつめという眼で大導寺を見た。大導寺を使者としてよこした北条氏康の顔が見えるようであった。

関東に出兵するか否かの軍議がその翌日開かれた。信玄は、自重派と行動派の二つに議論が分裂して収拾がつかないことになるかも知れないと思っていたが、関東出兵に反対を唱える者は独《ひと》りもいなかった。

「いずれ、いつの日にかは碓氷峠《うすい》を越えねばならない。その小手だめしとしての出陣と考えればいいでしょう」

と云ったのは馬場民部であった。

「上野《こうずけ》に出陣して、武田勢の武威を示すことも悪くはないでしょう」

飯富《おぶ》兵部（飫富《おぶ》兵部と記されたものもある）が云った。

太郎義信は

「一気に厩橋《うまやばし》城（現在の前橋市）までおしかけて、上杉の拠点を奪取するのが良策」

と激しい意見を述べた。

信玄は逍遥軒《しょうようけん》の方を見た。なにか意見はないかという誘いの眼であったが逍遥軒は相変らず、戦いにはいっさい関係がないような顔で黙っていた。

逍遥軒武田信廉《のぶかど》（信綱）という男は、軍議の席に限らず、常日頃、全く感情を顔に出さない男であった。嬉しいのか悲しいのか、怒っているのか笑っているのか分らないような男だった。絵や詩はよくするけれど、戦さや政治のような煩《わずら》わしいことにはあまり耳をかしたくないといったふうな男であった。では、将として無能力かというと、決してそうではなく、いざというときには、ちゃんとした指揮ぶりを示すから、大将としてよく戦の座が与えられているのである。川中島の大会戦のときには、信玄の命を奉じてよく戦った。一時は彼の身辺近くまで敵が押しよせて来たが、彼はいっこうに動ずる様子がなく、馬上で悠々と指揮を執《と》っていた。

「どう思うか」

と信玄は逍遥軒に聞いた。弟の信繁が戦死した今となっては、頼りになる弟と云えばこの逍遥軒信廉だった。が、信繁がそうであったように逍遥軒もまた軍議の席ではほとんど口をきかなかった。信玄は再度答えをうながした。

「碓氷の峠を越えて上野の国に入っても富士は見えますか」

逍遥軒が云った。軍議の課題とは全然関係のないことであった。部将たちはいっせいに逍遥軒の顔を見た。顔は兄の信玄と瓜二つだった。父も母も同じだから似ているのは当り前だが、その性格の違いはどうだろうというふうな顔で、部将たちは信玄と逍遥軒の顔を見較べていたのである。

「上野に入っても、高い山へ登れば富士は見えるであろう……だが、そのことが上野出兵となんの関係があるのだ」

と、信玄が、ややきびしい顔をして云うと

「甲軍は富士の見えるところで戦うと必ず勝ちますが、富士が見えなくなれば苦戦いたします」

と妙なことを云った。

「富士が見えなくとも、今度の川中島大会戦では勝ったではないか」

「だが、兄の信繁を失った」

逍遥軒はそう云うと、大きな図体をゆり動かすようにして
「上野の国への出兵には反対ですが、出向ならば賛成です」

と云った。出兵と出向とはどのように違うかという信玄の問いに対して
「ただぶらぶらと行って帰って来るのが出向であり、行く先々で戦うのが出兵である」

と答えた。部将たちはあやうく吹き出すのをやっとこらえた。ぶらぶらと行って帰るという逍遥軒の云い方があまりにおかしかったからである。

ひとりだけ声をあげて笑った者がいた。穴山信君（後の穴山梅雪）であった。信君は穴山信友が昨年死んでからその後を継いで、今度の川中島の合戦には千余騎を率いて出陣した。穴山家は武田家と非常に濃い血の繋《つなが》りを持っていた。ここ数代、ほとんど各代とも武田家と縁組みをしていた。現に信君の母は信虎の次女であり、信君の正室は信玄の女《むすめ》である。武田家と並んで立つほどの家柄であった。だが軍議の席で声を上げて笑うというのは、いかにも不謹慎であった。信君は二十七歳、並居る部将の中ではもっとも若かった。

信君が笑ったので部将たちの視線はいっせいにそっちに行った。

「信君、なにがおかしいのだ。云って見るがいい」

信玄が訊《き》いた。

「逍遥軒殿のぶらぶらと行って帰るという話がまことに面白かったから笑いました。戦いの中には、たまには、ぶらぶらと行って帰るようなことがあってもいいのではないか

と思います」

「それはならぬ。戦さに油断は禁物だ。ぶらぶら歩きの戦さなどあってはならぬ。上野の国へ入ったら城の一つ二つ取らないでなんとしよう」

太郎義信が信君の発言を圧倒したので、座は妙な白け方をした。

だいたい、上野出兵は、是非とも勝って帰らねばならないというような戦さではなかった。さりとて上杉と北条が勢力争いをしているところへ、割込んで行って、うまい汁を吸おうというほど具体的なものはまだ浮び上ってはいなかった。北条の出兵の催促に対して、どのような応《こた》え方をしたらよいかというようなところが議論の焦点であった。大方の部将は、逍遥軒の発言そのものはおかしいが、だいたい逍遥軒と同じ気持になりかけていた。

「おおよそ意見が出揃ったようだな」

信玄が部将たちの顔を見渡して云った。

「上野出兵は十月末ときめる。ただし今度の出兵は川中島の合戦には参加しなかった者をなるべく多く参加させるように」

信玄もやはり、ぶらぶら歩きの出兵と心得ていたようであった。

十月末に甲信軍三千が碓氷峠に向った。小田原からは北条氏康、氏政親子の軍が上野に向った。

十一月五日、甲信軍三千は軽井沢に到着した。甲信軍は峠までは出たことがあるが、峠を越えて上野の国へ入ったことはなかった。いわば、峠の向うは未知の国であった。

軽井沢貞光が六騎を率いて信玄の陣中へ来て、案内役を申し出た。

甲信軍の物見が碓氷峠の向う側まで放たれた。未知なる国への進攻は、たとえぶらぶら歩きであっても慎重さが必要だった。

碓氷峠を守備する敵はいなかった。

「箕輪城主の長野信濃守業正《なりまさ》殿は、先月病死したばかりで、その子の業成《なりしげ》（業盛と書いた記録もある）はまだ若うございます」

軽井沢貞光が信玄に云った。

「だから、いま城の中はがたがたになっているというのか」

「いえ、そうではありません。箕輪城内には、強い侍が二百人ほどおります。特に強いものは上泉《こうずみ》伊勢守秀綱（後神陰流の祖）、多比良《たひら》守友、高山満重、白倉左衛門宗任《むねとう》、上田又次郎政広、倉賀野淡路守照時、和田業繁、和田兵部介、後閑《ごかん》信純、長根左馬介、大戸豊後守《ぶんごのかみ》の十一人衆です。この人たちは十人力とも二十人力とも云われる人たちで容易に降参するような人たちではありません」

信玄はしばらく考えてから

「城を囲《かこ》めばどうか」

軽井沢貞光は首を傾けて考えこんだまま答えなかった。

「倉賀野城の方はどうだ」

「倉賀野城には食賀野直行以下三百人ほどが守っています。この城もなかなか堅固です。兵糧も充分たくわえていますが、箕輪城に比較したら小さな城でございます」

信玄は、軽井沢貞光が、暗に倉賀野城を攻めよといっているのだと思った。

「明日は碓氷峠を越えて、一挙に箕輪城へ攻めかけよう。甲信軍は弱い敵よりも強い敵と戦うのが好きだ」

信玄はひとりごとのように云った。そういう重大方針を案内役の軽井沢貞光の前で云うのはいつもの信玄のようではなかったから、貞光が下ったあとで側近の飯富三郎兵衛が、信玄にあんなことを云って大丈夫ですかと聞いた。

「大丈夫でないから、わざとあんなことを云ったのだ。軽井沢貞光という男は、あまりにも箕輪城のことを知り過ぎている。知っているということは、通じているということにもなりかねない。軽井沢貞光には監視の眼をおこたらぬように。国境に住んでいる土豪には、どっちつかずの者がよくいるものだ。峠の向うとこっちに良い顔を見せながら、生き永らえようとするあわれな者たちだ」

信玄の云ったことはほんとうだった。

その夜のうちに、軽井沢貞光が使いの者を箕輪城へ送ったことがはっきりした。

「箕輪城は昨夜のうちから、ものものしい警備を始めました。米の俵がどんどん運びこまれております」

という情報が入った。

信玄はそれを聞いて笑った。

翌日、甲信軍は碓氷峠を越えた。峠の頂に立って見ると、南に奇峰が見えた。それが妙義山だと説明されると信玄は
「国が変ると山の形も変るものだ」

と云った。榛名《はるな》山を見たのは峠をおりはじめてからであった。

榛名山のずっと麓のあのあたりに箕輪城があると教えられても、そのあたりは煙霧がたなびいていてよく見えなかった。

三千の甲信連合軍は前後に物見を出して、街道を上野の平野へ向って下って行った。戦さをするつもりはなかったが、ここは敵国だから何時敵の攻撃を受けるか分らなかった。逍遥軒が云ったようにぶらぶらと行って帰るというわけにはいかなかった。長い道中だから、草叢《くさむら》の中にかくれている狙撃兵《そげきへい》が、馬上の信玄を鉄砲で狙《ねら》うということも考えられた。軍が移動を始めると、信玄の影法師（影武者）が信玄の役割を務めた。

信玄は箕輪城へは兵を向けなかった。物見をやって城の固めを見ただけであった。信玄は各部隊に厳重に布令を出して、住民に害を与えないようにいましめた。突然峠を越えておりて来た三千の大軍を見て、すわ戦争かと、逃げ支度を始めた住民たちも、甲信軍の秩序正しい行軍を見て逃げるのを止めた。

甲信軍には荷駄隊が従《つ》いていた。

夕刻になると、各部隊は荷駄隊から食糧を受取り、それぞれ民家に分宿した。旧暦の

十一月というと今の十二月である。露営は困難であった。

住民から物を買った場合は必ず銭を払うようにという布令もいつものように廻された。見張りの篝火《かがりび》は一晩中燃えつづけた。

甲信軍が倉賀野城を取りかこんだのは十一月七日であった。北条氏康の軍もそのころ、上野国に攻めこんでいた。

成田長康、佐野昌綱、小山、小田等の上杉方の属将が次々と北条方についた。

十二月になって上杉政虎は三千を率いて関東に入って厩橋城に籠城した。

上杉政虎が関東に入ったと聞くと、武田勢と北条勢はあっさり関東から引き揚げた。信濃が武田の勢力下に入った今となっては上杉政虎と正面切って戦う必要はなかった。関東を制覇《せいは》するには、地理的に、北条、武田の方が有利であった。上杉勢と正面切って戦わずとも、関東はやがて、北条と武田によって分割されることは明らかだと見当をつけたから引き揚げたのである。

古府中に帰った信玄は久しぶりに発熱した。上州で引いて来た風邪がこじれたのである。侍医の立木仙元は二年前に死んで御宿監物《みしゆくけんもつ》が侍医となっていた。

御宿監物は立木仙元から信玄の身体についてはこまかい引き継ぎを受けていたから、信玄の発熱をすぐ労咳《ろうがい》に結びつけて考えた。戦さにつぐ戦さの疲労で労咳が再発したらたいへんだと思った。

「お館様、安静が第一でございます。身体の安静よりまず心の安静が第一、そのためには、この前のこともあるのでしばらく志磨の湯にこもるのがよいかと存じます」

「また湯治か」

信玄は明らかに嫌な顔をした。そんな悠長な気持ではなかった。信濃を平定した次は東海道へ出たい。東海道から京都を指して上りたいという彼の希望の前には躊躇はなかった。

「嫌でも静養していただかないとなりませぬ。病が重くなれば取りかえしのつかないことになります」

御宿監物は口をきわめて云った。信玄の病状を飯富三郎兵衛にも話した。

「熱はずっと続いています。朝のうちは低く午後になって高くなるところを見ると労咳の症状のようにも思われます」

飯富三郎兵衛は重臣たちを集めて相談して、信玄に志磨の湯へ行くことをすすめた。噂が外部に洩れることをおそれて、信玄のいる居室には、影法師を置いた。影法師は、それまで信玄がやっていたように、ときどき馬に乗ってその辺を駈け廻っていた。信玄が病気静養中であることを知るのは、ごく少数の人でしかなかった。

永禄五年の三月になって、上杉政虎が将軍義輝の一字を貰って輝虎《てるとら》と改名したという情報が入った。改名したのは去年の暮のことらしかった。

信玄はその話を志磨の湯で聞いて

「有名無実な将軍の名なぞ貰って喜んでいるあの男の気持がどうしても理解できない。

それにしてもよく名前を変える男だな。そのうちまた名前を変えるだろう」

　信玄は上杉政虎の政を消して輝と書いた。そして、上杉輝虎の四字を二本棒で消した。信玄は既に上杉輝虎をたいして問題にしてはいなかった。

　五月に入って、上杉輝虎が、まぼろしの公方《くぼう》、関白近衛前嗣《さきつぐ》と、前管領《かんれい》上杉憲政《のりまさ》をつれて越後へ帰った。

　古河《こが》には、関東の諸将が公方として推戴する足利藤氏と関白近衛前嗣と、上杉憲政の三人がいたから、悶着《もんちゃく》が絶えなかった。上杉輝虎は、どう考えても、関東諸将が関白前嗣を公方として受入れないことが分ったから、前嗣をつれて越後へ帰ったのである。古河公方は足利藤氏に決ったかに見えた。

「とうとう輝虎も関白前嗣をあきらめたか」

　信玄はそう云った。関白近衛前嗣を公方にするかわりに関東管領の名を与えられた上杉輝虎にして見れば、関東諸将が、前嗣を無視したことは、関東管領の地位も無視されたことであった。そうなれば、関東諸将の味方をして、北条、武田連合軍と戦う理由は毫《ごう》もなくなったのである。

　信玄は、輝虎が前嗣をつれて越後に帰ったというそのことだけ聞いても、じっとしてはおられない気持であった。しなければならないことが山ほどあるのだ。

　四月に入って間もなく、志磨の湯へ、飯富三郎兵衛が訪れた。

「お館様を訪ねて女人《にょにん》が参りました」

「なに女人？」

「松平殿の使者と申しておりまする」

お会いになりますかと飯富三郎兵衛が云った。

その女は巡礼姿をしていた。躑躅が崎の館《やかた》の外にある飯富三郎兵衛の屋敷の門に立って面会を求めた。家人が用を訊くと
「重要なお話ゆえ、直接飯富三郎兵衛殿にお目通り願いたい」

と云って、身につけている物いっさいをその場に置いた。姿は巡礼だが、眼は鋭くただの女でないことが分ったから、庭に通されて飯富三郎兵衛と会った。その時も女は三河の松平殿の使いとして信玄のところに来たのだと云った。証拠のものを見せろと云ったが、それは信玄殿の前でないと見せられないと答えた。躑躅が崎の館を訪れずに、飯富三郎兵衛を訪れたのは、そのようにせよという命令だからだと云った。女の所持品を調べた家来が三郎兵衛のところへ来て、女が持っている杖の中に、小太刀が仕込んであったことを告げた。忍者としての心得のある女かもしれないと三郎兵衛は思った。

三郎兵衛はしばらく考えた末、女を屋敷の中に上げて、女中たちに命じて裸にして、兇器を身につけていないことを確かめてから、その女を輿《こし》に乗せて志磨の湯へ連れて行った。

「いかがいたしましょうか」

三郎兵衛は語り終って云った。

「ここに通すがよい」

信玄はその女に対してさほど警戒はしないようであったが、三郎兵衛は、以前、信玄が大井信広の娘多津に刺されようとして、駒井高白斎が身替りになったことを持ち出して、充分警戒するように云った。

「お館様だけに申し上げたいことがございますので、お人払いを願いとう存じます」

と信玄の前に出た女は云った。明らかに三郎兵衛が同席するのをさけた言葉だった。

「かまわぬ、三郎兵衛は居てもかまわぬ男だ」

と云ったが、女は口をきっと結んだまま、もし三郎兵衛がそこにいるならば一言も云わないぞという意志を露骨に現わした。十七、八かなと信玄はその女の年齢を踏んだ。特に美しいという顔ではなかったが、醜《みにく》い顔ではなかった。顔全体がきりっと引きしまって、一点の隙もない顔だった。女らしさというものはなく、用務のことを一途《いちず》に思いこんでいる顔だった。

「三郎兵衛遠慮してくれ」

信玄は、三郎兵衛を次の間に下げた。女の真摯《しんし》な視線に負けたのである。

「松平殿のお使いとは嘘でございます。私は、駿河におられる信虎様のお使いとして参った、あかねと申すものでございます」

女はそう云うと、左手で口を覆《おお》って、右手を口の中に入れて奥歯を抜き取ると、懐紙で指をぬぐってからその中にかくしてある紙片を取出した。奥歯のように見えたが、それは骨をけずって作った義歯の中をくりぬいたものであった。信玄は、そういう隠匿《いんとく》方法があるということをいままでかつて聞いたことがなかったので、まず驚いた。

紙片には信虎の書き印がしたためてあった。信虎の使いだという証拠だった。

「手紙を持って来て、もしものことがあるといけませぬので、口述を以ってお伝えいたします」

あかねはそう云うと、低いが、力強い声で信虎の言葉を伝えた。

「川中島の合戦で大勝利を得たとのこと洩れ聞いて、自分のことのように嬉しく思っている。おそらく、越軍もこれにこりて、いままでのように気やすく信濃に出て来るようなことはあるまい。それについて余からお前様に申し伝えたいことがある。越後にふたをしたら、早速駿河に出て来ることだ。今川には遠慮はいらぬ、当主の今川氏真《うじざね》は愚かな男だ。家来の中にもこれといって手応えのある者はいない。お前様が甲信軍を率いて駿河に進出したら、あっという間に駿河は武田のものになってしまうであろう。今川、武田、北条の三国同盟など破棄してしまわないと、西上の望みはかなえられるものではない。意を決したらなるべく早い方がいい。尚つけ加えて置くが、今川氏真は、お前様に対して深い疑念を抱いているようである。織田信長が今川義元を討ったのは、山本勘助の手引きによるものだという風説を信じているようだ。今川義元の陣僧権阿弥《ごんあみ》が死ぬ前に、同じ陣僧仲間の宗阿弥という男に、山本勘助があやしいとしゃべったことが今川氏真の耳に入ったのだ。真相はどうあれ、今川氏真が武田に対して疑惑を抱いていることは事実であり、その証拠として、今川義元が死んでからは、余の庵《いおり》に対してもいままでついぞなかったような厳重な警戒網が敷かれるようになったのを見ても分ることである。あかねはお前様も知っている志村右近とさつきとの間に出来た子供である。このほかのことは、直接あかねに訊《たず》ねるように」

あかねはそこで言葉を切った。それまでが信虎の用命の言葉であった。

信玄はあかねの身の上を訊いた。あかねの父志村右近は天文十年（一五四一）、晴信が父信虎を駿河に追放したとき、父信虎の附け人として行った男であり、さつきはその妻女であった。

「志村右近はどうしたか」

「父は一昨年、亡くなりました。母は父の死後信虎様に仕えておりまする。信虎様には召使い衆が一時は三十人ほどおりましたが、今は男女合わせて十人ばかりに減《へ》りました」

氏真めと信玄は心の中で云った。父信虎の世話代として毎年多額の金が駿河へ送られているのに、附け人を減らすとはけしからぬことだ。そういうことが、信玄の耳に入ったときのことを考えてやっているかどうか、氏真に訊いてやりたかった。

「父上の健康はどうか」

と信玄はあかねに訊いた。至極お元気でございますと、あかねは答えて、朝食には山盛三杯の飯を平らげ、午後は必ず馬に乗ると話した。信玄は父信虎の年齢を数えた。六十九歳であった。その年で、毎日馬に乗る父の健康な身体がうらやましかった。

「夜はどうしておられる。夜のお伽《とぎ》に、誰かはべっているか」

と訊くと、あかねはその言葉の意味を察したらしく、幾分顔を赤らめて、それまでになく小さな声ではいと答えた。

六十九歳になって、まだ女を傍に置く父信虎の壮健さに信玄は驚くと同時に、そのことについて顔を赤くして答えたあかねを可愛い女だと思った。

「そなたに仕込杖の小太刀の使い方や義歯の中に密書を入れるようなことを教えたのは誰だ」

「伊賀の人で名は小島孚城《たかしろ》という人です。私に忍びの術を学ぶように命じられたのは信虎様でございます」

天下制覇の野望を捨て切れずにいる父信虎の姿が眼の前に浮び上るようだった。父信虎はあかねを忍び衆とするために忍びの術を習わせたのであろう。

「そなた忍びの術を学んだと云ったが、もし父がこの信玄の首を取って来いと云ったら取ることができるか」

信玄はとんでもないことを訊いた。女の忍者というものに興味を持ったのである。

「それは無理なことでございます。忍びの術を心得た者が、たやすく人の首を取ることができたならば、世の中の大将という大将は一日で全部その首を失《な》くしてしまうでしょう。忍びの心得があると云っても、せいぜいお声を盗み聞きするくらいのものでございましょう」

あかねは、いかにも女らしく謙虚な答え方をした。

「父には余の言葉として次のように伝えて貰いたい。信玄には信玄の所存があるとな」

そう云うと、信玄は手を叩いて飯富三郎兵衛を呼んで、あかねが松平家康（前、松平元康＝後の徳川家康）の使い番ではなく父信虎の使いで来た者であることを告げた上で

「充分にもてなしてやってくれ」

と命じた。飯富三郎兵衛はあかねをつれて、彼の屋敷へ行った。そして、翌日、あかねが古府中を出発するときには、三人の尾行者がつけられていた。あかねがほんとうに信虎の使者かどうかを見とどけるためであった。あかねが、信虎の言葉として伝えて来たぐらいのことは、駿河に張りめぐらしてある諜報機関から逐一報告されていた。信虎の附け人が急減したという以外のことは調べがついていた。

あかねが信虎のさし廻して寄越した女でないとすると、氏真か、それとも北条か松平か、それまでかんぐる前に、あかねに人を跟《つ》けた方が手っ取り早かった。

数日後に、調査の結果が信玄のところに報告された。あかねは、信虎の忍び衆であった。信虎の附け人が十人に減らされたことも間違いなかった。おまけとして信虎は最近、十六歳の女を側女として、昼となく夜となく愛撫しているという報が入った。

「おそれ入ったことだ」

信玄は溜め息をついた。

信虎駿河を追わる

永禄五年（一五六二）、秋の気が甲州盆地に立ちこめて櫨《はぜ》の木の紅葉が真紅に燃え出すころになると、信玄の身体はだいぶ快方に向っていた。一年近い休養で体力は恢復《かいふく》し、去年の秋の川中島の大会戦が終って帰って来たときと比較すると別人のように肥《ふと》っていた。

だがまだ完全に治ったのではなく、午後になると微熱が出た。

「このまま、もう二、三年養生していただきますと、完癒《かんゆ》すると思います。思い切ってこのまま逗留《とうりゆう》されたらいかがでしょうか」

侍医の御宿監物は信玄に腰を落ちつけて、病気療養に専念することをすすめた。

「そうできればいいが、そうできないのが戦国に生れて来た者の宿命のようなものだ。この信玄が病気に負けて寝こんでいると聞けば甲信両国は必ず隣国から侵略されるだろう」

このようなやり取りは侍医の御宿監物との間に交わされるばかりでなく、一日に一度必ず連絡に来る、飯富三郎兵衛との間にも同じような会話がなされていた。

「病気に負けて寝こんでいるというのではなく、悠々自適の生活をされながらこの志磨の湯から、采配をふっていられるのですからいままでと少しも変りがないではございませんか」

「しかし、そのうち、余が此処に居ることが外部に洩れよう、よくないな」

「その点は大丈夫でございます。お館には、影法師殿がおられるし、拙者がここに来るのは、母者《ははじゃ》が入湯しているからだということにしてあります。この湯にいる母者は少々窮屈がっておりますが、その母者でさえも、お館様がここに入湯されているとは気がついておりません」

飯富三郎兵衛は、彼の母を、信玄が志磨の湯に来た数日後に、彼女の持病の足腰の痛みを治癒するには志磨の湯がいいと云ってつれて来たのである。

飯富三郎兵衛の日に一度の志磨の湯訪問は表面上は親孝行ということになっていた。信玄の病気のことは重臣たちが知っているだけで、部将の多くは信玄が志磨の湯にいることは知らなかった。

重臣の中でも、信玄の病気はもう治ったものと思いこんでいる者もいた。月に一度か二度開かれる軍議や評議の席に信玄は必ず出席していたからであった。

ただ、その軍議や評議はほとんど午前中に開かれ、一刻以上はかからなかった。長びかないように重臣たちが予《あらかじ》め議題について充分な検討をしていたからであった。

「北条殿から、使者が参りました」

飯富三郎兵衛は書状を信玄の前に置いた。

「そろそろ、約束の季節だから上野《こうずけ》に出兵せよというのであろう」

信玄は、その書状を読む前に内容を知っていた。ざっと読んで、その書状をそのまま飯富三郎兵衛に渡すと

「承知したという返事を出してやれ」

と無造作に云った。

「と申しますと、まさか……」

「余が出馬してはいけないというのだろう。心配するな、余はここにいる。余のかわりに影法師を送ればよい。それから全軍の指揮は、逍遥軒に執《と》らせればよい。あれは、もともと無口な男だが、いざというときには案外しっかりしたところを見せる。上野の城の一つや二つを取るのには余が行かなくても、あれで充分だ。ところで、この間先遣隊として送りこんでおいた望月甚八郎はうまくやっているか」

信玄は、その結果をまず聞きたかった。

信玄は、この秋の上野進攻に先だって、九月に入って間もなく、望月甚八郎の隊の者一千を碓氷峠を越えて西上野の国に入れ、箕輪、惣社、倉賀野などの郷村の、秋の取入れを前にした田圃の稲を刈り取らせた。嫌がらせであった。ほんの、一町歩か二町歩の稲を刈り取ったのであるが、取入れを前にして田を荒らされた百姓は黙っていなかった。彼等はそれぞれ、箕輪城主、倉賀野城主に、望月の軍兵を追払ってくれるように頼みこ

んだ。

望月隊は待っていた。箕輪城、倉賀野城にこもっている将兵が武器を持って城を出て対決を迫ってくるならば一戦交えるつもりであった。引きつけて一挙にたたくか、城を出たところを包囲して別働隊を城攻撃に向わせるという手もあった。

しかし箕輪城も、倉賀野城も、城門を固く閉ざしたまま打って出ようとはしなかった。うっかり城を出るとどこかにかくれていた甲信軍が一斉に立ち上って、たちまち城を奪われてしまいそうで不安であった。

「つまるところ作毛刈りは効果はございませんでした」

三郎兵衛が云った。

「敵は意外に手ごわいかも知れぬな」

信玄はひとりごとを云った。

信玄は青田刈りや作毛刈りの作戦を使ったことはなかった。そういう底の浅い戦術を使ったところで、さほどの効果は上らないと思ったからであったし、それまでの信濃攻略の途上では、いずれ近いうち、自分の領土になるのに、青田刈りや、作毛刈りをやって、地元百姓たちの恨みを受けたくなかったからである。

ところが、碓氷峠を越えて関東に進攻した信玄は、はじめてこの作戦を用いた。もともと信玄は、関東にはそれほどの領土的野心はなかった。信玄の目的は東海道へ出て西上することだった。そのためにまず信濃を掌中に収めて、背後のかためを厳重にすると共に、人と物との両面の充実を計ったのである。

北条に味方して上野に攻めこむのは、越後の勢力を減殺《げんさい》するためだった。有名無実な関東管領の名にこだわって、しきりに関東に口を出し、信濃の負け犬に加勢しようとする上杉輝虎を牽制する作戦以外のなにものでもなかった。そう考えていたから、作毛刈りなどという作戦を使ったのである。

「もともと作毛刈りなどというのは、敵を怒らせるためだけの策略だからな。相手の大将がすぐ怒るような男でないと、この策はだめらしい」

それは信玄のひとりごとだった。

「どうも、作毛刈りに応じて来ないところを見ると、ただひたすら越軍の援軍を信じて固く城を守る一手と見える。そういう相手と戦うと、いたずらに人の損害ばかり多くなる」

信玄は、戦わずして、西上野の諸城主の考え方を見抜いていた。

十月半ばになって躑躅が崎の館で、軍議が開かれた。西上野出兵のことであった。

「軍を二手に分け、一手は箕輪城を取りかこみ、一手は倉賀野城を攻める。いずれの城が早く落ちるかを争うのも一興」

「いや、兵力を分散するのはよくない。まず箕輪城、次に倉賀野城と一つずつ順ぐりに攻めるのが常道」

というように論が分れ、そのまま攻撃の方法論になるとさらに幾つかの枝葉の議論が出た。信玄はいつものとおり黙っていた。ものの一刻あまりたったところで信玄が口を開いた。

「筆はないか」

侍臣がすぐ筆墨《ひっぽく》の入った箱と巻紙を信玄のところに持って来た。

信玄は筆にたっぷり墨をつけ、壁にかけてある絵図面に歩みよって、武蔵国の松山城をぐるりと丸でかこみ、碓氷峠から、箕輪、倉賀野の近くを通り、松山城へ向う一本の進撃路を書いた。

上野の箕輪、倉賀野などの小城は相手とせず、一気に武蔵の要衝、松山城を攻めよという案であった。

部将たちは声を飲んだ。

「箕輪城、倉賀野城など、放って置いても落ちる城だ。どうせ関東に入って一戦やるならば、武蔵国まで攻めこんで、甲信軍の意気を示してやるがいい。総大将は逍遥軒とする。あくまでも余が陣中にありとして行動するのだ。しかし松山城は、そう簡単には落ちまい。三カ月か四カ月はかかるだろう。松山城危うしとなれば上杉輝虎が出て来るだろう。その場合は、戦わずして引き揚げよ。いかなる状態にあっても戦わずして引き揚げるのだ。このことはこの席に連なる者のことごとくに固く申しつける。いいかな」

信玄はそこで言葉を切って、一同の顔をぐるりと見廻してから太郎義信の顔を見て
「義信分ったな」

と云った。逍遥軒武田信廉はそこに並いる部将を代表して
「お館様のお云いつけ、堅くお守りいたします」
と答えた。

その年の十一月、甲信軍一万五千は碓氷峠を越えて上野に入り、箕輪城、倉賀野城にはそれぞれ二千の兵を当てて主力一万一千はそのまま安中《あんなか》口を一路南下して武蔵国松山城を囲んだ。甲信軍が到着するとほとんど同時に、あらかじめ打合わせてあったとおり北条軍が到着した。

松山城は荒川の支流市ノ川を西側に見おろす丘陵上にあった。丘陵全体が自然の城の様相をしていた。現在の埼玉県東松山市、東松山駅より東方約二キロメートルのところにあった。

この城は堅城として名高い。扇《おおぎがやっ》谷上杉朝定が北条氏綱に河越城を追われ、この城に籠ったことがあった。上杉政憲の末子上杉憲勝が城主だった。勇将難波田《なばた》弾正がこの城にいた。

甲信軍は関東の核心部に入って、はるけくも来たものかなという感慨を味わった。この辺まで来ると山らしい山は見えず、東から南の方へ眼をやると果てしなく平野が続いていた。甲信軍は、関東平野の広さに驚いた。この限りなく続く平野にも、ちゃんと人が住んでおり、それぞれ、田を作り畑を耕しているのを見て驚いた。

「この辺には石がない」

甲信の兵たちは畑地の土を両手ですくい取って声を上げた。

「ほんとうだ。畑に石がない」

とうてい考えられないことだった。畑には石があるのが当り前だった。畑から石を取り除くことから農業は始まるのだ。ところがローム層に覆われた関東には石がなかった。そのことが、甲信両国の兵たちには不思議でたまらなかった。

松山城攻撃の部署ははっきりと決められた。城の南から西、つまり、市ノ川に面した方から甲信軍が攻め、城の東から北側は北条軍一万が攻めることにした。

戦いは、寒風吹きすさぶ、十一月半ばから始まった。

甲信軍は、西風の強風を利用して、城に火箭《ひや》を投げかけて、端曲輪《はしくるわ》の建物を一つ、二つと焼いて行った。だが、これも、あるところで行きづまった。敵は守備範囲を縮小して、籠城作戦に出た。

城兵三千は、城の中に立て籠り、夜の見張りに五百人の兵を当てるという厳重さであった。

城は地形を利用していた。市ノ川を越えることはできてもけずり取った断崖をよじ登ることのできるものはごく少数の人でしかなかった。東側には沼沢池が多く、ここを越えて行っても、やはり赤土の断崖に行き当った。少数の部隊しか動かすことができなかった。北の方は吉見の百穴で名高い丘があり、この丘を越えると堀があり、その先にまた断崖があるといったふうな地形であった。

北条軍はまず堀を埋めにかかった。甲信軍は西側の断崖の一部を崩しにかかった。攻城戦はまず土木工事から取りかかった。城の周囲は厳重に包囲され、蟻の這い出る隙もないようにした。

十二月半ばになって、北条軍、甲信軍共に突撃路が出来上ったので、城兵の動きと抵抗の程度を見るための合同作戦が行われた。

城兵は決して城を出なかった。攻城軍がいくら鬨《とき》の声をあげて掛っても、城の中はしいんと静まりかえっていた。だが、攻城軍が一人二人と前に進み出て、その数が五十、百となり鉄砲の射程距離に入ると、突然、城内から鉄砲を撃ちかけて来た。引きよせるだけ引き寄せての狙い撃ちだったので外れる弾丸は少なかった。北条軍、甲信軍共に数十人の死傷者を出した。

その日の甲信軍の先手の大将は甘利左衛門尉《さえもんのじょう》であった。彼は鉄砲の攻撃があることを予想して、各兵に米俵ほどの竹束《たば》を一個ずつ作らせて、これを前面に幾重にも立て並べてその陰にかくれて少しずつ前進した。鉄砲の弾丸よけには、この方法が有効だということは、いままでの攻撃戦でしばしば経験したことであったが、この松山城の攻撃戦のように、はじめから竹束を多量に用意して行ったことははじめてであった。それにもかかわらず、数十人に近い被害が出たのは、やはり、一部に鉄砲を軽視する風潮があったことと、水の手を取りに向った侍大将、日向《ひなた》大和守是吉隊が、竹の束を用いなかったからであった。

日向是吉は甘利左衛門尉と並び称せられる侍大将であった。自ら先手の大将を望んでいたのが、先手の大将は甘利左衛門尉と決り、彼は水の手攻撃を命ぜられた。日向是吉は功名をあせってまんまと敵の鉄砲の餌食《えじき》になったのである。日向是吉の子息の藤九郎は水の手攻撃軍の先頭に立って突撃して、弾丸に打ち抜かれて死んだ。

鉄砲が鳴り出すと、攻撃軍は昂奮しだした。味方が倒れるのを見ると、敵愾心《てきがいしん》が湧いた。城の銃眼に上る鉄砲の煙に向って怒りを燃やし、一気に、城に攻めよせ、火のついた松明《たいまつ》を城の中に投げこみ、城門を打ち破って、なだれこんで、敵の鉄砲足軽の首を刎《は》ねてやりたかった。

そういう気持で、竹束の間から躍り出て、弾丸の的になったものが、甘利隊の中にもいた。

甘利左衛門尉の同心頭米倉《よねくら》丹後の惣領息子の米倉彦次郎晴継《はるつぐ》もその中の一人だった。米倉晴継は米倉二十人衆の先頭に立って、敵の城門に迫ろうとして、弾丸を腹に受けた。貫通銃創であった。

その夜から晴継は発熱した。翌日になると、腹が太鼓のように腫《は》れ上った。

「腹中に悪い血と悪い気がたまったのだから、それを排出しないと助かりません。飲みにくいがこの水薬を飲めば、一度に毒血毒気は下ります」

陣中医の須野原典斎が壺に入れて持って来た水薬を飲むようにすすめた。

「これを飲めばきっと治るのか」

「治ります。治った例がいくらもございます」

米倉晴継は苦しそうに顔をゆがめて起き上ると壺に両手を掛けて口へ持って行った。ぷんとにおった。馬の小便の臭いであった。

「これは馬の小便ではないか」

「さようでございます。馬の小便を煮つめたのでございます」

「いくら、薬だからといって馬の小便を飲めとはなにごとだ。人を軽蔑するにもほどがある。斬ってやる」

米倉晴継は刀を探した。周囲の者がその晴継を抱き止めて説いた。馬の小便でも、飲めば治るのだから飲めと云ったが
「馬の小便を飲んで助かったと云われたら武門の名折れだ。馬の小便を飲むくらいなら死んだほうがましだ」

と云って眼をつぶった。

父親の米倉丹後が来て、すすめても聞こうとはしなかった。米倉丹後は、このことを甘利左衛門尉に話して、なんとかして、息子を助けたいと云った。

甘利左衛門尉は快く引受けて、米倉晴継の傍へ来て云った。

「おい米倉晴継、お前はばか者よ。戦さに強いことにおいては甲信第一であるが、甲信第一の愚《おろ》か者だよお前は。馬の小便であろうが人間の小便であろうが、それを飲んで病

気が治れば、またお館様のお役に立つことができるものを、つまらぬことにこだわって大事な生命を落すとは、ほんとうにばか者だ。この馬の小便は、小便でも、須野原典斎が煎じつめて作った薬水だ。どれどれ、ばか者が飲まないなら、おれが一口味を見てやろう」

甘利左衛門尉は、馬の小便の入った壺を取り上げて、咽喉を鳴らして飲んでから口のあたりを手で拭きながら

「馬の小便はなかなかうまいものだのう」

と云った。米倉晴継がむくむく起き上った。彼は黙って甘利左衛門尉の前に置いてある馬の小便の壺を取り上げると一気に飲み乾した。

一刻あまり経ってから、米倉晴継は血を下し、同時に放屁《ほうひ》した。彼の腹部の腫《は》れは引き、熱が引いた。

米倉晴継は、他の負傷兵とともに古府中に送りかえされた。その途中、敵の伏兵に襲われたとき自ら槍を持って敵と戦うと云って聞かなかったほど快方に向っていた。

侍大将の甘利左衛門尉が自ら馬の小便を飲んで見せて、米倉晴継の命を助けたという話は、志磨の湯にいる信玄の耳に入った。

「甘利左衛門尉は親父の甘利虎泰より立派な人物だな」

信玄は、飯富三郎兵衛に云った。

駿河の国から、信虎の使い番のあかねがやって来たのは、永禄六年と年が変って二十日目であった。

この前と同じようにあかねは、まず飯富三郎兵衛の邸を訪ね、そこを出る時は駕籠に乗っていた。すぐには志磨の湯にはいかず、他の邸に入り、別の駕籠に乗って志磨の湯へ行った。

「父上の身になにか起きたな」

信玄は、あかねの顔を一目見たとき、彼女の心を読んだ。あかねの顔の中に悲愴感が溢れていたからであった。

「信虎様は、もはや府中にはおられません」

あかねは、そういうと眼に泪《なみだ》をためた。

「どこにおられるのだ、なぜまたそのような急なことを……」

「信虎様は現在遠州掛川の満願寺にかくれておられますが、いずれ近いうちに京都へ上られる予定でございます」

あかねは結論を先に云ってから、着物の襟《えり》に縫いこんであった信虎からの密書を出して信玄の前に置いた。急いで書いたものと見えて字は乱れていた。

「武田殿に味方仕る者の名、次のとおりに候」

と前書きして、瀬名駿河守、関口兵部少輔《ひょうぶのしょう》親永、葛山備中守、朝比奈兵太夫、三浦与一の五人の名が書き並べてあった。何《いず》れも今川氏真の重臣ばかりであった。

「なにか伝言があったであろう」

密書は嵩《かさ》ばってはいけない。隠すことが困難だからである。要点だけを数行書いて、あとは使い番の口から云わせるのがもっとも巧妙な方法であった。

「お殿様は……」

とあかねが話し出した。使者の口上では信虎様と云い、密書を渡して、情況の説明になると、日ごろ使い馴れているお殿様という言葉を使うあたりはいかにも女らしかった。

信虎は、わが子信玄が川中島の大会戦で大勝利を得て信濃を平定し、関東の上野《こうずけ》にまで兵を進めていると聞いてじっとしてはおられなかった。信虎は、信玄を一刻も早く京都に上らせたかった。戦国時代の武将たる者が誰でも抱いている夢を、今こそ、わが子信玄の名によって果したいと思っていた。そのためには一日も早く駿河に出ることだった。暗愚な領主、今川氏真が、いつまでも、駿遠両国を取りしきることができる筈がなかった。今川氏真に愛想をつかした家臣たちは、それぞれ将来の身の落ち着け方を考えていた。信虎はその家臣たちに、武田内応を誘いかけたのであった。

「いざというときに、武田方にお味方下さるやいなや」

といったふうな直接的な云い方ではなく

「氏真殿には困ったものですな。今のように明け暮れ、ばか踊りや蹴鞠《しゅうきく》にばかり興じておられると、隣国が黙ってはおりますまい。なにしろ、強い者が勝ち残る戦国時代ですからのう」

と話しかけ、相手の相槌の打ちようを見てから
「これは冗談だが、もし隣国の武田勢がこの国に入って来たら、そこもとはいかがなされるかな」

といったふうなかまをかけた。ここまで話をすると、憤然と怒る相手には、笑ってそこを誤魔化し
「信玄殿が攻めて来られるというのか、そのときには、戦わねばならないだろうな。だが、とうてい勝てる相手ではないから、首をよく洗って戦いにのぞみましょう」

といったようなことを云う男には、更に突込んだことを聞いた。表面上は碁を打ちに来たついでの雑談ということにした。

信虎が、今川家の旧臣の間を廻っているということは、今川氏真の側近の庵原《いおはら》安房守《あわのかみ》の耳に入った。

庵原安房守は、関口兵部少輔親永のところにいる茶坊主の宗哲を買収して信虎が碁を打ちに来たとき、関口兵部少輔親永となにを話したか報告するように命じた。

宗哲は大きな耳をしていた。彼は縁の下にかくれて、その大きな耳で信虎と関口親永との会話を聞いた。関口親永の声はよく聞えなかったが、信虎は老人で耳が遠いので大きな声をしたから、そのほとんどが聞えた。

宗哲はそのままを庵原安房守に伝えた。庵原は、早速そのことを氏真に報じて、信虎を捕え、関口館《やかた》へ兵を向けるようにすすめた。このことを氏真の側近にいた小姓の清水

右近が聞いて、早速関口親永に伝えた。氏真が暗愚であるから、家臣団は、互いに反目し合って、それぞれ味方の者を相手方に入れていたのである。

関口親永は直ちに兵八百を集めて、武装し、他の重臣たちに庵原の非を打ち鳴らして置いてから、精鋭五十騎を率いて、氏真に面談を乞うた。

「碁が終ってから、信虎殿は、勝手気儘な冗談を申された。とにかく相手は甲斐の国を追われてこの地にかくまわれている御老人故黙って聞いてやっていたまでのこと、この親永は、当らず触らずに受け流していたに過ぎぬこと、それを宗哲め……」

関口親永は宗哲をかくまっている庵原安房守の邸へ兵を向けて、宗哲を取り返すといきまいた。

氏真はおろおろしていた。こうなると、どうしていいのか分らなかった。氏真は第三者の調停を待った。瀬名駿河守《するがのかみ》が関口と庵原の争いの中に入って、ようやくことは収った。宗哲はその夜のうちに刺客に斬られた。表面上は自殺ということにされた。

この騒動はいち早く信虎の耳に入った。信虎は氏真の追討の手が延びないうちに駿河府中を落ちたのであった。従う者僅かに五人、男四人とあかねであった。十六歳の愛妾は連れては行かなかった。信虎も、生命が危険になっているのに色気どころではなかった。

「お殿様はまだ夜が明け切らないうちに府中を駕籠で立たれました。なにも持たず、送る人もなく、淋しい門出でございました」

あかねはその朝のことをそのように云った。

「掛川の満願寺は安全なのか」

「しばらくは大丈夫かと存じます。そこでお館様のお使い人をお待ちなされると申しておられまする」

「お使い人？」

「はい、それだけ云えば、お館様には分るだろうと云っておられました」

おそらく、金のことだろうと思った。京都に上るには金も要るし、どこかに落ち着くとしても、ただでは居られない。そういう世話をする人をよこせというのだなと信玄は思った。

「そなたはどうするのだ」

信玄はあかねに訊いた。

「お館様のところにとどまれと申されました」

あかねはそう云うと顔を紅くした。

「余のところにとどまれとな。諸国御使者衆の一人になれと申されたのか」

あかねは首を横に振った。顔は上げなかった。

「なんと云ったのか、はっきり申せ」

「京都に落ち延びたら、あとはお館様が京へ上られる日を待つだけしか用がない身になるだろう。世捨人《よすてびと》にはもうなにも要らぬ。あかねは身も心も清らかな女だから……」

そこであかねはまた言葉につかえてしまった。その先はなんといっても云えそうもなかった。

「父はあかねに余の側女《そばめ》になれと申されたのか」

その言葉を訊くとあかねは首筋までを真赤にした。

不憫《ふびん》な父よ、と信玄は思った。甲斐を追放されて既に二十二年になる。おそらく父は生れ故郷に帰りたいのだろう。帰りたいから息子の信玄の御機嫌を取っているのだ。駿河の部将たちに働きかけたのも、なにかと、信玄に恩を売るためだった。

(余計なことをしてくれる)

信玄は、その父の胸中を察すると同時に、その行為を心苦しく思っていた。熟し柿は黙っていても落ちるのだ。駿河は既にその兆候を示している。今はへんなちょっかいを出さずに、なるべく多くの間者を入れて動きを見守っていればいいのだ。今のところ調略の要はない。おそらく、ひとたび、信玄からの使者が行けば、信虎の知らせてよこした部将の他、十人は武田になびくだろう。そういう時勢になりつつあった。

信玄は駿河より遠州を狙っている松平家康の動きに注目していた。この相手は尋常一様な男ではない。信玄の頭の中で、東海道を京都へ向って風が吹きわたり、やがて、その風が駿河に吹きかえしたところで、信玄は、彼の前で彼の言葉を待っているあかねを見た。

父信虎に信玄の側女になれと云われてきたあかねにいまもし、父信虎のもとへ帰れと云ったならば、おそらく彼女は死ぬだろうと思った。その決心で来ていることは充分に窺われた。父信虎が彼女に忍者としての修業をつけたのも、或いは息子の信玄に対する特別な贈り物を頭の中に置いてのことだったのかもしれない。だがいまだに鬱勃《うつぼつ》たる野心を抱いている父を甲斐に連れ戻すことは禍《わざわい》を招くようなものである。いま信玄のできることはその父の贈り物を受けることだけだった。

「あかね、そちは余のところに居たいか」

信玄はそれまでになくやさしい声で訊いた。

「は、はい……」

あかねの声は小さかったが、はっきりしていた。信玄は飯富三郎兵衛の顔を見た。最後の決心をするために、三郎兵衛の同意を求めたのである。三郎兵衛は、信玄の視線を受けて静かに頷いた。あかねを側女にすることに同意したのである。

その夜、信玄はあかねを抱いた。一日に十里を歩き、槍や刀を摑み取ることができるというあかねも、衾《ふすま》の中ではただの女でしかなかった。ただ、あかねの他の女と違うところは、それまでに、初夜権を彼に与えたどの女よりも羞恥心を露骨に見せたことだった。あかねは身体中を茜《あかね》色にした。信玄はそのあかねの肌の滑らかさにためらった。

翌日、日向源藤斎《げんとうさい》が三名の家来をつれて掛川の満願寺に向った。

信虎が京都の前の左大臣三条公頼《きんより》（信玄の正室三条氏の父、天文二十年、大内義隆のところにいて陶隆房《すえたかふさ》の反乱軍のために殺された）の甥、三条実綱（三条家の後継者）をたよって行き、実綱の世話で、五条に寓居を得たのは、二月の半ばになってからであった。信玄はその父のために、金品を惜しまなかった。

松山城土竜戦法

　逍遥軒武田信廉は武将らしくない武将であった。松山城攻撃に際しても、彼自ら積極的な意見を出すことはなく、たいがいのことは部将たちに任せていた。任せっぱなしかというとそうではなく、軍議の席上などでは、かなりしっかりした発言をした。無口な男でめったに口を開くことはなかったが、たまさかの一言には磐石の重みがあった。

　逍遥軒は陣中でよく書見していた。筆を執《と》って詩歌の構想を練っていることもあった。絵筆を執っていることもあった。兄信玄の名代《みようだい》として遠征して来ている総大将とも思えぬような悠々とした態度であった。

　だが逍遥軒に対して諫言《かんげん》するような部将はいなかった。お館様がいないときの戦争はわれわれがやるのだ、われわれがしっかりしておればいいのだと、各部将は思っていた。部将たちは信玄に比較して、極端なほど茫洋《ぼうよう》として見える逍遥軒には近づきがたいなにかを感じていた。

　逍遥軒は突然ふらりと外へ出ることがあった。敵中であるから、うっかり歩くといつどこで敵の乱破《らっぱ》の襲撃を受けないとも限らないから、家来たちは気が気でなかった。だが逍遥軒はそんなことはいっこう平気で、思うがままに馬を進ませて、荒川のほとりまで出て、冬景色をたっぷり半刻あまりも楽しむことがあった。

その日も、本陣に当てている寺から出て来た逍遥軒は供ぞろえがよくできないうちに外へ出た。家来たちは慌《あわ》てて、そのあとを追った。躑躅《つつじ》が崎の館から馬を駈って走り出た若き日の晴信と、このあたりはすこぶる似ていたが、敵地でこれをやられるのは家来にとってまことに迷惑であった。

逍遥軒は市ノ川沿いの道を北に向った。右側が松山城を形成する丘であり、左側が田圃であった。

馬を北に進めると、北西の季節風をまともに受けて寒かった。田圃は薄氷が張っていた。

逍遥軒の馬が風に向って嘶《いなな》いた。そこは岐路になっていて、左は市ノ川に沿った道、右の小道は、松山城の丘陵の下を廻る道になっていた。

逍遥軒は馬首を丘陵へ入る小道に向けた。

(陣地の検分をなされるおつもりかもしれない)

家来はそう思った。それならばそうと、各陣地に知らせて置かないと、あとで文句を云われるから、走り馬を飛ばして

「お館様が陣地お検分に参られるから、手落ちのないように」

と触れて廻った。逍遥軒と信玄とはよく似ているから、一般の兵たちは、逍遥軒をお

館様だと思っていた。逍遥軒でも、信玄でもない、信玄の影法師殿が、陣中見廻りに歩くときも、誰も影法師殿だとは思っていなかった。

逍遥軒は陣地の方へ向けてしばらく馬を進めたが、丘の下で馬を止めた。丘の斜面に並んでいる無数の穴に気がついたのである。

「あれはなんだ」

しばらく見詰めていたが、どうしてもわからないらしく侍臣に訊いた。侍臣が、この土地の熊谷五郎蔵という者をつれて来た。熊谷五郎蔵は五十を幾つか越した男だった。

「百穴《ひやつけつ》と申します」

そして、たくさんあるから百穴と申すのでございますとつけ加えた。

「誰が何時《いつ》、なんのために掘ったのだ」

「それが、とんとわかりませぬ。私の祖父が、そのまた祖父にこの穴のことを聞いたところが、ずっと昔からあるもので誰が掘ったかわからないと云ったそうでございます」

「人間が掘ったものには間違いないのか」

「はい、穴の奥から石器や土器や鹿の骨などが出ることがございます。何千年前のものか見当もつきませぬ。おそらくこの穴は、ずっとずっと遠い昔に、人間が住んでいたものと思われます」

「穴の深さは」

「そう深いものではございませぬ。せいぜい深くて、二間か三間、もっと深いものがあったようですが穴が崩れて埋まって今はございません」

逍遥軒はその話を興味深げに聞いていたが
「穴はどうして掘ったのだ」

と突然訊いた。

「さあ、どうして掘ったものか、遠い昔の、鉄がまだないころですから、木の鋤《すき》や、棒で掘ったのでしょう。石器を使って掘ったかも知れません」

「木の鋤や棒で穴が掘れるのか」

「それはできます。この辺には石がございません。どこまで掘っても赤土ばかりですから、土を掘るのはそうむずかしいことではございません」

熊谷五郎蔵がそこまで話すと、逍遥軒はなにを思いついたのか、突然、馬首をひるがえしてもと来た道を引き返した。家来たちは、わけもわからずにその後を追った。

逍遥軒は寺に着くと諸国御使者衆の角間七郎兵衛を呼んで、すぐ躑躅が崎の信玄のところへ行くように命じた。

「お館様に会ったら、こういうのだ。松山城を地下から攻めるつもりですから、心利いたる振矩師《ふりぐ》（測量師）と金山掘り方衆の小頭を寄こして貰いたい、人夫はこちらで充分間に合うから要らぬ、……わかったな」

角間七郎兵衛は、逍遥軒の言葉を復唱してから、馬上の人となった。角間七郎兵衛は、途中、馬を乗り継いで翌日の夕刻には古府中に着いていた。

信玄は志磨の湯で角間七郎兵衛に会った。

「なに松山城を地下から攻めるとな」

信玄はさすがにびっくりしたようであった。

「信廉《のぶかど》はいったい、なにからそんなことを思いついたのであろうか、そちにもし心当りがあるなら云って見るがいい」

角間七郎兵衛は、逍遥軒が陣地検分の途中で、吉見の百穴を見て、突然角間七郎兵衛を使いに出したことを話した。

「なるほど信廉め……」

信玄は眼のあたりに笑いを浮べると、飯富三郎兵衛を呼んで、すぐ黒川金山から適当な人を選んで松山へ送るように命じた。

黒川金山の振矩師の長は百川《ももかわ》数右衛門であったが、老齢だったから、息子の百川宮内《くない》が出張することにきまり、別に掘り方衆の小頭が十名ほど選ばれて、南佐久の余地《よじ》から峠を越えて、上州の南牧《なんまき》（南目《なんもく》）へ出て松山に着いた。

逍遥軒は振矩師百川宮内に、松山城の絵図を見せて、一応の状況を話してから、その場所へつれて行って地勢を観望させた。掘り方衆の小頭には丘の斜面を利用して穴を掘らせて、土の手応えをたしかめさせた。

「敵の城を落すために三方から穴を掘り進めようと思うがどうか」

逍遥軒は絵図の上に向って三本の線を描いた。

「だいたいこのあたりが本丸になっている筈だ。本丸の底に穴をあけて、そこから入りこみ、城に火をつけるという考えである」

百川宮内も、掘り方衆も黙って聞いていた。

「では明日の朝から穴掘りにかかる。穴掘り人夫には兵を当てる。日頃鍬や鋤《すき》を持っているから、土を掘ることはなんでもないだろう。そのほうたちは、穴の方向、掘った土の処理、穴に坑木を持ちこんで穴の崩れないようにする工事等を監督してくれ」

百川宮内や掘り方衆は逍遥軒の要求がそれほどむずかしいことではないことを知って、安心した。

「で、どのくらいかかるかな、敵の本丸に穴が届くのには」

逍遥軒が百川宮内に訊いた。

「さよう、まず二十五日ぐらいはかかるでしょう」

「それではこまる。二十日以内にやって貰いたい。上杉輝虎が越後から来るまでにこの城を落したいのだ」

「そうなると、われわれの責任ではなく、土を掘る者の心がまえでございましょう」

百川宮内が答えた。

逍遥軒はその後で軍議を開いて、松山城を地下から攻撃する方策を明らかにしてから

「第一の坑道は甘利《あまり》左衛門尉、第二の坑道は日向《ひなた》大和守是吉、第三の坑道は内藤修理、三者それぞれ、本丸の地下までの距離は同じである。どの隊が、本丸地下に一番乗りし

て、火の手を挙げるかを躑躅が崎のお館様は首を長くして待っておられるから、しっかりやるように」

逍遥軒は真面目くさった顔で云った。

三人は意外な顔をしていた。城攻めの一番手なら望むところだが、穴掘り競争とはなんだという顔であった。おそらく、このことを兵たちに告げても、兵たちは、戦さに来たのであって穴掘りに来たのではないと、そっぽを向くだろうと思った。

「穴掘りというと、武士のすることではないと思うかもしれないが、これからの近代戦には手段を選んでいてはならない。鉄砲がいい例ではないか。今から十年前までは、鉄砲では天下は取れぬと云っていたのに、現在はどうだ。織田信長はその鉄砲でどんどん領地を増やしているではないか。穴掘りをするのも、槍を使うのも、戦さをすることには変りはない。明朝卯の刻（午前六時）ころより穴掘りを始めることにする」

異議を唱える者はなかったが、甘利左衛門尉も、日向大和守是吉も内藤修理もあまりいい気持ではなかった。三人はそれぞれ隊に帰って、この新しい命令を伝えた。

「父上、穴掘りなどとあなどってはいけませぬ。それこそお館様のいうように、新戦術でございます。その戦いには、私を当てて下さい。きっと兄藤九郎の汚名を雪《そそ》いで御覧にいれます」

日向大和守是吉の次男、日向吉次郎が云った。お館様と云ったのは、信玄が陣中にいると思っているからだった。吉次郎の兄の日向藤九郎が敵の水の手を取ろうとあせって鉄砲に当って死んだのはついひと月ほど前のことであった。それも、もとはというと、甘利左衛門尉との功名争いからそうなったのであった。日向吉次郎は穴掘りであれ、なんであれ、甘利左衛門尉には負けたくなかった。

日向吉次郎はその日のうちに屈強の者百名を選んで、明日からの坑道掘り競争に備えた。土を掘る道具も、取り揃えたし、百川宮内や掘り方衆にも会って、その要領を教わった。翌朝日向吉次郎は卯の刻より半刻ほど前から土掘りに掛っていた。まだ暗いから提灯をつけての仕事だが、仕事場の周囲には、前夜のうちに、風除けとして、藁束《わらたば》を高い柵にゆわえつけて眼かくしにしてあったから、他の隊には気付かれなかった。

甘利隊や内藤隊が気がついたときには、日向隊は、三間あまりも掘り進んでいた。

「抜けがけの功名を狙《ねら》っての、お計らい、約束と違うではないか」

と甘利隊から云って来ると

「お館様の言葉は卯の刻ころよりとあった筈、卯の刻ころだから卯の刻より半刻ほど前後するのは当り前でしょう」

とやりかえした。

日向隊が意外に張り切っているので、甘利隊も内藤隊もあわてた。下手をすると、手柄を日向隊だけにさらわれてしまうことになるからであった。甘利隊も内藤隊も穴掘りに熱を入れるようになった。

穴は二間ほど掘りすすめると、そこに百川宮内が来て、竹筒に水が入った水準器や、間縄《けんなわ》（計測縄）や標識棒を打って、穴の方向を決めた。穴の方向がきまると、三人の屈強の者が前面の土の壁を崩し、足元に落ちた土はすぐ後ろに運ばれ、掘り方が疲れると、新手に交替するといった方法で、どんどん掘り進められて行った。或る程度穴が掘り進められると、そこに坑木が持ち込まれて、坑道が崩れ落ちないように始末された。数日はまごついたが、馴れたら仕事は順調に進んだ。

七日目で、甘利隊は水脈に行き当ったので、やむを得ず方向を変えた。甘利隊はその競争から遅れたかに見えた。内藤隊と日向隊は順調に掘り進んで行った。

松山城の望楼からは、寄せ手がなにを始めたかがよく見て取れた。掘り出した土が畚《もつこ》で運ばれて後方に積み上げられていた。三隊がそれぞれ、その棄て土の山を競っているかのように赤土の山は日に日に高くなって行った。

赤土の山が高くなることは、それだけ地下の穴は掘り進められて来て、何時かは、城の底に達することになる。城兵にとってはすこぶる薄気味の悪いことであった。

「なんとかせねばならぬ、いい方法はないか」

城主の上杉憲勝は主なる家臣を集めて問うた。

「敵が穴掘りに夢中になっている間に、一気に押し出して、警備兵をたたき、敵の本隊が来るまでの間に、穴の入口を塞《ふさ》いでしまうのはいかがでしょうか」

というものがあった。

「それはいい手だが、塞いだ穴の口など、半日もあればすぐ掘り明けられるだろう。それよりも、こちらから逆穴《さかあな》を掘ってはどうか」

智将の難波田弾正が云った。

逆穴とはなんであろうかと、一同が見ている中で難波田弾正は、城の絵図面の前に進み出て
「敵は、本丸の地下を眼ざして三方から穴を掘り進めている。おそらく、穴は間もなく、このあたりまで来るであろう」

難波田弾正は城の石垣の外側あたりを指して云った。

「味方はここら辺りに穴を掘りおろして行って、おおよそ、敵の穴が来そうなところに溝を掘って待っている。敵の穴があいたら、そこに糞尿《ふんにょう》を流しこんでやるのだ。本丸を狙って掘り進んで来る穴だから、この辺では穴は上り勾配になっている。そこへ上から糞尿を流しこめば、その坑道は糞尿でいっぱいになる。よもや攻め上ることはできない。糞だらけになって這い上って来たところで、待ちもうけているこちらの兵にたちまち突き伏せられてしまうことは必定《ひつじょう》である」

城主上杉憲勝は難波田弾正の策を取り上げた。その日から、城内でも逆掘りが始められた。逆掘りを始めたということが分ると、穴の方向を変えられるから、掘り出した土は中の曲輪《くるわ》に敷きつめた。

「どうも敵の様子がおかしい。ひどく落ち着き払っているではないか」

飯富兵部は逍遥軒の側近部将として来ているから、こまかいところに神経を使っていた。松山城攻めの成功、不成功は、そのまま、彼の手柄にもなり落度にもなるのである。飯富兵部は、次々と忍者を放って城内の様子を探ろうとしたが、城内の警戒が厳重で入ることができなかった。それではと飯富兵部は、城から出て来る敵を捕える計略を立てた。北条軍と打合わせて、北条軍と甲軍との境界線の警戒をわざと手薄のように見せかけて、そこに兵をかくして置いた。夜半城を出て来た敵がその網にかかって、飯富兵部のところへつれて来られた。その男は城主上杉憲勝から、上杉輝虎あての援軍要請の書状を持っていた。城内の糧食はいよいよ残り少なくなったし、最近、甲軍は地下に坑道を掘って攻めて来る様子、松山城はまさに風前の灯の状態にある、至急援軍をさしむけられたいと書いてあった。

「名前はなんというのだ」

飯富兵部が訊いても男は答えなかった。死を覚悟している様子だった。

「灯を此処に……」

飯富兵部は家来に云って、燭台を手にすると、自ら立上って、捕虜の傍に行った。男は観念したように、地面にあぐらをかいて、眼をつぶっていた。

「糧食はいよいよ残り少なくなったとあるが、この顔は腹が減った顔ではないな」

飯富兵部はそう云いながら、男の身体を改めて行くうちに、草鞋《わらじ》についた真新しい赤土に眼をつけた。

「この男を捕えてつれて来る途中で、穴から掘り出した赤土の上を通ったかどうか」

飯富兵部は味方に訊いた。

「いえ、捕えたところから真直ぐ、此処へ連れて参りました。掘り出した赤土を踏むようなところは途中にはございませんでした」

「すると、こやつは、城内で真新しい赤土を踏んだということになる――とすると」

飯富兵部の顔色が変った。

「これ、城内でも穴掘りにかかったな。そうであろう、すでに証拠が上ったのだから強情を張ったところでなんにもならない、正直に申せば命を助けてやる」

だが男は沈黙したままだった。

その夜のうちに部将たちが集められて、城内で逆掘りを始めたらしいという新しい情報が伝えられた。

「それは当然考えられることです。穴の方向を変えねばなりますまい」

そして百川宮内は新しい図を書いて逍遥軒の前に出して説明した。

「おそらく敵は、お味方の坑道は、坑道口から本丸に向って真直ぐ掘り進められているものと見て、その前面に逆掘りをしていると存じます。それで敵を欺《あざむ》くために、中央の日向隊だけは真直ぐ掘り進んで行って、敵の逆掘りに会ったら一時引き返して待機する。右側と左側を掘り進んで行く甘利隊と内藤隊は途中から、大きく迂回して、本丸に向って穴を掘りすすめたらいかがかと存じます。甘利隊と内藤隊が本丸下に達するまで日向隊は待っていて、いよいよ、甘利隊と内藤隊が本丸下あたりまで行ったころを見計って、日向隊は敵が待ち設けている逆掘りへ掘り進み、敵をその方角へ引きつけている間に、甘利隊と内藤隊は本丸の下に穴をあけ、城内に入りこみ、放火するのが良策と存じます」

なるほどと一同が頷いた。

日向吉次郎は、坑道の掘り進み競争がふいになったが、敵を坑道に引き寄せるという役目だから、そう悪くは思っていなかった。

赤土の山は日を追って高くなって行った。

甲軍が坑道を掘って敵を攻めるという新しい方策を採《と》ったのに対して、甲軍と共に松山城を攻撃している北条軍は、なんらなすところがなかった。

「甲軍は地下に坑道を掘って、松山城を爆破させるそうだ」

「やはり武田信玄は並勝れたお人だな、考え方が奇抜だ。きっと松山城は坑道に負けて降参するに違いない」

などと北条の兵が話しているのが、部将の大導寺駿河守政繁の耳に入った。大導寺は、これを家老の松田尾張守憲秀《のりひで》に話した。

「実は、そのことがちと気になっていたところだ」

松田尾張守憲秀は北条氏綱、氏康、氏政と三代に亙って家老を務めた人であった。なかなかの器量人で、先の先が見えた。

「このままにしておくと、武田に名を上げさせることになるかもしれません。お味方としても、なにかこのあたりで手を打って置きませぬと」

大導寺政繁が云った。武田に名を上げさせるといった裏には深い意味があった。もともと、関東での戦いの主導権は北条にあった。北条は、関東制覇の野望のもとに上杉輝虎と戦っていた。今度の松山城攻撃に際して、武田に援軍を求めたのは、共同の敵上杉輝虎の勢力を減殺しようという誘いであって、関東に領土を求めて出て来いという誘いではなかった。ところが、大軍を率いて、関東の中心部に出て来た甲軍の働きは眼ざましかった。松山城攻撃の主導権はいつの間にか甲軍に奪われたかの観さえあった。ましてや、今度の地下戦術は画期的なものだけに、もし、その戦術が功を奏して、松山城が落城したとなると、武田信玄は当然この城を取るであろうし、この城を取れば、関東の真只中の武蔵の国に武田の軍旗がひるがえることになる。北条側にとっては、越後の上杉以上に手ごわい敵を関東に迎えたことになるのである。

「武田は味方だが、おそるべき味方である」

松田憲秀は溜息をついた。

「ひとつだけ策がございます」

大導寺政繁は松田憲秀のそばに、にじり寄って云った。

「上杉憲勝殿に降伏をすすめることでございます。越軍は雪にさまたげられて、この冬中に到着はむずかしい。いまのうちに北条方に降伏しないと、甲軍に城は焼かれ、一人残らず殺されること間違いなしと云ってやるのです」

「それで果して降伏するであろうか」

「それは降伏の条件によると思います。いま降伏すれば、とがめ立てをしない、城も人もそっくりそのまま北条方の麾下《きか》に繰り入れるということにしたらいかがでしょうか」

松田憲秀は頷《うなず》いて、しばらく考えていたが
「その使者をおぬしがやってはくれぬか。おぬしは、難波田弾正とも知り合いだし、上杉憲勝とも会ったことがある。この役目はおぬし以外にはない」

大導寺政繁はまさか云い出した自分に、その大役が懸って来るとは思っていなかったから、驚いた様子だったが、いまさらいやだというわけにもいかないから
「お館様が、そうせよと云われるならば、その使者を務めましょう」

大導寺政繁は承知した。

松田憲秀は早速このことを北条氏政に話した。氏政は上杉憲勝あての降伏勧告状を書いた。

その夜、松山城に向って矢文が送られた。明朝辰の刻に軍使として大導寺政繁が参上するから宜しくという文面であった。

大導寺は梅の枝を持って松山城におもむいた。

「来る途中見掛けたものでございます」

と云って大導寺政繁は、その梅の枝を上杉憲勝にさし出した。

「梅の花のようにきれいに散れと申すのか」

上杉憲勝は、昂奮していた。眼が赤いのは、寝不足が原因と思われた。

(城内でなにか起ったたな)

と大導寺政繁は感じた。入って来るとき見掛けた城兵の動きも、ただならぬ様子であった。

「梅の花のように香り高くあれと申し上げたいのです。この城はもう充分に戦いました。これ以上戦うことは……」

と云いかけると上杉憲勝はその言葉をさえぎって
「武田の坑道が本丸に迫ったから降伏せよというのであろう。だが、その坑道の一つは今朝方逆掘りにひっかかって押えられてしまった。他の二つの坑道も間もなく押えられるに違いない。武田のもぐら作戦など恐るることがあろうか」

と云った。

「押えたのは真中の一つでしょう」

と大導寺政繁が云った。大導寺政繁は北条軍の使者として、甲軍陣地を訪れたとき、中央坑道を指揮していた日向吉次郎に会ったことがあった。日向吉次郎は食いつきそうな顔で大導寺政繁を見て
「この坑道をよく御覧なされ。あと十日もたたないうちに、この道は本丸の地下へ通ずることになりましょう」

大導寺政繁はそのときのことを思い出して、ふと、真中の坑道一つと云ったのである。

上杉憲勝の眼が光った。

「さよう、まさしく真中の坑道から本丸に向って真直ぐに掘り進めて来た坑道を押えたのだが……」

なにか、大導寺政繁が他の二つの坑道について知っていはしないかというふうな眼を向けた。

「坑道は他に二つあります。その坑道が、どこをどう通って、城の要所へ掘りすすめられているかは御存じありますまい。この城は、まさに累卵《るいらん》の危機にあります。甲軍の他の二道が完成して城の底に爆薬をしかけられたら、城は一瞬にして吹き飛ぶでしょう。城だけではありません。甲軍がこの城を奪った場合、どのようなことが起るか御存じないでしょう。甲軍は城に乱入し、女を犯し、物を奪い、手向った男は殺します。捕虜になった男は金山に送られ、捕えられた女は金山の遊女とされます」

上杉憲勝は顔色を変えた。そこに並いる部将たちの顔も真青だった。

大導寺政繁はさらにつけ加えた。

「北条氏政殿は、そうなることを心配なされています。今日中に北条に降れば、城も人もすべて北条の麾下として迎えると云われています。女、子供の身の安全も絶対に保証いたします」

大導寺政繁は氏政の書状を出した。

「いますぐ返事はできないでしょうから、明朝まで待ちます。心が決ったら、すぐ使者を立てられるように、そして最後にせめて今宵中に、本丸の地下に穴があかないことを祈っております」

と云って帰って行った。

北条軍が友軍に相談なく、単独に使者を城内に送ったことは甲軍の部将を刺戟した。

「北条方のあやしき態度よ……」

武田の部将は北条軍を警戒する一方、地下の坑道は更に掘り進められて行った。その夜半、甘利隊と内藤隊の坑道は本丸直下の食糧庫の下に達した。

松山城の部将たちは大導寺が云い残していった、他の二つの坑道がどこをどう通って城の要所へ……という言葉を気にして、城兵を総動員して、地下の物音を探らせた。

本丸の食糧庫の下に物音を発見したのは明け方だった。甲軍が地下に迫ったことは疑いなかった。地下に爆薬を仕掛けているのかもしれないと思うと一刻の猶予もできなかった。緊急会議が開かれて、夜が明けると共に、降軍の使者が北条軍におもむいた。すぐ北条軍からの使者が武田の本陣に来て、松山城が北条方に降伏したことを告げた。

「こんなばかなことがあるか」

甲軍の将兵が怒っている間に、松山城の城内から城兵やその家族が姿を現わして、続々と北条軍に投降した。甲軍を怖《おそ》れて北条へ逃げたような形だった。

時に永禄六年二月六日であった。

「北条のやり方はひど過ぎる。こうなったら北条を相手に一戦をやろうじゃあないか」

甲軍の将兵が怒っているとき、新しい情報が入った。上杉輝虎が深雪の国境を越えて関東に現われたのである。越軍が来たというのに、北条と戦うこともなかった。

「松山城が落ちたら、あとは北条にまかせてさっさと引き揚げるように」

躑躅が崎の武田信玄から命令が届いた。

甲軍は隊伍を整えて武蔵の国を去った。

「ばかばかしい戦さをしたものだ。もぐらの真似をした揚句、臭《くさ》いものを嗅《か》がされ、それで松山城は北条のものとなるとは……」

日向吉次郎は帰る道々怒っていた。

伊勢物語

永禄六年の春になっても信玄はまだ志磨の湯にいた。志磨の湯が気に入ったこともあったが、館から離れて、客観的に天下を展望するには此処はまことによいところであった。

「逍遥軒はけっこうな手立て（作戦）を考えておるし、将兵たちもよく戦っている。別にこの信玄がでしゃばることもあるまい」

信玄は側近の飯富三郎兵衛に云った。

「こういうときにこそ、お自愛なされていざというときには、お館様自らの御出陣を願わねばなりますまい」

飯富三郎兵衛が云った。彼が心配している信玄の身体の方は小康状態にあったが、侍医の御宿監物《みしゆくけんもつ》に云わせると、まだまだ本復とまではいっていなかった。躑躅《つつじ》が崎の館にでかけて行って長い時間仕事をしたり、人に会ったりすると微熱が出ることがあった。

「今年いっぱい志磨の湯に滞在しておられたら、本復されるでしょう。ここまで来たのだからもう一息の辛抱です。もう半年や一年、大事の前の小事」

その最後の言葉が気になったから飯富三郎兵衛が問いただすと
「大事とはお館様の御上洛……」

侍医の御宿監物はそう云って手をついた。武田信玄が駿河に進出し、東海道を京都へ上ることは武田信玄だけの意志ではなく、家中の者の希望にまでなっていたのである。

信玄はいつになく泰然としていた。天下の情勢ははげしく動いているのに、さほど気にしている様子はなかった。ただ、それらの情報をことこまかに聞いた。松平家康と今川氏真との関係が断絶同然になっているということはかなり信玄の気を引いた。信玄は駿河から三河方面にかけての諜報活動を強化した。今川方の重臣たちの動きも厳重に監視し、いざというときは何時でもその重臣たちとの交渉ができるような手筈を整えていた。瀬名駿河守、関口兵部少輔、葛山《かつらやま》備中守等今川方の家臣の中には、既に武田方と通じている者がいた。

駿河方面に進出の準備を始めるとともに、後尾の備えは更に厳重にした。上杉輝虎が信濃へ進出することをさけるために、上野《こうずけ》へ出兵して牽制したり、信越国境に近い飯縄《いいづな》山麓に軍用道路を作って越後をおびやかしたりした。すべて、志磨の湯にいる信玄が頭の中で考え出したことであった。

暑い夏が過ぎて、涼しい風が吹き出したころ、三条氏が志磨の湯へ見舞いに来た。

三条氏が志磨の湯へ来ることはそう珍しいことではなかった。正室を意識しての世話焼き的な気持と新しく信玄の側室となったあかねとどんな生活をしているか見たいという、嫉妬心とを併せての訪問であるから、信玄にとっては迷惑なことであった。

「お館様は毎日、毎日優雅な生活を送られていられるとか。優雅もいいが、あかね殿との優雅な交わりが過ぎて、折角快方に向われた身体をだめになされぬようにお気をつけられますように」

三条氏は相変らずの皮肉を云って、その辺を嗅ぎ廻るように見廻していた。正室三条氏が来たのだから、あかねはずっと下座に下っていた。項《うなじ》が白く見えた。

「あかねどの」

と三条氏はあかねの方に眼を向けて
「なにかと、気むずかしいお館様故、気苦労がたいへんでしょうね。もっともあなたは、ほかの女たちとは違って、ずいぶんと修業も積まれておられることゆえ、お館様の無理などなんとも思ってはいないかもしれませぬが……」

修業を積まれておられると三条氏が云ったのは、あかねが、信虎の忍び衆であり、忍者としてのたしなみがあることを指しているのである。あかねは平然としていたが、信玄は、それ以上三条氏につまらぬことを云って貰いたくないので
「なにか用があったのか」

と訊いた。

「おやまあ、私は用がなければ来られないのでございますか。武田信玄の正室というのは名ばかりでございましょうか」

泣きそうな声をしたので、信玄はいささかあわてて
「いや、そういうつもりで云ったのではない。なにか用があるような顔に見えたから訊いたまでのこと、用がなければそれでよいのだ」

「いえ、用はございます。実は、お館様にあやかって、私も優雅な生活がしたくなりました。もうかなり久しいことになりますが、お館様は今川義元様から、伊勢物語を借用しておられましたが、あの本はまだお手元にございましょうか」

「なぜ、急に伊勢物語など読む気になったのだ」

「だから、私も優雅な生活……」

「わかった。その本は大事な本だから、館《やかた》の書庫に保管してある。読みたければ、家来に申しつけて、そなたのところへ届けてやろう」

信玄はそう云いながら、三条氏の眼の中に嘘《うそ》があるのを見て取った。三条氏は公卿《くげ》の娘だから一応の読み書きの教養は身につけてはいるが、自ら進んで伊勢物語を読みたいなどと云い出す女ではなかった。

(それでは三条氏がなぜ伊勢物語を)

そこまで考えて信玄は、三条氏の背後にいる者に思いついた。太郎義信の正室於津禰《おつね》の方は今川氏真の妹である。今川氏真が、伊勢物語について妹になにか云って来たのを於津禰が三条氏に取りついだのではなかろうか。

伊勢物語は、在原業平の詠んだ歌を中心に編集した歌物語であって著者は不明である。

古本、朱雀院塗籠本《すじやくいんぬりごめほん》、そして定家本《ていかほん》の三種があった。

定家本というのは藤原定家が天福二年（一二三四）に自ら筆写したものである。

今川義元は大金を投じて京都の公卿からこの本を買った。定家本の原本を入手したのだから今川義元は大得意になって、会う人ごとに見せびらかした。この本が武田家に来たのは天文二十三年である。その年の三月に北条氏康が駿河に進入した際、信玄自ら駿河に出兵して刈屋川で北条氏康の軍を破った後、今川、武田、北条の三家の間に攻守同盟が結ばれた。武田信玄が今川義元に伊勢物語を乞うたのはこの折であった。

（稀本《きほん》故にさし上げるわけにはいかない。写し本を作られたら返していただくことにして、しばらく武田家に預けておこう）

今川義元はそう云って貸し出したのであるが、六年後の永禄三年に死ぬまで、その本を返せという催促がないから、信玄はその本のことはいつか忘れていたのである。

「あれから足かけ十年になる」

信玄はぽつりと云った。十年もそのままになっていたことは、伊勢物語の所有権は武田にあると見てもいいだろうと思った。

「さようでございます。まさしく十年になりますわねえ」

三条氏が云った。彼女もまた、伊勢物語が武田へ来てからの年を数えていたようであった。

三条氏が帰ると、信玄はすぐ飯富三郎兵衛を呼んで、横目《よこめ》（目付役）に駿河からの新《あら》館《やかた》（義信の居所）への書状又は使者については特に厳重に監視するように命じた。今川氏真が妹の於津禰――於津禰と気が合っている三条氏を通じ、武田家の内情を知ろうとしている事実があるかもしれないと思ったのである。

半月ほど経って横目からの報告が飯富三郎兵衛を通じて信玄のところにあった。新館の於津禰御寮人は駿河に手紙を出すことも、駿河から手紙を受取ることも少しも気にしていない様子だということであった。

「なるほど実家《さと》へ手紙を出したり、実家から手紙を貰ったりすることは別に悪いことではないからな、ただそれだけならば――」

信玄はつぶやいた。

そんなことがあってからひとつきほど経って、駿河の今川氏真からの使者が来た。

「今川から使者とな」

信玄には、その使者がなにか特別の用件を持って来た使者に思われた。信玄は躑躅が崎の館の書院で、側近の飯富三郎兵衛だけを従えて、その使者に会った。

「かねて、今川家から、武田家に貸し出してある、伊勢物語を御返却願いたい」

使者は切り口上で云った。

「伊勢物語をな、あれは今川義元殿から借用してもう十年にもなる。今まで知らん顔をしていて急に返せとはなにかわけがあるのか」

「別にわけはございませぬ。氏真様が、読みたいと仰せられます故に戴きに参ったのでございます」

「氏真殿が伊勢物語をな、それはよい心掛けだ。そのようなわけならば、すぐにでもお返ししたいのだが、実は数年前、あの伊勢物語は賊に盗まれてしまったのだ。残念ながら手元にはない」

信玄はとぼけた。盗まれてないと云えば強《し》いて返せとは云うまいと思ったのである。

使者が帰ってから数日後に太郎義信が信玄のところへ来て云った。

「父上、今川殿から借用した伊勢物語はお返しになったほうがいいのではありませぬか。盗まれたなどと嘘をいうのは父上らしくないふるまいと思います」

「義信、そのことは誰から聞いた。余はその話はまだ誰にも話してはいない。余が話さないのにお前が知っているということは今川殿の方から聞いたことになる。どこをどう通ってそちの耳に入ったか云ってみるがいい」

信玄は義信を諭《さと》すように云った。

「そんなことをいちいち父上に報告しなければなりませぬか。たとえ、その話を私が今川家から聞いたとしても、いっこうにさしつかえないこと。今川家と武田家は同盟国であると同時に親類ですから、お互いに或る程度の意志が疎通してもかまわないと思います」

「ほんとうにそう思うのか」

「と云われる父上は、そうは思わないのですか」

「義信、今は戦国時代だ。よくよく天下の形勢を見てから、ものを云うものだ。いかに親しい隣国であろうと、いつ敵になるか分らない時勢だ。甘い考えでいてはならない」

その信玄の教えを義信は、率直には受取らずに
「戦国時代であるからこそ、隣国との信義は重んじなければならないと思っております。義兄の今川氏真殿に対しては、とかくの風評がありますが、氏真殿に力が足りなければ、当然武田が力を貸してやるべきではありませぬか」

信玄は黙って義信の顔を見ていた。義信はもう子供ではない、ちゃんと考えて云っていることだから、頭から押えつけることはできなかった。

「義信の今川氏真びいきも困ったものだな、どうしたらいいだろうかな」

信玄は飯富三郎兵衛に相談した。

「於津禰御寮人の気持がかなり義信様を支配しているのではないかと思います。義信様も、お館様を真似て、そろそろ、他の女に興味を持たれればいいのに、於津禰御寮人以外の女には眼を向けようとなさらぬ」

飯富三郎兵衛が云った。

「義信と於津禰とはそれほど仲がいいのか」

信玄は、於津禰の顔を思い出しながら云った。白い肌をした気の強そうな女だという印象しか残っていなかった。その於津禰に義信が首ったけだというのは、なぜだろうか、男が一人の女にだけ夢中になれるものだろうか、信玄は首をひねった。

「於津禰という女のことをもう少し知りたい」

信玄はひとりごとのように云った。飯富三郎兵衛が或いは既に、於津禰について調べがついているかもしれないという期待をかけて訊いたのである。

「今川義元殿の性格がすべて於津禰殿に伝えられたようなおひとでございます。詩も歌も上手に作るし、書物の知識も豊富です。乗馬や薙刀《なぎなた》の心得こそございませんが、戦記や軍記、六韜《りくとう》の兵法書まで読んでいるということでございます」

「つまり、学がある女というわけか」

「学もありますが、学ばかりで女が男を引きつけることはできません。於津禰殿は女としての魅力もまた人並以上に備えているのでございましょう」

飯富三郎兵衛は意味あり気なことを云った。

「於津禰が妊娠でもすれば、義信は他の女に眼を向けようが」

と信玄は半ば冗談のつもりで云ったが
「もうお輿入れになってかれこれ十二年、できるものなら当然跡継ぎができておりましょうが、それができないのは、お二人が仲がよすぎるからだと申す者もございます」

信玄が志磨の湯に来て三年目を迎えた。もう微熱はほとんど出なくなった。御宿監物も、そろそろ館へ引き揚げてもよいだろうと云った。

永禄七年になって直ぐ、今川家から再度の使者が来た。家老の庵原安房守《いおはらあわのかみ》の弟庵原備前であった。初めから伊勢物語のことについて掛け合いに来たと云っているところを見ると容易のことでは引き揚げそうもなかった。信玄は覚悟を決めて庵原備前に会った。その席には重臣が顔を揃えた。

「伊勢物語をお返しいただきたい」

庵原備前が云った。

「この前も申したように、伊勢物語は盗まれてしまってない」

信玄が答えると庵原備前は首を左右に振って、そのようなことはないはず、どうしてもないと云われるならばと、胸を張ってはっきり

「場合によってはお館様のお近しいお人の名を出さねばならなくなります」

と云った。伊勢物語が、武田家にあるということを知っている人の名前を云うぞというおどかしであった。お館様のお近しい人というのが誰であるかはほぼ想像できた。

庵原備前が、敢《あ》えてそこまで云うのは、いざとなったら、名を出してもかまわないと、その近しい人の了解を得ているようにも思われた。

もしその近しい人というのが義信であれば、信玄はわが子義信に裏切られたことになる。

「この際は、伊勢物語を返してやったほうが上策かもしれません」

飯富三郎兵衛が信玄の耳元で云ったが、その諫《いさ》めの言葉に反発したのか、信玄は

「余の近しい人の名前と申したな。その者の名前が余の前で云えるなら云って見るがいい」

信玄は大見得を切った。こうなれば押しの一手で行くしかないと思った。いくらなんでも、此処で義信の名前を出して、信玄に恥をかかせるようなことはすまいと思った。

庵原備前は信玄が飽くまで強気でいるのを見て腹を立てたのか

「それでは申上げます。於津禰御寮人様より聞きましたるところによると、三条様がこのごろ伊勢物語をお読みになっておられるとのことですが、これでも盗まれたと申されるのですか」

義信の名は出なかった。信玄はほっとした。女の口から出たことなどたいして問題にすることはないと思った。

「ああ、あれか、あれは写し本だ。本物とそっくりに見えるが、あれは写したものだ」

「それでは、その写し本でもいいから、返していただきましょう」

「庵原備前、それは云い掛りであろう。写し本は、こちらの手によって写し取ったものだから、こちらのものだ。そちらへ返すべきものではない。写し本のまた写し本なら、近日中にこしらえて進ぜよう」

こう云われたら庵原備前はもう云うべきことはなかった。庵原備前が出した於津禰という切り札も信玄の前では用をなさなかった。

庵原備前が退出したあとで信玄はその席にいる義信に云った。

「このたびの於津禰のやり方はまるで今川家に内通したも同然ではないか。そちはこれをどう考える」

「於津禰のしたことは正しいと思います。非は父上にあります。伊勢物語の定家本の原本を詐取しようという父上の心を私は心苦しく思います」

義信はぎらぎら光る眼で信玄を睨《ね》めつけながら、さらに

「今川家の家宝を舌先三寸で、ごまかし取ろうなどとするのは狂気の沙汰としか思われませぬ」

その席には、飯富三郎兵衛、飯富兵部、馬場民部、内藤修理、小山田信茂などの重臣がいた。重臣たちが思わず息を飲んだ。蒼白な顔をしている者もいた。

志磨の湯からそろそろ躑躅が崎の館へ帰ろうとしている信玄のところへ、三条氏が再度の訪問をした。

桜が散って、菖蒲《あやめ》が咲き出したころであった。

「近々お館様は躑躅が崎の館へ御引き揚げになるとか、ほんとうでございますか」

「御宿監物も、もうよいと云っているから、そうしようと思っている。ここにいるとなにかと不便だ」

「でも、私が御宿監物に聞いたところ、微熱もなくなり顔の色艶もよくなり、肥って来たからといって油断はできない。ほんとうは、もう一年ほど静養して病根を断《た》ってしまったほうがよいと申しておりました。御不便でしょうが、もうしばらく此処に居られたほうがいいのではないでしょうか、御不便と申されても、あかね殿もいることだし

……」

と例の皮肉をちょっぴり云って帰っていった。

おかしな女だなと信玄は思った。三条氏が信玄の身体のことを心配してわざわざ見舞に来ることからしてへんなことだ。この前は於津禰の手先として、伊勢物語の所在を確かめに来たのだ。いったい今度はなんのために来たのだろうか。

「あかね、忍者は、人の顔つきで相手の心を読むことができるというが、そなたもそれができるか」

「忍者の修業といっても、私のしたのはほんの基礎的なものですから、……でも一応は読心術は学んでおります。読心術といっても、別にむずかしいものではなく、心になにかあれば、必ず態度に現われる。その外に現われるものを見逃さないこと、それだけでございます」

「では訊くが、三条が見舞に来た本心はなんであるかわかるか」

「おおよそは想像されますが……」

「云ってみるがいい」

「お許しを……」

「なぜ」

「嫉妬心で云ったのだと思われたら嫌だからでございます」

「かまわぬ、思ったとおりのことを云ってみるがいい」

信玄は半ば命令的に云った。

「三条様は、ここしばらく、お館様を志磨の湯に留めて置きたいのでございます。それはお館様の身体のことを心配しているのではなく、別な理由からだと思います。おそらく誰かに頼まれて……」

「どうして、そんなことがわかるのだ」

「三条様の声は、この前と違って上ずっておりました。この前は私を見る眼が嫉妬に燃えておりましたが、今度は、私の眼を怖れておりました。この前と、今度の手の動きを見ますと、今度の方が落ち着きがなく思われました。僅かの間に、膝に置いた手を三度も上げたりおろしたりなさいました。眼の輝きの中に引き負けの色が窺《うかが》い取れました」

あかねはすらすらと云った。

「引き負けの色とは」

「忍者が使う言葉です。心にやましいことがあれば、自然とそれが眼に現われる。それを引き負けの色と申します」

「三条が余にやましい心を持って来たというのか」

「おそらく、そうだと思います」

あかねは確信を持って云った。

「なにか、余のためになることがあれば云ってみてくれ、不安になった」

信玄は、考えこんだ。

「変あらば兆あり、兆あらば備えよ——という言葉がございます。身辺の警護を厳重になされることが肝要かと存じます。たとえば、この志磨の湯の奥殿の一室は、このあかねが生命をかけてお守りいたしますが、もし志磨の湯を軍勢に包囲されたら、私の手ではどうにもなりませぬ」

あかねはおそるべきことを云った。

「すぐ館へ引き揚げようか」

「慌《あわ》てることはございますまい。あと一年はこの志磨の湯に滞在すると、侍医殿より三条様に申上げて、周囲の動きを見ることもひとつの手、動きは必ず現われます」

信玄はあかねの言葉をそのまま信用したくはなかった。三条氏がなにかをたくらんでいるとすれば、その背後に義信を考えねばならなかった。いったい義信がなにをしようというのだ。

信玄は御宿監物を呼んで、もう一年間志磨の湯に滞在するつもりだと云った。御宿監物はびっくりしたような顔をしていたが

「それがほんとうの御養生というものです」

と云った。

飯富三郎兵衛には、志磨の湯の周囲を見張るように云いつけた。警備の兵を増すと眼につくから、目立たぬように、人を配して、志磨の湯を窺う者があれば捕えて吟味せよと命令を出した。その役は、横目の者十数名に与えられた。

梅雨の季節に入ってから間もなく、横目の手によって、僧と物売りが捕えられた。僧も物売りも、姿を毎日のように変えながら、志磨の湯の周囲を徘徊していてあやしまれたのであった。僧は駿河の善得寺の身分証明書を持っていたが、物売りは身のあかしを立てるような物はなにも持っていなかった。生国も云わないし、名も云わなかった。処刑を待っているふうであった。目付はその男を町の辻に縛りつけて置いて面体を知っている者は届け出るようにという高札をその傍に立てた。

その日のうちに男は舌を嚙み切って死んだ。舌を嚙み切って死んだが、その男の身元は分った。男は飯富兵部の組下にいた男であった。川中島の大会戦のときには物見として手柄を立てたこともあった。

「確かにこの男は組下にいた男ですが、ひと月ほど前に公金を盗んで逃げた男です。拙者もひそかに探していた男です」

飯富兵部が云った。飯富兵部の組下の物頭を呼んで調べてみると、そのとおりであった。

僧の身柄はやがて判明した。今川方の間者であった。

信玄は志磨の湯をうかがっていた間者の身元のことは深くは詮索しなかったが、目付、横目を呼んで、義信、飯富兵部の身辺を厳重に見張るように命じた。目付、横目は現代的に云えば憲兵と同じ組織であった。目付、横目は独立機関として領主の配下にあって家臣の行動を取締る役目であった。

永禄八年七月十六日の朝、目付の坂本武兵衛と横目の荻原《おぎはら》豊前が信玄のところへ来た。信玄は人払いをして、二人の話を聞いた。

「義信様は昨十五日の夜、城下に盆燈籠を見に行くと云ってお忍びで出られました。従う者は長坂源五郎、曾根周防《すおう》の二人だけでございます。ところが盆燈籠の立ち並ぶ城下の方へは行かれず、飯富兵部様のお屋敷へお立寄りになり、深夜ひそかに御帰館なされました」

信玄はその報告を重視した。盆燈籠を見物に行くのはかまわないが、燈籠見物と称して飯富兵部と深夜まで話して帰ったということは捨て置けない重大事であった。飯富兵部は、義信の傅役《もりやく》であった。義信の年少のころから義信の傍にいたから、義信がなにかといえば、飯富兵部をたよりにするのは当然であった。だが、用があれば館へ呼べばいいことであり、わざわざ義信が出掛けて行くこともない。しかも、燈籠見物などという嘘の口実をなぜつかわねばならなかったのだろうか。

信玄は義信と飯富兵部との身辺をさらに監視するように命じた。目付、横目だけでは心もとないから、諸国御使者衆の一人駒沢七郎を呼んで、義信と飯富兵部の間に疑わしいことがあれば探《さが》し出すように命じた。

山本勘助亡きあとは、駒沢七郎が信玄の秘命を帯びて諸国にとんだ。これら一群の諸国御使者衆は信玄の触角であった。

「飯富様のお屋敷を見張ることはわけないことですが、新館《あらやかた》様の方はなかなかむずかしいことです。おそらく御満足が行くような結果は得られないかと思います」

駒沢七郎は最初から自信がなさそうだった。

「なぜそのようなことを云うのだ」

「新館の於津禰御寮人のところへは駿河からちょいちょい手紙を持った御使者が見えます。新館の方から駿河へ行く使者もございます。この使者は公然とした使者ですから、われわれが手をつけることはできませぬ。こういう大きな抜け穴があれば、いくら探《さぐ》ろうとしても探ることはできません」

なるほど、もっともだと信玄は頷いて
「その使者の手紙を途中で奪うか、盗み読みすることはできないか。以前大月平左衛門は、小笠原長時から、小県《ちいさがた》の禰津《ねづ》の里美に送った手紙を途中で読んだことがある」

大月平左衛門は、諸国御使者衆の元締めである。その大月の名を出されると、駒沢七郎も黙ってはおられなくなった。

「やって見ましょう」

駒沢七郎は新館の於津禰の方から今川氏真《うじざね》への書状を持った男を途中で待ち伏せてその手紙を奪《うば》うことにした。盗み読みなどということはできるわざではなかった。

駒沢七郎は身延を出たところで、使者を襲って、手紙を奪った。文筥《ふばこ》の手紙の他に、使者の着物の襟から、髪の元結いまで改めた。密書らしきものは見つからなかった。駒沢七郎はその手紙を持って帰った。於津禰の方が兄氏真宛に書いたもので、すっかり暑くなったの、今年は豊年のようだし、たいして戦争もないので安心しているなどと、別にどうでもいいようなことが書いてあった。その最後に

「そのうち、兄上が驚くようなことがこの古府中で起るかもしれませんが、どっちみち私は、そういうことには関係なき身故、静かな気持でその日、その日を過しているに過ぎません」

と書いてあった。

さり気なく、兄上が驚くようなことと書いてあるのはなにごとであろうか、信玄は首をひねった。

飯富兵部の家来、野沢全造がひそかに古府中を発《た》ったことを駒沢七郎の手の者が探って信玄に報告した。信玄は早速、目付の坂本武兵衛にこれを告げた。

目付坂本武兵衛以下十騎が野沢全造を捕えたのは鰍沢《かじかざわ》のあたりであった。

「なんの用でどこへ行かれるか」

目付の権限で取調べようとしたが、野沢全造は刀をかまえて云った。

「拙者はいままで、飯富兵部殿の同心であったが、故あって浪々の身、どこへ行こうが勝手であろう」

坂本武兵衛が眼配《めくば》せして捕えようとすると、野沢全造は抜刀した。野沢全造は死ぬまで戦った。致命傷を負って捕えられて、出血多量で死ぬまでひとことも云わなかった。

身体中調べたが密書はなかった。

「一度ならともかく、同じことが二度起ったとなると飯富兵部殿はまさしく疑わしき人物、御吟味なさるべきだと存じます」

坂本武兵衛が云った。

「あの飯富兵部が……」

信玄はそれを信ずることができなかった。

「とにかく、お館様はこのさい、躑躅が崎のお館へ御帰館されるように」

坂本武兵衛が云ったが、信玄はなにか考えこんでいて答えなかった。

義信逆心

躑躅《つつじ》が崎の館といっても、一つの建物ではなく、幾つかの建物に分れていて、それぞれの館は鬱蒼と繁る樹木の中に独立していた。太郎義信の居所、新館もその中の一つであった。天文二十一年は今川義元の娘於津禰御寮人を迎えるときに新築したものである。信玄が新館にやって来たということは、今までかつてないことだったので、義信も於津禰御寮人もひどく驚いたようであった。

「志磨の湯はお引き揚げになったのですか」

二人だけになると、義信はまずそれを訊いた。

「いやまだだ。今度は御宿監物の云うことを聞いて完癒《かんゆ》するまで、あそこを動かないつもりだ」

信玄は新館の内部や庭などを眺めながら、少し手入れをしたほうがよさそうだなどと、いかにも父親らしい世話を焼いて

「のう、義信、お前も於津禰をつれて、志磨の湯に逗留したらどうだ。志磨の湯は子授けの湯といって、そっちの方にはなかなかの効果があるらしい」

信玄は、於津禰がまだ子供が生れないことを云っているのである。

「湯治ですか、この私はとてもそんな気持にはなれません」

「それはそうだろう、現に上野《こうずけ》では戦いの最中だからな。しかし、こういう世の中だからこそ、湯治が必要ではなかろうか。なに一月も二月もということはない、五日か六日でいいのだ。たまには親子で心ゆくまで話してみたいものだ」

終りのほうは信玄のひとりごとであった。信玄が親子で心ゆくまで話したいと云ったことは義信にとってはまことに意外なことであった。親子で話し合うなどということは庶民の間においてこそ通用することで、一国の領主の子と生れたならば、生れたときから親から離れて育てられて行くのだから、親子でありながら他人のようなものであった。

義信は、父信玄に心ゆくまで話してみたいと云われて、いままでそういうことが一度でもあったかどうかを考えてみた。そういうことはなかった。心ゆくまで話し合ったのは、傅役《もりやく》の飯富兵部以外にはなかった。

義信は頭の中に飯富兵部の顔を思い浮べながら、どう返事をしていいか分らず黙っていた。

「すぐ返事をしなくともよい。於津禰と相談してから、なるべくはやく来るように」

言葉はやさしいが命令であった。信玄の眼がきらりと光った。信玄はそれだけ云うと、いつものとおり、女物の駕籠に乗って志磨の湯に帰って行った。

義信はまずこのことを於津禰に相談した。於津禰は黙って聞いていたが、ぽつりとひとこと云った。

「お館様がなにかはかりごとを――」

「まさか父が」

「でも用心はしたほうがいいと思います。お館様が、私たちに疑いの眼を向けていることは確実ですから」

於津禰は、彼女の兄の今川氏真あてに送った手紙を持った使者が殺された事件を持ち出した。

「そういうことがあったからこそ、父上は、心ゆくまでと申されたのではなかろうか」

「飯富兵部様に相談されたら、いかがでしょうか、私は三条様と相談して参ります」

「兵部を呼ぶのか、兵部だって父上に睨まれているのだぞ」

義信はそこで考えこんだ。義信と兵部の身辺に目付の眼が光っていることは義信はよく知っていた。燈籠見物の夜の行動を疑われたことも知っていた。

「人をはばかるようなことをせずに、堂々と兵部殿をお召し出しになったら、いかがでしょうか。義信様は武田家の跡取りではございませんか、なぜそのように遠慮なさるのですか」

於津禰に云われると義信はそれもそうだというつもりになった。

義信は飯富兵部に使いを出して、すぐ来るように云った。

新館に来た飯富兵部は幾分青い顔をしていた。彼はそのころ不眠症に悩まされていた。

「お館様が志磨の湯に義信様をお招きになったのなら、於津禰様を同道されてすぐ行くのが宜しかろうと思います。なにごとをなされるにもまずお館様と心ゆくまでお話しになっての上がよろしいかと存じます」

兵部はそう云って頭を下げた。

そのとき兵部の心の中にはつめたいものが流れていた。兵部は信玄の重臣であると同時に、義信の傅役であった。太郎義信を幼少のときから育て上げた傅役というよりも義父のような心のつながりがあった。だから武田のほとんどの部将が駿河進攻を心待ちにしている中で、兵部だけは義信の側に立って、今川家とは恒久平和を持続すべきことを主張していた。それだけではない、燈籠見物と称して、義信が飯富兵部の屋敷を訪れて

(父、信玄の非道の行いを許すわけにはいかないから、父が祖父信虎を駿河に追放したのと同じ方法で、父信玄を駿河に追放しよう)

という驚くべきことを打ち明けられたときにも、一晩中かかって義信にその非を説いてやりながら、終局は、義信の求めに応じて、志磨の湯へ間者を出したり、今川氏真に使者を送らねばならないようなことになったのである。

(義信様は、武田家の嫡子である。武勇も抜群である。だが今、義信様が謀叛《むほん》を起しても義信様に従う者は一人もいない。もし、そのようなことを誰かに洩らしたならば、その人はすぐお館様のところへ、義信様からこのような誘いを受けましたと、申し出るであろう)

兵部はそう思った。義信のものの考え方は甘いのである。だが、その甘さを、いくらたしなめてやっても、義信が反省しないとならば、いったいどうしたらよいであろうか。兵部はそのことをずっと考えつづけていた。

(義信様は夢を見ていなさる)

その夢が覚めないかぎりどうにもならないのだ。

「義信様、志磨の湯へ行って、お館様と心ゆくまでお話しなされるように兵部からもお願い申上げます」

兵部はもう一度同じことを云った。

於津禰はその日のうちに三条氏に会って、志磨の湯行きのことを相談すると

「義信が行くのはいいとして、あなたが行くのは止めたほうがいいのではないのですか。なにせ、志磨の湯には、あかねという女狐《めぎつね》がいますから、なにをたくらんでいるやらわかりはしないからね」

三条氏はそう云って於津禰を引き止めた。

「女狐が私になにをしようというのでしょうか」

「それはわかりませぬが、お館様が、あなたのことをよく思ってはいないのだから、お館様が、あの女狐にひとことなにか云えば、あなたはそれでおしまいになるかもしれませぬ」

於津禰はあかねにはまだ会ったことがなかった。忍者の心得がある側室だと聞いただ

けで怖ろしかった。於津禰は、志磨の湯行きをことわった。理由は、近ごろ身体の調子が悪いので、駿河からつれて来た医者に診せたところ、安静が第一、湯はよくないと云われたということにした。

武田家の宿将たちは志磨の湯の方に向って、手を合わせたい気持でいた。静養のために信玄が志磨の湯に行ったのは、永禄四年の川中島の大会戦の直後であった。その当時は、重臣のごく僅かしか信玄が志磨の湯にいることを知らなかったが、それから三年経つと、重臣はもとより、侍大将までもそのことを知るようになっていた。家臣たちの中には、信玄が持病の労咳を根治するための長逗留と率直に解釈する者もあったが、中には、家督を義信に譲って隠居するのではないかという説を吐く者も出た。そこにもって来て、信玄と義信が駿河に対する政策で意見を異《こと》にしているという風評が流れると、いままで連戦連勝の勢いで驀進《ばくしん》して来た武田家の将来に凶兆を見たような暗い気持になった。だが、家臣たちは、その気持を外に出すことはできなかった。こういうときの動きこそ身を誤るもとであることをよく知っていた。義信側と目される重臣の飯富兵部は、日が経つに従って武田の家臣団から疑惑の眼で見られるようになった。飯富兵部の姿を見かけて道をそらす者が一人や二人ではなかった。

家臣たちは、志磨の湯へ行った義信と信玄との話し合いがうまくついてくれるように祈っていた。義信が父信玄のいうことを聞いてくれたらいいのだと、みんなが思っていた。松平家康は遠江席巻《せっけん》にかかっていた。黙っていれば、間もなく、遠江は松平のものになることは火を見るより明らかだった。織田信長の動きも油断ならなかった。

織田信長は年に七度の進物を古府中に届けて来た。まるで属国であるかのごとき、慇《いん》懃《ぎん》な態度を示すのは、織田信長が京に上《のぼ》るための下心をほのめかすものであった。

武田の家臣のみならず今川の家臣団の多くは、信玄が駿河に来ることを望んでいた。信玄が信濃制覇に示した武略と治世をもってすれば駿河一国を安定させることはたやすいことだと考えていた。暗愚な氏真の下にいるより天下制覇の可能性のある大名に従ったほうがいいと考えるのは当然なことであった。

(義信様どうかお館様のお心に従いますように)

しかし、部将たちのその願いは志磨の湯にいる義信には届かなかった。

信玄と義信の話し合いは三日三晩におよんでも堂々巡りをつづけていた。二人に余人は近づくことができなかった。信玄と義信は食事のとき以外は話し合っていた。ときには双方の声が高くなることがあったが、すぐ低くなった。そしてしばらくするとまた声が高くなり、急に低くなるという状態が続いた。

義信は信玄を説いた。

「信義なくして、なんで天下制覇ができましょうや。同盟国を裏切って、攻めこむなどということは言語道断です。そんなことをすれば、今川だけでなく北条をも敵に廻すことになるでしょう。腹と背に北条氏政と上杉輝虎の大軍を受けては、かえって苦しい立場に追込まれるでしょう」

義信の意見に対して信玄は

「戦国時代に信義などというものは存在しない。強い者が打ち勝つのが戦国の習いである。いま駿河に出ないと、必ずや駿河は、松平と北条の分割所有するところになるだろう。駿河に進攻すれば、北条とは仲が悪くなるだろう。或いはその機に北条と上杉の和睦も考えられる。だが、北条も上杉も、自国を治めることで汲々としている。とても甲信を攻略する余裕はないだろう。義信、小さな信義にとらわれてはならぬ。天下を制覇して、この国から戦いをなくすことが信義を世に問うことになるのだ。それこそ源氏の血を享《う》け継ぐ武田家のなすべきことだ」

信玄は義信を説いたが義信は頑《がん》として応じなかった。五日五晩の父子の議論の末、どうしても二人の意見が合致しないと見たとき信玄はとうとう最後の切り札を出した。

「お前の考えが、たとえ余の意見と相違したとしても、行くべき道がこうだときめられたら従うべきであろう。そして、その行くべき道を指す者は余である。余がこの国の領主だからだ」

「父上の命令が、絶対のものであることはよく知っております。でも私はその意見に賛同することはできません。父上がどうしても、駿河に兵を向けるというならば、この義信をまず血祭りにあげてからにしていただきたい」

義信は蒼白な顔をして云った。

信玄と義信の会談はそれで終った。信玄は深いため息をついた。

信玄と義信の会談が物別れになったことは、すぐ家臣たちの間に知れた。志磨の湯を出て来た義信の憤懣《ふんまん》にあふれた顔がその結果を雄弁に物語っていた。

義信は躑躅が崎の新館に帰ると、すぐ飯富兵部を呼んで、父との会談の結果を話した。

「父は狂人に近い。とても常識あるお人とは思えぬ。こうなれば、最後の手段を取るよりいたしかたないであろう」

「と申しますと」

「志磨の湯に兵を向けるのだ。父上を生け捕って駿河に送るよりいたし方がない。兵部、すぐその準備をするように、なるべくはやい方がいい。父上が躑躅が崎へ帰館されたら、かえって面倒なことになる」

「どうしても、それを拙者がやらねばなりませぬか」

飯富兵部は眼に涙をためて云った。

「兵部を措《お》いて他に誰がおろうぞ。頼む、兵部やってくれ。父信玄が祖父信虎を追放したのも、板垣信方と父信玄とが心を合わせてやったことだ。やればできる――」

そのときとは事情が違います。そのときは、家臣団の方から、信虎追放を信玄に願い出たのだ。今日義信を支持する者は飯富兵部以外にはいないのだ。兵部はそう云おうとしたが口に出なかった。

「たのむ、じいたのむぞ」

義信は兵部に向って手をついた。じいという呼名は幼少のころ義信が傅役の兵部に使った言葉である。兵部は多くの家来の中から抜擢《ばってき》されて嫡子義信の傅役を命ぜられた。義信に武術を教え、兵学の手ほどきをしたのも、忠孝の道を説いたのも兵部であった。その義信が、いま父信玄に謀叛をしようと云っているのだ。

（このような人間に義信を育て上げたのは結局、傅役を務めた自分が悪いのだ）

兵部ははらはらと涙をこぼした。武田家の嫡子という誇りを高く持つことによって自信をつけさせようとしたことが、義信のわがままとなった。兵部が気がついたときには、どうにもならなくなっていたのだ。川中島大会戦の折に信玄の命令にそむいて独断的行動をとったがために、味方に大損害を与えたのも、もとはと云えば義信のわがままから来たものだった。傅役としての兵部の過保護が、義信を慢心させたのだ。

「兵部わかってくれたな」

「分りました。お引き受けいたします。ただ、いますぐと申されましてもそれはできません。拙者の屋敷の周囲には目付や横目付が数人、張りこんでいます。この新館の外にも、二、三名の者が眼を光らせております。兵を集めれば、すぐお館様の耳に入ります。だからといって十人や二十人で斬り込んだところでどうにもなりません。志磨の湯は少なくとも、百三十人の武士で固められております」

「では策はないのか」

「ございます。上野《こうずけ》の箕輪城への出兵の時機が迫っております。その折こそ、絶好かと存じます。その日は、おそらく数日後のことだろうと思います。それまではよほどの用がないかぎり使者をよこさないようにお願い申上げます」

飯富兵部はそのとき死ぬ覚悟をしていた。義信を生かすには、自分が死ぬより手はないと考えていた。

新館を出たところに、真赤に紅葉した櫨《はぜ》の木があった。兵部は、或いはこの櫨の木を見るのはこれが最後ではないかと思った。

飯富兵部が数日後に出兵の命令があるだろうと云ったが、その様子はなかった。櫨の葉が落ちて、あたりが冬景色に変ったころになって躑躅が崎の館で久しぶりに箕輪城攻撃の軍議が開かれた。総大将は武田逍遥軒、軍勢およそ五千であった。飯富兵部も一頭《とう》（一軍団）を率いて出陣と決った。総大将は武田逍遥軒であるが、外面的には信玄が出陣することになっていた。

軍議が終って各部将が引き揚げようとしていたとき、飯富兵部が信玄のところに進み出て云った。

「明後日が母の三回忌に当りますので法要をいとなみとうございます」

冠婚葬祭すべて人を集めるときは上司の許可を得なければならないことになっていた。兵部はそのとおりにしたのである。

「もう三年にもなるかのう」

信玄は感慨深そうに云うと、傍にいた飯富三郎兵衛にも法要に参加するように云った。

義信と信玄との意見が合わなくなって以来、三郎兵衛はなんとはなしに肩身のせまい思いをしていた。兄兵部の行動にあやしいふしがあったからである。信玄が兵部に眼をつけていることは、側近の三郎兵衛にはよくわかっていた。三郎兵衛は兄兵部と会うことを遠慮していた。が、母の法要に出ないわけには行かなかった。

（兄者は出陣の前になぜ法要などするのだろう）

三郎兵衛はそのとき、兵部がなにか胸中にかくしているものがあることを知った。

法要は型どおり行われた。法要が済んだあと、兵部は三郎兵衛を奥の部屋に呼んだ。

「三郎兵衛……」

兵部はそう云ったが、あとが続かず、じっと三郎兵衛の顔を見詰めていた。兵部の眼に涙が浮んでいた。

「おれはのう三郎兵衛、今度こそ生還を期しがたいように思えてならぬ。もしわが身になにごとかが起ったら、義信様のことをたのむ、人間は死ぬべきときのために生きているのだ。その死ぬべきときが来たような気がする」

「兄上、武将たるもの戦いに出るときは誰でも生還を期してはいない。それをなぜ、ことさら、……」

三郎兵衛は兵部の眼をおさえるように見詰めたままで、さらに言葉を継《つ》いだ。

「いったいなにを心に決めておられるのです。心の中を明かしてくれないで、義信様のことをたのまれても、引き受けることはできませぬ。われわれは兄弟ではございませぬか」

「死のうと心に決めているのだ。今度の戦いで死のうとな。犬死ではないぞ、立派に戦って死ぬつもりだ。そういう気持になることだってあるだろう」

兵部は静かな口調で云った。

「兄上が、いま苦しい立場に置かれていることは弟の私にはよくわかっております。だがなにも死ぬことはありません。時期が来れば、お館様のお疑いも晴れることでしょう」

「いや晴れはせぬ」

「というと、兄者は……」

三郎兵衛の眼がきびしくなった。

「いや、晴らすことはむずかしいと云ったのだ。おれが死んでも晴れないかもしれない。十年、五十年、百年、数百年後に、余の気持を洞察してくれる御人があるやもしれない。それでもいいと思っている」

「なにかなさろうとしていますね、兄者は？」

「いや死のうとしているだけのことだ。おれは武田家第一の重臣である。武田家に傷がつくようなことはしたくない」

「兄者は私になにを云いたいのです」

「おれが死んだあと、義信様のことが、気がかりなのだ。な、たのむ」

兵部は三郎兵衛の前に手をついた。それから三郎兵衛がなにを訊いても答えなかった。そして兵部は

「はやく帰れ、長居をすると目付に疑われるぞ」

兄らしいさとし方であった。兵部は三郎兵衛を玄関まで送っては来なかった。

三郎兵衛は兄兵部の云ったことが気懸《きがか》りでしようがなかった。

（兄は死ぬと云った。いつどこで？）

三郎兵衛はそれだけを考えながら、馬をゆっくり歩かせていた。古府中の町の中には、人馬の行き来が激しくなっていた。出陣の日が近くなるといつでもこうであった。

地方の寄子《よりこ》、同心たちが、五騎、十騎、それに足軽を二十人、三十人と伴って古府中にやって来て、それぞれきまっている頭《とう》（軍団）の組織の下に組み入れられるのである。

「兄の出陣の日は、明後日の早朝だったな」

三郎兵衛は馬上でつぶやいた。兄兵部は死ぬと云ったが、兄が死ぬとしたら、病死、戦死、自殺の三様しかない。いまのところ病気ではない。自殺するなら、わざわざ、今度の合戦には生還を期せないなどと、もったいぶったことをいう筈がなかった。

（では戦死か）

兵部が馬上に槍をふるって敵陣にかけこむ様子を想像したが、それは絵にはならない。兵部は老人だ。馬で戦場を駈けめぐれる年齢ではない。そんなことをしたらすぐ家来に引き止められてしまうだろう。とすれば合戦で死ぬということは嘘になる。

三郎兵衛は馬を止めた。そこから左へ曲れば信玄がいる志磨の湯である。馬に鞭を当てれば一走りのところである。そう思ったとき、三郎兵衛は、ぞっとするようなことを頭に思い浮べたのである。

（兄者は出陣の朝、兵を志磨の湯へ向けようと考えているのではなかろうか。そのように義信様に云いつけられたのではなかろうか。兄は傅役としてその命令にそむけず、承知したけれど、もともとお館様に逆《そむ》く気はないから死ぬと云っているのではなかろうか。義信様のことをたのむというのは、或いは兄一人で罪を引きかぶるつもりかもしれない）

三郎兵衛は馬上で考えつづけていた。もし兄の兵部が叛乱を起すとすれば、出陣の朝しかない。

（兄はひそかに、それを教えてくれたのではなかろうか）

三郎兵衛は、その夜は、兄兵部のことについて一夜考えた。翌日はよく晴れて寒かった。いよいよ、明日の早朝、兄兵部の軍は古府中を出発するのだと思うと、じっとしてはおられない気持になった。

三郎兵衛は昼ごろ女駕籠を仕立てて、志磨の湯に向った。その気懸りのことを放っては置けなかった。

「どうした三郎兵衛、顔が青いぞ」

信玄は三郎兵衛を見てそう云った。三郎兵衛は、兄兵部の云ったことや、三郎兵衛自身が頭で考えたことを、そのまま信玄の前で話した。

「女駕籠が用意してございますから、ひとまず館のほうへ」

信玄は三郎兵衛の話を最後まで聞いて
「止むを得ぬことだ」

とひとこと云った。信玄は、夜になるのを待って女駕籠に乗って躑躅が崎の館に帰った。帰館したことは、誰にも知らさぬように緘口《かんこう》令を敷いた。目付、横目付は義信の新館を包囲して、近づくものは遠慮なく取り調べた。行く先には人をつけた。

その翌日、永禄八年十一月七日、未明、古府中に住む武田家の部将たちの屋敷の門が乱打された。

「大至急の御用向きでござる。開門下されい」

使者は大声で怒鳴った。門を開けると手紙を持った武士が立っていて、書状を渡すと走り去った。

書状は、飯富兵部からその家の主人に宛てられたものであった。

「近ごろのお館様のなされ方は腑《ふ》に落ちないことばかりである。今川家と縁を切って、駿河に進攻しようなどということは、もっての他のこと、これこそ、お家を危うくするものである。信虎様の先例もあるのでお館様のお立ち退きを願うために、今朝兵を挙げた。よろしく御加勢願いたい。尚このことは義信様のお耳にはお入れしてない。飯富兵部一人の才覚によって行うものであることを申し添えて置く」

その書状を受取った武将たちは、顔色を変えた。信玄の身を案じて、すぐ手兵を率いて志磨の湯にかけつけた。

この朝、一番目に現場にかけつけたのは穴山信君であった。彼は手兵三十騎を従えて志磨の湯を取囲んでいる飯富兵部の軍勢の前に駈けつけると
「お館様に叛く者は磔《はりつけ》ぞ。思い違いをするな、はよう散れ、この場を去れ、汝等、犬死をするでないぞ」

と叫んだ。信君の家来たちも口々に同じことを叫んだ。飯富兵部の家来たちは、なんでここへ連れて来られたのかわからなかったが、志磨の湯にいる信玄を討つためだとわかると動揺した。彼等にとって信玄は象徴的な存在であった。信玄の行くところには敵なく、信玄に従っておれば、やがては彼等にも地位や名誉や土地が与えられることを確信していた。その信玄を討ちに来たのだと聞かされると、とたんに戦意を失った。兵部の兵たちはがやがやと立騒いだ。そこへひとかたまりになった騎馬隊が来た。二番手は飯富三郎兵衛を先頭とする五十騎であった。手に手に朱房の槍をたずさえていた。

飯富三郎兵衛は、穴山信君の前を黙って駈け通ると、ものも云わず飯富兵部の軍に突込んで行った。

飯富兵部の軍兵たちは、信君の呼び声で浮足立っているところへ、同族の三郎兵衛の騎馬隊が突きこんで来たのだから面喰らった。なんのために戦わねばならないのかもよくわからなかった。ただ三郎兵衛をはじめ、その五十騎がすさまじい敵意を持って突込

んで来たことだけは確かだった。

志磨の湯のあたりは道がそう広くはなかった。兵部の軍隊は志磨の湯の背後の桑畑に一度退いたが、そのまま戦わずして、敗走した。

飯富兵部は兵をまとめて、屋敷に帰ると固く門を閉じた。予期したとおりになったのだから、少しも驚いた様子は見せなかった。

飯富兵部の軍が敗走したあとも、志磨の湯を目ざして、武田の部将たちが手兵を率いて続々と集って来た。彼等はそのまま飯富兵部の屋敷に向った。

夜が白々と明け放たれたころ、馬場民部、内藤修理、武田逍遥軒らの武田家の重臣たちが、飯富兵部の説得におもむいた。

飯富兵部はそのとき既に腹を切っていた。

遺書があった。その中には、この叛乱はまったく飯富兵部ひとりの思いつきであって、義信様とはなんの関係もないと書いてあった。

飯富兵部の暁の叛乱は、武田家の部将たちの心をためす手段にもなった。多くの部将は飯富兵部からの書状を貰って、すぐ手兵を率いて、志磨の湯に駈けつけたが、しばらく模様を見て形勢有利の方に従おうとしている日和見主義の部将がごく僅かながらいたことは確かだった。が、結局この事件は、武田信玄を中心とする甲軍の結束を強固にしただけであった。

信玄は飯富兵部の心の中を見抜いていたようであった。そうしなければならなかった兵部の心境の苦しさは、今度は、義信をどう処分するかという信玄の悲しみに変って来たのである。

永禄八年十一月七日の太陽は高く上った。飯富兵部の家臣の主だった者は逮捕された。そのころ一群の兵が躑躅が崎の新館を包囲していた。

義信は飯富兵部が叛乱に失敗して、自刃したと聞いたとき、もはやどうにもならない運命を知った。義信は於津禰の方と共に一室にこもって、父信玄の命令を待った。

勝頼公祝言之事

織田信長の家臣、織田掃部忠寛《かもんただひろ》（愛知郡日置《へき》城主《現在の名古屋市日置》織田丹波守寛維の子）が織田信長の使者として、古府中を訪れたのは、志磨の湯の変があった翌日の十一月八日であった。

織田掃部は信玄に一礼して云った。

「四郎勝頼様と雪姫様との縁談がととのいましてから、はや三月《みつき》になりました。いよいよお約束の御婚儀の日も間近に迫りましたので、御挨拶かたがたなにか御用がありましたならばうけたまわりたいと存じまして参上いたしました」

織田掃部は年の割には若く見えた。織田掃部から一尺ほど下ってひかえている、織田家の使者、赤沢七郎左衛門と佐々権左衛門は白髪頭であるから、彼等と比較して織田掃部の黒々とした髪はかえって年齢を若く見せたのかもしれない。

「それはそれは、大儀なことであった」

と信玄は織田の使者たちの顔を見廻しながら、心の中では

（こやつ等、武田の内紛を探りに来たな）

と思っていた。

武田信玄と嫡子の太郎義信の意見が合わないということは、既に他国に知れていた。そのうちなにかがあるぞという期待を隣国のすべてが持っていた。できることなら、内紛が昂《こう》じて武田家が自壊してくれたらいいと願っている者もいた。内紛に乗じて攻めこもうと考えている者もあった。武田家がいかに往来の人改めを厳重にしたところで、交通路があり、他国との交易がなされている以上、他国の間者、諜者の眼をふさぐことはできなかった。

(だが、それにしても、志磨の湯の変があったその翌日にやって来た織田掃部は油断ができない奴だ)

信玄は織田掃部の顔を見た。眼の細い、見掛け上、いっこう風采の上らぬ男だが、その細い眼の奥で一筋鋭く光っているものがあった。おそらく織田掃部は古府中の近くまで来ていて、古府中に異変があったと聞くや、すかさず、その翌日に躑躅《つつじ》が崎を訪れたのであろう。

「この前、古府中に来たのは何時だったかな」

信玄は話の焦点をぼやかした。

「先月の中ごろでございます」

「さよう、先月の中ごろだったたな。このごろは毎月のように……ごくろうのことだ」

信玄は赤沢七郎左衛門や佐々権左衛門の顔を見較べながら云った。皮肉にも聞える言葉だった。そのころ織田信長は、武田信玄に対して、ほとんど隔月ごとに贈物をしていた。織田掃部、赤沢七郎左衛門、佐々権左衛門等が、交替で使者の役を務めていた。九月に赤沢七郎左衛門が持って来た贈物の目録を見ると

酒　　　　三十樽ほど
肴（海産物）　車にて三台
巻物（小袖）　五つ重ね
袷《あわせ》、帷《かたびら》　七重ねほど
信玄公召料の別あつらえ小袖　　二重ね
ただし、この小袖は、武田菱を蒔絵にした大箱に、紅《くれない》の緒をつけたもの。

であった。織田信長はあたかも、属国であるかのごとき恭順さを以て信玄に臨んでいた。信玄が、東海道に進出するのを恐れていたのである。信玄の動きを警戒しながら、この贈物戦術に出ていたのである。

(信玄の田舎大名め、さぞかし、この贈物を見て眼を細めていることであろう)

織田信長は内心そう思っていたが、信玄はまた信玄で

(信長という奴はやっぱり噂にたがわずうつけ者だな。こんなたわいない贈物でこの信玄の眼を誤魔化そうとしても、そうはいかぬぞ)

だが信玄は信長の使者がくれば快く会って話をした。織田掃部がこの年の春ごろやって来て

（かねてから信長様は武田家と縁組みをしたいと申されておりますが、信長様のお子たちはまだ幼くて、縁談の対象にはなりませぬ。実は信長様の妹様の嫁いでいる、苗木《なえぎ》城主（恵那郡苗木町、現在中津川市）遠山勘太郎友勝殿の娘の雪姫殿は、幼いころから信長様が引き取って養女として育てておられますので、雪姫殿を四郎勝頼様の奥方様にどうかと仰せられているのですが、この縁談いかがなものでしょうか）

という申し込みに対しても信玄は、一応、考えておくと、使者を返して、その翌月また話を持って来ると、そうだ、そういう話があったな、勝頼も二十だ、とうに結婚しなければならない年だなどとお茶を濁《にご》していた。

信玄が雪姫と勝頼との縁談を承知したのは九月になってからであった。

「雪姫様の御婚儀の支度は万事整いましたる故、御行列は昨日あたり伊那高遠よりのお迎え衆と共に尾張を出立いたしました筈にございます」

織田掃部が改まって云った。

「伊那から迎えの者が行ったとな」

信玄は、そのときなにか意表をつかれたような顔をした。武田の後継者たるべき太郎義信が、離叛したいまとなっては、武田家を継ぐ者は勝頼でなければならない。その勝頼の配偶者は、武田家を継ぐ者の正室としてふさわしい女でなければならない。その女として、いくら信長の姪だからといっても遠山勘太郎の娘では格が落ち過ぎる。縁組をするなら、もっと大物があるだろう。そんなことをふと思った。

「伊那からのお迎えの御使者は、跡部右衛門尉重政様を初めとして、小田桐（切）孫右衛門様、向山出雲《むこうやまいずも》様、小原忠国《おはらただくに》様、小原忠次様等、三十八人でございます」

「そうか」

信玄は、なにか気のない返事をした。婚儀が十一月十三日と決っているから、迎えに行くのは当然であり、信玄自ら、跡部右衛門尉重政に迎えに行けと命令を出して置きながら、迎えにいったと聞くと、なんとなく余計のことをしてくれたように感じたのである。

「雪姫殿は美しいお方だそうだな」

信玄は話題をかえた。急ににこやかな顔になった。

「信長様御兄妹はみな顔立ちの勝れたお方ばかりでございます。浅井長政の奥方になられたお市の方は絶世の美人、遠山様の奥方様もお市様におとらぬ美女にございます。雪姫様はその母御前《ははごぜ》に似て、傾国の美女」

「なに傾国の美女」

信玄は、少々いいすぎではないかというふうな眼を向けた。

「たとえばの話でございます。すなわちまことに美しいお方だと申し上げているのでございます」

「それほど美しい姫ならば勝頼もちと考えねばならぬのう」

「なにをでございますか」

「とかく美人というものは御《ぎょ》しがたいものだ。女は里《さと》を誇るか、自分の顔立ちを鼻にかけるかどっちかだ」

「雪姫様はしとやかなお方でございます。美人を鼻にかけるような女ではございませぬ」

「いいわ、いいわ、兎に角目出たいことだ。余も祝言の席で、とくと雪姫の顔を見てやるぞ」

信玄は大きな声で笑うと、側近のものに織田家の使者たちを充分にもてなすように云った。

織田掃部が雪姫は傾国の美女だと云ったとき、信玄が勝頼もちと考えねばならぬと云ったのは、実は、別のことを考えていたのである。

勝頼は弘治三年（一五五七）十二歳で高遠城主となって以来ずっと高遠にいた。母の湖衣姫に似て、細面の色白の少年で、長ずるに従ってすくすくと身長が延びて、十六歳のころには家来衆の誰にも負けないほどの背丈になっていた。武術が好きで、家来を相手に武術の稽古《けいこ》にはげんでいた。特に馬術に秀《ひい》でていたのは、家来たちの、父信玄に負けないようにという意識的な慫慂《しょうよう》があったからである。この勝頼が十六歳の春、同じ伊那谷の飯田の城まで遠駈けに行ったことがあった。飯田の城主秋山信友は勝頼を迎えて茶会を開いた。その折、勝頼は熱でもあるのか赤い顔をしていた。秋山信友は、勝頼が帰るとき傅役《もりやく》の跡部右衛門尉重政に、勝頼様は風邪でも召しているのかと訊いた。跡部右衛門尉は、そのときは、いい加減にあしらっていたが、実は勝頼がそのころ午後になると赤い顔になり、同時に昂奮して来ることに気付いていた。それが彼だけの気のせいではなく、他人の秋山信友にまで認められたとなると捨てては置けないと思った。労咳は遺伝すると云われているから、跡部は、ことさらそのことを気にしていたのである。労咳悪い予感が走った。勝頼の母湖衣姫は労咳で死に、父信玄もその病気に苦しんでいる。勝頼が労咳にかかる可能性は充分あった。

跡部重政は古府中に人をやって、医師の御宿監物《みしゆくけんもつ》にこのことを告げた。御宿監物から折返して参上するという手紙が届いた。勝頼の病気見舞いではなく、跡部重政の母の病を見舞うというのが表面上の理由であった。

御宿監物は高遠に十日ほどいるうちに、それとなく勝頼を見守っていた。十日目の午後勝頼は槍の練習中に些細な怪我をした。御宿監物は、その傷の手当をしながら

「御顔が赤うございますが、お熱でもあるのではございませんか」

と問うた。

「熱などないが、なにかこう、顔中がほてってならぬ」

「それは熱ではございませぬかな、私が診《み》てさしあげましょう」

と云って、勝頼の額に手を当てた。医師でなければできないことであった。御宿監物は熱を感じた。運動してほてったから、顔が赤いのではなく、熱が出たから赤いのだということがわかった。

御宿監物は躑躅が崎に帰ると、信玄にこのことを告げた。あの病を治すには安静以外にない、なるべくはやく治さないと悪くなるばかりだと告げた。そして、そのついでに、あの病気には精力を浪費することが一番いけないから、女を近づけないほうがいいだろうという意見具申をした。

信玄は自分自身の経験から推して、労咳がいかに厄介な病であるかをよく知っていた。信玄は京都の医者で古府中に留まっている中条奎斎《けいさい》を高遠に送った。勝頼には医師の云うことをよく聞くようにという手紙を書いた。

勝頼は一時は病気に反撥したが、やがて、そうすることが、かえって身体によくないことがわかると、おとなしく、家来や医師のいうことを聞くようになった。

「殿、しばらくの我慢でございます。やがて、お身体が固まれば心配はなくなります」

跡部重政は、何遍となくこの言葉を使った。

お身体が固まればというのは、二十歳ぐらいの青年期に達すればということであった。武将の子として生れた者が一日も早く初陣に出ることを望むように、勝頼もまた一日も早く初陣に出ることを望んでいた。だが、病気に追われている勝頼には、それははかない望みであった。勝頼は瘠せて、青白い顔になり、眼が潤《うる》んだように輝き、午後になると熱が出るし、軽い咳が出た。床に伏すような日もあった。

信玄は勝頼の病気を随分と心配して、次々と医師を高遠にさしむけ、高価な薬をおしみなく送った。

勝頼の病が癒《い》えて、馬に乗れるようになったのは十九歳になってからであった。勝頼の若さが病気に勝ったというよりも、徹底的に養生したのが効いたのであろう。そうなると当然配偶者の問題が起って来る。身体に触《さわ》るからといって、勝頼の眼につくところにはいっさい若い女を置かないようにしていた跡部右衛門尉重政も、勝頼が馬に乗れるようになってからは眼かくしするわけにはいかなかった。勝頼が野駈けに出かけて、ふと道端に手をつかえている、百姓娘の項《うなじ》のあたりに眼を止めたり、股《もも》まで出して、大根を洗っている若い女の姿を見て、馬を止めたりすると、あの女を欲しいと云われはしないかと内心びくびくしていた。だが勝頼は、織田信長からの縁談があるまでついに童貞を通した。病気が彼の女との交渉を遅らせたことは事実であったが、勝頼その人が、欲望をおさえることに、自分自身をきびしくしていたことも事実であった。その点、女に対する欲望を押えることができなかった信玄や信虎とは違っていた。

信玄が、勝頼も考えねばならないと洩らしたことは、二十歳まで禁欲していた勝頼の前に女が、しかも絶世の美女が現われ、女というものを、初めて知った勝頼がどうなるだろうかということであった。

（おそらく勝頼は雪姫の傍を離れないのではないだろうか、そして、それは……）

信玄は青白く瘠せ細った勝頼が、雪姫を抱いたまま離さない光景を想像した。

「馬を引け」

信玄は立上って怒鳴った。ばかげた想像であった。勝頼のことより、まず自分自身のことを考えよと、信玄は自分に云った。志磨の湯の長逗留で、今度こそ病を駆逐できた。これからは、やるべきことが山ほどある。なにから先に片づけるべきか、信玄はそれをまず考えた。

それは軍議ではなかった。評議でないし勿論評定でもなかった。本来ならばこのような会議を開くことも、おかしなことであった。信玄が、四郎勝頼の婚儀に参列するかしないかなどということを、臣下に問うことは毫《ごう》もないのである。ところが、信玄はそのしないでもいいことをしたのである。そのためにわざわざ会議を開いたのではなく、上《こう》野《ずけ》の箕輪城をどのように攻撃するかという軍議の席上、勝頼の婚儀のことが出たのである。

もともと、この会議は軍議にことよせて、実は志磨の湯の変のあとをどのように処置するかという問題のほうに重点が掛けられていたのだが、それを表面に出せないから、箕輪城攻撃の作戦会議という形式で主なる部将を集めたのである。

志磨の湯の変は、その原因が太郎義信と父信玄との意見の相違から起った一種の確執であった。飯富兵部は太郎義信の傅役であった手前、身を犠牲にして義信を救おうとしたことは誰の眼にもはっきりしているので、叛乱に加わった飯富兵部の家来たちの処分は、最小限度に止まった。兵部の知行、寄子、同心たちはそのまま、弟の飯富三郎兵衛に移管されることに反対を示す者はなかった。

その席で飯富三郎兵衛は終始一言も発言しなかった。理由はどうあろうと兄飯富兵部は叛乱の頭であったことには間違いなかった。弟として肩身の狭い思いをするのは当然であった。飯富兵部一党の処置が終って、いよいよ、太郎義信をどうするかという問題になると、各部将は申し合わせたように云った。

「しばらくこのまま謹慎なされておりますれば、新館様もそのうち自然に考えも改まって来るものと思われます。時局重大な折ですから、過激な処置はいっさい取らないほうがよいと思います」

武田の部将たちは武田家の将来にとって太郎義信はなくてはならない人間だと考えているようだった。

太郎義信は、いささかわがままであり、傲慢《ごうまん》なところがあった。川中島の大会戦で諸《もろ》角豊後守《ずみぶんごのかみ》や典厩信繁《てんきゅう》等武田の名将を失ったのは、もとはと云えば、太郎義信が、信玄の命に従わずに勝手な行動に出たがためである。だが、考え方を変えて見ると、太郎義信はそれだけやる気のある男であった。そのときは若さにはやっての大失敗をしたが、そういう体験を積み上げて、やがて彼が父信玄の後を継ぐ年齢になれば、きっと、天下に号令できる人になれるだろうと、家来たちは期待していた。

勝頼はようやく元気な身体になったといっても、二十歳になるまで戦争に出たことはないし、だいいち、病弱な身体ではどうにもならぬ。四郎勝頼の次には五郎盛信がいるが、まだ幼くて器《うつわ》の大きさは分らない。こう考えると、やはり、太郎義信を後継者にするしか武田を建てる道はないと考えるのが至当であった。

（もともと、太郎義信様は父信玄を恨んでいるのではない。政策意見を異にするだけのことだ）

彼等はそう考えていた。

「それでは、太郎義信には、しばらく、謹慎を申しつけて置くことにする」

信玄は断を下した。部将たちは平伏した。中には眼頭を押える者もいた。これで甲斐の国は安泰だと考えたのであろう。

「ところで、ついでに、みなのものに意見を聞きたいが、今月の十三日に、高遠において勝頼と、遠山勘太郎殿の息女雪姫との婚儀がある。余はこの婚儀に出席したいと思うがいかがであろうか」

信玄はそこに居並ぶ部将たちの顔を見渡した。いかがであろうかと問うまでもないことだが、それをひとこと云えば、異口同音に、お目出たいことゆえ、ぜひ御参列なされますようにと云うだろうと思っていたところが、座は意外にしんとしていた。しばらくたって穴山玄蕃頭《げんばのかみ》信君が口を開いた。

「その儀は折が折ゆえにいささか穏当を欠くように考えられます。志磨の湯の変は、いくらかくそうとしても、かくしおおせるものではございません。織田殿の使者が、変の翌日やって来たのも、館の中の様子を窺うためでございましょう。そして、新館を取り囲む兵たちのものものしい姿をさぞや見て取って帰ったことと存じます。他の国の中にはこの度の武田家内部の紛争の原因は後継者争いから端を発したと見る者もおりましょう。そういうときに、お館様が、わざわざ高遠まで行かれることは、お館様の御心が、高遠に寄ったと見られてもいたしかたないことでございます。高遠行きはお取り止めになったほうがいいかと思います」

穴山玄蕃頭信君は太郎義信より四歳上で三十歳の分別盛りであった。信玄の甥であるのみならず、信玄の娘の聟《むこ》でもある。穴山家と武田家は祖先を同じくしており、二本の糸がからみ合うように何代かに亙って縁組が行われていた。いままでは、父信友の陰にかくれてあまり表面に出なかった信君も、永禄三年に父信友が死んでからはその進出はめざましかった。志磨の湯の変には、手兵を率いて、真先に駈けつけてその忠誠ぶりを示した。

穴山信君は若いころ疱瘡《ほうそう》をわずらったがために異様な顔をしていた。その異様な顔で笑うと、女、子どもなど顔色を変えた。その信君の正室に、信玄は彼の娘の奈津をやった。奈津は信君の顔を婚儀が終って、固めの床についたとき、はじめて、まともに見て驚いた。声を上げそうな顔をした。ずっと俯《うつむ》いてばかりいたから、聟殿の顔を見たのはこのときが初めてだった。当時の結婚は親が一方的に取り決めたものであったから、固めの床で双方が初めて顔を見合うということは珍しくなかった。

「おれの顔が、みにくいので驚いたか」

と信君は笑った。灯を浴びたその笑い顔は怪奇でさえあった。奈津は気を失った。

信君は、奈津の身体には手を触れずに一年ほど待った。奈津が自分を嫌っている限りは触れまいと思っていた。一年経つ間に奈津は覚悟を決めた。好きでも嫌いでも定められた夫に従わねばならぬと教えられていた彼女は、信君が求めて来たら、それに応じてもいいような気になっていた。信君は奈津が自分を嫌っていることを知っていながら、特に奈津を避けようとはしなかった。会うと必ず、奈津がもっともいやがる笑い顔を見せた。だがその笑いも、毎日見ていると、馴れて来て、そう気にならなくなるし、信君の醜い顔は疱瘡でなったもので、もともとは美男子であったなどと、信君の乳母から繰り返して聞かされるうちに奈津は、信君が笑っても、それに対して、特別な反応を示さなくなった。醜さを拒否しようという気持が薄らいだのである。

こうして、信君と奈津は、結婚してから一年半後に事実上の夫婦になった。仲のよい夫婦であった。この話を信玄が聞いて

「信君という男はおかしな男よ」

と云った。おかしな男と云うのには、見どころのある男だという意味が含まれていた。信玄にとって、女聟《むすめむこ》の穴山信君が真正面から、高遠行きに反対したのはいささか意外であった。信君が親類衆のうちでもっとも発言力のある立場を背景にして云ったとするならば他の親類衆も信君の云うことに従わざるを得なくなる。困ったことだと信玄は思った。

「信君殿とだいたい同じ意見でございますが、私は、他の国の思惑《おもわく》よりも、義信様の心

情を考えると、お気の毒であり、できることなら、義信様のお気が静まるまでは高遠行きはおひかえなされた方がよいかと存じます」

内藤修理が云った。

「なに、義信が気の毒だとな。義信がしようとしたことを知っての上で、そう申すのか」

信玄はいつになく眼に角を立てて、内藤修理を叱った。父信玄を追い出そうとした謀叛者の太郎義信は死罪にすべきところを助けて置いてやるのだ。その義信に同情するのはとんでもないことだ。もしほんとうに気の毒だと思っているならば、内心では、太郎義信の、駿河は攻めないという消極論に賛成ということになる。

「修理、そちは駿河に攻めこむのには反対か」

その一言で内藤修理は顔色を変えた。

「滅相もないこと、そのときになれば、先陣をうけたまわりたいと思っております。そのことと、義信様がお気の毒ということとは別な問題でございます」

内藤修理が、そのことについて弁解に努めようとしたとき、小山田信茂が大きな声を張り上げて云った。

「親が子の婚儀に参加するのに、なんの遠慮が要りましょうぞ。他国の者が、なにをほざこうが、そんなことにかまうことはあるまいと存じます。お館様は勝頼様の御婚儀に参加するのは当然なことと思いまする」

小山田信茂は、穴山信君の方を見てはっきり云った。信君に対する反撥的感情がはっきり浮んでいた。

続いて長坂長閑《ちょうかん》が口を出した。

「信茂殿の申しようはもっともなことでござる。雪姫殿は遠山勘太郎殿の息女ではあるが、織田信長殿の養女としてお輿入れである。織田殿はこのたびの御婚儀にはたいへんなきもの入れ方をなされておるとか聞いております。織田殿が礼を尽して来られるならば、こちらも当然礼を尽すべきかと思います。高遠は此処からそう遠いところではありませぬ。お館様は早速御婚儀のために出立されるがよろしかろうと存じます」

意見が二つに別れてくると、その場にいる家臣団の間に動揺が起った。隣同士で議論を始めるものまであった。

信玄は成り行きを黙って聞いていた。むずかしいものだと思った。国が大きくなればなるほど、ちょっと高遠まで行くことが、こんなうるさいことになるのだ。それにしても、高遠行きに、反対を唱えたのが、穴山信君、賛成論を唱えたのが小山田信茂、両者とも若手部将であった。

(若い者の時代になりつつあるな)

ふと信玄はそんなことを考えるのである。

信玄はころを見計《みはから》って、馬場民部に意見を訊いた。宿老中の筆頭、馬場民部の云うことならみんな聞くだろうと思った。

馬場民部は、静かな声で、まるで信玄にさとすように云った。

「婚儀は家と家、場合によっては国と国とを結び合わせる儀式であるということを充分に念頭におかれまして、行く行かないかは、お館様自らの判断によって決めるもので、臣下がとやかく口をさしはさむものではございません」

そのひとことで、しいんとなった。馬場にそう云われてみると、そのとおりであった。家臣たちは、顔と顔を見合わせて、つまらぬことを云い合ったものだと思った。そして、こんなことを信玄が家臣たちに聞いたのは、今の時点における家臣団の心の動揺の度合を計るためではなかったかとさえ思うのである。

「高遠に行くか行かないかは、追って沙汰する。行く場合の供の者もそのときめる」

信玄は座を立った。

翌朝、信玄は正室の三条氏の局《つぼね》に人をやって、すぐ来るように云った。使いにやった侍女はしばらくして帰ると

「北の方様はお風邪気味にて伏せっておられます。三日、四日は起きられないだろうとのことでございます」

「三日、四日とな」

信玄はそのつけ加えのひとことで三条氏が仮病を使っているなと思った。おそらく三条氏は、なんのために彼女を呼んだのかを察知したのだろう。高遠には行きたくない。湖衣姫が生んだ勝頼の婚儀になぞ出てやるものか、義信が罪を受けておしこめられてい

るというのに、とんでもないことだという三条氏の心の中が読めるような気がした。

「奥は伏せっていたか」

信玄は、眼の玉が飛び出しそうなほど大きな眼を開いて侍女を見た。侍女はあわてて頭を下げた。

「これ頭を上げて、奥が伏せっていたかどうかはっきり答えるのだ」

侍女は顔を上げたが、その顔は真青になっていた。三条氏には伏せっていると云えと命ぜられ、信玄には本当のことを云えと云われて進退きわまった顔だった。

「よし、さがってよい」

信玄は語気をやわらげた。侍女が答えに逡巡《しゅんじゅん》したのを見て、三条氏が仮病を使ったことを見通した。

(それにしても、三条氏は、用があるから来いと云っただけで、その用が高遠行きであることを推察したのだろうか)

ひょっとすると、きのうの会議のことが、もう三条氏の耳に入っているのかも知れない。信玄はおそらく、高遠へ行くだろう。婚儀の席に臨むのだから、必ず正室の三条氏を伴って行く筈だというようなことを、誰かが三条氏の耳に入れたのかもしれない。もしそうだとすれば、それはたいへんなことだった。重臣会議の内容が外に洩れたということは、重臣の中に三条氏に従《つ》いているものがいるということになる。太郎義信に同情している者がいることである。つまり、家臣の気持が一つではないということであった。

その日は一日中信玄は、人を近づけずに考えごとをしていた。そして、その翌日、永禄八年十一月十一日の朝、信玄は、お伽《とぎ》衆だけをつれて、高遠に行くことを側近に告げた。それではあまりにも小人数故、道中が心もとないと、家臣たちが云うので信玄は止むなく

「では土屋《つちや》豊前《ぶぜん》とその組下に供をさせる」

と云った。土屋一族は信玄の旗本として、ほまれ高い武士たちであったから、家臣たちはそれで納得した。

信玄は高遠に向って馬を馳せた。杖突《つえつき》峠にかかると諏訪湖がよく見えた。信玄は若くして死んだ湖衣姫のことを思った。湖衣姫が生きていたら、今日の日をどんなに喜ぶだろうかと思うと涙が出そうになった。湖衣姫が死に臨んで、勝頼を跡継ぎにしてくれと、ひたすら望んだこともきのうのことのようだった。

信玄は、湖衣姫の思い出をふり切るように馬を峠に向けた。

「お館様しばらく」

土屋豊前がうしろから声をかけたのでふりかえると、下から駈け上って来る、むかで衆の旗差物が見えた。

むかで衆は、信玄の前で馬を降りると大地に片膝立ちの姿勢で云った。

「上野の倉賀野城におよそ三千の大軍がおしよせました。お味方は苦戦にございます」

上野の倉賀野城はこの年の六月に攻め落した城であった。その城を敵に奪いかえされ

ると、折角上野に根をおろしかけた、甲信軍の存在は危うくなる。箕輪城攻撃など思いもよらぬことになるのである。やはり、古府中における武田の内紛が敵に知られたのだなと信玄は思った。

「豊前、古府中に帰って、すぐ上野に出兵するぞ。このことを走り馬を出して知らせるのだ」

信玄は馬をもと来た道へかえした。

（勝頼ゆるせよ）

信玄は心の中で云っていた。

信長父弾正忠《だんじようちゆう》存生《ぞんしよう》の時、美濃国ない木（苗木）勘太郎と云侍を、聟に仕り、則《すなわち》信長のためには妹聟也。昔より美濃国ない木の城に居住也。彼者むすめを、幼少より信長養置《やしないおき》、姪女《むすめ》と申せ共、実子よりは痛《いたはり》候。信長息女も候へ共、我等当年三十二歳なれば、惣領の男子さへ十歳のうちそとにて、廿歳に成給ふ、四郎殿内方になさるべき息女《むすめ》を持《もち》申さず候、と種種《くさぐさ》の信長申されやうありて、乙丑《きのとうし》霜月（永禄八年十一月）十三日に、ない木殿むすめ、信長姪女を、養親《やしないおや》に成て、伊奈の高遠へ御こし入、四郎勝頼公は、尾州織田信長のむこに成給ふなり。（『甲陽軍鑑』品第卅三）

榛名《はるな》山おろし

永禄九年五月、武田逍遥軒の率いる三千の軍に信濃の軍を合わせて五千が、碓氷峠を越えて箕輪城を囲んだ。

箕輪城は長野信濃守業正が守っていたが、永禄四年に病死して、その子右京進業成《なりしげ》が城主となった。まだ年少だったので、上泉、多比良《たひら》、高山、白倉、上田、倉賀野、和田、後閑《ごかん》、長根、大戸などの諸将が業成を助けて城の防備に当っていた。

箕輪城の将兵たちは甲信連合軍の大がかりな攻撃を予想していた。堀を深くしたり、石垣の補修をしたり、兵糧を持ちこんだりして籠城の準備を充分に整えていたので、五千の軍が城の周囲を取囲んだところで、さほど驚くことはなかった。

箕輪城は榛名山の麓にあった。榛名山塊が関東平野に突き出した尾根の先端にこの城はあった。なだらかな傾斜地にできた二十メートル足らずの丘が箕輪城の台地となっていた。平城《ひらじろ》ではないが、山城《やまじろ》というほど、嶮岨《けんそ》な山の上に建てられた城でもなかった。その丘と対照的な台地に登って見ると、箕輪城のおおよその規模を読み取ることができた。

「力攻めで落せそうに見える城だが……」

物見櫓の上に立って、箕輪城を一望した逍遥軒はそうつぶやいた。落せそうな城だが、と後を濁したところに、やはり逍遥軒の眼が凡庸《ぼんよう》でないことを示していた。兄信玄の名にかくれて、逍遥軒の名はさっぱり表面にはでないけれど、彼は決して戦さを知らないのではなかった。戦さのかけ引きは知りすぎるほど知っているのだが、彼はその戦さがあまり好きではなかったのである。好き嫌いを云っているときではないから、兄信玄に命ぜられるままに、軍配を握ってはいるものの、彼自身の気持の中には、なるべく血を流さないで済ませることができたらそうしたいという気があった。

「力攻めで落すとなると、わがほうも、かなり損害をまぬがれないでしょう」

逍遥軒の傍にいた内藤修理がいった。内藤修理も、箕輪城が容易には落せそうもないことを見て取ったようであった。

人に人相があるように、城には城相があった。いかに要害の地に建てられた城であっても、その城の急所を押せば、わけもなく陥落するような城もあるし、なんの取得もないような平城であっても、いざとなるとなかなか落ちない城もあった。箕輪城は、その後者に属する城であった。見掛け上はなんの変哲もない城でありながら、一度攻めかかると、意外な痛手を蒙ることは、その城の構えが、平凡でありすぎるところにかえって油断ならぬ防備力を持っているのである。

逍遥軒は周囲に眼をやった。畑地が多く、水田はほとんど見当らなかった。

「水の手はどうかな」

逍遥軒は内藤修理に問うた。修理は城の本丸のあたりに眼をすえて
「さよう……深井戸でしょうな」

と答えた。榛名山塊が近いから、地下水は豊富だと見るべきであった。城内に井戸があるとすれば、水の手を押えることはむずかしい。それを強行しようとすれば、敵はそれこそ命がけで抵抗するだろう。味方の損害は増える。川中島の大会戦で多大な人的損害を蒙っている甲軍に取っては、一兵の生命も惜しかった。

水の手がだめだとすると、次には兵糧攻めである。

「完全にかこめるかな」

逍遥軒のひとことで、内藤修理には、逍遥軒が考えていることがすぐ分った。

「囲むことはできます。が、敵の兵糧が尽きるのを待っていると冬になるでしょう」

内藤修理は元気なさそうな声で答えた。

「そうだろうな、……すると」

逍遥軒は残された一つの手は、調略で城を落すしかないのだと内藤修理に云おうとした。修理はそれを見こして
「調略をかけようにも、あの城には、融通が利かない者ばかりが揃っておりましてな」

いよいよ困り果てたという顔だった。

調略を掛けて成功するのは、敵に敗戦の恐怖があるか、利につこうという者があるか、

内部に確執《かくしつ》があるか、それ等の何《いず》れかの場合であって、越後勢が必ず応援にやって来るものと信じこんでいる箕輪城には、敗戦の恐怖はないし、まして武田勢に対して強い反感を持っている城内の諸将に誘いをかけることは非常に難かしいことであった。

「結局は力攻めをするより他に道はないのかな」

逍遥軒は内藤修理にそうは云ったもののすぐに兵を動かすようなことはせず、包囲を厳重にして敵の動きを見ることにした。急を越後に告げようと闇にまぎれて城内から忍び出た者がつかまった。書状を持っている者も、使者の口上を暗記して城を出て来た者もあった。これらの者を捕えるとほぼ城内の様子が分った。城内には約半年間の兵糧の蓄えがあり、士気すこぶる軒昂《けんこう》であった。

「まだ攻めるべきときではないな」

逍遥軒は内藤修理に云った。

箕輪城を包囲して二カ月目に越後へ使者に行って帰って来た者が、暴風雨にまぎれて城内に入ろうとして警戒の者につかまった。書状を持っていた。上杉輝虎から箕輪城主長野業成に宛てたもので、越後では目下一向宗徒の乱が起きているので、上野へ救援に行けない、という内容だった。逍遥軒は捕虜を解き放ち手紙を持たせて城内に追いこんだ。そのほうが有利と考えたのである。

上杉輝虎は、一向宗徒の叛乱と、京都の三好、松永が将軍足利義輝を殺したことによる、情勢の変化に対処するために、関東のことだけを考えていることはできなかった。

一向宗徒の叛乱はその背後に信玄がついていることがはっきりしているだけにかえって面倒であった。上杉輝虎を待っている城兵にとっては越軍来らずの情報は戦意を沮喪《そそう》するものであるから、甲軍の厳重な警戒陣を突破して帰城した使いの者の情報を努《つと》めて洩らさないようにしていた。だが、そういうことは自然に分るものである。だいいち、箕輪城を囲んでいる甲軍が、さっぱり戦さをしかけて来ないことがおかしい。糞落ち着きに落ち着いているのは、兵糧が尽きて、落城するのを待っているようであった。越軍の援助はもうあり得ないと信じこんでいるように見えるのである。

八月に入って、倉賀野孫太郎が甲軍の使者として箕輪城におもむいて、逍遥軒の意を伝えた。無駄な抗戦を止めて降伏しなさい、そうすれば、いっさいのとがめ立てをしない、領地はそのまま安堵するであろう。だが、もし戦ったとなれば、長野家の没落はまぬがれない。名家の存続を惜しむならば、今武田方に降《くだ》ったほうがいいだろうという、ほとんどきまり文句のような降伏勧告状であった。

倉賀野孫太郎は、倉賀野一族の一人で、倉賀野城落城と共に武田方に降伏した者であった。

箕輪城の部将とは面識があるから、降伏をすすめるには丁度よい人物であった。倉賀野孫太郎は武田軍の備えが充分であることを説き、上杉輝虎が、一向宗徒の乱に悩まされながらも、京都へ上ろうとしている話をした。

「いま、上杉輝虎殿にとっては関東のことより、京都のことのほうが大切でしょう。京都の公家や寺社の主なる者が次々と越後に使者を送って輝虎殿の上洛をうながしていることは間違いない事実、大覚寺門跡義俊殿は自ら越後におもむいて輝虎殿を京都につれて行こうとしているとか、とにかく、越後には佐渡金山があって、金がいくらでも取れる。輝虎殿の人気はいわば金の人気のようなもの。その金の人気につくか、信玄殿という人間そのものにつくか、よく考えて決めたらよろしかろう」

しかし、倉賀野孫太郎の弁舌を以てしても、箕輪城の諸将の心はなかなか信玄に傾こうとはしなかった。

それには遠因があった。天文十六年閏《うるう》七月、武田晴信は北佐久郡の志賀城を攻めた。城将笠原清繁は、上野甘楽《かんら》郡の高田憲頼父子に援軍を頼み、高田憲頼は上野の諸将に檄をとばして、共同作戦を取ることを依頼したのである。箕輪城主、長野業正《なりまさ》も数百の兵を率いて碓氷峠から信濃に入り、浅間山麓の小田井原で、武田勢と戦って大敗した。八月六日のことであった。

晴信はこの戦いで取った生首三千を、志賀城のまわりに掛け並べて、勝鬨《かちどき》を上げた。上野の将兵が、武田信玄に対して深い怨恨《えんこん》を抱いているもとをただすと、二十年前に、晴信が行ったこの人道上許すべからざる行為であった。人間が死ねばすべて仏である。その仏の首を、城の前に掛け並べたというやり方を上野の将兵はひどく憎み、語り伝えて来たのである。

「なるほど、輝虎殿には、上野のことより京都の方が大事なことかも知れぬ。あり余るほどの金があっても、こちらの方へは少しも廻って来ないし、武田の侵略に悩まされている吾等に対して、鉄砲を送って来ようともしない。大義名分の戦さをなされる輝虎殿より、武田信玄殿の方が、実際的で、将来望みがある人間かも分らぬ。だが、吾等は、武田勢に一戦も交えずして頭を下げたくない。戦いは時の運、二十年前の小田井原の戦いではこちらが負けたが、今度は自分たちの城で戦うのだから、そう簡単には負けられない。とにかく、吾等は甲州の者どもに一泡吹かせないと積年の怨《うら》みは晴れないのだ。たとえ負けてもいい、思う存分戦って見たいのだ」

多比良守友が云った。高山満重、白倉左衛門宗任などが同感の意を示すと、他の部将たちはことごとく右にならった。

倉賀野孫太郎は箕輪城をむなしく引き揚げるしかなかった。このことは、逍遥軒から、兄信玄に即刻伝えられた。

「お館様がお出ましにならないと、どうにもなりませぬと云っておられます」

使いに立った者は逍遥軒の言葉をそのように伝えた。信玄の病は、志磨の湯における長逗留でほとんど完癒していた。もう戦さに出てもいいということを誰もが知っていた。

八月の末になって信玄は、高遠の勝頼のところに人をやって、箕輪城攻撃に向うから、兵を整えて、出馬する準備をするように命じた。勝頼にとっては初陣《ういじん》であった。二十一歳の初陣というのは遅きに過ぎたが、病弱だった勝頼にとってやむを得ないことであった。勝頼は雪姫と結婚して既に十月《とつき》ほど経っていた。雪姫は懐妊していた。結婚が勝頼の健康を害するかもしれないと心配していた者もあったが、勝頼の結婚は彼にとってすこぶる適合した。勝頼は、結婚前よりも肥ったし、以前のように神経質なところがなくなった。信玄が心配しているように、雪姫のそばにべったりくっついているようなこともなく、暇さえあれば馬を乗り廻し、遠駈けにでかけていた。

箕輪城攻撃の声が高遠城にかかったとき、勝頼は、跡部右衛門尉重政、向山出雲、小田桐孫右衛門等の側近部将を呼んですぐ出兵の用意をさせると、勝頼自身は、母湖衣姫の菩提寺建福寺へ行って墓の前で初陣の報告をした。

「勝頼ただいま、お館様より初陣の命を受けたまわりました。どうか勝頼の武運のほどを御照覧あれ」

勝頼は母の墓前で手を合わせて云った。湖衣姫の墓は杉の木立に覆われた静かなところにあった。蟬が鳴いていた。

伊奈四郎勝頼は伊那の兵三千を率いて、杖突峠を越えて諏訪に出て、父信玄の軍を待った。

信玄は三千の兵を率いて一刻ほど遅れて諏訪に到着した。父子は上原城で会った。

「肥ったようだな」

信玄は勝頼の健康そうな顔を見て云った。

「父上も御壮健にてなによりでございます」

勝頼は型どおりの挨拶をした。親と子でありながら、ずっと別れて住んでいるのだから、久しぶりで会うと堅苦しい挨拶になるのは当然のことであった。二人の胸中には、云いたいことが山ほどあった。勝頼は、兄太郎義信のことを聞きたかった。蟄居《ちっきょ》の身になっている義信がその後どうしているのか、勝頼にはもっとも大きな関心事であった。太郎義信がそのまま蟄居の身を続けるかぎりにおいては、武田家を継ぐ者は勝頼であるが、もし兄義信の蟄居が解ければ、勝頼は伊那谷の大名として終ることになるのである。勝頼は二十一歳である、そのような欲が心の中に浮ばないというのは嘘である。

「勝頼、戦さにかかる前にひとこと云って置くが、大将というものは、自ら戦さの渦中に入ってはならぬ。全体の動きをじっと見ていて、適切な指示を与えるのが大将であることを忘れてはならない。大将自らが武器を取って敵と渡り合うということは敗け戦さのときだけだ。仮にも、武勇にはやって、敵の前に飛び出すようなことをしてはならぬぞ」

信玄はその言葉を勝頼に云うふうをして、実はその側近のものに云って聞かしていた。初陣に手柄はつきものであった。勝頼は初陣だから、なんとかして勝頼に手柄を立てさせたいとして奇計を用いたり、危険を冒したりしないように云ったのである。

「余の初陣は、海の口城の平賀入道との一戦であった。引くと見せて、敵に安心させて置き、突如反転して敵を討ち亡ぼしたのである。これは余の手柄ではない。板垣信方と甘利虎泰が、余のためにそのような計略をたててくれて、たまたまそれが成功したまでのことだ。今から考えると、まことに運がよかったというほかはない。もし敵に裏をかかれたら、余の今日はなかったであろう。初陣に手柄などということにこだわるのは昔のことで、近代戦は、そのような、どうでもいいようなことにこだわってはならぬものだ」

信玄はそこで言葉を切って、勝頼の側近安部五郎左衛門、竹ノ内与五左衛門、小原忠国、小原忠次の兄弟の顔を見廻しながら云った。竹ノ内与五左衛門には特に眼を止めて

「そうだのう」

と云った。竹ノ内与五左衛門は、信濃平賀氏の直系であり、信玄の初陣の功の話に出た平賀入道の縁につながる者であった。軍書に造詣が深く、勝頼に軍書の講義をしていた。

「はいっ、お館様のおおせのとおり——」

竹ノ内与五左衛門は、信玄に直接声を掛けられただけで、すっかり恐縮していた。勝頼の側近たちは、信玄が勝頼にかけている愛情の深さを知った。信玄の云うとおり、初陣の功などということは考えるべきではないと、てんでに心に思っていた。

武田信玄、伊奈四郎勝頼の併せて六千の軍隊が碓氷峠を越えて、箕輪城包囲軍五千と合流したのは九月十日であった。

信玄は現場に着いたその日に近傍の名主《みょうしゅ》に布令を出して、秋の取り入れが済むまで、箕輪城攻撃を待つから、収穫を急ぐようにと命じた。戦さのために、百姓に迷惑は掛け

ないということを明らかにしたのである。このとき信玄は、この上野の地は、自分の領地だと考えていた。自分の領地だからこそ、被害を極小にとどめようとしたのである。

信玄のこの悠々たる態度は、箕輪城の将兵の心を寒くした。甲軍に包囲されてから既に五カ月、越後からの救援はほとんど見込みなしとなった現状において、味方の数倍の敵に城を包囲されたら、もはや絶体絶命の心境にならざるを得なかった。

信玄現わると聞くと、それまで、から威張りをしていた者が急に元気を失った。誰も口には出せないことだが、とても勝味のない戦さなら、このへんで信玄に頭をさげたほうがいいのではないかと思っている者が多くなっていた。箕輪城の部将は、この情勢を見ぬいていた。

軍議は連日為《な》された。

それまでは、熱っぽい抗戦論で終始していたのに、信玄が来たとなると、軍議はなにか芯《しん》のない上ずったものに変っていた。誰も和平を口にしないが、敗戦が眼の前にせまって来ると、やはり、生への期待が胸を衝いて来るもののようであった。

信玄の命によって倉賀野孫太郎が軍使として送られた。さては、また降伏の勧告だろうと思って城将は、倉賀野孫太郎の提示する条件を耳をすませて聞いた。

「甲軍は明朝より攻撃を開始する。その前にもう一度だけ猛省をうながす。既に勝負が決ったいまとなって、無駄な血を流すよりも、武田方に降って、将来望みある戦さをしたらどうか」

だが、城主を中心としての評議の結果は飽くまで抗戦であった。抗戦という目標でまとまる以外に、どうにも動きが取れなくなっていたのである。

「こうまで敵を追いつめないでも、なにか手立てがあったであろうに」

信玄は逍遥軒と内藤修理に云ったが、その言葉は、副将として信玄の傍にひかえている勝頼に云って聞かせているようでもあった。

「五カ月間も城をかこんで、いったいなにをしていたのだ」

その声にはややとげがあった。

「五カ月も囲めば、調略によって城の中はがたがたになるものだ。誰彼は、敵に内応している、誰々は、敵と気脈を通じているといったような噂が出て来て、城内でいがみ合いが始まるものだ。そういう気配が全然なかったというのは、なんにもしていなかったということになる」

信玄は、大きな眼で逍遥軒をじろりと睨んで

「絵でもかいていたのか」

と皮肉を云った。逍遥軒が陣中で、時折絵をかいていることを知っていたからであった。逍遥軒は兄信玄に叱られても、たいして気にならないようであった。戦争なんかには関係がないといったふうな顔だった。

「勝頼、これから、敵陣を見て参れ。絵図を見たり、望楼から敵陣を見るよりも、実際、敵の城の近くに寄って、敵の気を窺って来ることが大将にとっては大切なことだ」

「敵の気？」

「そうだ、敵の気とは戦意だ。敵の戦意を窺ってくることだ。行って参れ」

そして信玄は、勇将甘利左衛門尉と原加賀守胤元《たねもと》の二人の侍大将をつけてやった。勝頼の旗本に甘利、原の部隊を合わせるとおよそ三百騎ほどの部隊になった。

勝頼は箕輪城出征の命を受けたとき、家臣に命じて、箕輪城の絵図を取り寄せて、それとなく作戦を頭の中でこね廻していたが、いざ現地に来て見ると、絵図で想像したのとは全然違っていた。ひどく地形が複雑であり、丘の上にある城は難攻不落に見えた。

勝頼を先導するものは甘利左衛門尉の五十騎ほどだった。

城は北西から南東にかけて約五丁、北東から南西に約三丁ほどの丘陵上にあった。木が繁茂していて、城の全貌《ぜんぼう》は分らないが、ところどころに見えている石垣や、黒い門の物見櫓などの位置から見て、建物は広い範囲に分散しているようだった。城を為《な》す建築物は絵図面と同じと見てよいだろうと勝頼は思った。絵図面と実際とが、ひどく違うのは、から堀であった。から堀は、城の周囲に、掘りめぐらされていたが、絵図面にない、二重、三重の堀があるし、馬止めの柵《さく》が、いたるところにかまえてあった。

勝頼を中心としての三百騎が城に近づくと、城内からは、城兵の顔が次々と出て来て、勝頼の一行を監視した。勝頼はときどき止って、城内を観望した。

「殿、止ってはなりませぬ。止ると鉄砲の的にされることがございます。このようなときはいかなることがあろうと、馬を止めてはなりませせぬ」

甘利左衛門尉が注意した。勝頼は素直にうなずいて馬をすすめた。胸が鳴った。初陣だと思うと、心が落ち着かないのである。

敵の城を一周して帰って来る勝頼を部将たちが頭を揃えて待っていた。信玄は敵の備えを勝頼に訊いた。勝頼は見たとおりのことを、絵図に書き加えた。堀の数や長さ、馬止めの柵などくわしく書きこんだ。

「攻めるとすれば、どっちから攻めるか」

信玄は突然勝頼に訊いた。勝頼はまさか、そんな質問を受けるとは思っていなかったので、いささか狼狽《ろうばい》して、叔父の逍遥軒の顔を見た。逍遥軒が軽く頷いた。思ったとおりのことを云えばいいと云っているようであった。勝頼に軍学を教えた家来の竹ノ内与五左衛門の顔を見ると、与五左衛門は大きな眼を見張って勝頼を見詰めていた。

「搦手《からめて》を突くのがよいと思います」

「なぜ搦手にかかるのだ」

「敵が城を出て戦うところは搦手以外にございません。搦手には地形上大軍をさし向けられません。少数精鋭の兵が、ここに向うとすれば、敵もやはり少数精鋭をもって迎え討つでしょう。おそらく敵は此処を決戦の場と考えているでしょう」

「なにも敵のいうなりにならないでもよいではないか」

「はい、搦手に敵の精鋭を引きつけて置いて、四方から堀を渡って城に攻め上ったらよろしいかと存じます」

「順序をはっきり云って見よ」

「まず、総力を上げて、から堀を数カ所にわたって崩すこと、その次に搦手に精鋭を向けること、第三番目には、全軍が一斉に堀を渡って、敵城に突入するということになります」

勝頼はとどこおることがなく云った。信玄は、危うく賞讃の声が出そうになるのを押えた。初めての戦いに臨んだ勝頼が、ちゃんと見て来て、ちゃんと作戦をたてたのである。胸の中が熱くなった。妙な感動が信玄を揺すぶった。義信をつれて合戦に臨んだとき、一度でもこんな気持になったことがあったろうか、あのわがまま者の義信は、いつだって勝手な行動をして、それが味方の重荷になったのだ。そこにいくと、初陣だというのに、もう百戦を経た武将のようにちゃんとした見識を持っている勝頼の落ち着きぶりはどうであろうか。信玄は、そこに居並ぶ諸将に向って云った。

「勝頼がいま策をたてたが、この策に異議がある者は云うがよい。また他に策があれば、ここで評議しよう」

部将たちは黙っていた。内心驚いていた。伊奈四郎勝頼が明晰《めいせき》な頭脳の持主だということはかねて聞いていたが、これほどだとは知らなかった。よかったという感懐が、武田の部将の頭の中を走って通った。義信に万が一のことがあっても、勝頼がいる。安堵が部将たちの頭を明るくさせた。

「お館様、伊奈殿の策がもっとも地についたものかと思います」

内藤修理が云った。部将たちが、そのあとについて頭を下げた。まったくあっけないような軍議であった。

「から堀を崩すのは誰でもいいが、さて、搦手に向う者は……」

と信玄が云いかけると、勝頼の側近の跡部右衛門尉重政が進み出て
「それは、わが殿におおせつけられるようにお願いいたします」

と云った。初陣を華々しく飾らせてやりたいという忠義心であった。

「よし、高遠勢のほかに、甘利左衛門と原加賀の軍勢を搦手に向けよう、これでよいだろう」

信玄は山県三郎兵衛と改名したばかりの飯富三郎兵衛に向って訊いた。飯富兵部が志磨の湯の乱を起して以来、飯富三郎兵衛は肩身のせまい思いをしていた。信玄は、その三郎兵衛に飯富の名を忘れさせるために、山県の姓を与えたのである。山県三郎兵衛に、これでよいだろうか、などと訊いたのも、三郎兵衛にかけた親愛の情を示すものであった。

翌日から甲軍一万一千の軍は、土木工事を始めた。箕輪城の堀を埋めにかかったのである。各自が銃砲よけの土俵や、竹筒の大束を抱えこんで堀崩しの作業を始めた。

箕輪の城内からはこれに対して散発的な攻撃があっただけで、から堀崩しに総力を上げて反抗するという気勢は見せなかった。越後の援軍が絶望となった今日においては、城を持ちこたえることが生に通ずることではなかった。から堀崩しの作業を阻止したと

ころで城を一カ月長く持たせるかどうかであった。それよりも、無駄な戦力を労費せず保有していて、一気に押し出て、敵に痛撃を加えたいというのが、城内の諸将の統一した意見であった。

箕輪城のから堀は日が経過するにつれて、つぎつぎとつぶされて行った。

勝頼は連日、甘利左衛門尉や原加賀に守られて、箕輪城の周囲を見廻っていた。箕輪の城内でも、そのころ勝頼の存在が評判になっていた。

「伊奈四郎勝頼の初陣とな」

「義信が蟄居《ちっきょ》を命ぜられたそうだから、信玄の跡を継ぐのは、勝頼だろう。その勝頼に、合戦を教えようというのだな、信玄め」

「この箕輪の城が伊奈四郎勝頼の初陣の手柄にされたとなると、御先祖様に申しわけないぞ」

様々の声がある中で、勝頼の存在を重視して、策を練っていた部将がいた。上野十六槍の一人としてかねてから、武名の高い上泉伊勢守秀綱であった。

「よし、勝頼を討ち取ってやれ。初陣の功をあせろうとすれば必ず無理をする。そこを狙うのだ」

上泉伊勢守秀綱は、和田業繁、後閑信純《ごかんのぶずみ》に計画を打ち明けて協力を願った。勝頼を襲うには、ごく少数の強い武士が必要だった。和田も後閑も、上野十六槍の中に数え上げられている人々だった。

「よくぞ、相談してくだされた。勝頼の首さえ取れば、本望である。わが父和田業行は、二十年前の小田井原の戦いで、武田の軍に首を取られた。その恨みを晴らすに絶好なときである」

和田業繁は涙を流した。後閑信純は

「上泉殿、敵にも、豪の者が揃っているから、もう一人、この計画に加えたらいかがでしょうか」

後閑信純はそう云って、藤井正安を加えることを勧めた。

「藤井正安殿か、いいだろう。彼が加われば鬼に金棒というものだ」

上泉伊勢守秀綱はそう云って考えこんだ。口では鬼に金棒と云ったが、何か不安気であった。上泉伊勢守秀綱は外に眼を投げた。夜になると榛名《はるな》山おろしの冷たい風が吹き降りて来るころであった。

付け入られて落城

永禄九年九月二十九日。よく晴れた日であった。鏑矢《かぶらや》が三本唸り音を立てて箕輪城の本丸を越えた。五つほど数をかぞえる間合《まあい》があった。城兵は、その時分にはもうことごとく起きていた。彼等はその鏑矢の唸り音を不吉なものに聞いた。空気を震わせて消えていくその音を聞いて思わず身慄いする兵もあった。

鏑矢は武田の陣営から放たれたものであることがはっきりしているし、その日の合戦の前触れであることが分っていた。籠城して一月《ひとつき》か二月《ふたつき》であったならば、そしてまた、上杉輝虎の援軍近しという情況下にあるならば、その鏑矢の音も、それほど怖いものには聞えなかったに違いないが、糧食は底をつき、上杉軍の援助が絶望となった今となっては、決戦開始を告げる鏑矢の音は、いよいよ死の宣告を与えられたように聞えたのである。主だった者は城内に家族がいたが、多くの兵たちは、この近くの地下侍《じげ》であった。平常は鍬を手にして農事にたずさわり、いざというときに領主のもとに集る者たちであった。彼等はその妻子と数カ月も会っていなかった。この日の合戦が始まれば討死する公算が多かった。数の上から見て、いかようにあがいても勝てる相手ではなかった。討たれるか、敵の囲みを破って逃《のが》れるか二つに一つの道しかなかった。

「鏑矢なんか射かけやがって」

　空を見上げて、その朝の心のむなしさをつぶやく兵があった。合戦の開始に当って鏑矢を射かけるのは、源平時代の名残りである。戦国時代の今となっては、鏑矢を射かけて合戦に及ぶなどということはどうでもいいことなのに、ことさら、古式にならったのは、城兵を威嚇《いかく》する以外のなにものでもないことを彼等はよく知っていた。鏑矢が唸りながら飛んで行った空の色はあくまでも青く澄んでいた。

　城主長野右京進業成《なりしげ》（年齢ははっきりしないが、およそ、この時十七歳ないし十九歳ぐらいと推定される）は本丸に主なる部将を集めて云った。

「今日がこの業成の最期の日であるとともに鎌倉時代以来の由緒ある長野家の最期の日でもある。代々長野家に仕え、この業成とともに最期を迎えようとするそちたちの忠誠に心からお礼を申す。いざこれより、今生《こんじよう》の別れの盃を交わそう」

　部将たちの多くは涙を流しながら城主の言葉を聞き、そして盃を受けた。言葉を発する者はなかった。こうなったらもうどうにもしようがなかった。ここまで追いこまれるまでに、なんとかしようはなかったものか。倉賀野孫太郎が降伏勧告に来たとき、なぜはっきり自分の気持を云わなかったのだと、今になって後悔している部将も多かった。和平を口にすると、抗戦論者から卑怯者と云われるのがいやでひたすら沈黙を守っていたがために、ついにこの日を迎えてしまったのだ。身を亡ぼすのは自分ばかりではなく、妻子までも死の道連れにしなければならない羽目になった運命を呪《のろ》わずにはおられなかった。

（武田には父の代からの恨みがある。だからといって殺されてしまえばそれまでのことである）

酒が胃に入って、やがてそれが顔にかなしみの色となって現われて来ると、そこにじっとしていることもつらくなって席を立つ者があった。今生の別れのこの席に一人だけ出席しない部将がいた。上泉伊勢守秀綱は鏑矢の唸りを聞くと、すぐ楼に登り、敵情を見てから、城内を歩いてみた。兵たちの士気はすこぶる沈滞していた。一人一人に声をかけてやった。声が段々高くなった。演説口調になった。

「みなの者、戦うのだ、戦って戦って戦い抜くのだ。死ぬことは考えるな、捕えられることも考えるな、われ等は力を合わせて戦って、敵の囲みを打ち破って生き延びるのだ。生きるために死にもの狂いに戦うのだ。みなの者、武田信玄がいかなる男であるかは二十年前の内山城、志賀城のことを思い起せばおのずから判ることだ。そのとき武田に捕えられたこの地の者で今もなお、暗い穴の中で金を掘っている者があるのだぞ。そしてそのとき捕えられた女たちは、恩賞として武田の臣下に与えられたり、遊《あそ》び女《め》として売られたのだ。みなの者、武田の兵を一人でも多く殺せ、それはわれわれの父や兄の恨みを晴らすことである。斬って斬って斬りまくって、そして逃げろ、生きるためにどこまでも逃げるのだ。捕えられて、金山に送られるぐらいなら、自刃した方がましだぞ。いいか繰り返していう。われわれは死ぬための戦さをするのではない、生きるために戦うのだ」

上泉伊勢守秀綱はそのように叫びながら兵たちの間を歩いていた。

死ぬのだと半ばあきらめかけていた兵たちに生きるために戦えという言葉は、彼等に光明を与えた。兵たちは喚声をあげてこれに応えた。

「上泉殿、なんということを云われるのだ。お館様は、城を枕に討死なされるおつもりで、一緒に死のうと云われた。それなのに、貴殿は逃げろという、とんでもないことだ。口を慎しみなさい。さもなくば、容赦はせぬ」

部将の一人多比良《たひら》守友が眼に角を立てて詰問した。

「多比良殿の気持もよくわかる。お館様の気持もよく分る。だが、かかる危急の場合、多くの兵の士気を奮い立たせるためには、城を枕に死ぬという陳腐な言葉では、気が滅入ってしまうばかりだ。彼等には生きる希望を与えてこそ充分な働きができるものだ。お館様にしても、敵の囲みの一角を破って落ち延びてこそ、長野家の再挙を計ることができるというもの。お館様がどうしても動かぬと云われた場合は、せめて奥方様や幼いお世継様をわれらの手で助け出すのが家臣として当然なことではなかろうか」

上泉伊勢守秀綱に理を説かれると多比良守友も返す言葉がなかった。多比良守友ばかりでなく、主なる部将が上泉伊勢守秀綱の処置に同感の意を示した。

敵はそこまで来ていた。理屈を云い合っているときではなかった。この場合兵たちの心を摑んだものが事実上の指導者であった。

諸方に鬨《とき》の声が上った。武田軍が攻撃行動を開始したのであった。

上泉伊勢守秀綱は城内の兵たちに生きるために戦えと演説をして廻ったあとで、城主の長野業成のところに来て、城を落ち延びるべきことを進言した。

「おそらく今日の戦いは搦手が主戦場となるでしょう。敵の兵力をできるだけ多く搦手に引きつけて置いて、お館様は、山伝いに逃げるようになされませ。山伝いの杣道《そまみち》には、既に道案内の者、数名を用意してございます」

秀綱は、城を枕に討死の無駄なことを説き、再挙を計るように説いた。

「どこへ逃げるのだ」

「ひとまずは厩橋《うまやばし》城へ落ちのびるよりいたし方ないと思います」

「上杉輝虎に頼れというのか。余を裏切って、ついに援軍をよこさなかった上杉輝虎など信用ができるものか。余はあくまでも、城と共に死ぬつもりである」

長野業成は秀綱の云うことを聞かなかった。若いからものごとを真正面からしか考えられないのだと秀綱は思った。主戦派の家臣たちに徹底抗戦策をおしつけられて、破局を迎えた今となっても、まだ自分というものに気がついていない気の毒な人だと思った。

この日の戦いは秀綱が予想したとおり、搦手口においてもっとも激しい戦いが行われた。伊奈四郎勝頼を大将とする寄手の大軍は次々と新手を繰り出して搦手を攻めた。

城内からは鉄砲の筒先を揃えて寄手を狙い撃って来るので、武田軍は例によって竹筒の束や、表に鉄板を張った盾を前に置いてじりじりと城門に寄って行った。寄手が城門に接近して鉄砲の死角に入ってしまうと、待機していた城兵が門を開いて一気に押し出して、近づき過ぎた武田の兵に襲いかかった。そうはさせじと寄せてくる武田の兵には、鉄砲玉の雨が降った。鉄砲は二百挺あまりあった。それらの鉄砲がいっせいに火を吐くと、容易に近づくことはできず、結局は城門に近より過ぎた兵だけが討死するという結果になった。

武田信玄は望楼からその攻撃ぶりを見ていてすぐ伝令を出した。

むかでの旗差物を背にしたむかで衆が二騎、信玄の本陣から、伊奈四郎勝頼のところに来ると馬からとびおりて片膝をついて言上した。

「無理押しはやめて、敵を城外へ誘い出すような方策を立てるようにとのお館様のお言葉でございます。敵を充分に引き出しておいて、突然反転して城内に付け入ることを考えよとのお言葉でございます」

付け入るというのは戦術用語である。城内から出て来た敵を追尾《ついび》して城内に入ってこれを攻め落すことである。

勝頼は父信玄の命令を受けたが、さて、如何にして敵を城外に誘い出していいやら、すぐにはその策が思い浮ばなかった。

勝頼の側にいた侍大将甘利左衛門尉が進言した。

「搦手には敵の鉄砲隊がいて、無理おしできないことはお館様お見通しのとおりだと思います。敵を城外に誘い出してこれに付け入るためには、味方は搦手攻撃をあきらめて空堀を渡り、石垣に攀《よ》じ登り、高塀を乗り越えて城に攻めこむように見せかけたらいかがかと存じます。敵は高塀の方の守備を厳重にすると同時に、必ずや搦手門をあけて、わが軍の背後を衝くものと思われます。わが軍は敵に背後を衝かれて混乱に陥ったように見せかけて、退けるだけ退き、敵の追手の足をできるだけ延ばして置き、突然反転に移り、敵兵と共に城内に付け入るのでございます。敵の鉄砲隊も敵と味方が一緒になって、ひしめき合って来るのに鉄砲を撃ちかけることもできますまい」

甘利左衛門尉は歴戦の勇士であり、信玄のもっとも信頼している侍大将であった。その甘利左衛門尉を勝頼の傍に置いたのは甘利左衛門尉の力添えによって勝頼に初陣の手柄を立てさせたいという信玄の親心があったのである。甘利左衛門尉はその信玄の気持を痛いほど理解していた。

「よく分ったぞ左衛門尉、だがもし敵が付け入りの策に引っかからなかったらどうするのだ」

「石垣を攀じ登り、上から縄梯子をかけ下げ、石垣を越えて城内に攻めこみまする。もともと、この目的で堀を埋めたのですから、そのときはそのとき、臨機応変、策を変えたらよいかと存じます」

勝頼はその策を容れた。

勝頼は竹ノ内与五左衛門から軍学を習って、付け入り戦法とはどんなものかおよそのことを知っていた。

（付け入りははなはだむずかしいことです。第一、にわかに退いたり、攻撃目標を変えたりすると、敵に、策ありと見破られて、裏を掻かれる危険がございます。第二に退くと見せかけたのがきっかけとなって、ほんとうに退かねばならぬようなことになることもあります。そして第三に敵の城に付け入ったと思いきや、あたりは敵だらけ、門はしまってしまいそのまま取りこめられてしまうことがあります。付け入りの手は将兵ともによほど戦さに熟達していなければできるものではございません）

　勝頼は竹ノ内与五左衛門が云ったことを頭に思い浮べていた。気をつけねばならないが、甘利左衛門尉の言を容れた以上、寄手の大将としてその指揮を執《と》らねばならなかった。

　勝頼は伊那から連れて来た三千の兵のうち、五百を旗本としてそこに残し、二千五百の兵に転進を命令した。二千五百の兵は小原忠国、小原忠次、秋山紀伊守、跡部右衛門尉重政、向山出雲の率いる五頭に分れていた。勝頼は五人の部将を呼ぶと、甘利左衛門尉の献策を示した。

「お旗本五百では心もとのうございます」

　跡部重政が云った。

「伊那からの旗本五百の他に、原加賀守胤元の手勢百人がいる。安心いたせ」

　勝頼は、そこでもう一度、付け入りについての策を確かめ合ってから

「先陣は甘利左衛門尉、他の頭は甘利左衛門尉の動きに応ずるように」

勝頼は献策した甘利左衛門尉に、先陣の名誉と共に責任をとらせたのである。

勝頼の采配が大きく振られた。軍鼓が打ち鳴らされ鉦《しょう》が鳴った。

搦手口を攻めていた武田軍はにわかに攻撃目標を変えて、既に一部が埋められている、空堀を渡って石垣に攻め寄せて行った。

搦手口の指揮を執《と》っていた上泉秀綱は、武田軍がにわかに転進したのを見て、すぐ策ありと見た。

「敵は付け入り戦術をとろうとしているようだな」

秀綱は、彼と共に搦手口の守備に当っている後閑信純と藤井正安に云った。付け入りと聞いて二人は驚いたようであった。武田の二千五百は空堀を渡って、石垣におしよせようとしていた。後閑信純にはどう見ても付け入りとは関係がないように思われた。付け入りを警戒するよりも、石垣に攀じ登って来る敵を防ぐことを考えるべきだと思った。

「味方の二百ほどを石垣の方に廻して、石垣を攀じ登って来る武田の兵に向って石を落して防がせるようにしよう。二百だけで結構だ。武田の兵が、あの石垣の三分の二ほども登ったときこそ、われらは総力を上げて城を出て、敵の後尾を衝くと見せて、実は寄手の大将勝頼殿の本陣を衝き崩すのだ。この策は必ず成功する。寄手の大将の首を挙げれば一時的に敵は陣を引く、その折を見て、お館様をはじめ、奥方、若殿を擁《よう》してこの城を脱出するのだ。お館様がなんと云おうが連れ出さねばならぬ」

上泉秀綱は軍学書でも読むようにすらすらと云った。

「寄手の大将勝頼殿の首を取ると申されたが、その勝頼殿はどこにいるのだ」

藤井正安が云った。

「見えぬか、あの諏訪大明神の神旗が。それ、城の搦手の下の広場の向うに、やや小高い丘があるだろう、あそこに金色に輝く旗が三旒《りゆう》見えるだろう、あれが神旗だ。勝頼殿の母御前は諏訪家の直系諏訪頼重殿の娘湖衣姫、勝頼殿には諏訪神氏《かみうじ》の血が流れているのだ」

藤井正安は、そう云われてはじめて気がついたようであった。箕輪城は武田の大軍にかこまれていた。どっちを見ても幟《のぼり》や旗ばっかりであった。まさか意外に近いところに勝頼の本陣があるとは思わなかった。

「勝頼殿の本陣およそ五百」

藤井正安がつぶやいた。そのとき藤井正安は、彼の手兵を率いて勝頼の本陣にかけこもうと考えていたのであった。藤井正安は箕輪城きっての勇将として知られていた。勇将の下に弱卒なしで、彼の右腕といわれている高間雄斎と左腕といわれている福田丹後はそれぞれ十人力と云われていた。

藤井正安が、勝頼殿の本陣およそ五百とつぶやいたとき、はっとしたのは上泉秀綱と高間雄斎であった。秀綱は正安のつぶやくのを聞いて、正安が抜け駈けの功名を狙うのではないかと思ったし、高間雄斎は正安が向う見ずの挙に出るのではないかと思った。

藤井正安は勇将であったが、自分の武勇をおごるがためにしばしば軽率な行動に走ることがあった。高間雄斎と福田丹後の二人の補佐があってこれまで大過なく過しては来たが、今度の相手は大物であった。うっかり飛び出すとたいへんなことになる、高間雄斎はそれをおそれていた。

石垣の方で鬨の声が聞えた。

武田の兵たちがいっせいに石垣に攀じ登ろうとした。石垣の上から、城兵が石を投げ落してそれを防いだ。その城兵に、矢が飛び鉄砲玉がとんだ。

「敵はほんとうに付け入りの戦術を考えているのだろうか」

後閑信純が云った。信純だけでなく誰が見ても、武田軍は本気で石垣を登って来るように見えた。

「どうも心配だ。拙者は、あっちへ行って見る」

信純が云った。

「いや待て、敵はきっと、石垣の中ほどまで行ったところで、渋滞する。わざともたついて見せるのだ。こちらに敵の背後を襲わせようとするがための誘いだ。よく見ろ、石垣に攀じ登って来る兵はせいぜい五百か六百だ。あとは、いつでも引き返すことのできるようにして待っている」

秀綱にそう云われても、後閑信純は心配であった。信純は石垣の方へ行って見ることを主張した。搦手の防備の指揮は上泉秀綱が執《と》ってはいるが、後閑信純にしても、藤井正安にしても秀綱と同格の部将であるから、秀綱の思うようにはならなかった。この辺に指揮系統の不統一があった。城主が弱年なるがために家臣を抑えることができなかったのである。

「もしかということがあるだろう。一応見て来たほうがよいであろう」

信純に強く云われると、秀綱もそれを拒絶できなかった。秀綱は見張り所をおりて信純と共に石垣の方へ廻った。そのとき秀綱は念のために十人の鉄砲足軽をつれて行った。秀綱と信純が、石垣の近くの松の木のところまで来たときに、搦手の城門のあたりに喚声を聞いた。

「しまった」

と秀綱は思わず叫んだ。藤井正安が彼の手兵三百を率いて城門を出たのである。その声を聞くと同時に、石垣の下で、太鼓が鳴り鉦が打ち鳴らされた。石垣の下に張りついていた武田の兵はいっせいに引き返しにかかった。予定の行動であるだけに混乱はなかった。

「撃て、あの空堀を渡って引き揚げようとしている兵たちの先頭にいる馬上の武士を狙い撃て、あの黄糸縅《きいとおどし》の鎧に十発の弾丸を打ちこんでやれ」

秀綱が命令した。

十人の鉄砲足軽は膝射ちの構えでそれぞれ狙った。三発目の音がしたとき、馬上の武士はのけぞるように落馬した。

大地に落ちた甘利左衛門尉は土を摑んだまま起き上ろうとした。だが終に彼は二度と立ち上ることはできなかった。

藤井正安の率いる三百の軍勢はつむじ風のような勢いで、勝頼の本陣に攻めかかって行った。三百と六百、数の上では勝頼の方が優勢だったが、上州一の剛の者と云われている藤井正安、高間雄斎、福田丹後などが、勝頼の首一つを狙っての攻撃は果敢であった。ここでは攻防がその処をかえた。攻める方が藤井正安で受けて立つ方が勝頼であった。

勝頼を守っていた旗本たちには鬨の声をあげて坂をかけおりて来る藤井正安の三百の軍勢が千にも二千にも見えた。

原加賀守胤元は勝頼の危急と見て、彼の手勢を率いて正面に出た。そこで敵の勢力を一時的に持ちこたえさえすれば数においてはこちらが優勢であるから、敵をはねかえすことができると思った。

「本陣を離れるではない。功名手柄より勝頼様を守ることこそ至上であるぞ」

胤元はそう叫んでいた。

人と人とのかたまりが、大きな音を立てて衝突した。藤井正安は長槍を振るって勝頼の本陣に突込んで行った。正安の左右には、高間雄斎と福田丹後が槍を構え、その後に上州のつわ者たちが続いた。胤元の軍勢はたちまち突き崩され前備えに大きな穴があいた。

「退くな、退くな」

と胤元が怒鳴っても、崩れ出すとどうにもならなかった。胤元の軍は勝頼の近くまで後退した。

「おお、あそこに敵の大将勝頼殿がおられるぞ」

藤井正安が、叫んだ。諏訪大明神の神旗を背にして牀机《しょうぎ》に坐っている勝頼の姿を正安は見たのである。

勝頼は正安の声を聞くと、牀机から腰を上げて、采配を腰にさすと、家来に持たせてあった槍を取った。

「お館様なにをなさいます」

安部五郎左衛門と小田桐孫右衛門が止めたが、勝頼は二人をおしのけるようにして前に出た。血の槍を持って突進して来る藤井正安と眼があった。

「勝頼殿とお見受け申す。藤井正安……」

藤井正安は血相ものすごく突込んで来た。その前に、ふらりと、まるでよろめき出て来たような者があった。藤井正安がその男をよけようとすると、その男はそっちへ向きを変えて立ちふさがった。手に大刀を提《さ》げていた。

「邪魔立てするか」

そう云って突き出した藤井正安の長槍を武者は大刀ではね上げた。藤井正安はその相手が唯者でないと見て、槍を手元にくりこんで構えを直した。武者の周囲に彼の郎党と覚しき者が十名ほど並んだ。

「もと越後頸城《くびき》郡箕冠《みのかむり》城主大熊朝秀」

と武者は名乗った。藤井正安と大熊朝秀の死闘が始まり、藤井正安の家来、高間雄斎と福田丹後は大熊朝秀の郎党を相手にして戦った。

大熊朝秀が藤井正安の出鼻をさえぎったことによって、戦況は一変した。勝頼は安部五郎左衛門と小田桐孫右衛門に
「寄手の大将が采配を置いて、槍を持つとは何というなさけなきおふるまい」

と云われると、それ以上、戦いの渦中に入るわけにはいかなかった。一度《ひとたび》攻撃速度がおそくなると、数において優勢な武田軍に藤井正安の三百はじりじりとおされた。

搦手門の方で鬨の声があがった。上泉秀綱、後閑信純、多比良守友等の軍勢が城門を開いて打って出たのである。藤井正安の行動そのものは悪かったにしても、藤井正安以下三百を見殺しにするわけにはいかなかった。藤井の軍を助けるためには、石垣攻撃をやめて反転して来た武田の主力をまず支え止めねばならなかった。そうしないと、藤井の軍が包囲されるおそれがあった。

搦手門外では両軍の激しい戦闘が始まった。上泉秀綱の伝令が藤井正安のところに走って来て云った。

「お退きめされ、いまが退きどき、これ以上深入りすると敵に付け入られます」

だが、それは藤井正安の耳には入らなかった。耳に入っても退きさがれる状態ではなくなっていた。そこに槍を振り回しているのが、上州一の豪傑藤井正安だということがわかると、勝頼の旗本たちはわれこそ手柄を立てようと藤井正安のまわりを取りかこんだ。正安は高間雄斎や福田丹後とも離れて、じりじりと追いつめられて行った。手に足に肩に、手疵が増えて行った。額に受けた血が眼に入った。視界が暗くなった。

藤井正安が戦死したという報が伝わると上州勢は浮足立った。彼等は余りにも深入りしたことに気がついた。

「退け、退け」

叫びながら城に逃げこもうとする後を武田の軍勢がぞろぞろ付け入って行った。

城門は間もなく打ち破られ城内は混乱に陥った。もはや上泉秀綱の力をもってしても、どうしようもなかった。

城の搦手が破られると、城の諸方が破られ武田の軍勢は四方八方から攻めこんで来た。城は事実上落ちたのである。こうなれば城兵は自分自身のことを自分で決めねばならなかった。城兵は或いは逃げ、或いは踏み止まって戦い、或いは自刃した。

戦いの終末には必ず掠奪暴行があった。落城となると、勝ちに酔った兵は気が狂ったようになり、もはや戦闘能力を失ってふらふらしている敵を殺し、女と見ると寄ってたかって凌辱《りょうじょく》した。誰もそれを制することはできなかった。この時だけは軍紀はないも同様だった。

戦後処理はその翌日になって行われた。自刃して果てた長野業成とその側近の者の遺体が収容され手厚く葬られた。長野業成の一族は男、女の別なく斬られた。

「長野家は抹殺する。だが、長野家に仕えていた者は、その罪を問わない。願い出れば土地を安堵して、召しかかえるであろう」

という高札が附近の村々に立てられた。だが武田信玄の真意を疑って申し出る者はなかった。

「昨年来箕輪、松井田あたりの、かきあげ屋敷（小豪族の山城）より、年三割の利子で借り上げていた米の代金を支払うから申し出るように」

という布令が出た。米の代金の支払いがなされてから、上野《こうずけ》の人たちの信玄を見る眼が違って来た。

「二十年経つと信玄という人も変るものだ」

捕虜を金山に送るようなことも、女を捕えて遊び女に売ることもなくなったばかりか借金を返し、武士はそのまま召し抱えるという恩情政策に人々はしばらくは信ぜられないという顔をしていたが、やがて一人二人と仕官を申し出る者が出て来て、落城の際落ち延びた者のうち二百名は前と同じ待遇で、箕輪城の新城主内藤修理の家来となった。これらの二百名は、後日、武田の中心戦力となった人たちばかりだった。上州武士に勇猛な者が多いのを見て信玄はこのような懐柔策を採《と》ったのである。

多比良守友、後閑信純、高間雄斎、福田丹後等は内藤修理の家来になったが、上泉伊勢守秀綱は一度召しかかえられたが直ぐ職を辞して浪々の身となった。

大熊朝秀は弘治二年九月、長尾景虎にそむいて、信玄の家来になっていたのであるが、その後たいして注目されるような存在ではなかった。だが箕輪城の戦いの際、勝頼の危急を救ったということが大熊朝秀とその郎党たちの運命を変えた。

信玄は、この戦いの恩賞として、三十騎に足軽七十五人をつけて大熊朝秀に預け、備前守の名を与えた。正式に侍大将の資格が与えられたばかりでなく、小幡山城守の娘小《こ》宰相《さいしょう》の聟となった。

信玄は、かねてから大熊朝秀が有能なる人物だと見込んで登用する機会を待っていたのである。信玄は、機会をたくみに利用した。越後の住人であれ、信濃の住人であれ、上州の住人であれ、手柄さえ立てれば取り立てるということを家臣たちに示したのである。

箕輪城が武田信玄の手に帰したことは、関東の情勢を大きく変えた。上杉輝虎の勢力が後退したことは明らかであった。

信玄が上州の戦争処理を終って帰ろうとしているころに古府中から走り馬に乗って横目付の荻原豊前《ぶぜん》が来た。

「新館様より駿河へ使いの者が出されました」

「新館というと義信なのか、それとも、於津禰《た》なのか」

「それは分りませぬ。とにかく駿河に使いが発ったということだけは確かです」

新館は外界との交渉を禁止されていた。五人の召使い以外は置かなかった。その召使いの一人のかめという女が病気になったので宿下りになった。病気持ちの女のようにも見えないので目付が監視していると、十日目に家を出て旅に出た。かめは甲斐と駿河の国境で、目付の手の者によって捕えられた。手紙は持っていなかった。いくら責めても、目的は云わなかった。

「そのかめという女は今どうしている」

「申しわけございません。ちょっと油断したすきに、かめは首をくくって死にました」

荻原豊前は信玄の眼をおそれるようにうなだれた。

彦八郎自刃

信玄は大勝を得た。箕輪城の陥落によって、信玄は上野の国の半分を取ったも同然であった。関東平野に槍の穂先を突き出したことになり、この勝利によって、上杉輝虎の関東進出の望みを断ったことにもなった。だがこの戦いで、信玄がもっとも親愛していた一人の将、甘利左衛門尉を失った。

「そのかわり、余は上州の強者《つわもの》二百を得たぞ」

信玄は馬上でつぶやいたが、やはり勝利感は湧いて来なかった。勝鬨をあげて、戦場を去るときのあの充実した勝利感はいったいどこへ行ってしまったのであろうか、信玄はそれを考えながら、馬を進めた。

「勝頼も見事な戦いぶりを見せたではないか。初陣《ういじん》としてはできすぎたぐらいだ」

そうつぶやいて見ても、さっぱり嬉しくはなかった。信玄の心の底には、義信のことが鉛の塊となって沈んでいた。義信が謀叛をくわだてたことは事実であったが、飯富兵部は義信にかわって、死を以て、その罪をつぐなった。すべて飯富兵部のやったことであり、義信の関係したことではないという遺書を残して死んだ飯富兵部の心を思うと、なんとかして義信を武田信玄の跡を継ぐべき人に戻してやりたかった。そうするにはまず義信に心を変えて貰わねばならない。駿河進出に同意し、今川氏真を討つために父信玄と行動を共にすると誓って貰わねばならない。義信がその気になれば、家臣団も、義信を武田を継ぐ人として認めるだろうけれど、このままではどうにもならなかった。謹慎中の義信が父に従うという心を見せる取り敢えずのただ一つの方法は、義信の愛妻於津禰の方を離別することだった。於津禰を駿河へ送り返すことによって、今川氏真との縁故関係を断絶することであった。それが義信にできたら義信の立場が変って来ることは歴然となるのだ。

信玄は、そうしろとは云わなかったが、心ではそれを望んでいた。穴山信君を通じて、それとなく義信にそれをすすめてもいた。だが、さっぱりその気配はないばかりか、このごろはますます依怙地《いこじ》になって、穴山信君が行っても口もきかないようなことが多くなった。父子の関係はもはやどうにもならないところに来ていた。

信玄は古府中に帰ると、新館の召使いのかめが病気と偽《いつわ》って家元にかえり、駿河に行こうとした事件についての詳細を調べた。かめひとりでできることではなく、その背後に誰かがいるような気がしたからであった。

信玄は駒沢七郎を呼んで死んだかめの身元をよく調べて来るように命令した。義信に関する件はすべて、目付と横目付に一任していたが、どうも、目付とか横目付とかいう役職についている者は、役職以上のことはしないように思われてならなかった。

そこへ行くと、諸国御使者衆の名を連ねている者は、下情に通じているばかりでなく、忍びの術を心得ているから、深いところを探って来ることができた。信玄が駒沢七郎を呼んで、かめの身元を洗うことを命じたのはこのような理由からであった。山本勘助が生きていたら、こんな場合は、もっともっと上手に立廻るだろうと思った。駒沢七郎は数日後に信玄のところへ報告に戻って来た。

「かめの身元は目付関係の方々が入れ替り立ち替って調べ上げたことゆえ、もはやなにも申し上げることはないと存じます。かめには二人の姉があり、一人は嫁《か》しておりますが、もう一人の姉は穴山彦八郎信邦様のところの召使いを務めております」

「穴山彦八郎信邦……」

信玄は思わず声をあげた。自分の声が隣りの部屋に聞えはしなかったかと、思わず周囲を見廻したほどだった。その部屋には信玄と駒沢七郎しかいなかった。志磨の湯の変があった以前には、このような場合でさえも、飯富兵部、飯富三郎兵衛、馬場民部などの側近を置いて一緒に話を聞いたことが多かったが、飯富兵部亡き後は、側近の三郎兵衛も、なんとなく信玄に遠慮勝ちで、姓を山県三郎兵衛と改めても、やはり兄兵部の死と、彼自身の立場とを切り離しては考えられないようであった。それは、武田家内部の一つの暗い面であり、その暗い面が拡がって行けば、それこそ武田の屋台骨が危うくなることも考えられるのである。

「穴山彦八郎信邦がどうかしたというのか……」

信玄は今度は低い声で聞いた。彦八郎信邦は穴山信君の弟であった。信玄の甥に当っていた。兄信君が魁偉《かいい》な容貌をしていたのに対して彦八郎はなかなかの美男子であった。武勇にも勝れており、理性的な兄信君と比較すると、直情的なところがないでもなかった。

「穴山彦八郎信邦様の家来、田中源四郎と申すものが数日前旅姿にて立戻って参りました」

家来がどこかに用事に行って帰って来たからといって、いちいち眼をつけたらきりがないが、駒沢七郎はそこに眼をつけたのである。

「家臣が主人の用務で旅に出た場合は、まず自宅に帰り、衣服を改めて参上するのが当り前ですが、田中源四郎は旅姿のままで主家の門に入りました」

縁談の話とか、領地の見廻りの報告とか、仏事の取りきめとかいうような用は、旅の垢《あか》を落し、衣服を改めて主人の前に出るのがしきたりになっていたが、戦さに関することになると、旅装のまま主人の前に出て報告するのが例になっていた。戦さでなくても、緊急を要する問題は、夜中であろうが、主家の門を叩いて報告した。それが使者として出る者の心得であった。

「田中源四郎が旅装のまま主家へ入ったということは、なにか緊急な用事があったと見たのだな」

信玄はそういうと、あとは駒沢七郎の話に口をさしはさまずに聞き入った。

駒沢七郎は田中源四郎を尾行し、彼が自宅に帰って脱ぎ捨てた草鞋の裏を見てほぼ一日の旅をして帰ったことを確かめた。草鞋は一日で新しいものに取替える。だから、草鞋の裏を見ただけでは日帰りの使いに出たのか、泊りがけの旅行に出た帰りなのか分らない。駒沢七郎は、田中源四郎の旅のやつれ方を見て、数日間の旅行と見たのであった。家人に訊《たず》ねるか、附近の人に聞き廻ればすぐ分ることだったが、そういうことは横目付かその下役でないとできないことだった。駒沢七郎は飽くまでも、陰の人であった。

駒沢七郎は田中源四郎の家に忍びこんだ。屋敷というほど広い家ではなく、狭い家に、子供が四人もいるからたいへんな騒ぎであった。子供の声にまぎれて入りこんだものの隠れこむ場所もなかった。

駒沢七郎は床下にもぐった。子供たちの声がよく聞えた。お父さんは四つ数えても帰って来なかった。どこへ行っていたのかと訊ねている幼い子の声がした。いや、違う、五つ数えてもお父さんは帰って来なかったのだとその子の兄らしい声がした。四つだ五つだと云って二人が争いを始めた。子供たちが寝て、しんとなると、駒沢七郎は子供部屋の隣りの夫婦の寝室の床下で耳をすませた。田中源四郎とその女房の話し声がした。初めはひそやかだったが、女房の声が段々高くなった。駿河に女がいるでしょう。お役目だからなどと云って、ほんとうは駿河の女に会いたくて行くのでしょうなどという女の声がした。源四郎の太い声がそれを叱った。間もなく、静かになり、そして、明らかに夫婦の営みが始まったと推察できるような気配を感じると、駒沢七郎はその場を去った。田中源四郎は主家の用務を帯びて駿河へ行って来たのである。往復五日間というのはかなり足の速いほうであった。

駒沢七郎の報告はそれまでであった。彼は報告を終ると
「穴山彦八郎殿のほうはいかがいたしましょうか」

と訊いた。穴山家は武田家ともっとも血の濃い家柄であった。穴山家は分立して数代になるが、ほとんど一代置きぐらいに武田家と縁を結んでいた。その彦八郎の家へ忍びこむことは信玄の許しのないかぎりできないことだった。駒沢七郎にとっては主家も同様であった。いかがいたしましょうかと駒沢七郎が婉曲《えんきょく》な言葉を使ったのは、そのあたりの微妙な空気を示していた。

「しばらく待て、出入りを厳重に見張るように。そち一人で間に合わない場合は、そちの手のものを使え」

信玄はそう命じて駒沢七郎をさがらせた。信玄はひとりで考えこんだ。新館の義信のところへ、穴山信君をやって義信の心を変えさせようとしたが、不成功に終った。

(どうも義信様のことは私には手に負えませぬ。弟の彦八郎は義信様にお目を掛けて頂いておりますので、このお使いは彦八郎にさせたら如何でしょうか)

そう云ったのは、信玄が箕輪城攻撃にでかける前であった。信玄はそれを許した。彦八郎なら、或いは義信の頑《かたくな》な心を変えさせることができるかもしれないと思ったのである。信玄は彦八郎を呼んで、義信に於津禰の方を離別するよう、それとなくすすめるこ

とを云いつけた。

(身にかえましても義信様のお心を変えさせまする)

彦八郎は信玄の前でそう云った。その彦八郎が駿河とひそかに通じているとすればたいへんなことであった。或いは穴山信君までも、などと考えると、武田の家臣団の半分が、ひそかに義信につき駿河の今川とくっついてしまったのではないか、などという邪推も出て来るのであった。

特別の用がないかぎり、他国へ出ることは禁じられているのに、田中源四郎がひそかに駿河へ行ったのはどう考えても奇怪な行動だった。

義信が再度の謀叛をたくらみ、彼を支える者があの利口ものの彦八郎だったとすれば、彦八郎は、目付の監視の眼を一時的にかめに集中させて置いて、その隙になにかを画策するつもりだったのかもしれない。そして、目付、横目付は見事にその手に引っかかって、かめにふり廻されている間に、田中源四郎はおそらく、かめとは別な道を経て、駿河に向ったに違いない。田中源四郎ばかりでなく、他に何人かが、色々の道を通って駿河へ行ったのかもしれない。

「いったいなんのために」

義信がなにかをしようとしていることだけははっきりわかるけれど、その内容は想像つかなかった。義信は新館に閉じこめられているから逃れ出ようとしても出ることは不可能である。

飯富兵部の演じた程度のことでは、ひとたまりもなく圧伏されてしまうだろう。大がかりな叛乱が起せないとして第二に用いる手はなにか。それは義信自身がひそかに脱出することである。手順としては、先ず、於津禰の方を駿河へ送りかえし、信玄に油断させて置いて、なにかのどさくさに古府中を脱出して駿河へ向う。

これを上手にやるには駿河との間に充分打ち合わせて置かねばならないし、場合によっては国境まで今川の軍勢に迎えに出て来て貰わねばならなかった。

「もしそうだとすれば、今から、そのときのことを考えて置かねばならぬ」

信玄はつぶやいた。彼の人生のうちで、もっとも不幸なときがやって来つつあるような気がした。

信玄は久しぶりであかねの局《つぼね》に行った。あかねは信玄を迎えるとすぐ酒の用意をした。冬はすぐそこまで来ていた。じっとしていると寒かった。現在なら火鉢を入れるなり、炬燵《こたつ》を用意するなりするが、当時はよほど厳寒にならないと、火鉢は使わなかった。信玄は大酒飲みではなかった。酒はたしなむほうであり、少し飲むと顔がすぐ赤くなった。

寝所の用意が終ったらしく、侍女が静かに部屋を出て行った。

「ではお先に……」

あかねは媚《こび》を含めた視線を信玄に送ると襖《ふすま》を開けて隣室に去った。あかねが帯を解き着物を脱ぐ音が、さらさらと聞えてやがて静かになった。あかねは蒲団を暖めるためにいつもそのようにした。信玄の身体に酒が廻り暖かくなったころは、蒲団の中も彼を迎えるに充分なほど暖まっていた。そのようなことをするのはあかねだけであった。他の妻妾たちは、信玄より先に床に入ろうなどということは考えたこともなかった。そんなことは、てんから失礼だと思いこんでいるようであった。あかねは理より実を取ろうと考える女であった。先に蒲団に入るのも、彼女が勝手にやっているのではなく、信玄にそうして見たらどうかと訊いてからやったことだった。蒲団の中に行火《あんか》を入れたこともあったが、信玄はその暖かさが不自然であると云ったから、そうしたのであった。では、お館様、前もってお知らせいただければ、私が蒲団に入って待っていますとあかねが云ったこともあったが、なかなかそうは行くものではなかった。信玄ほど合理的なものの考え方をする人であっても、情事は別だった。その夜ふと、頭に浮んだ妻妾のところへ足を運んでいながら、途中で気が変って、別の局へ入っていくことはそう珍しいことではなかった。

「こうしてひとりでお館様を待っていると、とても淋しい気持になります」

あかねは誘いの言葉をかけた。信玄はやっと隣室に入って行った。

あかねは信玄と衾《ふすま》を共にしても、他の妻妾たちとは違った行動をとった。彼女はその日その日によって、受身に廻るかと思うと、積極的に信玄を求めることがあった。時には魂の消え入るような声をあげたり、ごく稀《まれ》には絶叫したりした。その乱れ方が信玄の心をたかぶらせた。

「お館様、なにか心配になることがおありでしょう」

あかねは、そのことが終って、二人の間には、なにもなかったように、身のまわりが、取りかたづけられて、改めて蒲団の中で向き合ったときに云った。

「わかるか」

「わかります。お館様が、考えまい考えまいと努力されればされるほど義信様のことと、駿河のことが浮んで来るのが私にははっきりわかります」

やはりあかねは忍者の修業をしただけのことはあって、人の心まで見抜くのかと信玄は思った。

「於津禰のことをどう考えるか」

その突飛な質問にあかねはちょっと驚いたようであったが、しばらく信玄の眼の中に喰い入るように向けていた視線を信玄の胸のあたりに戻すと
「近いうちに於津禰様をお迎えに駿河から人が来るように思えてなりませぬ。腰元、御家来衆合わせて三十人あまりが、この躑躅《つつじ》が崎の館に入って参ります。その夜のことが私には心配でなりませぬ、今川家には勝れた忍者がおります。私と同じように忍びの心得のある女も何人かいる筈です。もしその中にはまという女が混《まじ》っておれば、ただでは済まないと思います」

「ただでは済まないということは？」

「その言葉のとおりです。なにかが起るということでございます」

「はまを知っておるのか」

「はい」

「では……」

「いえ、私はお館様のお傍に仕えるようになった以上、お館様のお身のまわりを離れません。駿河の御一行の中にはまがいるかどうかは、駒沢七郎をやったら一目でわかります。私が駒沢七郎にはまのことを教えてしんぜますから」

「まるで、そのはまを加えた一行が、いますぐにでも来るようなことを云うな」

「きっとやって来ます。その前に、お館様は用意をして置かねばなりませぬ」

「あかね、ちとできすぎたことを云うようだが、なにか耳に入ったのか」

「なにも耳には入りません。お館様と肌を接していると、お館様の身にふりかかって来るわざわいを、はっきりと感じ取ることができるのでございます」

あかねは信玄の胸に顔を埋めた。


義信が於津禰《おつね》を離別して駿河に送りかえしたいと目付を通じて申し出たのは永禄九年十一月十日であった。信玄は顔に喜びをたたえながら、その言葉を聞き、心では義信の本心を疑っていた。

信玄は走り馬を立てて、於津禰離縁の旨を駿河の今川氏真に通報した。氏真からの激しい抗議を予想していたが、形式的に使者を古府中へよこして、そちらが離縁すると云うならば、於津禰様はお引取り致しましょう。追ってその日は後日お知らせいたしますと云って帰った。

（どうもおかしい、あっさりしすぎている）

信玄は首をひねった。義信が愛妻於津禰を離縁するということはよほどのことである。穴山信君があれほどすすめても頑として応じなかった義信が急にその気になったのも、おかしいし、於津禰を離縁すると云って来たすぐその後で、もう少し自由を与えて貰いたい。いまのままだと、目付がうるさくて、新館から一歩も出ることはできない、せめて馬に乗って、馬場を走ることぐらい許して欲しいと云って来たことも妙であった。

信玄は義信に新館を出ることを許さなかった。そのことなら於津禰の方が駿河に帰ったあとで考えてやろうと云った。駿河から使者があった。於津禰の方を迎えにおつきの女中衆、家来四十五人、荷物宰領のための馬方、駕籠方、人足等二十六人が、十二月一日古府中につき、翌、十二月二日於津禰を連れて帰還の途につく予定であるからよろしく願いたいと伝えて来た。

信玄は駒沢七郎を呼び、腕に覚えのある手の者、数人をつれて、於津禰の方の迎え衆の中にあやしい者が混っているかどうかを探って来るように命じた。

「或いは一行の中に忍びの心得のある、はまという女が混っているかもしれない、それも調べて来るように。はまの人相その他は、あかねに訊くがよい」

それだけで駒沢七郎は大体のことを覚《さと》ったようであった。

駒沢七郎は南部の宿《しゆく》の旅籠《はたご》で駿河から来た一行と会った。駒沢七郎は旅籠の主人に、用向きがあって来た者であることを話して、番頭になりすまして、駿河の一行のなかの女中衆を見張った。小柄で、眼が細くて、内股に歩く女、あかねが教えてくれたはまの特徴はそれだけだった。駒沢七郎にはそれで充分だった。駒沢七郎はその女と廊下で擦れ違うとき、彼女の下腹部に手を触れようとした。忍者が用いる要《かなめ》つきという相手の素姓を見ぬく手であった。普通の女はたいがいそこを突かれてしまうのであるが、心得のある女は、その手を払うなり、身を引くなり、突かれてから身構えるなり、それぞれの反応があった。

駒沢七郎は十中八九、女はさし出した手を払うものと思っていた。細い瞼《まぶた》の中で光っている眼には油断ならないものがあったし、歩き方にもちゃんとした備えがあった。駒沢七郎は女がはまであることの確証を摑む最後の一手として要つきを用いたのである。駒手に、張りのあるやわらかいものが擦《す》った。女は立止って反射的にうしろに身を引きながら、

「なにをなされます、失礼な。この家の主人を呼んできつう申し伝える故、そのつもりでお待ちなされ」

女は怒気を顔に現わして、その場を去った。

(まさしく、あの女ははまに間違いない)

駒沢七郎はそう思った。要つきの裏を掻いたのである。わざと突かれて怒って見せたのである。突かれようとして突かれたのだから、不意に突かれたときに、誰でも発する

叫び声がなかった。はまは優秀な女忍者だったが、叫び声を発するという裏付に欠けていた。駒沢七郎はその夜のうちに古府中に走り帰って、信玄に、このことを報告した。

「於津禰様お迎えの御一行中には、はまとおぼしき女忍者が確かに加わっております。その他家来衆の中には忍びの心得あるもの数名は確実に加わっています。そして家来衆は、揃って、かなりの使い手のように見受けられます」

やはりそうだったか、信玄は大きく頷いた。於津禰の方を迎えに来た一行がなにかするつもりだということがほぼ想像された。

その夕刻、山県三郎兵衛が一人の男をつれて来た。山県三郎兵衛の顔つきで、その男がただ者でないことを知って信玄は人払いをした。男は二十を二つ三つ出た年恰好であった。男は信玄の顔をじっと見ているうちにぽろぽろと涙をこぼした。

「上野介《こうずけのすけ》信友でございます。唯今駿河から参りました」

男はそう云った。

「なに信友、そちが駿河で生れた信友か」

信玄は信友の顔を見た。額の広いところは父信虎の顔によく似ていた。駿河に追放された信虎が、その地で侍女に生ませた子の一人に上野介信友がいることは知っていた。信玄の弟として認知されていた。今川氏真の家臣となったが、信虎が京都へ走ってからは日の目を見ないような境遇にいると伝え聞いていた弟が、いきなり眼の前に現われるとは思いもよらないことであった。上野介信友は、着物の襟の中に縫いこんだ手紙を出して信玄の前においた。今川氏真の重臣葛山《かつらやま》備中守元氏の手紙であった。

「於津禰様お迎え衆のことくれぐれも御用心しかるべきこと、山崎」

今川家の重臣に山崎などという者はいなかった。山崎は葛山備中守元氏と信玄との間に交わしてある暗号名であった。

「話して見るがいい」

信玄は信友に云った。

「くわしいことは分りませぬが、於津禰様お迎えの供廻りの中の忍者たちが、夜陰に乗じて躑躅が崎のお館の各所に火を放《はな》ち、騒ぎに乗じて、於津禰様と、義信様が、お館を脱出する手立てが整っておるとのことでございます。これにはお館の中で手引きをなさる方がおられてのことと存じます」

「その者の名は」

「そこまではわかりませぬ」

「よく知らせてくれた。もう駿河に帰ることはない。今度行くときは兵馬を率いて攻めこんで行くときだ」

信玄は息子ほども年が違っている異母弟の信友にゆっくり休むがよいといたわりの言葉を掛けてやった。

その夜信玄はおそくまで独りで考えごとをしていた。困ったときには側近の山県三郎兵衛を呼んで相談するのだが、その夜は自室にこもったまま人を呼ばなかった。

信玄は於津禰を迎えるための一行が、いよいよ明日古府中に到着するという日に、主なる部将を集めて、古府中を厳重に警護するように命じた。そして翌日、駿河の一行が来ると、躑躅が崎には入れずに、東光寺に泊るように命じた。東光寺の周囲は厳重に包囲された。

駿河からの使いの者を躑躅が崎の館には入れずに、東光寺へやったと聞いたとき義信は、或いはかねての計画が父信玄に覚られたのかもしれないと思った。だが彼はあきらめてはいなかった。義信は於津禰との最後の夜に決して涙を見せなかった。近いうちきっと会うぞと彼は云っていた。

翌朝、於津禰が新館を出て駕籠に乗るとき、義信は見送ることが許されなかった。於津禰は東光寺に送られ、そこで駿河からの迎えの駕籠に乗せられた。見送りと称して、武田信豊が五百の軍勢を率いて一行を取囲んで国境まで見送っていった。

於津禰が古府中を出て一里も行かないうちに義信のところへ、東光寺に移るように信玄から新たな命令が出た。

義信は東光寺に送られ、幽閉された。外界とは完全に遮断《しやだん》された。山県三郎兵衛の軍勢が周囲を囲んだ。

同じころ、穴山彦八郎信邦の屋敷に討手が向った。彦八郎は何等抵抗することなく信玄の命に服した。問われても答えなかった。信玄は彦八郎を身延山に送って蟄居《ちつきよ》を命じた。斬らなかったのは、他に連座する者があるかもしれないと考えたからだった。

「弟に切腹を賜わるように」

穴山信君が信玄のところに来て云った。田中源四郎を駿河に使いに出したという証拠を握られた以上逃れる術《すべ》はなかった。信君が、弟のために切腹を乞うたのは、ひとつには、穴山家の保全を考えたことでもあった。

「よし、身延山へ云って彦八郎の首を取って来い」

信玄は義信の今度の計画には、彦八郎以外には加担した者はないと見て、その処断を信君に命じた。

穴山信君は、その日のうちに二十騎を率いて古府中を発った。飯富家でも兄弟が二つに分れた。兄兵部が死に、弟三郎兵衛が残った。穴山家では弟彦八郎が死に、兄信君が残るのだと思うと、武家に生れた身のつらさがひしひしと迫る思いがした。

信玄と義信との確執は武田家直系の内紛だった。その武田家の内紛に、家臣団の兄弟が二つに分れて味方したことは歴史的に面白い事実である。信玄が勝つのは当り前だとしても、もし万が一義信が信玄を追放することになったとしても、飯富家なり穴山家は必ず残るのだ。そういう心算《こころづもり》が飯富家にも穴山家にもあったのだと考えるのは邪推であろうか。

穴山信君は身延山につくと、彦八郎に信玄から切腹の命が下ったことを告げた。

「義信様に手を合わせて頼まれると、なんとしても引くことはできなくなったのだ。兄上許してくれ」

彦八郎が云った。
「よく分っている。おれもそうされたら、なにをしたか分らない」
信君は彦八郎のうしろに廻って、刀を抜いて身構えた。
穴山彦八郎信邦が切腹して死んだ日は、身延山過去帳に明らかである。
永禄九年一二月五日、明芳義覚穴山彦八郎於当寺塔頭《たっちゅう》生害。
その日は雪が降りしきる寒い日であった。

喜びと悲しみ

於津禰の方が今川氏真のもとに返されたということは、甲斐と駿河、武田と今川の事実上の断絶であった。天文二十三年、今川義元、武田晴信、北条氏康の三者の間に結ばれた善得寺の会盟の一環はここに破れたのである。しかし、武田と今川がここではっきり縁を断《た》ったとしても、北条と武田とは今直《す》ぐ戦わねばならないということはなかった。しいてあると考えるならば、武田が箕輪《みのわ》城を落して北条の縄張りである関東に頭を突込んだことであった。が、これはもともと、武田と北条との間の約束ごとであって、今さら、とやかく云うべき筋合ではなかった。

北条氏康、氏政父子は、駿河からの使いを連日のように小田原城に迎えた。

「今にして信玄を討たねば、信玄は必ず駿河に侵入して参ります。駿河の次は関東です。それはもう分りきったことですから、この際、今川と手を組んで武田を討ちましょう」

北条はその誘いをむげにしりぞけるわけにも行かなかった。北条側の間者の報告によると駿河には武田方の細作や間者がたくさん入りこんでいて、今川家の譜代の家来衆の多くが武田側に款《かん》を通じているらしく、いざ、武田が兵を駿河に入れたとなったら、数日を出ずして今川家は崩壊してしまうかもしれないという情報があった。そんな、不安定な今川と組んだところで、なんの得にもならないという気が北条にないでもなかった。

北条が今の時点でもっとも警戒しているのは、やはり上杉輝虎であった。小田原城下まで攻めよせて来た越後の大軍のことを北条父子はけっして忘れてはいなかった。

「もう少し模様を見てからにしよう。今、武田と表だってことをかまえぬ方がいい」

北条氏康は云ったが、氏政は父の氏康とは違った考えを持っていた。氏政は信玄を疑っていた。箕輪城を手始めに、武田の手が延びて来ること必定《ひつじょう》と考えているようであった。

「私は今川氏真殿の気持をなんらかの形で汲んでやったほうがいいのではないかと思っています」

「なんらかの形？」

氏康は納得行かない顔をした。

「駿河では、甲州への塩の輸送中止を考えている様子です。駿河で中止してもこちらから甲州へ塩を送れば甲州にとっては痛くもかゆくもないことになりますから、当然今川家からは塩の輸出についての協定を云って来るに相違ありません。そのときは、今川の云うことを聞いてやることにしたらいかがでしょうか」

氏政が云った。

「越後からも、駿河からも相模からも塩が入らぬとなれば、甲信両国の民百姓はひどく苦しむことになるな」

氏康はそう云った。確かにその方法は一つの戦略かもしれないが、あまりいい方法ではないと思った。氏康にかぎらず、武将は誰でも考えることであった。戦いの相手はひとにぎりの支配階級であって、米を作っている百姓ではなかった。戦いに勝てば、それらの百姓はこっちの戦力に加わることになる。塩をやらないなどという非道なことをして反感を買って置いて、あとでいいことはひとつもないのである。

だが、北条氏康、氏政父子は、それから間もなく、正式に使いを立ててやって来た今川氏真の要求を入れて塩を甲州に送らないことを約束した。

今後甲州に塩を売ってはならないという布令を諸方に出した。これによって、それほど多くの量ではなかったが、相模から、甲斐の郡内に送られていた塩の公式輸送は停止された。だが、北条氏康はこの塩止めに、ちゃんと抜け穴を用意していた。塩は甲州に売ってはならないのであって、甲州以外ならどこの国に売ってもいいのである。

信州の全土と上野の半分が武田の勢力下にある場合、あらゆる方面に塩止め策を実施することは困難であった。特に、上野のように、箕輪城を占領して以来、武田の農民対策がうまく行っているところでこういうことをするのは無理であったし、関東平野には上杉、武田、北条のいずれにも、いい顔をして生き延びようとしている部将が多かったから、北条の塩止めの命令が関東全域に徹底することはむずかしかった。

塩は安房でも常陸でもとれた。駿河と相模の塩が、甲信両国へ入らないとなると、上信国境を越えて、関東の塩がどんどん送りこまれた。雁坂峠《かりさかとうげ》を越えて、直接古府中へ送りこまれる塩もあった。飛驒方面からも塩は入って来た。

今川と北条が甲州への塩の輸送を止めたという記録は残っているが、そのために甲信両国が困ったという記録はない。この塩止めという非人道的処置に対して上杉輝虎が越後から塩を送ったというのは後世の作り話である。上杉謙信、武田信玄の研究で有名な歴史学者小林計一郎氏の名著『武田軍記』には次のように書かれている。

今川氏真は北条氏康と計って、甲州へ塩の輸送を止めた。この時、上杉輝虎は、甲州、信州の民が塩に苦しむのをあわれみ、戦場においては敵であっても、その民の生活の苦を見るに忍びないとして越後の塩を信州へ送ったという。しかし、このような話がウソであることはいうまでもない。輝虎は永禄九年五月九日、「仏神宝前」に捧げた願文に、「信州、甲州、当秋中に一宇なく焼き放ち」と言っている。信州、甲州の民家を一軒残らず焼き払おうと考えていた武将が、敵の民をあわれむなどということがあり得たであろうか。

上杉輝虎は、彼の気持を率直に願文に書いて残している。願文に書いたとおり実行しようと考えていた人である。大義名分があれば、負け犬の味方をして小田原まで攻めこもうとし、零落《れいらく》の将軍に頭を下げられれば京都に行こうとした。だが、川中島の大会戦で敗北して以来、信玄におされっぱなしの彼は、信州、甲州の民家を一軒残らず焼いてやろうと思うほどの信玄に対する怒りはあったが、塩を送ろうなどという余裕はなかったに違いない。

信玄は多忙であった。おそらくこの永禄十年が信玄にとってもっとも多忙な、そして、頭脳を要する年であったろう。

信玄は、各地に放してある細作、間者、諸国御使者衆、使僧などと次々と会って、その情報を整理していた。傍に誰も置かずに信玄独りで面接するのだからたいへんであった。大きな変革がなされようとしている前だから特に彼は家臣に気を使ったのである。

信玄は織田信長、徳川家康との交際を緊密にする一方、関東の諸将を武田の陣容に誘った。越後の本庄繁長や北条高広にもひそかに誘いの手を延ばしていた。

二月に入って、躑躅《つつじ》が崎の館に朗報がもたらされた。高遠城主、伊奈四郎勝頼の正室雪姫が男子を生んだのである。

信玄は勝頼に嫡子が生れたことをひどく喜んだ。信玄は四十七歳であった。当時としたら、武田を継ぐべき孫が幾人かいてもいいのだが、長男、義信には子供がなく、次男竜芳（信親）は、生れて間もなく失明して僧となっていた。三男信之は早世した。望みは四男の伊奈四郎勝頼にかかっていた。そこに男子が生れたのである。しかも、そのころ、その勢力を急速に延ばしつつある織田信長の血の流れを汲む男子が誕生したのである。

信玄は、高遠からこの朗報をもたらした小原忠国に
「余は明日にでも孫の顔を見に行くと勝頼に告げてくれ」

と云った。国事多難な折だから、まさか孫の顔を見に行くなどとは云うまいと思っていた信玄が明日にでも行くと云ったのだから、小原忠国はただ恐縮した。彼は高遠に帰ってこのことを勝頼に告げた。

勝頼に嫡子誕生の報は、なんとなく暗い気持に覆われていた武田の家臣たちの顔を明るくさせた。信玄は家臣たちの祝いの言葉を受けると、このごろめったに見せたことのない笑顔を見せた。

信玄は、その翌日、旗本五十騎を伴って高遠に向った。信玄の胸中を考えると、誰もその行為を止める者はなかった。

信玄は甲州街道を諏訪に向って一気に馬を飛ばした。蔦木《つたき》を越えたあたりから、雪道になった。諏訪に入ると見渡すかぎりの雪であった。信玄はその夜上原城に泊り、翌朝早く、杖突峠を越えて高遠に向った。峠はずっと雪道だったが、高遠につくと、雪はやや少なくなっていた。

高遠城は、山城《やまじろ》としてはあらゆる条件に恵まれていた。攻め難く、守りやすい城として備えは充分であった。

「目出たいことだ、のう勝頼」

信玄は勝頼の顔を見ると、まず嫡子誕生を祝ってやった。

勝頼は、幾分顔を紅潮させていた。父信玄が高遠まで来てくれた喜びをどう表現していいかわからず、ひどく固くなっていた。

信玄と孫との対面は間もなく行われた。

孫は真綿の蒲団にくるまってよく眠っていた。その部屋は小さかったが、目張りをして隙間風をなくした上に、炬燵《こたつ》が入れてあり、火鉢もあったので暖かだった。乳母はもう決められていたし、つき添いの女たちも決っていた。信玄は勝頼の案内でそっと入って来て、孫の傍に坐ってその顔を熟視した。信玄の唇が動いたが言葉にはならなかった。まだ生れたばかりの赤ん坊には、これといって特徴がなかったが、鼻が高そうだった。

信玄の顔がほころびた。

「勝頼の生れたときによく似ているわ」

信玄はそう云って勝頼に笑いかけると、女たちに部屋を暖かくするのはいいが、炭火は外でおこしてから部屋に入れるようにと、こまかい注意を与えた。そんなことにまで気を配ったのは、やはり初孫が信玄にとって大事であり、可愛いものであったからに違いない。義信はもうどうにもならないところに来ていた。信玄のあとは勝頼が継がねばならないだろう。そのつぎはこの孫が継ぐのである。

「信勝という名はどうだ」

信玄は勝頼に云った。信は武田家代々の信であり、勝は勝頼の勝であった。

「この上ない名前だと存じます」

勝頼は手をついてその命名を、わが子にかわって受け取った。

信玄には、公式には七男八女があった。男の名を上から書くと、義信、竜芳（信親）、信之、勝頼、盛信、信貴、信清となる。どの名にも、信が入っていた。勝頼だけに信が入っていないのは、彼女の母の湖衣姫が、父頼重の頼をどうしても入れてくれと主張したからであった。二字の名前のうち一字に頼を入れあとの一字に信を入れるとすれば、信頼又は頼信ということになる。頼重は信玄に切腹させられて死んだ。諏訪家は、信玄によって正統が断たれた。つまり信玄と頼重は敵対関係のままで終ったのである。その関係を、信頼又は頼信の形で残すことは湖衣姫もいやだったし、信玄もいやだった。湖衣姫が頼を入れることを強く主張した結果、勝頼は信を貰えなかったのである。

勝頼は、自分の名の起りのことをよく知っていた。母の湖衣姫が勝頼に、諏訪家復興の望みをたくそうとしていた気持や、信玄が母の求めに応じて、敢《あ》えて、勝頼一人にだけ信をおしつけようとしなかった寛容な態度も、今、勝頼の嫡子に信勝と命名したことによってすべてがうまく収ったような気がした。勝頼は涙が出そうだった。

信玄は孫との対面が終ったあとで雪姫の産後の肥立《ひだ》ちを勝頼に聞いた。

「はい、順調に肥立っておりますが……」

勝頼が語尾を濁したのが気になったが、信玄はそれ以上そのことには触れずにいた。

雪姫は十五歳で勝頼のところに来て十六歳で信勝を産んだ。信玄は彼の最初の妻だった上杉朝興の娘於満津《おまつ》が十四歳で嫁に来て、翌年、子供を生むことができずに母子共に死んだときのことをふと思い出したのである。だが信玄は、それを顔には出さずに、にこにこと祝の盃を上げ、家臣たちとも大きな声で談笑した。

翌朝、信玄は建福寺の湖衣姫の墓を訪ねた。

建福寺の石段を登って、寺の庭を左に横切って奥に入ると杉の木立の中に出る。雪をかきのけた道が湖衣姫の墓まで続いていた。その墓は、勝頼が高遠に来る際、諏訪の頼《らい》重院《じゅういん》にあった母の墓をこの地に移したものであった。母の傍にありたいという勝頼の念願をかけた墓石はもうかなり古びて見えた。

乾福寺殿梅巌妙光　弘治乙卯十一月六日

信玄はその碑文を読んだ。眼をつぶると、佳人湖衣姫は昔のままの姿で浮び上って来る。

（よかったのう、孫が生れて）

信玄は湖衣姫にそのように声をかけてやりたかった。もし湖衣姫が生きていたら、どんなにか喜ぶだろう。

雪姫が死んだという通知が古府中に届いたのは信玄が帰館した翌々日のことであった。雪姫は産褥熱《さんじょくねつ》に倒れたのである。朗報のあとの悲報はすべてを悲しく、はかないものに塗りかえたように思われた。

信玄は、勝頼の心境を思った。恋いこがれていた愛妻の死が勝頼にどれほどの衝撃を与えるだろうか、それが信玄には心配だった。病気にでもなったら大変だと思った。悪いしらせは更に続いた。

東光寺に幽閉中の義信が熱を発して、寝こんだというしらせであった。東光寺を守備している山県三郎兵衛からの直接の報告であった。

「熱は高いのか」

信玄は山県三郎兵衛に訊いた。

「非常に高うございます。御宿監物《みしゆくけんもつ》の診断《みたて》によりますと、どうやら風邪をこじらせたためのものと思われます」

症状は今でいう肺炎に似ていた。

「あらゆる手を尽してやれ。東光寺で養生ができなければ志磨《しま》の湯へ移すことも考えねばならないだろう」

しかし、山県三郎兵衛はそれには答えなかった。承知できない顔であった。

「ほかの場合とは違うのだ、のう三郎兵衛」

「さようでございますが……」

三郎兵衛は云いたいことを云わずに、彼の眼の中に溜めた。その眼が潤《うる》んだ。

「やはりだめか」

信玄は大きな吐息をついた。

「だめでございましょうな」

信玄と義信は親子である。親が病に苦しむ子を救いたいのは当然である。だが、義信は政治犯として幽閉中の身である。父信玄と政治思想を同一にしないばかりでなく、父信玄を追放して、その領国を奪取しようとした男である。親子の情愛だけでことを処理しようとしたら、武田という国そのものが危うくなる。いまや信玄は、武田という国の機構の中のひとつになりつつあった。若かりしころのようになんでも自分の意志のとおりには運ばないのである。そうしてはならないのであった。

「義信も於津禰がいなくなってさぞ不自由だろう」

信玄はそれ以上は云わなかった。義信は父信玄が多くの妾を持っていることに反撥したのか、於津禰以外に女はいなかった。それだけ夫婦仲がよく、つい於津禰の兄の今川氏真の肩を持つようになっていったのである。その於津禰が駿河に去ってからは、文通さえできない身になった義信は、病に伏すといよいよ於津禰を恋しがり、於津禰との仲をさいた父信玄に対する憎悪《ぞうお》をつのらせていた。

「義信のしでかしたことの後始末をどうつけたらよいと思うかな。穴山彦八郎が死んでからもう四カ月にもなる、なんとかしなければなるまい」

三郎兵衛はいつかはそう聞かれることを覚悟していた。

「大きな戦争を眼の前にひかえているのに、武田家内部の方針が分裂しているようなことがあってはなりません。この際武田につながる者全部から誓紙を取り、団結を強化したほうがいいと思います」

「誓紙を取る……そんな形式的なことで、武田をまとめることができると思うか」

「取り敢えずはそうするより仕方がないと思います。迷っている者のうちには、誓紙を書くことによって、心が落ち着く者もあるかと思います」

「そんなに多くの人が迷っていると思うのか」

「迷うのは人情です。迷わない方がおかしいのです。迷う者を引きずってゆくのが、お館様ではないでしょうか」

信玄は山県三郎兵衛の意見を容《い》れることにした。

信玄はまず武田の親族衆から誓紙を取り、次々と家臣団に誓紙を出すように申し渡した。

敬白起請文《きしようもん》のこと
一、前にも何回か誓紙を奉ったが、今後もいよいよ誓紙に相違しないようにいたします
一、信玄様に対し奉り、逆心や謀叛等をくわだてるようなことはいたしません
一、上杉輝虎をはじめとして、敵方から、どんなうまい条件を持って誘って来ても、けっして敵方につくようなことはいたしません
一、甲・信・西上野三カ国の諸卒が信玄様に対し逆心をくわだてるようなことがあっても、私だけは、信玄様御一人を守り奉り、忠節をつくします

一、今度《このたび》は特に重大な折ですので、家来たちを集めて、心に裏表があったり、二筋道に迷ったりするようなことなく、ひとえに信玄様のために戦功を立てるように申し聞かせて置きます

一、家中の者の誰かが、信玄様の悪口を云ったとしても、いっさいそれに同意いたすようなことはしません

誓書の内容は大体このようなものであった。永禄十年の春から夏にかけて信玄は家臣たちからこのような誓紙を取った。弟の武田逍遥軒信廉からも取っているところを見ると、この時点における信玄の気持はかなり不安なものだったと思われる。

東光寺に幽閉されている義信の病気は春になってもはかばかしくなかった。御宿監物の診断によると心の臓と肝の臓が悪いということだった。義信は、青い顔をして床に伏せっている日が多かった。

信玄が誓紙を部下から取ったことは、家臣団の気持を確かめるというよりも、自分自身の気持を安定させるためであった。信玄と義信との駿河に対する考えの相違が、ひいては父子の間に確執があるような噂になって流れて行くことを信玄はおそれたのである。(義信が悪いのではない、逆心を抱いていたのは飯富兵部であった。義信は、飯富兵部にかつぎ出されたに過ぎないのだ)

というような言葉さえ、信玄の口から出たり、手紙に書かれたりした。だが、それも、

他人を信用させることにはならなかった。

　馬場民部がいかめしい顔をして信玄の前に来て人払いをしてくれと云われたときには信玄は内心困ったなと思った。

「お館様、誓紙をお取りになられたのはいいとして、お館様自身のなさるべきことは、いつなされるのです。駿河と相模はがっちりと手を組んで、塩止めをしているではありませんか、徳川家康の軍はしきりに遠州を狙っております」

　お館様自身のなさるべきことというのは、信玄にしかできないこと、即ち義信の断罪を急げということであった。義信が改心しないばかりか穴山彦八郎とはかったことは明らかだった。一度だけではない、二度も叛逆をくわだてた義信をなぜ生かして置かねばならないかという、重臣たちの気持を、馬場民部が代表して持って来たのであった。

「義信はいま病気だ、あれは寝たままなのだ」

　信玄は義信の病気にことよせて馬場民部の矛先をそらそうとした。

　切腹しろとひとこと云えば、それで万事は済むのだが、わが子に切腹しろとはなんとしても云えなかった。義信が病に伏したと聞くと信玄は、その義信をなんとかして生かして置く方法はないものかと考えるのである。

　だが、信玄の父としての感情とは別に、馬場民部はお館様自身でなさるべきことをやってくれと云って来たのである。

　義信の容態は八月を過ぎると更に悪くなった。ほとんど寝たっきりの状態になった。

死が近づいて来たことがはっきりしていた。

「どうも弱りました。義信様が薬を口になさらないようになりました」

御宿監物が八月の末に信玄に報告に来た。

「なぜ薬を嫌うのだ」

「それがどうも、お館様とこの私をお疑いのようでございます」

お疑いと監物が云ったので、それがどういうことなのかすぐ読めた。義信は彼の身体の調子が悪くなったのは、毒薬を飲まされたと誤解しているらしかった。

「そちまでが疑われたとなると、いたし方がないな」

信玄はそのときほんとうに悲しそうな顔をした。実の親と子がこのような気持でいることを情けないことだと思った。

信玄は正室の三条氏を通じて、義信に医師を向けるように云った。しかし医師が替っても義信の病気は少しもよくはならなかった。

十月に入ると義信はひどく衰弱してものを云うのも困難なようになった。

「庭が見たい」

とある日義信が附き添いに云った。

「櫨《はぜ》の木が紅葉しているだろう、それを見て死にたい」

とかぼそい声で云った。

義信の言葉は東光寺を警護している山県三郎兵衛に伝えられた。三郎兵衛は、輿《こし》に義信を乗せて庭に出た。真紅の櫨の木の下に義信をつれて来ると、義信は、小さな声で三郎兵衛の名を呼んだ。三郎兵衛がひざまずくと

「長禅寺の福恵翁和尚を呼んでくれ」

と云った。長禅寺の福恵翁と義信とは以前から親交があったと云えるほどの関係にはなかった。三郎兵衛は直ちに、このことを信玄に伝えて、処置を仰いだ。

長禅寺の福恵翁和尚の名を聞いた信玄は、思い当ることがあるから、すぐ、和尚に使いを出して、東光寺の義信のところへやるように云った。

「いよいよ義信も最期が来たのか」

三郎兵衛のあとを見送りながら信玄がつぶやいた。信玄は眼をつぶった。あれは十数年も前のことである。たまたま京都からやって来た公卿《くげ》たちを交えて詩作の会を開いたことがあった。その折に長禅寺の福恵翁も招待された。義信は詩を作るには少々早い年齢であったが、武田家の嫡子として列席していた。その折のことである。義信は福恵翁が作った詩の中にある、諦《あきらめ》という字の意義を質問した。福恵翁は

(諦とは悟ること、すなわち菩提《ぼだい》の境地に達することである)

と答えた。その答え方が、不親切で、わざと言葉の意味をむずかしくしたものであると、義信は福恵翁に食ってかかると、福恵翁はにこにこ笑いながら

「人の命というものは定めがあるようで、ないものです。もし人がその命の定めのぎりぎりに来たときには諦というものがなんであるかはっきりわかるものです」

と答えた。

「義信は福恵翁のその言葉を覚えていたに違いない。義信は死に際して、心の救いを求めているのに違いない」

信玄は涙を拭った。

福恵翁はその日から義信の病床に行って法話をした。

「人生に余りが無くなったとき、もうこれで死ぬのだと悲しむ人があるが、それはおろかなことである。余りが無くなったことは無いということではなく、これから別な新しい希望に満ちた世界が始まるということである。その世界こそ、ほんとうに無限界に拡がる世界である」

福恵翁は死の解釈をそのように義信に語った。

「僧でない人のことを俗体という。俗体だから救われないということもないし、僧だから、新しい世界において恵まれるということもない。人の心は区別がないが、考え方によって区別が生ずる。未知の世界が恐ろしいと思う人の心はその恐ろしい世界に迷いこみ、未知の世界にはなんのおそるるものがないと思えば、その世界は花園のようになる」

福恵翁は五日間東光寺に通った。そして、その最後の日に

「あきらめるというのは捨てることではない。どうでもいいと投げ出してしまうことでは決してない。俗体の世をあきらめるということは、俗体の世に起きたことに、こだわっていてはならないということである。俗体の世から離れるときには、俗体の世のこと

は考えずに、新しい世界のことだけを考えていればよいのである。俗体の世は俗体にまかせてやろう、いっさいはもう自分とはかかわりのないことだと思うようになったときが悟りである……」

義信の眼から光が静かに消えて行った。

時に永禄十年十月十六日であった。

義信の死因についてはいろいろの説があるが、それらの説のもとはと云えば『甲陽軍鑑』の品十二に、義信公永禄十丁卯《ひのとうのとし》年御自害候、病死とも申す也、とあるところから出たものである。

義信事件は武田の内部に起きたことで、その真相は正確に外部には伝わってはいない。自害候と云っておいて、病死とも申す也とことわってあるのは『甲陽軍鑑』が、武田の遺臣たちの噂話を聞いて書かれたからであろう。とにかく義信と信玄とが意見が合わなくなってからも、信玄はなんとかして、父子の意見統一を計ったことは確かである。だが、それができないうちに、義信は三十歳でこの世を去ったのである。

信玄はぼんやりした日を送っていた。戦さをしようという気は当分起りそうもなかった。

義信は東光寺の墓地に厚く葬られた。

東光寺殿籌《ちゅうさん》山良公大禅門が武田義信の法号である。

信長上洛

武田信玄は多忙な毎日を過していた。一日に十人にもおよぶ正式な使者と会っている一方では、使僧や間者、細作、諸国御使者衆などの報告を聞いていた。

今川氏真との縁が切れたのだから、駿河進攻はやろうと思えば何時でもできた。が、その前に手を打つべきことはすべて済ませて置かなければならない。第一に、三河の徳川家康、第二に北条氏康、氏政父子、そして第三は上杉輝虎に対する処置であった。徳川と北条には予《あらかじ》め了解を得て置かねば、両国を敵に廻すことになるし、上杉輝虎の方は、なんとかうまい方法で越後に止めて置かないと、背後の信濃を突き崩《くず》される心配があった。

武田信玄が永禄十一年に入って、非常に多忙になったのは、これらの多方面作戦を同時に考えなければならなかったからである。信玄は三河の徳川家康に対しては、織田信長の属将という見方をしていた。徳川家康を動かすには織田信長を動かせばいいと考えていた信玄は、従来、家康とはそれほど深い交りはせず、努めて信長との親交に重きを置いていた。もともと信玄に親交を求めて来たのは信長の方であって、一年に七回にもおよぶ贈り物の量から見ても、小国の大名から大国の大名への儀礼的配慮がよく現われていた。信長が姪の雪姫を養女として、伊奈四郎勝頼と婚姻させたのも、信長の方から持ちかけた話であった。信玄の勢力が強大となり、信濃から美濃にまでその触手が延びて来るのをおそれて、すばやく打った信長の遠交近攻の政策であった。信長は信玄と友好関係を樹立して置いて、永禄十年に入ると、美濃三人衆の稲葉一鉄、氏家卜全《うじいえぼくぜん》、安東伊賀守等を味方につけ、八月には井口《いのくち》城を攻略し、斎藤竜興《たつおき》を追放して稲葉山を岐阜と改め、完全に美濃を平定したのである。

信玄は信長のすさまじい進出を脅威の眼で眺めていた。永禄三年の桶狭間の戦いで今川義元を破ったころは尾張半国の大名であった信長が僅か七年の間に、尾張、美濃二国を掌握したことは驚くべきことであった。信玄は、信濃一国を平定するのに、ほぼ二十年間を要したのと考え合わせて、内心忸怩《じくじ》たるものがあった。

尾張、美濃二国を平定した信長が、目ざすものはなんであろうか。上洛――今川義元がそれを望んでできなかったこと――信玄がなによりも切望していることを、まずやるのは信長ではなかろうか。信玄はこの形勢の大変化に際して、いよいよ安閑としてはおられなかった。石橋を叩いて渡る式の手がたい戦法をおし進めて来た彼は、信長という若手競争者が、いまにも京都の檜舞台にかけ上ろうとするのを見ると、じっとしてはおられない気持だった。だが、現実は認めざるを得なかった。力は尊重しなければならなかった。それまでは信長の方から、贈り物を持ってやって来たが、これからは少なくとも同等な交際をしなければならなかった。そしていま現に駿河進攻を眼の前にしている信玄にとっては、むしろ、こちらから低く出ても、信長の歓心を買って置かねばならなかった。信長とさえ、うまくやっていれば、徳川家康の方は、当然うまく行く筈だと考えていた。

信玄は永禄十年の秋ごろから、秋山十郎兵衛を使者として、信長との間に縁組の成立を計っていた。信長の長男奇妙丸（信忠）と信玄の娘お松御寮人との婚儀の約束である。この話は十一月に正式にまとまって、武田家からは、飯田城主の秋山伯耆《ほうき》守信友が使者として、岐阜へおもむいた。

このとき、秋山信友が持って行った贈物品の目録は『甲陽軍鑑』によると次のとおりである。

織田信長公へ御祝儀の御音信、御樽、肴作法のごとく
一、越後有明の蠟燭《ろうそく》　三千張
一、漆《うるし》　千桶《おけ》
一、熊の皮　千皮
一、御馬　拾一疋
御曹司《ぞうし》城介殿（奇妙丸＝織田信忠）へは御樽、肴作法のごとく
一、大安吉《やすよし》（長門の名工）の御脇指

一、義弘（名工郷義弘）の御腰物
一、紅《くれない》　千斤
一、綿　千把
一、馬　拾一疋

結納《ゆいのう》の品としては豪華なものであった。信長は、使者の秋山信友に、能を披露したり、鵜匠《うしょう》を集めて鵜を使わせて見せたりして大いに歓待した。

信玄は信長との間に生じた親交関係を早速その翌年には利用した。信玄は、信長を通じて、徳川家康に、信玄が駿河へ進攻するに当って共同作戦を取らせようとした。信長は家康に信玄の意向を伝え、今川氏真の領地は大井川を境として信玄と家康が分割領有するようにしたらよいだろうと指示した。

永禄十一年二月、信玄は、穴山信君と山県三郎兵衛昌景《まさかげ》を三河に派遣した。二人はかねて打ち合わせがしてあったとおり、徳川家康の重臣酒井左衛門尉忠次《ただつぐ》と三河の吉田城で会って、今川氏真の領地処分についての具体的な打ち合わせをした。

甲州に比較すると、三河の吉田は春のように暖かだった。常緑樹が多く、どこを見ても雪らしいものは見当らなかった。

「ここまで来ると、まるっきり別の国に来たような気がいたします。さっき道端で青い草を見かけましたが甲斐ではとても考えられぬことです」

山県三郎兵衛は、話がはじまる前にふと思いついたように云った。

酒井忠次の傍に山岡半左衛門が坐っていた。二人は揃って山県三郎兵衛の言葉に頷《うなず》きながら、ここでは、ほとんど雪を見るようなことはないとか、暖かい海流が海岸の近くを通っているからこの辺は特に暖かいのだろうなどと話を合わせていた。

「一年を通じて温暖だということは国が富んでいるということにもなりそうですな。三河、遠江、駿河はまずまず日本一のお国柄ですな」

穴山信君が口を出した。

「さよう日本一のお国柄……」

と思わず言葉を合わせてから酒井忠次は、穴山信君の顔を見た。その魁偉《かいい》な容貌をした甲斐の使者が、突然たいへんなことを云い出すように思ったからだった。

「日本一のお国柄だから、やがて、この三国を治むるものはわが国を治める人になりましょう」

じろりと向けて来た信君の眼を、忠次の細い眼はじっと待っていて云った。

「いかにもさよう、そして、その三国を治めようとした今川義元殿は、桶狭間に敗れ、その子氏真殿はまさに亡びんとしています」

酒井忠次はそう云いながら、三郎兵衛と信君の前に地図を開いた。今日の会見のために用意して置いたものらしく、墨の色はまだ新しかった。遠江と駿河を中心としてその隣接国が書きこまれてあった。

「当然のことながら、武田殿はまっすぐ南下して駿河の府中を突くことになるでございましょうな。さすれば、わが徳川方は、機を合わせて遠江《とおとうみ》に進攻し、掛川城に攻めかかることになりましょう」

酒井忠次は図を指して云った。

「そのとおりです。おそらく、今川勢はなすこともなく敗退してしまうことになるでしょうが、その後始末について一応取りきめて置かないと、あとで問題が起っては困ります」

今度は山県三郎兵衛が云った。

「さよう、その取りきめの一線というのはこのへんでしょうか」

酒井忠次は、鉄扇で大井川の川筋をおさえながら云った。

大井川を境にしろと、信長が家康に云って来ているのだから、結論はもうついているようなものだった。ただこの席で、武田の使者にそれを認めさせればいいだけのことである。

「しかし、そのときの勢いで、その線をどちらかが越えることもあると考えねばなりますまい。そのような場合にはいかがなされるおつもりかな」

信君が訊いた。

「たがいに誓紙を取りかわして置きさえすれば、そういう場合があっても、まず心配するようなことはありますまい」

「誓紙にそのようなことが書けましょうか」

信君にそう云われると、忠次も困ったような顔をした。まだ攻略してない今川氏の領土の分割方法を誓紙の中に書きこむことはできそうもないことだった。

「やはり誓紙には、徳川家と武田家がお互いに入魂《じっこん》して、友好関係を持ち続けるということしか書けないのではないでしょうか。だから、いま酒井殿の申されたことは、一応、この席上の話としてうけたまわって置くことにしたいのですが……」

穴山信君は忠次の顔をおさえつけるように見て云った。大井川境界説は一応聞いては置くが、そのとおりにはならないだろうという武田方の強がりがそこにちゃんと現われていた。

（甲斐の山猿め）

酒井忠次は心の中で嗤《わら》った。武田が駿河に出て来ることは、今の時点では容易である。しかし武田は、それによって腹背に北条と上杉の槍を受けねばならぬ。そういうときに徳川に対して強がりなぞ云っておられる場合ではなかった。大井川の境界線が確実にきまって、徳川の援助が得られれば、上出来と考えるべきなのに、大井川境界説に簡単に応じないのは使者としての分限を越えているのか、それとも信玄の気持であろうか。

忠次は三郎兵衛の方を見た。もしかすると三郎兵衛と信君との意見に違いがあるかもしれないと思ったからである。しかし、信君が結論らしきものを云った以上三郎兵衛の出る幕はなかった。

三郎兵衛は忠次の眼に応《こた》えて、非常に丁寧なものごしで
「大井川というお申し出の主旨はもっともと存じますが、いざ戦ともなれば、なかなか思ったようには参らぬもの。多少のところはおたがいに、誠意を尽して話し合うことにいたしたらいかがなものでしょうか」
と云った。それがこの日の結論であった。

信玄は、山県三郎兵衛と穴山信君が古府中に帰ると、御伽衆《おとぎしゅう》の寺島甫庵《ほあん》を北条氏康、氏政父子のところに使いに出した。寺島甫庵は以前から北条氏との間に使者役として活躍していた人物である。

寺島甫庵はじっくりと説いた。今川氏真は秘《ひそ》かに上杉輝虎と通じて武田を亡ぼそうとたくらんでいた。今川氏真は、武田家の重臣飯富兵部を陰であやつって、信玄を追放しようとたくらんだ。今川氏真を攻める理由はこの二つだと説き、更に、寺島甫庵は客観的な情勢として織田信長が強大になり、その属国の徳川家康が勢力を得て来た現在、黙っていても、今川氏真の領土は徳川にかすめ取られるだろう。そうなると、甲、相が危険になって来る。自衛手段として、駿河に進出しておいたほうがいいのではないかという、すこぶる功利的な理を説いた。駿河のうち富士川以東は北条氏に譲ってもいいという信玄の意向まで伝えた。

北条氏康の妻は今川義元の妹であり、今川氏真の妻は氏康の娘である。だが、北条氏

政の妻は信玄の娘である。このような複雑な姻戚関係の中で北条の動きは将来の動きを大きく変えることになるから、北条父子は慎重だった。於津禰の方が離縁されたことの報復手段として、今川氏真は甲斐に塩止めをした。北条も一応これに協力を示してはいたが、武田との断交までにはまだ至っていなかった。北条は上杉輝虎に手を焼いていた。できることなら上杉と和睦したかった。今川が上杉と近づいて行くのに引張られて、この際、今川と組み、上杉と和睦して武田を孤立させた方がいいのではないかと考えることもあった。

しかし、それも思惑《おもわく》であって、ことが起らないかぎり軽々と兵を動かすことはできなかった。そのことというのは武田の駿河出兵であった。北条の態度はぎりぎりのところまで行かないと決《きま》らなかった。

「よし、それならそれで、その時になって、北条が武田に与《くみ》せざるを得ないようにしてやるからよいわ」

信玄は寺島甫庵の話を聞いたあとでそう云った。煮え切らない北条の態度が信玄にはやり切れなかった。

春になって峠の雪が解けるのを待ちかねたように、信玄は北越後の豪族本庄繁長に対する工作に掛った。越後にくわしい、駒沢七郎とその組の者がこの大役に当てられた。

本庄繁長の領地は越後北部にあった。羽前《うぜん》（山形県）と境を接していた。彼は越後の外様国衆《とざまくにしゅう》としてもっとも勢力を持っていた。領土的野心の強い男で、このごろ羽前に攻めこんで、大宝寺の武藤義増の領土を荒し廻っていた。武藤義増は窮状を上杉輝虎に訴え、援助を乞うた。輝虎が武藤義増の肩を持って、本庄繁長の勢力増大を牽制した。本庄繁長は輝虎を恨んだ。信玄は、多くの間者を使って、この情勢を逐一摑んでいた。

僧に変装した駒沢七郎が越後の府中に入ったのは永禄十一年三月のはじめであった。駒沢七郎は、夜陰ひそかに本庄繁長の屋敷におもむいて信玄の信書を渡した。

「本庄様が越後の領主となられる機会は今を措いてはないかと存じます。上杉輝虎殿は、全軍をあげて越中との国境におもむいて、越後の国はからっぽです。本庄様が旗を上げると同時に、甲信の強者《つわもの》たちを率いたお館様は信越国境を越えて入って参ります。お館様と本庄様とが力を合わせたならば春日山城はたちまち落城するでしょう。信越国境では、お館様をはじめとする十三頭の軍団がいつでも進発できるように準備して待っています」

駒沢七郎は能弁だった。これまでにも、ちょいちょい、信玄の使いで本庄繁長を訪れているし、それまでの駒沢七郎の情報は正確だったから、繁長は彼の言葉を半ば信じた。しかし繁長はまだ決心がつかなかった。繁長が叛旗をひるがえした場合味方となる者の数が心配だった。

「そのことでしたら大丈夫です。本庄様の近所の中条藤資《ふじすけ》様も、本庄様御一族の鮎川盛長様も既に、武田家と款《かん》を通じております。会津の芦名《あしな》盛氏《もりうじ》様も同様です。ここに芦名盛氏殿の御一党小田切孫七郎様がお館様へ出された返書を持っております」

駒沢七郎は、かくし持っていた小田切孫七郎から武田信玄宛の書を本庄繁長に見せた。その返書は本物であった。繁長は小田切孫七郎の字の癖をよく知っていた。

「打つ手はみな打ってあるのだな」

本庄繁長は、駒沢七郎の云うことをほとんど信じたが、まだ動かなかった。なにかひとつ物足りないものがあった。二、三日、考えこんでいるところへ会津の小田切孫七郎からの使いの者が来た。

「なにとぞ存分にお指図願いたい。こちらはいつでも馳せ参ずる用意ができています」

使者は小田切孫七郎の手紙に添えて強そうな言葉を置いて帰った。

本庄繁長は永禄十一年三月十三日に越後府中を抜け出して、自分の領地へ帰って戦いの準備を始めた。まず近隣の諸豪に使いを出した。

中条藤資にも手紙を送った。だが、中条藤資は、本庄繁長の手紙の封を切らずに走り馬を立てて、越中にいる上杉輝虎に送ったのである。

中条藤資は、本庄繁長が府中をひそかに抜け出して帰郷したと聞いたとき、武田と通じて謀叛を起すに違いないと思った。中条藤資もまた外様国衆として、越後北部の雄であった。武田からの誘いを受けていた。こういう場合藤資としては、分《ぶ》のいい方を選べばよかった。本庄について輝虎と戦うか、輝虎について、領地を接している本庄繁長に一泡吹かせて、その勢力を減殺するか、藤資は、天秤《てんびん》にかけた上で、後者を選んだのである。

上杉輝虎は中条藤資あての本庄繁長の手紙を読んで驚いた。まさか、越後の北部で叛乱が起きようとは思ってもいなかったことである。越中との戦さどころではなかった。信玄が繁長と組んだとなるとたいへんなことである。

輝虎は急遽軍《きゆうきよ》を府中にかえすとともに、信越国境の守りを厳重にして、村上城にこもる本庄繁長を包囲した。

輝虎の処置が敏速であったので、本庄繁長に加担すると見られていた越後北部の諸豪は輝虎についた。会津の芦名盛氏も積極的な応援にはでて来なかった。小田切孫七郎も主筋の芦名盛氏がそんなだから、彼独りだけ国境を越えて越後へ攻め入るわけにも行かずにいた。本庄繁長は村上城に孤立した。しかし大軍にかこまれた彼は意外に平気であった。繁長は自分の武力をたのみ武田の救援を信じた。

信玄は馬場民部に命じて、信濃先方衆の軍勢を信越国境に集めて輝虎を牽制するとともに、飯山城攻撃に取掛り、関山街道より越後への進攻をよそおった。信玄自らが、長沼に陣を取っているという噂が流れた。

越中の一向宗徒や、会津の芦名盛氏に対しても信玄からの働きかけは活発だった。上杉輝虎は国を出て戦うことのできぬ状態に追いこまれていった。

本庄繁長を誘いこんで越後に内乱を起して、上杉輝虎を釘づけにしたことは、武田側にとっては、北条親子を精神的に釘づけにしたのと同じ結果をもたらした。

(やはり、信玄の戦術はうまい。信玄と組んで上杉輝虎をおさえ、関東を守っていた方

がよいのではないか）

という反省の色が北条の陣営に浮んだのは事実であった。

信玄はいよいよ駿河進攻の時期が到来したことを感じた。彼は駿河進攻の動員令をくだす時期を考えていた。

八月に入ってすぐ、躑躅が崎の館に、美濃へ放してあった間者の小宮兵造が帰ってきた。

「足利義昭様が先月二十五日に美濃に来られ、立政寺《りゆうしようじ》にて信長様と会見されました。信長様は鳥目《ちようもく》千貫文、太刀、馬など献上なされ、昼夜をわかたぬ饗応のおふるまいでございました」

小宮兵造は、そのときの様子を話した。

足利十三代将軍義輝が三好三人衆と松永久秀に殺されたとき、弟の覚慶《かくけい》は奈良の興福寺一乗院の門主として坐っていた。三好、松永はこの覚慶の命を狙った。細川藤孝が、覚慶を助けて、一乗院を脱出して、近江に走り、矢島城主和田惟政《これまさ》、観音寺山城主六角義賢《よしかた》、さらに若狭の守護大名、武田義統《よしむね》、そして越前の大名朝倉義景と渡り歩いていた。どの大名も、三好、松永の京都勢力に気兼ねして、心からかくまってくれるものはなかった。朝倉義景も、あまりいい顔はしなかった。覚慶はここでその坊主くさい名前をやめて、足利義秋と名乗り、更に足利義昭と名を変えた。三好、松永がまつり上げて将軍となった従弟の足利義栄《よしひで》に対抗するために義昭という名にしたのである。

朝倉義景は、義昭に対して冷淡だった。足利氏の血を継いでいるというだけで、いまやなんの実権もない、義昭などにかまってはいられなかった。義昭をかついで三好、松永と悶着を起そうとも思っていなかった。

細川藤孝はこの様子を見て、ひそかに美濃の織田信長に援助を依頼した。

「信長の身に替えても義昭様をお守りいたす故、どうぞ美濃へお出で下さい」

信長は丁重な返事をよこし、迎えの人数をさしむけたのである。信長は、彼の懐《ふところ》に飛びこんで来た足利義昭をうまく使って、上洛しようと考えたのである。

「義昭様は信長様の厚遇に涙を流して喜ばれました。これで京へ再び帰ることができると云われたそうでございます」

小宮兵造は報告を終ると一息ついた。

「信長は上洛するだろうか」

美濃を収めたのは去年である。そして今年上洛するというのは、ちと早過ぎるように思われた。彼が上洛しようとすればそれをさまたげる武将はまだまだ多い。信玄はそう考えていた。

「織田信長殿が上洛するかしないかは、今後のことを見ないとわかりませんが、私は上洛するのではないかと思います。それ相当な軍勢がまとまりさえしたら、途中でこれを阻止できる者はいません。三好、松永にしても彼等だけの力で、一万二万という大軍を動かすことはできませんから、織田信長殿が大軍を率いて、本気で乗りこんで来たら、どうにもなりますまい」

信玄は頷いて聞いていた。信長が美濃という上洛に都合のいい土地にいることが、うらやましかった。

信玄は頭の中に上洛の道筋を画いた。駿河に出たところで、今川氏真にぶっつかり、その隣国の徳川家康が邪魔になる。北条親子も上杉輝虎も信玄の上洛を黙って見ているだろうか。しかし、信玄は信長が上洛するかもしれないという風聞に神経がいらだった。彼は美濃へ間者を多く出して、信長の動向を探った。

八月の中ごろになって、京都にいる父信虎から手紙が届いた。そのころ信虎は今出川大納言晴秀の別宅にいた。晴秀の簾中《れんちゅう》於菊御寮人が信虎の第十七女、即ち信玄の妹であった。信虎は、今出川大納言を通じて朝廷の様子を信玄に伝えて来たのである。

「朝廷は三好、松永等のやり方にはほとほと困り果てている。足利将軍の実権が地に落ちてしまった現在においては、一日もはやく、足利将軍にかわるべき実力者が現われて、天下を安定してくれることを望んでいる。朝廷内では、信長の上洛を期待している者が多い。言葉に出したりすると、三好、松永に狙われるから黙ってはいるが、ほとんどすべての公卿たちは織田信長に興味を持っている。いままでは、心が合った公卿が二人寄れば、上洛して天下を治めてくれる武将は、織田信長か武田信玄かその何《いず》れかであろうということであったが、このごろ武田信玄の名を出す者はいなくなったとのことである。そこもとも、このような京都の情勢をよくよく考えた上で、遅れを取るようなことのないように心からお願いする」

信虎の手紙はそこで終っていた。信長上洛の噂は噂の域を脱していたのであった。美濃や尾張に放ってある間者からは、次々と情報が入った。信長は上洛の準備を始めたのである。上洛に備えての物資食糧の調達、武器の用意が始まった。その兵力合計二万ないし三万と云われていた。尾張、美濃の全兵力を動員しての上洛であった。このようになると、もはやかくしようがなかった。信長は上洛の意思を通過国の領主に通達した。江北の浅井長政の動きが注目されたが、長政の妻は信長の妹のお市の方であった。

そのころ長政と信長とはうまくいっていたから、長政は信長の上洛に対して協力する意思を表明した。江南の六角義賢（承禎《じょうてい》）は信長の上洛に対して不信感を露骨にした。朝倉義景は信長の上洛に対して出兵を拒否した。

信長が上洛に当っての大義名分は、足利義昭の警固のためだった。足利義昭こそ、足利将軍を継ぐべき人であり、三好、松永等の立てた義栄は将軍としては認められないというのであった。

織田信長の大軍が九月七日に美濃を出発したという報を聞いた信玄は、身体中が震える思いがした。なにかしなければならない、黙って見ている手はないと思ったがどうすることもできなかった。

九月二十九日信長は上洛して清水寺に陣した。信長の上洛をさまたげた者は六角義賢ぐらいのものであった。これも鎧袖《がいしゅう》一触の言葉どおりたいした戦さにはならなかった。

信長は京都に入るに先立って、将兵たちに乱暴を慎しむように厳重な布告を出した。木曾義仲の軍隊が京都で乱暴を働いて、すっかり人気を落してしまったという歴史的な事実を信長は気にしていたのである。京都の市中を通行中の婦女をからかったというだけの理由で兵が斬《き》られた。無銭飲食をしたという科《とが》で磔《はりつけ》にかけられた兵もあった。軍紀を厳正にすることによって信長は京都市民の感情を迎えようとした。信長の評判はよかった。

足利義昭は第十五代の将軍となり、信長がその補佐役になった。十月十八日のことであった。

信玄は、もう我慢ができない気持だった。信長が義昭を傀儡《かいらい》将軍として天下に号令を下すのは時間の問題であった。

「あの半国の大名が、氏素姓もはっきりしないあの織田信長が」

信玄は口惜しかった。源氏の直系としての武田家と、斯波《しば》氏の被官人《ひかんにん》だったということしか分っていない織田家とは家柄から云っても比較にならなかった。その信長の桶狭間以来の発展ぶりからおし測ると、全国統一も不可能ではないことのように思われた。

「桶狭間の戦いだって、山本勘助の働きによって勝利を得たようなものだ」

信玄はつぶやいた。山本勘助が信長を誘導したので、今川義元はあのように簡単に討たれたのである。あのとき、もし、逆に出て信長を殺して置いたら、いまごろこんな苦労はしないでもよかったのにと思うのである。

信玄は、足利義昭が正式に将軍になったという報を聞いた翌日、重臣を集めて軍議を開いた。

「駿河進攻の目安は十二月の初めとする。そのためにあらゆる準備をいそぐように」

軍議に先だって、信玄は方針を明らかにした。越後は内乱である。北条親子は形勢を観望している。徳川とは協定がついている。だから駿河へおし出しても大丈夫であると、いつも通りの着実な作戦計画から出た方針のようであったが、実は信玄の心の中には、京都の信長のことがあった。

信長が京都で勢力を拡大しないうちに、その後尾をつきたかった。後尾とは三河である。三河の徳川家康を突けば、信長だって、京都で太平楽をきめこんではおられないと思った。信長の野望を牽制するために駿河への進攻はいそがねばならなかった。今川氏真など、もはやものの数ではなかった。

「駿河進攻は結構でございます。が、その前に北条殿との間に、しかるべき約束を……」

馬場民部が宿老を代表して云った。

「そうだ、そのことが気がかりだのう」

あまり、こういう席で口を出したことのない逍遥軒信廉《のぶかど》が口を出した。やはり、重臣たちの間には北条の動きが決らないのが不安であった。駿河に進攻しても、北条を敵とすることになると、たいして得になることはないと考える者があった。

「北条の出方を待っていたら、時勢に乗りおくれてしまうのだ――」

信玄は自分の心をそのまま家臣たちの前に置いて見せるような云い方をした。そのひとことで家臣たちは信玄の心を知った。信玄の心の中に占めている一番大きなものは信長なのだ。信長を牽制するために、駿河に進攻しようとお館様は云っているのだ。

家臣たちの顔は次第に引きしまっていった。駿河進攻の軍議は終日続いた。

跣の御寮人

永禄十一年の秋になると、武田信玄は本栖村《もとすむら》（西八代郡上九一色村本栖）周辺の地下人たちに本栖街道の整備の命令を出した。その代償として諸役免除を約束した。

山中湖、河口湖、本栖湖附近の農民は、秋の取入れが終ると同時に本栖街道の道普請《ぶしん》に当った。それまでの道幅を倍にせよという命令だった。橋も大きな車が通れるように修復を命ぜられた。

大軍団が本栖街道を通って駿河に進出するための準備であることは誰の眼にも明らかだった。

「本栖街道の拡張工事が始まりました」

「本栖街道の拡張修復予定は十一月の終りです」

「どうやら本栖街道は荷駄隊を目標に作られるように見受けられます」

駿河府中にはつぎつぎと間者の報告が入った。

「信玄め、いよいよ来るか」

今川氏真は家臣たちに防戦の準備を整えるように命ずる一方、北条氏康、氏政父子には、連日のように使者をやって武田信玄の駿河侵略を未然に防ぎ止めるような処置をとってくれと懇願した。

「未然に防ぎ止めるような処置といえば、本栖街道、甲州往還その他甲州との道路の出口をおさえることになる。つまり北条勢が武田勢より先に駿河に入るということになるのだがそれでもいいのか」

氏康は今川氏真の使者の三浦三左衛門に云った。

「お館様はそれを望んでおられます。お館様は北条勢を疑う気持はございません。いまはただ、武田殿の野望をいかにして、押えるかが、お館様の心痛事なのでございます」

氏康は使者の言葉にいつわりはないと思った。それだけに、氏真の心情が哀れであるし、武将としての才覚のない愚か者に腹も立った。武田勢進攻が明らかになったら、まず自ら先頭に立ち、今川勢を率いて国境を守るべきである。それをしてから、加勢を同盟国にたのむのが筋である。それをせず、ひたすら北条を当てにするところを見ても、もはや今川氏真は戦国の領主としての存在価値がないと見なすべきであった。

「今川の重臣の中には、いろいろと心を異《こと》にする者もあると聞いているが」

氏康は三浦三左衛門に訊いた。

「はっ、さようなことはございませんと思いますが……」

三浦三左衛門は言葉を濁《にご》した。重臣の中に心を異にする者がいるということは、既に武田と通じている者がいるということだった。その噂は北条氏康の耳にも入っていたのである。今川の内部はがたがたになっている。そこへうっかり飛びこんで火中の栗を拾いたくはないというのが氏康の気持でもあった。

「とにかく、武田勢が駿河に侵入したら、当方としても黙ってはおられないだろう」

北条氏康は三浦三左衛門に答えた。

北条氏康の気持は複雑だった。

武田信玄が、駿河進攻のために古府中を出発したのは永禄十一年十二月六日であった。途中で次々と軍団が加わり、由井口の内房（富士郡芝川町内房）に布陣したのは十二月十一日であった。

武田勢一万二千はそのとき既に駿河を呑んでいた。

信玄の本陣が内房に陣を張ったころには、別働隊が、甲駿国境の間道を通って、続々と駿河の領内に入りこんでいた。細作や間者は国境を越えるとそれぞれ与えられた任務についた。

そのころ信玄の側室あかねは信玄の秘命を帯びて駿府に急いでいた。彼女に従う者はすべて屈強な若者たちだった。

駿府内がうるさくなったのは十二月の十日ごろからであった。武田信玄が甲信連合軍五万を率《ひき》いて駿河に侵入して来るという噂が立った。既に武田勢は国境近くにまで来ているとか、物見隊の槍合わせがあったなどとまことしやかに云う者もいた。

甲信軍はもともと山家育ちで、礼儀作法を知らないうえに、性質が荒いから駿府に入って来たらなにをするかわからないという噂が流れていた。十日の午後から家財を荷車に積んで駿府から立退く者が出て来た。十一日の朝になると、老人、子供が続々と町を出て行った。

「流言蜚語《ひご》にまどわされるな、無断で町から出て行く者は処罰する」

と馬で触れ回っても、大衆の心の動揺をおさえることはできなかった。甲州から入りこんで来た細作や間者が放った流言が功を奏したのだ。駿府の町民を不安におとし入れれば、その不安が駿府城内に入りこみ、士気沮喪《そそう》することは必定だった。駿府の町民が流言に乗ったのは、今川氏真に対する信頼度が弱まっている上に今川家の重臣間の確執や争いが続いていることなどを敏感に嗅《か》ぎ取っていたからで、甲州の間者や細作の流言は、その情勢に便乗したに過ぎなかったのである。

十一日の午後になって、駿府の町の一角から火の手が上った。その日は風がおだやかだったので、すぐ消し止められたが、その火事の煙が民心を更に不安におとし入れた。

「武田の間者が駿府に入りこんだ」

「今夜は大がかりな焼打ちがあるそうだ」

「武田勢は国境に陣をかまえたそうだ」

などという流言が飛んだ。

駿府の混乱は時刻の経過と共に拡大されていった。町民の動揺以上に、城内は動揺していた。刻々と国境に近づいて来る武田勢に対して、今川勢は国境に陣をかまえずに、薩埵《さった》峠に陣を張って邀撃《ようげき》することに決った。薩埵峠は現在の由比町と清水市興津町との境にある峠で、海の近くであった。武田勢を駿河領に引きこんで置いて討つというのはいかにも立派な口実のようだったが、実際は駿府を守る最後の一線がこの薩埵峠であったのである。

この作戦計画がたてられ、薩埵峠には庵原《いおはら》安房守忠胤《ただたね》を主力とする諸部隊、薩埵峠の北の八幡平には、小倉内蔵介資久、岡部忠兵衛直規等の部隊、そして、薩埵峠の西の清見寺の本陣には総大将の今川氏真が着馴れない軍装に身を固めて控えていた。

「武田勢は一万二千、今川勢は二万、数において既に敵を呑んでおるわい」

氏真は側近の者にそうもらしていた。氏真は両軍のさし引き勘定ができる程度以上の頭ではなかったのである。

十二月十二日早朝、由井口の内房に陣を張っていた武田勢が動き出した。

武田勢の動きは堂々としていた。まるで薩埵峠にいる敵を無視したようであった。薩埵峠から、八幡平にかけて、二万の大軍が布陣しているならば、当然その前で、決戦態勢を整えるのがあたり前なのに、武田勢は、その様子はまったくなく、馬場民部、山県三郎兵衛、内藤修理、真田幸隆の四頭を先陣にして、街道を薩埵峠に向ったのである。

薩埵峠の防備陣の総指揮を取っている庵原安房守忠胤は武田勢を見て全軍に邀撃命令を出した。前哨戦が始まり、ときどき鉄砲の音が聞えた。

そのころになって武田の先陣四頭は、薩埵峠の今川勢に向って攻撃の姿勢をとった。

四頭の軍隊は、扇を開くように見事に展開すると見る間に、薩埵峠の一カ所に向って、鉄砲を撃ちかけ、鉄砲隊が引いたあとに朱房の槍を小脇にかかえた槍隊が駈けこんで行った。当然死闘が予想されたが、その時、世にも不思議なことが起ったのである。今川勢の瀬名信輝、朝比奈政貞、三浦義鏡、葛山《かつらやま》元氏の四隊が後退を始めた。戦わずして後退は戦略のようにも見えた。敵を誘いこんで、左右から挟み討つという方法はよくあることだった。だが、この四隊は退きっぱなしであった。陣地を棄てて、薩埵峠をさっさと降りて行ったのである。瀬名、朝比奈、三浦、葛山の四隊は既に武田と通じていた。このときの手はずはちゃんと決っていたのである。

庵原安房守忠胤は瀬名等四隊が戦わずして退いたのを見て、想像していたとおりのことが起ったと思った。瀬名、朝比奈、三浦、葛山はかねがね臭いと思っていた。臭い奴が戦列を退いたのはいいが、退いたままで、庵原軍の背後を衝《つ》いて来ないのが奇妙であった。戦場における裏切りは珍しいことではなかった。通常そのような場合は、刃《やいば》を返して、それまでの味方に打ちかかって来るのが当り前であった。しかし瀬名、朝比奈、三浦、葛山の四隊は、味方に刃を向けることもなく、黙って退いて行った。

(もしかすると、あのまま、引き退って行って、本陣を衝くのではないだろうか)

庵原安房守忠胤はそう考えると、今度は本陣の方が心配で眼の前の武田勢と戦っている気持にはなれなかった。

庵原軍は退却を命じた。ろくな戦いもせず清見寺に退くと、そこにいる今川氏真を守って、駿府に撤退を始めた。不思議なことはまだ続いた。勝手に戦列を離れた、瀬名、朝比奈、三浦、葛山の四隊も、彼等の撤退は決して裏切り行為ではなく、衆寡《しゅうか》敵せずして陣を引いたのであるという顔で駿府に向って動き出したのであった。今川氏真も、四人の重臣の裏切り行為が分った以上、その場で首を斬るぐらいの非常処置に出て、味方の心を統一すべきだったがそれもできないで、味方とも敵ともわからない大軍に守られて駿府城へ引き揚げていった。

戦いらしい戦いをせずして駿府に引き揚げて行く今川勢の後を武田勢が追従して行った。十二日の夕刻には、先陣の四隊は駿府城に近い宇八原《うはばら》（清水市上原）に陣を布《し》いた。そのまま、駿府城を抜くこともできたが、武田信玄の命令で攻撃はさしひかえたのであった。この日の戦いにおける損害はほとんど皆無であった。

駿府城内では氏真を中心とした重臣会議が開かれた。武田勢が駿河に攻め入ったばかりでなく、徳川家康が遠江の国境に兵を集めて侵入の気配を示しているという情報が入った。

「こうなれば、武田殿に和を乞うしか方法がないと思う。武田殿と今川家とはもともと御親類故、今川家を取りつぶすようなことは決してなさるまい」

そういう和平派に対して

「盗賊に和を乞うたという話は聞いたことがない。今は苦しくとも、もうしばらく我慢すれば、北条殿の援軍が必ず到着する。そのときこそ、武田勢を挟み打ちにして全滅させてやるときである」

抗戦派はそう主張した。話が熱して来ると、抗戦派は瀬名、朝比奈、三浦、葛山等の武田派と見なされる重臣たちに

「勝手に戦列から離れた裏切り者たちがなにを云う」

と罵《ののし》った。すると武田派に属する者は、庵原安房守一派の北条派に向って

「ではなぜ、そこもとたちは、最後の一人になるまで薩埵峠に踏み止まって戦わなかったのか」

と反問した。水掛け論であった。そこにはもう今川家は存在しなかった。武田について身を立てるか、北条について身を立てるか、なかには新興勢力の徳川についたほうがいいかもしれないと考えている者さえ出ていたのであった。今川氏真はそのようなどたん場に来ていても、自分というものの価値を見出すことはできなかった。ただ、この夜、氏真が見せた、武田信玄に対する、激しい怒りだけが、抗戦派に力を与えたに過ぎなかった。

駿府城内で、いつ果てるともつかない軍議がなされている最中でも、情勢は刻々と変化していた。夜を徹して、駿府の町人は移動していた。明朝、合戦が行われることは確実と見たようであった。

駿府城内では軍議より防備の態勢を布《し》くことの方が緊急であったが、上層部の人たちの気持がばらばらになっているから、城の防備に力の入れようがなかった。

それでも、庵原安房守の軍兵は、宇八原《うはばら》に陣を布いた武田勢の四頭に対して、邀撃陣を布いた。その一線が破られると、駿府の町へ敵がなだれ込むことになるのだ。

十三日の朝が来た。宇八原で一夜を明かした、馬場、山県、内藤、真田の四頭は、一斉に庵原安房守の防衛軍に攻めかかった。攻撃を始めて、一刻とはたたない間に、庵原軍の一角は突き崩された。もともと戦意のない今川軍は駿府城にわれ先にと逃げこもうとした。

駿府城下は混乱の極に達した。

逃げまどう市民に混って、武士たちが、走り回っていた。武田勢が駿府に侵入したという第一報を聞いたとき、今川氏真は身に危険の迫ったのを知った。それまで、強いことを云っていた彼の顔色が変った。武田勢に城が包囲されて、捕えられ、切腹を強請される自分自身の姿が見えるような気がした。つぎつぎとあわただしく報告に来る物見の報告を聞いていても生きた心持はしなかった。

「掛川に退こう」

氏真が突然云い放った。掛川城まで落ち延びたら生きられるだろうと、氏真はふと思ったのである。その非常の場合に、彼の愚かな頭の中にも、一つだけ真実を見きわめようとする知恵の光がひらめいたのである。敵とも味方ともわからない、全く当てにならない家臣団にかこまれているよりも掛川城へ行ったほうがよい。掛川城には朝比奈泰朝《やすとも》がいた。氏真には朝比奈泰朝だけが頼りがいのある家来に思われたのである。

氏真が掛川へ落ちると云ったのに対して、止める者はいなかった。駿府城は敵を支える備えが全くできていなかったし、戦意はすっかり沮喪《そそう》していた。混乱の最中にあっちこっちで喧嘩が起るほど指揮系統は乱れていた。

氏真が城を脱出したとなると、駿府城内の混乱は眼も当てられないような状況になった。女達はみじめなものになった。このような場合は、まず、乗物で女子供たちを先に逃がして、それから男たちがその後に続くのが常道であるのに、氏真は女たちを放って置いて先に逃げた。

取り残された女たちがいざ逃げようとすると、乗物どころか馬もないし、荷車一台もなかった。

城主が遁走《とんそう》したということは落城である。今川氏はこの日亡《ほろ》びたと見た者もあった。城主がいないお城の中の物はもう誰のものでもない、そんな考えを起す者もいた。逃げおくれた雑兵たちは乱破《らっぱ》と化し城の中の目ぼしい物を奪い合った。その狼《おおかみ》の群が、逃げ遅れた女たちに襲いかかって来る前に女たちは城を脱出して活路を探さねばならなかった。

氏真の正室阿弥《あや》は旅装を整える暇さえなかった。五名の女たちにまもられて、城を出たものの、掛川城へ行く道はどっちなのか、掛川城まで歩いてどのくらいかかるのかも知らなかった。五人の女は五人とも、はだしであった。

「掛川のお城からお迎えに参りました」

阿弥の前に旅装の女が手をつかえて云った。女のうしろに六人の小者姿をした男がひかえていた。六人はそれぞれ腰に刀をさしていた。

「そなたはなんと申すのか」

阿弥に仕えている女中頭のかつが訊ねた。

「掛川城主、朝比奈泰朝様の御奥に仕えておられまするしき様の召使いあかねと申すものでございます。殿様のおいいつけで、きのう掛川を立って参りました」

「おお、しき殿に仕えているものか」

女中頭のかつはそのひとことであかねを信用した。

「このようなことになるなら、乗物を用意して参ればよかったのに……まことに行きとどかぬことにて、御不自由とは存じますが、乗物のみつかるまで、しばらくこれをお使い下さいますように」

あかねは小者たちに持たせて来た、女物の草鞋《わらじ》や足袋、脚絆《きゃはん》などをそこに並べた。はだしで城を出た彼女たちには、履く物を与えられただけでも嬉しかった。そうして足ごしらえをしている間にも危機は迫っていた。武田勢が町に入ったのか、あちこちに煙が上った。逃げ遅れた女が、狼どもに襲われているらしい悲鳴が城の中から聞えた。草鞋を履く女たちの手足がふるえていた。

あかねは六人の女たちを守って街道に出た。道は人や車でいっぱいだったが、西に進むに従って人の姿も少なくなった。一行はときどき駿府の方をふりかえった。幸い風がなかったから、大きな火事にはならなかったようであった。

阿弥は北条氏康の娘であった。武田、北条、今川の三国同盟が成立した天文二十三年（一五五四）の七月にこの地に嫁に来てから十四年の年月が経っていた。二十八歳のその年まで城外に出たことはなかった。阿弥はあまりの突然な世の変転に口も利けないほどの恐怖におののいていたが、街道に出て、一行に守られながら歩き出すと、どうやら第一の難関を脱け出たという安心感でいくらか顔色が平常に戻ったようだった。

あかねは連れて来た小者をあちこちに走らせて乗物を探したが得られなかった。あとから追い越して行こうとする乗物を止めて、ここにおられる御方は城主様の御寮人《ごりょうにん》だからそれを譲ってくれと頼むと

「さあ、駿河の城主様はどなたでしたか」

などと云って相手にもせず行き過ぎる者ばかりだった。城を棄てた城主氏真は領民に見放されていたのである。

女たち六人の足は遅いから、後からやって来る者に追い抜かれた。なかには口ぎたなく、罵って行く者さえあった。十人二十人と落武者が通り抜けて行った。所々方々にばらまかれていた今川の兵たちが、駿府城が落ちたと聞いて、彼等の郷里に帰る途中だった。中には今川家が亡びたと思いこんでいる者もいたし、あまりばかばかしい敗戦に腹を立てている者もいた。敗戦のどさくさに一儲けしてやろうとたくらんでいる者もいた。今川の統制下を離れた乱破《らっぱ》共は特に始末に負えなかった。彼等にとっては、このような混乱期が稼ぎの季節であった。

「なかなかいい女ばかり揃っているではないか」

追い抜くときに、一行の顔を覗きこんで行った数名の乱破らしい男がいた。各自が槍を担いでいた。槍の柄には駿府の街でかっぱらって来た包みをぶらさげていた。女たちのひとりひとりの顔を確かめて行った、最後の男が、阿弥のかぶり物に手をかけようとした。

「無礼者」

あかねはそう云うと、阿弥のかぶり物に手を掛けようとした男の手を払った。男は急所でも打たれたのか痛みをこらえながら、あかねの顔を睨《ね》めつけた。女たちを警護していた六人の小者が寄って来たので、男は、なにも云わずに先へ行った男たちを追った。

「あの者たちは、なにをするか分らぬから御用心下さるように、いざというときは、女衆たちは御寮人様を守って離れぬようにお願いいたします」

あかねは女たちに云った。先に行った乱破たちがふりかえってなにやら相談しているらしい様子を見て、あかねは、彼等が何等かの方法で一行を襲《おそ》って来るものと推察した。賊と化した乱破どもが女たちが持っている品物や、着ている着物や、そして女そのものを狙っているとすれば、こっちもその用意をしなければならなかった。

だが、賊はすぐには襲いかかっては来なかった。人通りがはげしかった。邪魔が入ってはいけないと考えているのか、もう少し仲間をふやそうとしているのか、見張りらしい男を置いて、多くの者はどこかに姿をかくした。冬の短い日が傾きかけたころであった。道のかたわらの物置小屋のかげから、躍り出た七、八名の乱破が一行を取囲んだ。

「やい、命がおしい奴はさっさと逃げるのだ」

首領とおぼしき男があかねと彼女の率いる小者たちに云った。小者たちは、腰に差している刀を抜くと女たちをかばうように取り巻いた。

「ばかなことをするのではない、このお方様を誰だと思っているのだ」

阿弥につき添っているかつが金切声で叫んだ。

「誰でもいいわい、おれたちは女でさえあればいいのだ」

賊たちは一斉に武器を取って打ちかかって来た。あかねが、かかれという号令を発した。小者の一人が、賊の繰り出す槍を叩き落して、奪い取るとたちまちその男を突き伏せた。あかねの従者たちは、それぞれの敵と渡り合った。勝負はそう長いことかからなかった。賊は一名の死体を残し、二名の負傷者をかかえて逃走した。

「怪我はないか」

小者たちに声をかけてやっているあかねの姿を見て、阿弥は、なんとたのもしい女だろうと思った。阿弥ばかりでなく、他の女たちにも、あかねが武芸のたしなみのある女であることは一目瞭然であった。あかねに従う六人の小者たちも、姿こそ小者姿をしているが、いずれも武芸に秀《ひい》でた者と思われた。

その夜、彼女等は街道筋の民家に泊った。その家の若い者はみな逃げ去って、老人夫婦だけが残っていた。食べ物はすべて運び出されていた。

あかねは小者たちに運ばせて来た干飯《ほしいい》（糒）に湯をかけて、女たちに食べさせた。阿弥は、生れてはじめて見る干飯には手が出せなかった。彼女は、変り果てた運命に涙を浮べた。

あかねは小者たちに警備を厳重にするように云いつけて、寝る準備を始めた。女たちには、そのまま身体を横にするだけで、いざというときはすぐ草鞋が履けるようにそれを枕元に置くように云った。

夜半老人夫婦の姿が見えなくなった。警戒に当っていた小者がそれをあかねに知らせた。

「みんな起きて下さい。賊が襲って来ます」

あかねは女たちを起して草鞋を履かして一室に閉じこめ、彼女はその入り口を守った。だが、賊はその上手を行った。家に火を放ったのである。

あかねは女たちを連れて家の外に出た。賊は十数人にも増えたようであった。昼間痛い目に会わされた者が、同類をつれて引き返して来たのであった。

あかねが率いて来た男たちは忍びの衆の中でも特に腕の立つ者であったが、なにしろ相手が多過ぎた。燃える家を背にしながら賊と戦っているうちに、背後で女の悲鳴が聞えた。

阿弥を中心にして六人の女は固く寄り合っていたが、もともと女が目的らしい賊たちはそこだけを狙っておしよせて来た。あかね一人では防ぎようがなかった。あかねは阿弥だけを守った。あかねは小太刀《こだち》の名手であった。阿弥を狙って来る賊の二人があかねに傷を負わされた。六人の女のうち三人の女が賊に奪われた。賊に奪い去られていく女の悲鳴が遠のいて行くにつれて、あたりが静かになった。賊は捕えられた女の方に走ったのである。三人の女が、そのあと、どのような目に会うのか、誰にもわかっていたが、どうすることもできなかった。血に飢《う》えた敗残の兵は、三人の女の犠牲によって二度と襲いかかって来なかった。あかねの従者六名のうち二名が負傷した。深手ではなかった。

夜が明けた。

掛川までの旅程の半ばも来ていないのに、阿弥は女中頭のかつと二人になっていた。阿弥もかつも口が利けないほどに恐れおののいていた。

「のう、あかね殿。きょうもまた、きのうのようなおそろしいことがつづくでしょうか」

かつが訊いた。

「きょうはきのうのようなことはございません。掛川のお城から、みなさま方の到着の遅いのを心配してきっとお迎えが参ります」

「お迎えが」

阿弥が口を出した。阿弥の顔から恐怖の色が消えて、怒りの色がさした。

「お館様がきっとそのようにお命じになられます」

「わたしたちを置き去りにして、さっさと逃げてしまったお館様にそんな殊勝な気持があるでしょうか」

阿弥がはげしい言葉を吐いた。結婚以来十四年、楽しいと思ったことはなかった。嬉しいと思うようなこともなかった。氏真《うじざね》と阿弥とはいつも別な道を歩いていた。阿弥に跡取りが生れなかったこともあるが、政略結婚によって成立した二人の仲は冷たいものであった。

「いいえ、きっとお迎えは参ります。一日たてば、どなたも気が静まります。見えないものも見えて参ります。おそらく、この街道にも警備の軍が間もなく配置されるでしょう」

あかねはそう云うと、阿弥とかつをはげまして街道に出た。

とき折、掛川の方向から騎馬武者がやって来た。物見の者らしかった。きのうに比較して、街道はずっと静かになった。人家にも人の姿が見えるようになった。

あかねは、いかにも格式がありそうに見える、門構えの家を見かけて入って行って、すぐ引きかえして来て阿弥に云った。

「どうやら安全地帯に参りました。あれは代々今川様の恩顧を受けている、岡部平左衛門と申す郷士の家にございます」

あかねは阿弥をつれて、岡部の家へ案内した。老爺《ろうや》が出迎えた。

「ここでしばらくお待ちになれば、乗物が参りますし、掛川の方へも走り馬をやりますから迎えの人も参ります。お迎えの人が来られるまでに、身づくろいなどなされますように」

あかねは、化粧道具の入った箱を阿弥の許に置くと、様子を見て来ると外へ出て行ったまま二度と帰らなかった。あかねの連れて来た小者たちも姿をかくした。間もなく、岡部の家へ、騎馬の武者が現われ、そこに氏真夫人がいるのを知ると、すぐそのことを掛川城に知らせた。

掛川城から迎えの騎馬隊がやって来た。岡部平左衛門が古い輿を探し出して来て阿弥を乗せた。

阿弥はそのときになってやっと、自分は助かったのだと思った。彼女はあかねに云われたとおり、あかねが置いて行った化粧箱から鏡を出して顔を直した。幾日かぶりに鏡を見たような気がした。

鏡を使ってそれを元の箱に収めようとして、鏡の裏を見たら、武田菱の刻印が打ってあった。鏡ばかりでなく、化粧箱にも武田菱が銘記してあった。阿弥にはその謎が解けなかった。

旧冬十三、謂《いわ》れあらずして駿府へ乱入、今川氏真其《そ》の構え無く、この時に至りて、手を失われ候間、遠州掛川の地に移られ候。愚老の息女、乗物を求め得ざる体《てい》、この恥辱雪《すす》ぎ難く候。（北条氏康が翌年正月二日、上野沼田城の松本石見守景繁に当てた書状）

安倍金山査収

永禄十一年十二月十二日、駿河に侵攻した武田信玄の軍に呼応して、徳川家康は約束通り兵を遠江に入れた。

家康は信玄との約束どおり、東西呼応して今川氏真を攻めるため、かねてから、三河と遠江の国境に近い豪族たちを動かして遠江への侵攻の道を開こうとしていた。

家康は遠江、伊奈佐《いなさ》郡の井伊谷《いいのや》三人衆の菅沼忠久、近藤康用《やすもち》、鈴木重時等に本領安堵と、加増の誓書をやって、味方に引き入れていた。

しかし、井伊谷口を経て遠江に侵入した徳川勢はそこに待ちかまえていた地侍たちの一斉反撃に遭って、たちまち行手をさえぎられた。

浜名湖周辺の土豪は浜名湖の北部の気賀《きが》に集結して、徳川軍に敵対した。

先遣隊の菅沼忠久、近藤康用、鈴木重時等の軍は各所で進攻をさえぎられた。

「いったい誰が指揮を執《と》っているのだ」

家康は遠江侵攻と同時に進路をおさえられていらいらしていた。掛川城までは、三日か四日あれば攻め入ることができるでしょうなどと、大口をたたいていた鈴木重時の言とはうってかわった状態であった。

「誰が主謀者なのかとんとわかりませぬ。敵は、各所に出没して、わがほうの弱いところを狙って打ちかかってまいります。しかし、どうやらその中心は気賀の堀川城あたりにあるように思われます」

鈴木重時は首をかしげた。気賀あたりの土豪には、井伊谷三人衆がだいたいわたりをつけて置いた筈だった。それがいざとなって反抗するとは解《げ》せないことだった。時間の経過にしたがって、情勢は次第に分って来た。指導者がかなり組織的な計画のもとに、乱破や土民を動かしているということだった。

遠江に侵入して来たばかりの徳川軍の荷駄隊が各所で襲われた。十三日、十四日の夜の乱破の跳梁はすさまじく、家康の本陣白須賀（現在湖西町）の近くで、火の手が六カ所も上った。

白須賀は海から三キロほどのところであった。海に出ていた漁師がこの火を見て、あわてて帰って来たほどであった。

「兵を二つに分け、一隊は一挙に浜名湖を船でおし渡り、北上して気賀の背後にせまり、一隊は湖の西を北上して、気賀の敵を挟撃するのが良策かと思います」

酒井忠次が意見具申をした。家康はその方策を採《と》った。

陸路を行くと乱破に襲われる危険があるから、家康は、浜名湖を舟で渡って、浜名湖の東側に兵を集中して北上し、酒井忠次の軍隊は浜名湖の西岸を北上した。気賀の各所に散在していた反抗集団は徳川の大軍がおしよせて来ると見ると、堀川城を棄てて、北方に逃げた。捕捉殲滅《せんめつ》することはできなかった。追えば逃げ、引けば後を追って来る、乱破部隊には手のほどこしようがなかった。

「今川の家中でこれほど上手な攪乱《かくらん》作戦を立てる者がいたとしたら誰であろうか」

家康は酒井忠次に訊いた。

「さよう……今川家には、そのような者はおりませぬ、或いは……」

忠次が言葉を濁《にご》したのに対して家康ははっきり云った。

「信玄の調略か……もしそうだとすれば、すぐその先が見えて来るであろう」

家康のその予測は正しかった。気賀の抵抗を排除して、東海道筋に戻って、要衝、引《ひく》馬《ま》城（浜松城）を包囲したところ、新しい情報が入った。武田信玄の部将信州飯田城主、秋山伯耆《ほうき》守信友が下伊那衆二千を引きつれて、天竜川沿いに南下して来るということだった。秋山信友の軍勢はなかなかの強者《つわもの》ぞろいで、沿道の諸将はつぎつぎと平らげられているということだった。

家康は引馬城を攻めた。城はたいした抵抗も見せずに菅沼忠久を軍使として送るとあっさりと降伏した。十二月十八日であった。

家康が引馬城を占領した翌日には、武田信玄から軍使が来て、徳川軍の機敏な軍行動を讃めたうえに、引き続いて掛川城の攻撃にかかるように依頼があった。そのころ、武田軍は、続々と兵力を増して来る北条軍との一戦に備えての準備がいそがしく、掛川城を攻める余裕はなかった。

徳川家康は、天竜川を南下して来る、秋山信友の軍隊のことが頭にあったが、駿河は武田、遠江は徳川という、信玄との分割の約束を信じて掛川城へ攻めこんで行った。

掛川城主、朝比奈泰朝は徳川の軍を迎えてよく戦った。泰朝は今川家の重臣として気を吐いた最後の人であるかのように見えた。

城は簡単には落ちそうもなかった。持久戦に持ちこむ様相がかなりはっきりして来たので、家康は、三河の岡崎との補給路をかためる準備をした。乱破によって、補給路を断たれることが心配だった。しかし、その補給路は乱破ではなく、秋山信友が分断したのである。

正月になって六日目のことだった。見附（磐田市）にいた奥平貞勝から走り馬が掛川を攻撃中の家康の本陣に来た。

「ただいま、信州飯田の城主秋山信友、兵三千を率いて見附の北西、匂坂に攻め入って、菅沼勝直勢と交戦中でございます。味方は小勢故に苦戦を続けております」

咄嗟《とっさ》の場合はどうしても敵の軍勢を多く見るものであった。秋山信友の兵は、すべて合わせて二千足らずであった。

「なに秋山信友が」

家康は息を飲んだ。やはりそうだったか、気賀のあたりでの乱破のふるまいと今度の秋山信友の遠江侵略とはちゃんと連絡があったのだなと思った。

「信玄という男は信用ならない男だ」

家康はひとりごとを云った。あれほど、はっきりと、大井川を境として、遠江は徳川、駿河は武田と領地分割の約束をしておきながら、遠江に侵攻して来た武田信玄の胸中にはいったいなにがあるだろうか。

「秋山信友の軍とは争うな。遠くに退いて、相手の動きを見守るように」

家康は奥平に使者をやって、鈴木、菅沼等を見附から立退かせた。

秋山信友は見附に入ると、処々に塁を設けたり、柵を設けた。合戦のかまえであった。見附を占領して、東の掛川と、西の岡崎とを分断する意図は明らかだった。

家康は、駿府にいる信玄のところへ、海路軍使を送った。

軍使、山岡半左衛門ほか五名は、駿府の武田信玄のところへ行くと、秋山信友の行動を挙げて信玄を詰問《きつもん》した。

「昨年の二月、三河の吉田城において、御使者穴山信君殿及び山県昌景殿をお迎えして、わがほうの酒井忠次殿がうけたまわった約定とはまったく違った秋山信友殿の奇怪な行動について御説明願いたい」

山岡半左衛門は、家康の使者という、役目もあったが、去年二月の吉田城における会談の際、同席した責任もあって、言葉はかなり激しいものであった。

「ほほう秋山信友の軍が見附へ入ったのか、そんな筈はない。なにかの間違いではなかろうか。秋山信友には、信濃と駿河の国境を固く守るように云いつけて置いた。遠江に攻めこめなどという命令を出したことはない。おそらく、秋山は、国境に侵入して来た敵を追って、思わず深入りしたのであろう。もし遠江へ入ったとすれば申しわけないことをした。すぐ、国境へ引きかえすように申しつけよう。戦さというものは、そのときの勢いで、思わぬ手違いが起るものだ。その点御推察いただきたい」

信玄は顔に微笑を浮べていた。困ったという顔ではなかった。

ふざけたことをと、山岡半左衛門は思った。敵を追って国境を越えたとはなにごとだ、見附は、海を眼の前にした東海道の要衝なのだ。秋山信友が信玄の命令で、天竜川に沿って南下して来たことは明らかだった。

「拙者は使者として参った故、御言葉だけでなく、武田殿の書いた物を持ち帰りたいと存じます」

山岡半左衛門は食いさがった。

信玄はそれを納得した。山岡半左衛門が書状にちゃんと書いてくれと云えば、そうしようと云った。たいして躊躇するようなところもなかった。

このとき信玄が徳川家康に送った書状には次のように書いてあった。

このたび、わざわざ使者をいただきましてありがとうございます。私の思うことは使者の山岡半左衛門に充分申し伝えて置いたので、あらためて書状をさし上げることもないかと存じますが、聞くところによると、秋山信友が伊那衆を率いて、東海道筋にまで出て来て城をかまえているのを御覧になって、私が以前の約束に違犯して、遠江にも野心があるようにお疑いのようですので、早速、秋山信友を始めとする下伊那衆を引き揚げるようにいたします。なお、至急掛川城を攻め落すことが、いまのところ肝要と思いますのでつけ加えて置きます。

永禄十二年正月八日

徳川殿（右使者、山岡半左衛門也）

聞くところによると（原文では、聞くんが如くんば）などという、そらっとぼけた書き方もさることながら、約束違反に対して、ひとことも謝罪はせず、尚、その書状の末尾に、秋山信友のことなどたいしたことではない。今は掛川城攻撃こそ、一所懸命にやるべきではないかときめつけたあたりに、信玄の威信のようなものが見えていた。この侵攻作戦の主導権を握るものは武田信玄であって、徳川家康ではないことを文中にはっきりと示していた。

信玄は自信に満ちていた。北条はなんだかだと愚図ついてはいるが、北条と上杉輝虎との和睦が成立しない限り、北条は駿河に出兵する余裕はないと見ていた。北条と上杉との争いは宿命的なものである。大義名分によってのみ戦う、上杉輝虎は、われこそ関東管領《かんれい》だと思いこんでいるのだから、北条が関東を手放すと云わないかぎり、そう簡単に北条と手を結ぶことはできないであろう。信玄はそう睨んでいた。

信玄の胸中に依存する最も大きなものは信長の上洛であった。織田信長があっという間に上洛して、まさに天下を押えようとしていることが、信玄にとってはまったく腹にすえかねることであった。駿河侵略を予定よりはやめたことも、東海道に出て上洛の道をつけたいという気持からであった。徳川家康に大井川以西の遠江をまかそうという好餌《こうじ》を与えて誘いこんでおきながら、その遠江に乱破を放ち、秋山信友を見附まで南下させて徳川勢を牽制したのは、武田の威力を見せるためばかりではなく、京都にいる信長に対する牽制だった。そうすれば、ものごとに敏感な信長は、彼の属国ともいうべき三河の隣国に起きた新しい情勢に眼をそむけるわけにはいかないだろうと思った。織田信長が動けば、京都を取りかこむ諸方の武将も動くに違いない。信長の天下制覇はそれだけ遅れる。信玄はそのように考えていた。

家康は天文十一年（一五四二）の生れで信玄よりも二十一も若く、このとき二十六歳だった。家康は信玄からの書状を読んで腹を立てた。

「約束を一方的に破ったことについてひとこともわびを入れていないばかりか、早急に掛川城を攻めろと催促するなど、非礼にもほどがある」

家康は、信玄が彼の武力を背景にしてその書状を書いたものだと判断した。

「油断ならぬ男だ」

家康は酒井忠次に云った。忠次も同感を示した。

家康は、井伊谷三人衆の一人、近藤康用《やすもち》を使者として小田原へ送った。近藤康用が北条一族と姻戚関係にあるのを利用したのである。徳川と北条との同盟の働きかけではなかった。駿河、遠江の動乱に対して、徳川と北条は、お互いに敵対感情は持ちたくないという書状を北条氏康に送った。氏康からも、同様な返書があった。北条と徳川は、下伊那衆の東海道侵入と同時に結ばれた。

織田信長は、徳川家康からの情報をいちいち聞いてはいたが、特に、ああしろ、こうしろと指示するようなことはしなかった。信長は、武田信玄の動きを、その時点においてはそれほど重視してはいなかった。

秋山信友の率いる下伊那衆は、信玄の命令によって、国境に向って静かに退《ひ》いて行った。

永禄十一年十二月十二日の武田信玄の駿河進攻作戦には更にもう一つの別働隊がいた。河窪《かわくぼ》兵庫助信実《のぶざね》が、信州北佐久の兵六百、諏訪の兵二百を併せ率いて、身延から安倍《あべ》峠を越えて、安倍金山に侵攻したのである。安倍金山は現在の梅ヶ島温泉の近くにあり、富士金山と並ぶ豊鉱であった。

河窪信実は信玄の弟である。母は松尾といって、信虎の多くの側室の中の一人であった。信実は、北佐久の河窪に館をかまえて、この地方の鎮定に当っていた。

河窪信実は信玄の弟でありながら、あまり目立った存在ではなかったのは、彼が武人というよりも文人に近い人柄だったからである。佐久は、信州の中でも、最後の最後まで信玄に反抗した土地柄だっただけに、信玄としては、そこに置くべき人間には、非常に頭を使った。信実を選んでこの地へ住まわせた信玄の考えは、佐久を治めるには武よりも和であると考えたからであった。河窪信実はそれに応えた。彼は産業を興し、馬の飼育を奨励した。戦いがあって、出陣を知らせる走り馬が来ると、佐久衆を率いて戦列に参加した。花々しい功名手柄はなかった。

信玄が安倍金山に河窪信実を向けたのは安倍金山を武力によってのみ奪取しようというのではなく、できたら、金山に従事している者を含めて、そっくり武田の陣営に加えて置きたかったから、その大将として、武人よりも、文人に近い、信実をさし向けたのだった。

安倍金山にも、既に武田の調略は延びていた。安倍金山の金山奉行　安倍大蔵丞天真の実弟、安倍加賀守天実は、いざという場合、武田に味方をするという誓紙を送って来ていた。

河窪信実の率いる八百の部隊が安倍峠を越えたのは、信玄が駿河進攻を開始した十二月十二日の朝である。河窪信実はまず物見を出して、金山の防備を探《さぐ》った。金山の防備軍はほとんど居なかった。百人にも足りないほどの足軽がいたが、これはもともと戦うための兵力ではなく、治安維持のためのものであった。鉱山だから気が荒い者が多くて、しょっちゅう喧嘩はあったし、中には、契約条件を無視して、途中で他の鉱山へ逃げてしまう、渡り石工もいた。それらの者を取りしまる兵力が約百人であった。

河窪信実は、峠を下って攻めかかる前に、各侍大将を呼んで
「けっして、相手を傷つけるようなことをしてはならない。安倍金山は、鉱山《やま》もそっくり、武田の勢力となるものだから、そのつもりでかかるように、われわれ八百の兵は安倍金山を攻撃するものではなくして、やがて反攻して来る外敵を防ぐためのものである、そのつもりでいるように」

信実はそのように演説したあとで、兵二百を率いて、彼の陣に加わった諏訪家の家臣、藤森若狭守信雄《のぶたか》を呼んで云った。

「そちは、兵十騎を率いて軍使として安倍金山におもむき、金山奉行の安倍天真殿に会って降伏をすすめて来るように、このまま武田につけば、安倍金山奉行の地位は保証するばかりでなく、所領を安堵し、更に褒賞《ほうしょう》として新しい所領を与える。二刻の猶予を与えて彼等の去就をはっきりさせるのだ」

二刻といえば、四時間である。四時間の間に結末をつけよというのは無理なことかもしれないが、その間に、逃げたいものは逃げられるだけの時間はあった。

藤森若狭守信雄は十騎を率いて峠をおりた。武田の大軍が峠に迫っていることを知った金山は混乱の極にあった。住宅地の騒ぎがもっともひどかった。金山に従事する者のために建てたおよそ千軒の長屋、鉱山に働く男たちを相手に春をひさぐ女たちの家々では気のはやい者が家具を車に積んで持ち出すものがいた。

藤森信雄は、十騎をそこに止めて、板切れを探して、立札を作り、それに

「武田勢は、一般民衆には、絶対に危害を加えないから、安心するように、逃げ出したり、騒いだりしてはならない」

と字を書いて、その立札をあちこちに立てながら進んで行った。河窪信実に、そうしろと命ぜられたのではなく、藤森信雄の判断であった。

金山奉行の館の周囲は百人の足軽が守っていた。藤森信雄以下十騎がやって来て、館の前で馬をおりると、中から武装した武士が、家来を従えて現われた。それが安倍天真であった。

安倍天真と藤森信雄との会見は、館の前の庭で行われた。

藤森若狭守信雄が、信実に命ぜられた口上を述べると、安倍天真はすぐにそれに答えた。

「ごらんのとおり、当金山には何等の備えもござらぬから、奪い取ろうとすれば、いとたやすいことと存ずるのに、わざわざ御丁寧な挨拶をくだされてかたじけない。さっそく、御使者の口上を、主なる者に伝えて、これからどうするかを、決めようと思うので、それまでの間、ごゆるりとお待ち下さるように」

使者の藤森若狭守信雄等は、館の近くの別宅に案内されてそこで酒肴の接待を受けた。

金山奉行の館では、すぐ会議が始まった。

金山を武田勢に渡して山を降りようと云う者と、武田勢に降伏してこのまま山に止まろうと云う者と意見は二つに割れた。

「無防備だといっても、百人の兵力はある。この館にたてこもって、武田勢と戦って死に花を咲かせよう。ここに安倍一族ありということを天下に示すのだ」

と云う者がいた。安倍天真の従弟にあたる安倍正景であった。だが正景の説を支持する者はひとりもいなかった。安倍加賀守天実は

「われわれは代々今川家に仕えて来たが、今川氏真様の当代においては、誰が見ても、今川氏がこのまま永続するとは考えられない状態になった。武田か、北条か、徳川か、このうちの誰かがやがてわれわれの上に立つ人となることは火を見るより明らかである。そうなるならば、今のうちに、その行末を見きわめて道を変えたほうがいいと思う。拙者は武田、北条、徳川三家のうちで、一番頼りになるのは武田と思っていたし、いまこうなった場合は、どっちみち武田に従わざるを得ないような情勢だから、この際、快く、河窪信実殿の言葉に従ったほうがいいと思う」

天実に従おうとする者が多くなって、もはや大勢が決ったかに見えたとき

「拙者は金山奉行の地位を棄てて浪人する。これが、今川家に対して示すことができる、唯一つの誠意である」

安倍天真が云った。それを聞いた安倍正景は憤然として云った。

「この金山は、いわばわれらの城だ。城を棄てて浪人することが武士の誠意なのか、誠意とは、こうするものぞ」

安倍正景は腰の刀を抜き放って、安倍天真の前に置いてある天目《てんもく》を真二つに斬った。

彼はいささか酒に酔っていた。周囲の者が驚いて、正景を抱き止めて、外へ連れ出した。しかし、正景は、どうしても腹の虫がおさまらぬらしく、彼の屋敷に帰ると、家来たちに、別宅にいる武田の使者を斬るから、ついて来い、と云った。家来たちが止めると、それでは、おれ一人が斬りこむと云って聞こうとしない。

家来が急を知らせに館へ走った。それを見て正景はさらにたけり狂った。正景は大刀を抜いて、別宅に斬りこんだ。藤森信雄の家来たちは思わぬ闖入《ちんにゅう》者に驚いていたが、すぐ得物を取って立向った。十対一の争いだから、それは争いにはならなかった。

「防げ、相手を斬るな」

藤森信雄はしきりに叫んでいた。信雄以下十人は、家の外に出て、安倍正景を取り囲んだ。防げといっても、相手が死にもの狂いで掛って来るから、防いでばかりいると、こっちの方が斬られそうになった。藤森信雄の家来の宮坂十兵衛は、正景の大刀を受け損じて、肩のあたりにかすり傷を受けた。十兵衛は血を見てかっとなった。十兵衛は諏訪家第一の使い手だった。彼は吠えるような気合と共に正景めがけ大刀を振りおろした。正景は肩先深く斬り下げられて倒れた。

館から人が走って来たときには、正景はもうこときれていた。

安倍正景の死が、安倍金山のたった一つの抵抗の跡であった。

二刻経《た》たないうちに、金山奉行の安倍天真と、彼と志を同じくするものは、家族ともども、この地を去った。安倍加賀守天実は後に残った主なる者をつれて、藤森信雄の案

内で河窪信実の本陣に伺候して
「安倍金山は今日の日を以て武田家のものと相成りました。ここに金山の図面がございます。御改め下さいますように」

天実は、金山の図面に添えて、金山の主なる資料をそこに並べた。

「安倍天実と、河窪信実の実は同じ字である。ここで会ったのも偶然とは考えられないような思いがする」

河窪信実は安倍天実にやさしい言葉を掛けてやった。

安倍金山の査収は十日間に亙《わた》って行われた。査収というよりも、金山に対する専門家による徹底的な調査であった。

この間、八百の兵たちは、立退いた住宅の跡とか、小屋などに分散して泊った。冬だから野宿はできなかった。横目の数を増して厳重な取締りをしたから、金山に踏み止まった人たちとの間に悶着が起ることはなかった。

兵たちは金山周辺に防塁や柵を作る仕事に当った。信実は、いつかは敵が金山奪回に攻めよせて来るものと見ていた。

金山の調査は、甲州の黒川金山からやって来た鉱山師たちの手で行われた。能役者上りの鉱山師の大蔵《おおくら》宗右衛門と丹波弥十郎、振矩師の百川数右衛門が中心となって、測量が行われた。立合《たてあい》（鉱脈）の有無、鏈《くさり》（鉱石）の良否、煙貫（通気孔）、柄山《がらやま》（廃石場）などがくわしく調査された上で、今度は、吹立法（精錬法）について調べが行われた。

十五日目になって、一応調べは終った。その夜、河窪信実は、大蔵宗右衛門、丹波弥十郎、百川数右衛門の三人を呼んでその結果を聞いた。

「かなり掘ってありますが、まだまだ鏈は相当ございます。石工の人数を現在の倍にして掘ったとして、五年や十年で掘りつくせるという鉱山ではありません」

大蔵宗右衛門が云った。

「金の埋蔵量は大体の目安では三十万両というところでしょうか」

百川数右衛門が云った。

「いままで今川方でやっていた吹立法はすこぶる旧式なものだから、彼等が捨てた鉱滓《かなおり》と柄山の中から少なくとも十万両の金は取れると見て間違いないと存じます」

丹波弥十郎が云った。

河窪信実は、その朗報をまとめて、翌朝、走り馬を立てて、駿府にいる信玄に知らせた。

「やはり安倍金山は豊鉱であったのだな」

信玄の顔いっぱいに喜びが揺れ動いた。駿河侵攻の最大の目的は、安倍金山を掌握することだった。黒川金山の産金量が眼に見えて少なくなった現在、安倍金山を得たということはまことに喜ぶべきことだった。

(戦さは金によってどうにでもなる。金がなければ絶対に戦さには勝てないものだ)

信玄は、甲州碁石金の威力で、いままで有利に戦いを進めて来ていた。その碁石金の元がとぼしくなったときに安倍金山を得たことは駿河を取ったよりもうれしいことだった。信玄は信実に書状を送って、その功を讃《ほ》めると同時に、ただちに、甲州流の吹立法によって採金作業を始めるように命じた。

武田信玄にとって、良いことは、それだけではなかった。安倍金山からの書状が届いた翌日に、信玄の本陣に

「大蔵宗右衛門の次男、大蔵藤十郎（後の大久保長安）でございます」

と名乗って来たものがあった。

「大蔵藤十郎とな……」

信玄はしばらく考えていたが、はたと膝を打った。永禄三年、吹立法研究のため長崎に旅立たせたその藤十郎が帰って来たのだ。

「たしか、あのときそちは十六歳であったな」

すっかり成長した藤十郎の姿を見て信玄は云った。

「あれ以来、九年間いろいろと御面倒をおかけしましたが、どうやら、新しい吹立法の端緒を摑んでまいりました」

藤十郎はてきぱきものを云った。御面倒をかけたというのは、長崎にいる藤十郎のところへ、年に二度か三度、滞在費としての金がとどけられていたことを云ったのだ。

「そうか、それはよかった。その新しい吹立法とはいかなるものか」

するとと藤十郎は、まわりをぐるっと見廻して、お人払いを願いますと云った。

そこには書き役と小姓しかいなかったが、藤十郎はその二人が外に出たところで云った。

「イスパニア人の宣教師より吹立てに水銀《みずがね》を用いる方法を教わりました。従来の方法は、金と鉛をくっつけて置いて、あとで鉛を除いて金を取る方法、即ち灰吹き法（焙焼法）ですが、水銀と金とくっつけて、そこから金だけを取り出す方法（混汞《こんこう》法又はアマルガム法）のほうがより多量に金が取れることが分りました」

「その方法を用いると、いままでの灰吹き法と比較してどのくらい余計に金が取れるかな」

「さよう倍は取れるでしょう」

藤十郎はこともなげに云った。

信玄は黄金で眼がくらんだような気がした。これで金の問題は解決するだろう。金さえあれば、金の使いようで、人の心はどうにでもなる。信玄は上洛の日が急に近づいたような気がした。

信長に憑る

信玄は永禄十二年正月の屠蘇《とそ》の酒を駿府城で家臣等と汲み交わした。木綿の袋の中に山椒《さんしょう》、桔梗《ききょう》、蜜柑の皮、小豆の四種の他に、昆布を入れた。この屠蘇袋は酒の中に一昼夜つけて引上げられた。屠蘇酒の作り方は中国大陸から渡って来たもので、本来は薬として用いられたものである。材料の四種は古来から決められていたのだが、信玄はこれに昆布を入れることを命じたのである。海のある国を取ったという彼の喜びが、屠蘇の中に盛りこまれたのである。

「この屠蘇酒には昆布が入っておるぞ」

信玄は家臣たちに盃を与えるときには、そんなことを繰返していた。

ほんとうは海の見えるところで、新年の祝いをしたいのだが、そうもしておられない戦況だから、やむなく駿府の城内で、身近にいる家臣を集めての新年の祝いであった。

「どうだな、この屠蘇酒の味は」

信玄は山県昌景に問うた。

「けっこうでございます。昆布が入ったせいか、うまみが出たように思います」

「そうだろう。だいたい、屠蘇袋に山の幸だけしか入れなかったのは間違っていたのだ。これからは海の幸も入れることにしよう。屠蘇酒はもともと不老長寿の酒だから、屠蘇袋の中身も吟味すべきだ」

信玄は御機嫌なところを見せたあとで

「そうだ、この屠蘇袋を高遠へ届けてやれ。この袋を酒によく浸してから、蜂の蜜を加えて薄めて信勝に飲ませてやれ」

信玄は、間もなく満二歳の誕生日を迎える孫の信勝の顔を思い浮べていた。

武田信玄の跡を継ぐ者は勝頼、勝頼の跡目は信勝だから、信勝がかわゆいのではなく、肉親感情そのものがかわゆくてかわゆくてたまらなくするのである。本能的なものであった。もし義信が生きていて、そして、もし義信に男の子があったらと、ときどきは考えることがあったが、それはもう悔いてもしようがないことであった。いまは、直系の孫、信勝をひたすらかわゆいと思うことによって武田の将来が明るくなるのである。駿河侵略は成功した。信勝はやがては、駿河を治めることになるだろう。その時代になれば、三河も遠江も、或いは日本全国を治めていることになるかもしれない。

信玄は屠蘇酒に酔ったのではなく、ほんとうにそのようなことを考えていた。

「申し上げます。清水湊（清水市清水）に、伊豆、下田の船が入ってまいりましたので取り押えて調べましたところ、掛川からの帰りに強風に遭い避難して来た者だということでございます。いかがいたしたらよろしいでしょうか」

山県昌景のところに来て、そのように報告した者があった。戦争中だから、正月の祝いの酒宴の最中であっても、つぎつぎと情報は持ちこまれていた。たいていのことは山県昌景が聞いてその場で始末していたが、重要なことになると昌景が信玄の指図を受けた。

「なに伊豆の船だと」

信玄がその話を小耳にはさんで口を出した。

「その者たちの名はなんと申す」

「清水新七郎、板部岡右衛門と申す下田の漁師の元締めをしている男たちでございます」

「連れて来たか」

「はい」

若侍はきびきびした態度で答えると、その者たちを、すぐにでも引張って来たいような顔をした。

「よし、庭の方へ廻して置け」

そして信玄は山県昌景に目で合図すると、酒の席を離れて外へ出て行った。信玄と昌景とが席を立ったのだから、家臣たちが酒を飲んでいるわけにはいかなかった。

「いま来たのはなんという男だ」

「あれは確か小尾《おび》衆の者で、小尾一郎左衛門と申す者です。若いがなかなかの利《き》け者だという噂がありますな」

「利け者かも知れないが、元旦早々、お館様の心を煩《わずら》わすような話を持ちこんで来るのはどうかと思うな」

そんなことを家臣たちは云いながら、ぞろぞろと庭に出て行った。

遠慮せいと信玄が云わぬかぎり、そして山県昌景が随行するかぎりにおいては、重臣たちが信玄の周囲を警固するために、その座にまかり出るのはあたり前のことであった。

相手が相模の船頭の元締めだと聞いて、信玄は急に、その者たちに会いたくなったのだ。庭の牀几《しょうぎ》に腰かけると風を感ずる。酒の入った身体にはその風もこころよかった。

「北条殿の命によって、掛川城へ弾薬を運んだのだな」

信玄はいきなりそう云った。家臣たちはびっくりして眼を見張った。掛川からの帰りに嵐に遭って清水湊へ逃げこんだということしかわかっていないのに、なぜあんなことを云うのだろうと思った。

「はっ、そのとおりでございます」

年上の清水新七郎が正直に答えて頭を下げると、板部岡右衛門もそれに合わせて頭を下げた。なにか、信玄の気合に負かされて、飲みこんでいたものを一度に吐き出してしまったような感じだった。

「弾薬は、うまく届いたかな?」

信玄はいくらか、ものやわらかな声で訊いた。

「それが……」

二人は言葉を濁した。

「だめだったであろう。徳川殿も、それぐらいのことがわからぬ御人ではない。しかも徳川殿は、水軍を持っている。海上は充分警戒していた筈だ」

信玄のことばに二人は顔を見合わせて
「なにもかもお見通しで、恐れ入ります。私たちは御前崎を廻り、菊川の下流に十艘の船をつけて、積んで来た弾薬を陸揚げしたのは先月の二十九日のことでございます。さてこれから弾薬を掛川のお城に運びこもうとしているところを徳川勢に包囲されました」

信玄は、それ見ろというふうな顔で笑ってから
「船には船頭ばかりではなく、北条殿から送られた武士も何人かは乗っていた筈、その者たちはどういたした」

「十艘の船におよそ二十名ほどの武士が乗りこんでいました。すぐ徳川勢に斬りこもうとすると、徳川勢の中から立派な武士が現われて、御苦労でした、ひとまず、本陣までお出でを願いたい。貴殿たちに危害を加えるようなことは毛頭するつもりはないから安心して参られよと云われました」

なるほど、と信玄は頷いて、その先を話すように顎《あご》をしゃくった。

「そのあとのことはわかりませぬ。私たちはその翌日、空船に、徳川殿の御使者五名を

乗せて下田に帰ることになりました」

「そして、その五名の使者を乗せた船はどうなったのだ」

「ひどい嵐で、十艘の船はちりぢりばらばら、どうなったかはっきりしたことはわかりませぬが、おそらく、駿河か伊豆のどこかの港に逃げこんだものと思われます」

ううむ、と信玄は考えこんだ。

（徳川家康という若造はどうも油断がならないと思っていたが、やはりそうだったか。徳川家康が掛川城に攻めかかったのは十二月二十七日である。清水新七郎と板部岡右衛門が掛川についたのは二十九日である。家康は掛川城攻撃を始めて二日後にはもう北条との裏工作を考えていたのだ）

信玄は家臣たちに清水新七郎と板部岡右衛門の二人を、船の修理ができ次第、伊豆の下田へ送り帰してやるように云った。

「余は近いうちに水軍を作るつもりだ。そのときには、そこもとたちを部将として、招くつもりでおる。せっかく身体を大切にするように」

信玄は、二人にそう云い残して席を立った。

北条の動きは活発であった。三島に集結していた一万の軍が薩埵《さった》峠の要害に布陣したのは永禄十二年正月二十六日である。信玄が、駿府で屠蘇を祝ってから一カ月とは経っていなかった。

「北条は本気で向って来るつもりだな」

信玄はひとりごとを云った。北条が本気で向って来るについては、二つの条件が考えられた。上杉輝虎との和睦の可能性と、掛川を攻めている徳川氏が北条氏と結ぶ可能性ができて来たことである。北条の内部にくわしい寺島甫庵《ほあん》を呼んで聞いて見ると
「北条が上杉との和睦の交渉を積極的に進めていることは確かと見るべきです。北条と上杉の和睦が成立すると、たいへんなことになりますから、関東の反北条派の勢力に働きかけて、いまこそ、北条の支配から離脱すべき好機だという機運を醸成させるべきだと思います」

「そのほうの云うとおりだ。では関東の反北条派の城主たちのうち、まず誰から先にその工作を始めたらいいかを考えて置くように」

信玄は寺島甫庵を下らせると、すぐ主だった家来を呼んで、北条に対する武田方の構えを説いた。軍議は短時間に決せられて、軍は動き出した。

山県昌景の軍は駿河に止まった。

信玄は、本陣を久能《くのう》城（清水市久能）に移した。久能城は、城というよりも砦であった。眼下に海を見おろす丘というよりも山に近い要害であった。

武田左馬助信豊の軍は興津の清見寺に置いた。そこは、去年の十二月十二日に武田軍が薩埵峠を越えて駿河に攻めこんだとき、今川氏真の本陣があったところで、ここにも城というほどではないが、砦に近いものが築いてあった。

信豊は、附近の住民を集めて、この砦を拡げて興津城と命名した。信豊の部隊が薩埵峠を見張っているかぎり、北条軍がにわかに峠をおりて来るわけにはいかなかった。

信玄は信豊を信頼していた。信豊の父は、川中島で戦死した弟の信繁であった。幾人かの弟の中で、信繁はもっとも頼りになる弟であった。信玄の命令に忠実に服し、戦いになると、常に危険なところに身を置いて戦った。その信繁の長男、信豊は、父信繁に似て戦さが上手だった。軍の統率力もあった。

七頭の軍勢は庵原《いはら》から清水にかけて布陣された。北条軍が薩埵峠におりて来たら、おし包んで殲滅《せんめつ》する隊形であった。

「これはまずい。あの武田の陣へ斬りこめば、おそらく勝味はないだろう」

北条氏康、氏政親子は、間者の報告にもとづいて書き上げた地図を見て云った。北条軍は武田軍の強さをよく知っていた。うっかりしたことをすれば取りかえしのつかないことになる。薩埵峠に拠《よ》った北条軍は釘づけとなった。

「これでよし……」

信玄は北条の動きがなくなったのを見て取ると、四方八方に人を出して、外交作戦を始めた。

信玄は考えごとを始めると、しばらく人を寄せつけなかった。二刻《ふたとき》（四時間）あまりも考えていることがあった。あれこれと考えるが、考えが纏《まと》まって来ると、信玄はそれを、文字に表わした。

一、雪の国境を越えて越後に入りこむ北条方の使者を取り押えるように、信濃の海津城主と上野の箕輪城主に命令を出すこと

一、将軍義昭に甲越和議の調停を依頼すること

一、織田信長には特に強く働きかけて、甲越和議の成立を依頼すると同時に、徳川と北条との同盟を牽制するように働きかけること

一、常陸の佐竹義重、下野の茂木《もてぎ》治清、宇都宮広綱、房総の里見義弘、梁田政信等を味方に引き入れて、彼等の口を借りて、北条と上杉との同盟を妨害すること

信玄の頭の中にこれらの外交策が浮び上ると、彼は祐筆《ゆうひつ》を三人呼んで、次々と書状を書かせた。諸国御使者衆は、次々と本陣を出て行った。

外交作戦をすすめるには、敵情を知る必要があるので、八方に放してある間者からの報告を聞くのも信玄の大事な仕事であった。

箕輪城主内藤修理は信玄からの書状を受取ってことの重要さを知った。信玄の書状にはいかなることがあっても、北条から上杉への使者を取りおさえて、その書状を奪えと書いてあった。

内藤修理はこの役をやらせるには、上越国境の地勢に詳しい者でなければならないと見て、旧長野家の家臣であって、いまは内藤修理の組下にいる高間雄斎と福田丹後を呼んでこの役を命じた。上州から越後へ出る道はなんといっても、三国峠越えが幹道であ

る。間道は雪が深くて越えることは無理だから警戒するとすれば三国峠であった。高間雄斎は三国峠方面を警戒することにし、福田丹後は、上州から信州へ入り、信越国境を越えようとする使者を上信国境で捕えようとした。

厩橋城《うまやばし》が上杉方の手にあるのだから、三国峠は上杉の勢力下にあった。まずここにもぐりこむことからして考えねばならなかった。高間雄斎は僧に身を替えて家来の星野政之進一人を連れて三国峠に向った。

三国峠の下の猿ヶ京まで来たが雪が降りつづいていて、当分峠を越えることは無理のようであった。二人は旅籠《はたご》に足を止めた。

「もうあと、三日降れば、雪は止みます。雪が止んでも踏み跡ができるまでしばらくの間はたいへんですな」

と旅籠の主人は云った。

雪の中を峠を越えて行こうという者がその旅籠に八人泊っていた。その内、四人が僧であった。高間雄斎と星野政之進の他に、若い僧が二人泊っていた。部屋は違っているから相手の二人の僧と顔を合わせることはないが、三日の間に、便所へ行く途中とか風呂場へ行く途中で顔を合わせることがあった。武士が僧に化けたのではなく、どうやらほんものの僧のようであった。

「女中に銭をつかませて、それとなく探って見ますると、相州なまりのある僧だということでございます」

星野政之進が高間雄斎に報告した。どこの国でも、使者として僧を使うのは、慣例のようになっていた。僧は寺の証明書さえあればどこの国へでも行くことができるからであった。

「あやしいな」

と高間雄斎が云った。この雪の深いのに峠を越そうというのはまことに怪しい僧であった。星野政之進が他の旅籠をそれとなく探った。あやしいのは幾人かいたが、一番あやしいのは、同じ旅籠にいる二人の若い僧であった。

「明日の朝はきっと雪が上ります」

と旅籠の主人が云ったとおりその夜おそくなって星が出た。

「いよいよ明日の朝だな。峠の途中で、待っていて、あの僧の身体を改めて見よう」

と高間雄斎が云った。高間雄斎と星野政之進は、あやしい僧たちの部屋にあかりがついているうちに寝た。

夜が明けた。からりと晴れた日であった。旅籠は出発する客たちのために、早朝から騒がしかった。

高間雄斎と星野政之進は、朝食の膳を置いて去ろうとする女中に、二人の僧のことを聞いた。

「あのお坊様たちなら、夜が明けると同時に出発なさいました」

高間雄斎と星野政之進はまんまと出し抜かれたのであった。高間と星野は、二人の足跡を追ったが、一刻（二時間）もはやく出発した二人に追いつくことはできなかった。

高間雄斎と星野政之進は峠のいただきまで来てあきらめた。これ以上追っても無駄なことだと話し合っているところへ、越後の方から登って来る、三人連れの男がいた。商人のなりをしているが、揃って眼の鋭い男たちで、峠で待っている高間と星野を警戒しているふうが歴然としていた。

「ただの商人ではなさそうだな」

高間雄斎が云った。

「いかにも、眼つきがよくない」

星野政之進が云った。二人は仕込み杖を固く握りしめて待った。

峠に登って来た三人は、ばらばらになって、高間と星野を除《よ》けて通ろうとする気配を示した。

「待たれい」

と高間が編笠をはねのけて云った。すると、その男が背に負っていた荷物が、紐が一度に切れたように雪の中に落ちると同時に、高間の胸に向って光るものが飛んで来た。光るものは次々と飛んで来た。ほとんど同時に星野に向って、別の男から光るものが投げられた。高間はどうにかそれをさけたが、星野はその一つを右足に受けた。星野は仕込杖の鞘《さや》を払った。そのときには二人の男は高間と星野の傍をすり抜けていた。けもののように敏捷な男たちであった。高間は、刀をかまえて第三番目の男に向った。男は雪雪の中に伏せた。雪の中を二、三回ころがったと見ている間に荷物を身体から放して、雪の中からきらり、きらりと三本の手裏剣を高間と星野に投げた。そして、二人がよけている間に駈け抜けようとした。その男の背に、高間の剣が飛んだ。男は雪を赤く染めて倒れた。二人が近づいたときには、男は舌を嚙み切って死んでいた。死んでも口を割らぬという忍者の掟を守ったものと思われた。その男の襟の中に縫いこめられた上杉輝虎から北条氏政あての信書が発見された。それは本文ではなく写しであった。必着を期する書状は写しを取って、幾人かで分けて持って歩く場合があった。

三人の男は上杉に書状を持っていき、その返事を貰って来た北条の使者と見てさしつかえがなかった。

高間雄斎と星野政之進は思わぬ拾い物に驚いた。二人は、箕輪城に帰って、それを内藤修理にさし出した。修理は、走り馬を立てて、それを駿河にいる武田信玄に届けた。

その信書には次のようなことが記してあった。

一、北条氏康の子を上杉輝虎の養子に申し受けたい

一、北条氏が上杉氏から奪い取った領地及び上野《こうずけ》、下野《しもつけ》、武蔵を返還すること

一、氏政と輝虎が軍事行動を起す場合は常に同陣たるべきこと

以上の三項目が受け入れられた場合にかぎって、北条氏と同盟する用意がある。

武田信玄は、この信書を得て非常に喜んだ。北条がこの条件を飲むわけがなかった。北条と上杉との同盟はほど遠いもののように思われた。

戦局は膠着《こうちやく》状態になったが、長期対戦となると補給路の長い武田側が不利であった。薩埵峠を北条に押えられたことは、退路を断たれたのも同然だった。こうなると武田方は別の道を立てて、甲州からの補給を考えねばならなかった。北条側はその補給路破壊作戦に出た。持久戦になると、この補給路破壊作戦の如何によって勝負は決するのであった。信玄は上杉と信濃を争うに当って、まず棒道《ぼうみち》を作った。補給路を設定してから戦さにかかった。しかし、駿河攻略はあまりにも急であった。棒道を作る余裕はなかったのである。

大軍を率いての攻略作戦だから、物資の補給はたいへんなことであった。当時の戦いは、兵糧は原則として自前であったが、これも一人が持てる食糧は限られていた。頭《とう》の小荷駄隊が持って来た兵糧を加えても、せいぜい一カ月そこそこの食糧にしかならなかった。食糧は或る程度現地調達ができても、矢弾《やだま》の補給は小荷駄隊にたよらねばならなかった。

武田の小荷駄隊が各所で北条の乱破に襲われるという被害が出た。小荷駄隊を襲撃するやり方は武田がもっとも得意とするところであった。上杉勢は、このために、非常に多くの損害を蒙っていた。同じことが、今度はわが身にふりかかったのである。

「いかがいたしたものかな」

信玄は真田幸隆を呼んで訊いた。真田幸隆は、敵の後方に潜入して攪乱することにおいては天下一の武略を持っていた。

「こちらも、敵の小荷駄を襲ったら、ひとまずは敵の出方も鈍《にぶ》るでしょうが、結局は、こちらの小荷駄の通路は断たれてしまいましょう。お味方は、深く入りすぎたように思われます」

真田幸隆は彼の思ったとおりを云った。

「どうしたら一番いいと思うかな」

「わが方の小荷駄隊を、全部甲州へ帰してしまったらいかがでしょうか。小荷駄隊がいなければ、敵は小荷駄隊を襲うわけにはいかなくなるでしょう。小細工を弄することのできなくなった敵が薩埵峠からおりて来たら、一挙に息の根を止めてやればいいのです」

なるほどと信玄は合槌を打った。真田幸隆は、父信虎の時代から武田に属している信濃の先方衆《さきかた》であったが、信濃攻略において彼のたてた功績は大きかった。信玄は幸隆を譜代の家臣同様に扱っていた。

「兵糧は現地調達しろと云うのだな」

「はい、箕輪方式がいいのではないかと思います」

幸隆が箕輪方式などという新語を使ったので、信玄は、大きな眼でじろりと幸隆を睨んだ。

「食糧を調達するに当って、いちいち証文を残して置けと云うのだな」

「はい、いずれは駿河はお味方のもの、百姓の心は摑んで置かねばなりませぬ」

幸隆は答えた。

箕輪方式というのは、箕輪城攻撃に当って、附近の豪農に、ちゃんと期限と利子を明記した証文を入れて食糧を借りたことを云っているのである。そして、箕輪城が陥落したときには、その証文と引きかえに、その証文額に相当するだけの納税を免除してやったのである。百姓にとっても、武田方にとっても損得のない方法であった。ただ、この箕輪方式には、大きな思惑があった。武田が必ず勝ってその地の主権者になるという仮定だった。

「よし、幸隆の意見を容れる。そちに、兵糧調達の役をまかせる」

信玄は、その大任を真田幸隆に命じた。あまり結構な役ではなかったが、云い出した以上、幸隆は引き受けざるを得なかった。

武田の小荷駄隊が引き揚げを始めたのは、二月の中旬であった。北条は武田の小荷駄隊引き揚げを、武田勢の本格的撤退と見た。北条氏康、氏政親子は祝盃を上げた。だが、武田の小荷駄隊に引き続いて引き揚げるべき武田の本隊は動く様子はないばかりか、食糧借上げの証文を発行して食糧を集めているという情報が入った。

北条父子は、内心あせっていた。上杉からの三カ条の回答は、顔に唾を吐きかけられたようなものであった。氏康の子を養子という名目の人質に取った上、血と汗で戦い取った関東の領地を返還しろというのだから、てんでお話にならなかった。そのような回答を上杉が寄こした裏には、その関東の反北条勢力の動きがあったものと思われた。やがて春がやって来ても、上杉が信濃に進攻するどころか、逆に関東に兵を進めて来るおそれも充分に考えられるのである。

北条父子は、海路を通じて、徳川家康と接触を重ねていた。北条と徳川が同盟すれば、武田は窮地に追いこまれること間違いなかった。

信玄もまた春が来ることを恐れていた。上杉輝虎という男は権威に弱い男である。北条の誘いかけには、三カ条の返答をつきつけたが、もし将軍家から、北条と和睦しろという使いでも受けたなら、はい承知いたしましたと、そのすすめを受けるかもしれないのである。

京都に放してある間者の情報によると、北条家からの使者が、しきりに信長や、将軍義昭を訪ねているということであった。なんとしても、上杉と北条とが同盟を結ぶことに反対しなければならないと信玄は思った。春とともに、上杉の軍が信濃に入って来たら、夢はすべて消えるのである。

信玄は、ありとあらゆる手を用いて、信長と将軍を動かそうとした。久能山の本陣における信玄の頭の中は、まだ見ぬ京都の、まだ見ぬ御殿にいる将軍義昭や、信長のことばかりであった。

つい最近まで半国の大名でしかなかった信長が、今や天下に号令を下そうとしている。その信長を牽制しようとして起した、駿河攻略が、信長の助けを借りねばならない状態になったことは、残念だった。しかし、そうしなければならないのである。

京都には、京都通で知られている穴山衆の市川十郎右衛門を派遣してあった。信玄は、三日に一度は市川十郎右衛門に書状をやって、窮状を伝えた。徳川家康が北条氏康と組んだことは、同盟を裏切ったものであり、このように領土的野心を明らさまに出している徳川家康の存在は危険であるということを信長に知らせるように云ってやった。

信玄の必死の工作は功を奏した。将軍義昭の内書と、信長の親書は、使僧の智光院頼慶の手によって春日山に届けられた。

だが、そのころ、北条と徳川の接近はもはや同盟寸前のところに行っていた。

四月になると戦況はまた変った。掛川城をかこんでいた徳川勢が、掛川城はそのままにして、駿河へ向かって軍を動かし始めたのであった。これは明らかに、北条と徳川との盟約が成立したことを示す具体的表現であった。

信玄は撤退を決意した。

撤退に先立って信玄は穴山信君が守備している江尻城（清水）を強化した。弾薬、食糧を充分運びこんで、死守を命じた。

「この城こそ駿河に打ちこんだ楔《くさび》だ。ふたつきたったら必ず駿河に戻って来る。つらいだろうが、それまでこの城を守ってくれ」

信玄は信君の手を取って去った。

永禄十二年四月二十四日、信玄は兵をまとめて、興津川に沿って、河内路《かわうち》をさかのぼり徳間峠を越えて甲州領に入った。敵前撤退であったが、北条は、わずかに、その後尾を衝いて若干の首級を挙げ得たに過ぎなかった。駿府を守っていた山県昌景の軍隊も信玄陣撤退と同時に行動を起して安倍川に沿って北上し、安倍峠を越えて甲州に引き揚げた。

信玄が駿河を引き揚げると家康は駿府を占領して、ここで氏政と会って、今川領分割の相談がなされた。

今川氏真は駿府城に帰還するという名目で掛川城を開城させられ、駿府城を修復するまでという約束で伊豆戸倉（静岡県駿東郡清水町下徳倉）に移動させられた。戸倉は三島の南にある淋しい村であった。

今川氏真夫妻の居館の下を狩野川《かのがわ》が流れていた。今川氏は完全に亡び、今川氏の領地は、徳川と北条によって分割された。

信玄が、市川十郎右衛門に、信長との再交渉を講ずるように依頼した書状をここにかかげる。

そろそろ京都へ到着するころだと思うので再度飛脚をやることにした。

一、信・越の国境の雪もようやく消えて、馬が通れるようになった。こうなると上杉輝虎が、信州に出兵することは間違いないと思われる。信玄が駿河に出兵したのはよんどころない理由があってのことであり、とうとう薩埵峠による北条氏と興亡を

かけて争うようなことになってしまった。至急に、甲・越の融和の御とりなしをしていただくように信長殿に催促するように

一、徳川家康は、今川没落と同時に遠州をことごとく自領にしたのだから文句はない筈なのに、北条との同盟をしようとしているのは、まことに不審な態度だと思う。この点よくよく信長殿に申し上げるように

一、信玄は、天下に憑《たよ》る者は信長殿ひとりになってしまった。信長殿に甲・越和平の仲介をことわられたならば、信玄は滅亡しなければならない。このへんをよく申し上げるように

三月廿三日　　　　　　　　　　　　　　信　玄

市川十郎右衛門殿

この文章を読むと、信玄は泣きごとを云っているようである。泣きごとを云うほど追い込まれた状態ではなかったが、信玄はこの文章に見られるように、時と場合によっては、このような文章を書いて送って、相手の心を動かそうとしたのである。心理的効果を狙った外交作戦の一裏面であった。

泥鰌髭

伊豆戸倉の今川氏真の居館は狩野川《かのがわ》のほとりの高台にあった。冬は北西風の強いところであったが、春から夏にかけてはまことに住みよいところであった。この館は、もともとこの地方の豪族が住んでいたものであるから、一応は館としての構えも備えもできていた。周囲には狩野川から引き入れた水で堀を巡らし、いざというときには、橋を落して防戦できるようになっていた。

駿府城の修復が成るまでのしばらくの間、御不自由ではございましょうが、我慢のほど、お願い奉りますと、家臣たちに云われて、この地に来た今川氏真は、その日から不自由ずくめの生活をおしつけられた。彼は、必要以上に多数の人を側近に侍《はべ》らせて置かないと承知できない男だった。その家来が、戸倉に来てから、僅か百人になった。その多くが、館の守備のための武士であって、彼の周囲に扈従《こじゅう》する家来は、僅かに三、四人であった。北の方の阿弥《あや》の身辺についても同じことが云えた。奥の部屋に仕える者は、女中頭のかつの他に二名しかなかった。こんなところに居るくらいなら、掛川城に居た方が、ずっとましだった。徳川の大軍に包囲されながらも、掛川城はびくともしなかった。城外でこぜりあいがあると、たいていは今川方の勝利だと報告された。その報告を聞くのも楽しかったし、楼に登って、掛川城を取り巻く大軍を見おろしたときの身が引きしまるような恐怖感も、この淋しい生活に比較すると生甲斐があった。今川氏真は、なにもすることがなかったから、物を考える時間が多くなった。

国境を破って、駿河に攻めこんで来た怒濤のような武田勢に、多くの家臣が離反し、駿河は混乱の坩堝《るつぼ》と化し、正室の阿弥を見てやる間も無いほどのあわただしさで掛川城に逃げた、あのときのあさましい自分の姿を思い出すと、息がつまりそうだった。

「すべては武田信玄が悪いのだ。同盟条約を破って攻めこんで来た武田信玄こそ極悪人なのだ」

彼は武田信玄を憎むことによってのみ、僅かに生きる力を得ているかのようであった。駿府城の修復ができるまでしばらく伊豆に留《とど》まれというのは、徳川家康と、北条氏康とが考え出した詭計《きけい》だとはまだ気がついていなかったのである。掛川城を徳川家康に渡した瞬間に、今川家は亡びたことを彼はまだ知ってはいなかったのである。彼は、北条氏康のところにしきりに使者をやって、駿府城の修復を急がせた。しかし、そのころ、徳川家康と北条氏康との間には、今川家の領地のうち、遠江は徳川、駿河は北条という密約ができていた。今川氏真は二度と再び、駿府城へ帰ることはできなくなっていたのであった。氏真が凡庸《ぼんよう》だったということもあったが、氏真を守り立てるべき今川家の家臣団がしっかりしていなかったことが、今川家の崩壊を速めたのである。

氏真が伊豆に移されたときには、家臣団もまた、それぞれ、身の落ち着き先を考えていた。

大井川以西の遠江一円の諸豪は、徳川家康に傾きつつあった。今川氏の臣であった、久野氏と小笠原氏は、城主としての地位をそのまま認められて徳川家康の支配下になった。領地も安堵され、一族一門は、以前と変らぬ知行を得た。今川が徳川に変っただけのことであった。その他の中小の諸豪のほとんどは、徳川家康の部将の組下に編入されることによって、知行地は安堵された。徳川家康は、遠江をほとんど無血占領した。しかし駿河を取った北条氏康、氏政父子は、そう簡単に駿河を手中に収めるわけにはいかなかった。駿府城を撤退するにあたって、武田信玄は、諸豪に布令を出した。

（一度は駿府城から撤退はするが、必ず駿府に戻って来る。その間に北条になびく者があれば、厳重に処罰する）

駿河の諸豪は、武田信玄の実力をおそれていた。駿河の有力な諸将は既に武田信玄に従っていた。信玄が引き揚げたあとの駿河の国内は騒然としていた。

永禄十二年の五月になって間もなく、北条氏康の使者の中井将監《しょうげん》が戸倉を訪れて氏康の言葉を今川氏真に伝えた。

「このたびのことについて、いろいろと世間では取り沙汰をいたしておりまするゆえに、なにかにつけてお心掛け下さいますようにとのことでござります」

中井将監は廻りくどい、いましめの言葉を氏真に云って、さてと改まった。

「このごろ、今川家がとみに衰えを見せました重大な原因の一つは、お世継《よつぎ》の得られないことでございます。これはなんといっても、今川家に仕える者に取って将来が思いやられることでもありますので、この際、お世継をお決めになったら如何かと存じます」

「余に養子を取れと云うのか」

「さようでございます」

将監は氏真の表情をじっと窺っていた。氏真には正室の外に側室が何人かいたが、どの女も氏真の子を孕《はら》むことはできなかった。当然氏真は養子のことを考えねばならなかった。

「余の養子になる者といえば、よほどの者であろうな」

「氏政様の御子国王様《くにおう》（後の氏直）にございます」

「なに国王だと、国王ならばおことわりする、国王には武田の血が入っている」

氏真は、子供がいやいやをするように、首を左右に振った。国王の母時姫は武田信玄の娘であった。天文二十三年善得寺の会盟によって、今川、北条、武田の三家の和が成ったその年の十二月、氏政に嫁して行った。永禄五年に国王を生んで、その後間もなく時姫は二十七歳の若さで病没した。血統の上から国王は信玄の孫であるから、信玄を極度に嫌う氏真が国王を養子にするのが厭《いや》だと云うのは無理からぬことであった。

「それは困りました」

将監が云った。

「なぜ困るのだ、養子の候補はいくらでもあろう。わざわざ信玄の孫など、余の養子にしないでもよいであろう」

氏真は青い顔をして云った。

「いかにも、国王様は、武田信玄の孫ではございますが、同時に氏政様の御長男であり氏康様の嫡孫でもございます。国王様が嫌《きら》いだということは同時に氏康様の孫は嫌いだといったのと同じ結果になります。それでもよろしいでしょうか。私が使者として、ここに参るとき、氏康様は国王を今川の後継ぎにするから、そのように氏真様に伝えよと申されました。国王様が養子として適当か否かを聞いてまいれとは云われませんでした。氏真様、御時世をお考えになって、もう一度、しかとお返事を承りたく存じます」

中井将監の云い方にはかなりおしつけがましいところがあった。駿府城にいたときならば、当然、氏真の口から無礼者めという一言が飛び出すところだったが、今は、大声をあげたところで、おっ取り刀で、氏真を守護しようという武士はいなかった。館の警備兵さえも、北条の手の者だった。せめて、掛川に居たとき、このことを云って来たら、ぴしゃりと断わってやったのにと思ったが、今となってはいたし方のないことだった。

「どうしても、国王を余の養子にしろと云うのか」

「そう決ったのでございます」

氏真の唇のあたりが神経質に震えた。氏真はぷいと立ち上って庭に出ると、侍臣の大村三郎左衛門と大村四郎左衛門の兄弟に鞠《まり》を持って来るように云った。

大村兄弟は氏真に仕えるかたわら、蹴鞠《しゅうきく》の相手を勤めていた。駿府城の庭には、蹴鞠のための鞠壺《きくつぼ》（蹴鞠場）が設けてあった。七間半四方の蹴鞠場の、東北隅に桜、東南に柳、西南に楓《かえで》、西北に松が植えてあった。氏真は天気のいい日は、必ず数人の家来とこの庭で蹴鞠を楽しんだ。蹴鞠だけが彼の人生のような熱の入れ方だった。鹿の革で作った鞠《まり》を京都から購入するばかりではなく、城下の職人に命じて試作させた。蹴鞠の師範には京都の飛鳥井《あすかい》家と難波家から交互に人を招いた。

氏真は伊豆の戸倉に来ると、まず最初に庭内に鞠壺を作るように家来に云った。庭の模様が変えられて、そこに鞠壺が設けられたが、蹴鞠に参加する家来は、大村兄弟の他にはいなかった。三人で蹴鞠ができないことはなかったが、それは法にかなったやり方ではなかった。氏真が庭に出て鞠を空中高く蹴上げると、落ちて来た鞠を三郎左衛門の革沓《かわぐつ》が受け止めて、鞠は再び空に上り、四郎左衛門が、それを受け止め、氏真に送球した。

氏真が蹴鞠を始めると別人のような顔になった。暗愚だと噂されるようなところは氏真のどこにも見られなかった。運動神経を張りつめて、どんなむずかしい鞠でも、氏真は必ず受け止めた。地上に落すことはなかった。眼が若者のように輝き、掛け声にも張りがあった。

烏帽子《えぼし》、狩衣《かりぎぬ》、指貫《さしぬき》を穿《は》いて鞠を追う三人の姿を、中井将監は、時代に逆《さか》らうばか者たちがという眼で眺めていたが、すぐ中井将監は、氏真の眼が尋常でないのに気がついて息を飲んだ。氏真が鞠を追う眼は、武人が敵の剣を見詰める眼といささかも違っていなかった。無心の中に鋭い気魄がこめられていた。時によると、それがたちまち殺気に変換されそうにも見えた。

（これが氏真であろうか）

中井将監は、なにか大きな間違いをしていたように感じた。氏真の評価は凡庸、暗愚ということになっていた。凡庸、暗愚な者があれほどの芸が出来るであろうか。あまりにも、蹴鞠に熱を入れたがために、凡庸、暗愚にされてしまったのではなかろうか。

氏真の眼は、決して凡庸の眼ではなかった。剣を教えこめば一流の剣士となり、書を読ませれば一流の学者となる眼であった。凡庸どころか、あるいは父の今川義元より勝《すぐ》れた人間になったかもしれない。その彼に暗愚という名を張りつけたのは誰であろうか。暗愚だと云われるようにしむけたのは誰であろうか。中井将監は心にうすら寒いものを感じた。氏真が幼少のころから、蹴鞠に興味を持っているのを見て、彼に蹴鞠をすすめ、蹴鞠だけが彼の人生であるかのごとくにしむけたのは今川家の家臣たちだった。領主を暗愚にして置いた方が、都合がよかったからである。勝手なことができるからだった。そして、氏真を飾りものにしてしまった家臣団の中には分裂が起り、陰険な派閥抗争、内紛が続き、主なる家臣がそれぞれ、徳川、武田、北条と他国の大名に結びつくことによって、自分の欲望を遂げようとしたのである。その結果、今川家は亡びた。

「どうだ将監、蹴鞠をやらないか、教えてやろう。古代から伝えられたこの遊びは、あらゆる遊びの中で、もっとも楽しいものだ。青空に吸いこまれていく鞠を見ていると、世の中の雑事はすべて忘れる。生きている喜びを心から味わうことのできるのはこの一瞬だ」

中井将監は、氏真の言葉を、大地にひざまずいて聞いていた。その言葉の中に、氏真の胸中を察したようだった。

「帰って氏康殿と氏政殿に余の言葉を伝えてくれ。余は国王を養子にすることを、心ならずも承知したとな。おそらく、これが余が口にすることができる最後のわがままであろうが、そのとおり伝えてくれ」

中井将監は小田原城に帰ると、見て来たとおりのことを氏康に伝えた。話が蹴鞠に及んだとき氏康が云った。

「氏真は気の毒な男だ。しかし、彼がほんとうに気の毒かどうかは、彼の一生を見てからでないと軽々しく口にすることはできない。彼はこの乱世の中で終りをまっとうし得るただ一人の人となるかも知れない」

北条氏康もまた将来を見る目があったのであろう。今川氏真は、駿河を武田が再び制圧するようになると、小田原へ逃げて、北条氏にかくまわれたが、北条氏と武田氏が仲直りをすると、北条に頼ることができなくなって、徳川家康をたよって、浜松に逃げた。その後、近江国（滋賀県）野洲《やす》郡で、五百石の食い扶持を与えられたが、ここにも安住することはできなかった。彼は西国の大名を頼って、流浪の旅に出た。大村三郎左衛門と大村四郎左衛門兄弟の他に蹴鞠の鞠が氏真と辛苦を共にした。氏真は、諸国の大名の前で蹴鞠の技を見せた。名門、今川家の成れの果てを見てやれという、あさましい心の持主ばかりではなく、晩年になると、神技に入った氏真の蹴鞠の技を見るために、わざわざ彼を招いた者もいた。

豊臣秀吉が、氏真の蹴鞠を見て、その才能を惜しみ、しばらく留まるように云ったが、それを断わって旅に出たという話がある。晩年の氏真は長い苦労の末に身についた、なにかしらの人生観を持っていたようである。それは、他人は当てにはならないものという悟りだったのかもしれない。

大村三郎左衛門と大村四郎左衛門があい次いで死んでからの氏真は、全くの孤独になった。もう蹴鞠をやる相手もないし、それをやって見せるほどの体力もなくなっていた。彼は京都に出て僧になり僧誾《そうぎん》と称した。

彼は慶長十九年（一六一四）十二月二十八日、江戸において他界した。七十七歳であった。

終りをまっとうしたという点では北条氏康の予言は当っていたようである。

永禄十二年五月の末、戸倉の館を身なりのいやしからぬ婦人が訪れた。

「阿弥御寮人様に、いつぞや掛川までお供をいたしましたあかねが参ったと申上げて下さいませ」

あかねは門番に云った。若い女が一人でやって来たので、門を守る兵たちが次々と現われて、あかねの顔を覗いた。顔を布で包んでいたから、容貌をはっきりと確かめられなかったが、眼鼻だちの整った女であることには間違いなかった。泥鰌髭《どじょうひげ》があかねの顔を、しつっこく覗きこんで、ついには被りものを取ろうとまでした。あかねは泥鰌髭を睨《にら》みつけた。

「いずれから参られたのじゃ」

泥鰌髭があかねに訊いた。

「あっちから」

あかねはうしろを指して云った。

泥鰌髭は、それに対して怒ったふうを装って

「ふざけるな、さようなことを申す間は門を通さぬぞ」

と、云いながら、すばやく手を廻してあかねの胸のあたりに触れようとした。あかねは、さっと二歩退いて云った。

「あとで、おとがめを承知で、そのようなことをするのでしたら、それでもよろしゅうございます。私は、ただ主人のお使いに来た者ですから、これこれ、しかじか、門を守る泥鰌髭が、通しませんでしたと、帰って主人にお答えすれば、それですむことでございます」

あかねは微笑を浮べながら云った。

泥鰌髭は、そのあかねの微笑を薄気味悪く思ったらしく、あかねを門外に待たせて置いて、あかねの来訪を、奥に伝えた。

「おお、あかね殿が参られたか、早速此処へ。無礼がないようにお通し申すのですぞ」

阿弥は、そう云うと、駿府から掛川までずっと一緒だった女中頭のかつを迎えに出した。ほんとうにあの時のあかねかどうかをたしかめるためであった。

かつを見ると、あかねの方からほほえみかけて
「お久しゅうございます。おかわりもなく、お喜び申し上げます」

と云った。挨拶を先にされてしまったかつは、いささか狼狽《ろうばい》気味に、あの節はいろいろとご厄介になりましたが、と云いかけて、すぐ、傍で聴き耳を立てている泥鰌髭にとがめるような眼を投げた。

「かつ様、この泥鰌髭殿は、さきほどから、私にたいへんたいへん親切なお言葉をかけて下さっておりますので、貴女様からもひとこと、お礼を申し上げて下さいませんか」

かつは、その皮肉がすぐ分ったから
「それはそれは、泥鰌髭殿、そこもとのことは、あかね様よりよくよくとお聞きいたし、阿弥御寮人様から小田原へ書状で申し伝えることにいたしましょう」

と云うと、泥鰌髭は持っていた槍を放り出して、二人の女の前に手を突いて謝った。

「役目柄、言葉の行き違いゆえ、平にご容赦《ようしゃ》のほどお願いいたします」

かつとあかねはその泥鰌髭を横目で見ながら、門を通り抜けた。

「おお、あかね殿」

阿弥はあかねの顔を見ると、涙を浮べた。駿府から掛川までの、あの恐ろしい一日のことが、ついきのうのことのように思い出されて来たのであった。もし、あかねと、あかねの従者があのとき現われなかったら生きていたかどうかわからなかった。たとえ生きていたとしても、そのままの身体ではおられなかった筈である。あの夜、女を目当てに来襲した賊に拉致《らち》されて行った腰元の悲鳴がまだ耳の底に残っていた。掛川城についてから、救いの手を延ばしたが、女たちの行方は分らなかった。おそらく、彼女等は賊共のなぐさみ者にされたあと、どこか遠くに売り飛ばされたものと思われた。

「あかね殿のお働きに対してひとことお礼をと思う間も無く消えてしまわれたので、どうされたのかと心配していました」

掛川城から迎えがやって来て、もう安心だという段になって、あかねは阿弥に化粧をすすめた。その箱と、鏡の裏に、武田菱があったことを思い出しながら、阿弥は、もしかすると、あかねは武田の者ではないかと、あのときふと頭をかすめた疑問をあらためて思い出しながら、あかねが、なんの用で来たのかを聞いた。

「お人払いを」

あかねは阿弥に云った。お人払いといっても、阿弥の身の廻りには、女中頭のかつの他に、二人の女中がいるだけであった。阿弥はかつだけをそこにとどめて、他の者は別室に下らせた。

「御寮人様は、私をどのような者だとお思いになりますか」

まず、あかねは阿弥の心を訊いた。

「女の身で武芸を身につけておられるところを見ても、なみたいていな女だとは思っていませんでした。そして、お化粧箱に武田菱があるのを見たときは、或いは、武田方の忍者の一人かとも思いましたが、なぜ武田の女忍者が、私を助けたのかと考えると、分らなくなってしまいました。このことを父の氏康に話したら、父は、それこそ武田信玄の策じゃと申されました」

「策じゃと？」

あかねはそう訊きかえすと、ひかえ目な声をあげて笑った。

「さすがは氏康殿のお眼の高いのには感じ入りました。私は躑躅《つつじ》が崎のお館様の愛惜《あいじやく》を賜《たまわ》る身でございます。いささか武芸の心得もありますが、その武芸を策に使うために、御寮人様をお助けいたしたのではございません。私はお館様から、あなたを命がけで守護するように申しつけられたので、そのとおりのことをしたまででございます。策もなにもございません。そして、今日、此処に参ったのもまた、お館様のお云いつけでございます」

あかねは身分をはっきりと云った。信玄の側室であるというところを、愛惜《あいじやく》を賜る身と間接に云ったが、阿弥にもかつにもそれで充分通じた。

「武田殿がこの私になにをまた」

阿弥は、あかねの身分がはっきりしたので、あかねに対する疑いを解いたが、すぐまた別な疑心が浮んだ。

「近々この地は戦乱の場と化します。武田の軍はひとたび侵入して参りますと、風のような勢いでこの館を取り囲むでしょう。戦乱ともなれば、この前のように、味方が敵に変って、襲って来ることもありますし、敵の中にも、血に狂って、気が変になる者も出て来るでしょう。戸倉に居るのは危険でございます故、できるだけ早く、小田原に移られるように、おすすめせよというお館様の言葉を伝えるために参りました」

あかねは一句一句に力を入れて云った。

「また戦乱？　いつです、それは」

「六月に入ったらすぐでございます。武田は大軍を率いて駿河と伊豆に侵入いたします」

「まさか……」

阿弥は云った。いくら武田信玄に親切心があったとしても、そのような軍の機密を、平気で洩《も》らす筈がないと思った。今度こそ、なにかの策かもしれないと思った。

「お疑いになりますか。お疑いなさるのが当り前でしょう。でもこれは真実です。そして、もしお信じにならないならば、もはやあなた様のお命をお守りすることはできません」

あかねは口をつぐんだ。阿弥もまた口をつぐんでいた。ありがとうございます、よく知らせて下さったと礼を云うべきかどうか分らなかった。前は好意であったが、今度は策かもしれない、そうでないと誰が保証できようか。

「ひとことだけ、お尋ねいたします。武田殿には、なぜそれほど、この阿弥の身を心にかけて下さるのですか」

「そのことについて、躑躅が崎のお館様はこう申しておられました。阿弥様は、氏政殿に嫁《とつ》がれた時姫様と同じように、天文二十三年に善得寺の会盟の約定《やくじょう》に従って、今川氏真様のところに嫁がれた身でございます。時姫様は既に他界されておりますが、もし時姫様が生きておれば、阿弥様の身を一番案じるのは時姫様に違いないというのでございます」

「それだけですか」

「つけ加えさせていただくならば、氏真様も、その家臣達もいざというときには当てにはならぬ人たちだと申されておりました」

それはそのとおりであった。阿弥と氏真との間には、去年の十二月のあの日以来、夫婦の関係が断絶していた。同じ屋根の下に住んでいるというだけだった。阿弥にしてみれば、あのとき自分を棄てて逃げた氏真を許せなかったし、氏真にしてみると、彼の弁解をいっさい聞こうとしない阿弥のかたくなな心を憎んでいた。二人の間には子供がなかった。もともと政略結婚だから、破綻《はたん》は意外に早く生じた。阿弥は父の氏康に会ったとき、彼女の不幸を泣きながら訴えた。

（よしよし泣くな、もう少しの間の辛抱だ）

氏康は、そう云って阿弥をなぐさめた。氏康にも、阿弥と氏真の将来がどうなるかは分っていたのである。

「あかね殿、六月に武田の軍勢がこの地へ攻めこむということが予《あらかじ》め分っておれば、こちらはこちらでその備えを致しましょう。そういう軍の秘密を軽々しく口に出してよいものでしょうか」

「軽々しく口にしてはおりません。一応、お人払いを願った上で、あなた様へ申し上げ、更にはそれが小田原へ聞えるようにとのお館様のお心でございます」

あかねはそれだけ云うと、阿弥に丁寧な挨拶をして立上った。女中頭のかつが門まで送った。来るときいた泥鰌髭の姿が見えなかった。門を守る兵たちの中に、なにか異様な空気がみなぎっていた。

あかねは戸倉館《やかた》の門を出たとき既に、途中で襲われることを知っていた。

泥鰌髭は女の前に手をついて謝ったのを他の朋輩《ほうばい》たちに笑われた。今川氏真は、もはや捕われ者と同じようなもの、阿弥御寮人が北条氏康の娘だからといっても、氏真の正室であることには間違いがない。とにかく氏真の監視を厳重にする要があるのだから、百人もの兵が、この館を固めているのである。女であろうが、男であろうが、門番として職務訊問《じんもん》をするのは当然なことだ。多少言葉が荒々しくなるのも、門番という役目柄、やむを得ないことだ。それなのに、相手の女が小田原へ通報するとひとこと云っただけで、手をついて謝るなどとは、腑抜《ふぬ》けた奴だ、意気地のない男だと、口々に泥鰌髭を責め立てた。大勢に口を揃えて云われると泥鰌髭は身の置きどころがなくなった。

「ようし、それなら、おれはあの女の帰りを待ち受けて、あの生意気な口をきいた口に、どうぞごかんべんをと云わせてやる。云わせるだけではない、この泥鰌髭が甘いか辛いかあの女の身に味わせてやるぞ」

泥鰌髭は女好きな二人の男を誘って館を出て行った。館から出た一本道が松林の中を一直線に延びていた。泥鰌髭はその道の中ほどに待っていた。

「さきほど、拙者は、お前様に頭を下げたから、こんどは、お前様に頭を下げて貰おう。なに頭を下げて、眼をつぶって黙っておれば、おれたち三人が、かわり合って、お前様を極楽へ案内してさし上げる」

泥鰌髭は舌なめずりしながら、あかねに近よると、あかねの手を取ろうとした。しかし、泥鰌髭の延びた手は、延びたままでだらりと垂れ、うしろ向きに倒れた。あかねの早業であった。うしろにいた二人が、刀を抜いて斬り掛って来たが、一人は軽くかわされて急所を突かれて倒れ、最後の一人は、あかねに体をかわされたはずみに松の木の根につまずいて倒れた。あかねは、その男が抛《ほう》り出した太刀を拾い上げると、起き上ろうとした男の頭にみね打ちを喰わせた。三人は、そこに這いつくばった。

三人の帰りが遅いので、館の警護の者が松林に来て見ると三人は一人ずつ真裸にされて木に縛られていた。泥鰌髭の片側だけがそり落してあった。

泥鰌髭と彼と共に裸にされた二人の男は、その夜のうちに館から行方をくらました。阿弥から、あかねの来訪と泥鰌髭の一件にいたるまでのことを書いた書状が小田原の氏康のところへ送られた。

「信玄め、事前通告とは小賢《こざか》しいことを」

氏康は、そう怒っては見たものの、さて、あかねの戸倉訪問を事前通告と見るべきか計略と見るべきかで迷った。氏政はそれこそ、信玄得意の一種の陽動作戦であって、伊豆の方へ、関心を向けて置いて、全然別なところ、たとえば上州口あたりから関東に攻めこむだろうと云った。

北条の間者は八方に飛んで、武田の動向を調べた。特に信濃武士の動きを見守った。六月になれば、上州から関東へ攻めこむという情報が、つぎつぎと小田原にもたらされた。駿河へ進出する動きはないようであった。

六月九日、北条氏康、氏政父子は、小田原城に上杉輝虎の使者を迎えて、誓紙を交わした。氏政の弟、三郎氏秀が上杉輝虎の養子として越後へ赴くという条件で、軍事同盟が結ばれたのである。

誓紙が交わされたその夜、甲信各地に兵の動きがあるという間者の報告が小田原城に届いた。甲州の兵は続々と古府中に集められ、信濃の兵は、軽井沢へと動く気配がはっきりして来ると、北条氏康は黙ってはおられなかった。武田が動く模様があるから、武田の背後を、上杉軍が衝くようにという要請書が、上杉輝虎に送られたが、それと同時に上杉輝虎のところには、京都の将軍義昭からも書状が届けられた。武田信玄と和睦《わぼく》せよという再度の催促状であった。

上杉輝虎は、未だ北条父子を完全には信用していなかった。誓紙を交わした翌日に出兵せよという要請もまた気に入らなかった。越軍は動かなかった。北条父子はあわてた。武田の大軍が関東に襲《お》しよせたら大変だと思った。北条父子は、上州方面への防備を厳重にした。

武田の軍勢が反転して、御坂峠を越えた、という報が小田原城へ入ったのは六月十四日であった。どれだけの兵力かはっきりつかめなかった。主力部隊を指揮しているのが誰かまだ分らなかった。氏康はどっちへ兵力を集中しようかと迷っているうちに、武田の軍勢は、駿河に侵入し、古沢新城（駿東郡）を包囲し、別働隊は、伊豆に向って進んだ。突進という言葉がそのまま当てはまるような勢いであった。上州へ向うと見せかけていた信濃の兵も、続々と南下して駿河へ進攻した。

あかねが通告したとおり、六月十六日に侵入した武田勢先遣隊は六月十八日には三島の城に迫っていた。

北条氏康は、今川氏真と阿弥を小田原へ迎えるための一隊を派遣した。その一隊の後尾に鉄砲の弾丸が飛んで来るほど、武田の進撃ぶりは速《すみや》かであった。

山宮大夫罷り越し候

永禄十二年六月駿河に再侵入した武田勢は、兵を二手に分けて、古沢新城と三島の城を攻めた。そして武田信玄自らは三千の軍を率いて富士郡田子浦川鳴島（現富士市）に陣取り庵原《いはら》郡方面の敵の動きを監視していた。この作戦は、駿東郡攻略作戦を目的とするもので、この作戦を成功させるためには、最近北条が兵を送りこんで強化した、蒲原《かんばら》（庵原郡）、大宮（富士宮市）、神田屋布《かんだやしき》（富士宮市）、円能《えんのう》（富士川町）、善徳寺（吉原市）、高国寺（駿東郡原町）、長久保（駿東郡長泉町）、韮山《にらやま》、鷹の巣《たかす》（箱根町）、新条（足柄上郡山北町）、深沢（御殿場市）等の諸城を落すのがまず常識と考えられたが、信玄はそれらの城砦《じょうさい》には眼もくれず、古沢新城と三島城を攻撃したのである。

この年は例年になく暑かった。連日のように雷雨があったので、この年の収穫は大いに期待されていた。

武田勢が四月の末になってにわかに引き揚げたことについて戦略上の不利を立て直すためだとか、徳川勢と北条勢の挟み撃ちに合って、どうにもならなくなったのだなどと、いろいろと解釈する者があったが、真相は、田植え時期になったから、兵たちを家に帰したのである。旧暦の四月の末だから今で云えば五月の末か六月の初めである。甲斐の兵も信濃の兵も田植えのために帰郷して田植えを無事すませたところで再び出動命令がかかったのである。農民が兵の主力だったころのことだから止むを得ないことだった。兵農分離するところまでには至っていなかった。

武田勢が四月の末に引き揚げた理由の一つが田植えであることは北条勢もよく知っていたが、まさか、田植えをすませるとすぐ攻めて来るとは考えてもいないことだった。北条勢は狼狽した。

古沢新城は、北条左衛門大夫氏繁が守っていた。部将の松田憲政は北条にあっては、戦略家として知られていた。

北条氏繁は急使を北条氏康に送って云った。

「これは、信玄のなにかの計りごと故、うかうかとその手に乗ってはなりませぬ。古沢新城は少くとも、三月《みつき》は持ちこたえます故、その間に局面の打開を計られるようお願い申上げます」

北条氏繁は、今度の武田勢の侵入を計りごとあってのことと解したようであった。

古沢新城はそう大きな城ではなかったが、城のかためが厳重で武田勢は攻撃の手がかりが摑めなかった。なによりも城兵が城門をおし開いて打って出るということをしなかった。長期籠城《ろうじよう》のかまえは歴然としていた。鉄砲もかなり用意されていて、射程距離に入ると狙撃《そげき》された。

鉄砲で充分に武装されていたのは、古沢新城ばかりでなく、大宮城と神田屋布《かんだやしき》城も鉄砲で武装されていた。

古沢新城と大宮の城はなかなか落ちないと見た信玄は、そこには、城兵を監視する兵だけを置いて、他の兵を三島へ向けた。三千に近い軍隊が三島を攻め、二千の兵が箱根へ攻め登って行った。箱根を越せば小田原である。北条氏政の弟の助五郎氏規《うじのり》が兵を繰り出して、武田勢を防いだ。

「武田勢は本気で箱根峠を越えるつもりでしょうか」

氏政が父氏康に聞いた。

「おそらく越えては来ないだろう。これは武田が得意とする陽動作戦に違いない。もし本気で小田原を攻めようとするならば、そっちからは来ないだろう」

氏康は云った。小田原城を攻めるならば大軍を擁して関東から攻めこんで来るのが当り前であった。

「しかし父上、武田勢は、今度の駿河侵入にかなりの人数を動員しています」

氏政は、間者の報告によって作り上げた武田勢の動きを絵図に示して云った。

「総勢で一万を越えてはいないだろう。武田は川中島で二万を動員できたが、その後信濃の経営が完全になり、西上野《こうずけ》を取り、更に、駿河の一部兵力が信玄になびいたから、動員し得る総勢は二万三千ないし、二万五千と見ればよいだろう。一万が駿河に侵入して来たとしても、あとの一万五千は待機の姿勢にある。油断はできない」

氏康と氏政は武田信玄の作戦の本意が分るまでは、うっかり兵を動かすまいとした。その消極的作戦が、前線における北条の各部隊を苦しめる結果になった。

北条氏規は三島からの救援の要請があまりにも急であったから間道伝いに兵五百を応援に送ったところが、この部隊が武田勢に包囲されて、殲滅的な打撃を受けた。逃げる北条の兵を追って武田勢は、鷹の巣城下にまで迫った。

氏規は、小田原に援軍を乞うた。

「なに鷹の巣城が囲まれた」

氏康はその報告を聞いて驚いた。そこまで武田勢が入りこんで来るとは思ってもいなかった。

「こうなったら、主力を駿河へ向けて、武田勢を追い落すよりいたし方はないだろう」

氏康は、一万の大軍を駿河へ向けることにした。氏康自らは五千を率いて、箱根の鷹の巣城へ向った。

峠へかかったころから雨になった。尋常一様の雨ではなく、朝から降り出した雨は、夜になっても止まず、降り続いた。道は川となり、川は河となり、河は海となった。集中豪雨であった。雨は翌朝止んだ。

氏康は物見を出して、鷹の巣を取り囲んでいる武田勢の動静を探ると、武田勢は、雨が上ると同時に、山を下ってしまったということであった。

間者は次々と武田勢の動きを知らせて来た。どうやら、武田勢はいっせいに引き揚げにかかったらしいということであった。

　夕刻になって重要な報告が入った。

「田子浦村、川嶋島の武田の本陣は、昨夜の豪雨でおし流されました。近くを流れている川が氾濫《はんらん》したのです。武田勢の多くは溺《おぼ》れ死に、旗差物は土砂に埋もれ、信玄殿の行方すらわからないとのことです」

　物見はそのように報告した。北条の家臣たちは声をあげて喜んだが、氏康は、その物見を幕内に呼んで、事情を詳しく聞いた。

「お前の眼で、その様子をしかと見たのか」

　氏康が怒ったように云うので物見の男は、小さくなって答えた。

「たしかにこの眼で、旗が砂に埋もれているのを見ましたし、人が死んでいるのも見ました。盾《たて》が流れて行くのも見ました」

「その死んだ者は、たしかに武田の者か。武田のなにがしというほどの者ならばなにか証拠になるものでも身につけていたであろう。なぜそれを取って来なかったか」

　物見の者はそれには答えられずに頭を下げた。

「武田殿が行方知れずになったとは誰が申していた」

「百姓どもでございます」

「ばかめ、それは流言だ。武田方が故意に流したものかもしれぬわい」

　氏康は旗本の吉田助左衛門に気の利いた者数名をつけて川嶋島へやった。

洪水は夜半過ぎに起きて、三つの部落をおし流した。しかし、川鳴島にあった武田信玄の本陣は、洪水がその地を襲う前に鐘を鳴らしながら引き揚げたことを確かめた。土砂に埋まって死んでいる者の中には、武田の兵らしい者は一人もいなかった。自分の家を捨てるに忍びず家に残っていて溺死した農民が多かった。

旗差物や、盾が、土砂に埋まっていることは事実だったが、夜中の豪雨の中の緊急引き揚げだから、そのようなこともあったと考えられる程度の数であった。

いっさいを調査した吉田助左衛門は、氏康のところに帰って報告した。

「それにしても、よく無事に逃げられたものだと、附近の百姓が申しておりました」

吉田助左衛門は結論をつけ加えた。

その夜の出水は偶然なものではなかった。どしゃ降りの雨が十数時間続いたあとに起ったものだった。この出水を予知して、本陣を事前に安全地帯に移した功労者は工事奉行鎌田知定の配下の友野又右衛門であった。

鎌田知定は、武田信虎の勘気《かんき》を受けて、諸国を放浪し、後、武田信玄によって召しかかえられ、工事奉行を務めた鎌田十郎左衛門の子で、父十郎左衛門の跡を継いで工事奉行になった人である。身分は武士であったが、武士の仕事とはおよそ違った、土木工事が主な仕事だった。鎌田十郎左衛門が長崎から伴って来た洋式測量術を得意とする友野又右衛門は、そのまま鎌田知定に引きつがれ、彼の片腕として働いていた。

友野又右衛門は釜無川の信玄堤の図面を引いた人であった。山の地形や河川の様子を見れば、この河はどのくらい雨が降れば、どのくらいの水量《みずかさ》になるかよく知っていた。

友野又右衛門は、その日の異常豪雨から、間もなく、大規模な出水が起ることを察知した。もともと川鳴島は川に挟まれた中洲状のところであって、ひとたび川が氾濫すれば、この地は危険になることは明らかであった。この附近は、富士川と並行して、いくつかの河川が田子浦湾に流れこんでいた。その川のほとんどの源は富士山から発していた。富士山から土砂を流し出して、それが堆積してできた平地であるから水害を受けやすい地形でもあった。

ひどい雨だから、武田勢は、附近の民家に移っていた。雨の中に立っている見張りの兵の槍を伝わって雨が流れ落ちていた。

友野又右衛門は、じっと雨の音を聞いていた。ときどき蓑《みの》を着て川の水量を見に行っていた。

友野又右衛門が泊っている民家には、逃げずに残っている老爺《ろうや》がいた。

「この辺は十年に一度は大きな出水があるだろう」

友野は老爺に訊いた。

「十年に一度どころか、五年に一度はございます。その度に田畑は流されます。二十年か三十年に一度は家が流されるほどの洪水が起ります」

老爺はそう答えて、眼をしばたたいた。

「そんな洪水が起るなら、なぜ、川の堤防を高くしないのだ」

「やりました。何回もやりましたが、その都度《つど》水に流されました」

「しかし五年に一度は水をかぶるようなところに何故住んでいるのだ。他へ引っ越せばいいではないか」

　すると、老爺はうらめしそうな眼を友野に向けて云った。

「どこへ行ったらいいのでございます。どこへ行っても、人が住めるところには、きっと人が住んでおります。私たちには、ここより他に住むところはないのでございます」

　友野は返す言葉がなかった。彼は話題を変えた。

「しかし、この雨はひどいな。川の水量もどんどん増えている。このままだと洪水になるな」

「さようでございます。この調子で降り続いたら、二刻《ふたとき》（四時間）ほど経《た》てば洪水になるでしょうな。困ったことでございます」

　老爺は雨の中に出て行った。友野又右衛門は工事奉行の鎌田知定のところへ行って、洪水の危険を告げた。鎌田知定は友野又右衛門を伴って、信玄のところに急いだ。

「夜中、緊急な用事がございます故、お館様にお眼にかかりたい」

　鎌田知定が云った。

「お館様はいまおやすみ中だから、明日の朝まで待てないか」

　お側衆《そばしゅう》が云った。

「洪水のおそれがございます。一刻の猶予もできません」

お側衆は、その鎌田知定の顔つきを見て、緊急事態を察したようだった。お側衆は家の中へ駈けこんだ。民家を仮の宿にしたのだから、外の物音は、なにごとも信玄の耳に入った。信玄は既に起き上っていた。お側衆が鎌田知定の来たことと、洪水の虞《おそ》れがあることをひとこと云うと、信玄は自ら出て来て
「洪水が起るとすれば、何時ごろか」

と鎌田知定に訊いた。

「このまま雨が降りつづくと、あと二刻経てば洪水は起るということでございます。くわしくは、友野又右衛門がお答え申上げます」

鎌田知定は、友野又右衛門を振り向いて云った。両側からさし出す松明《たいまつ》の光の中で、友野又右衛門は
「洪水が起るのは一刻先になるか二刻先になるかわかりませぬ。今すぐ起ることも考えられます」

と答えた。

信玄は、むかで衆を集めて命令を発した。

「即刻この地を撤退して、山手に移動し、明け方を待って大宮城へ向う。各隊は、土地に明るい者を案内に立てて、鐘を打《う》ち鳴らしながら、ここを去るように」

川鳴島の民家に分宿して、雨を避けていた各隊は、すぐ陣地の撤退にかかった。

「物にこだわるな。小荷駄隊は、各自が行動にさしつかえない程度の物だけ持って他の

部隊と行動を共にするように」

　信玄は緊急避難の命令を次々と出した。松明の火も、豪雨のために消されるような暗夜を、土地の者を案内に立てて、武田勢は続々と移動を開始した。豪雨の中に鳴り響く鐘の音が悲愴《ひそう》感を通り越して、葬送の音のように聞えた。

　既に、あちこちの小川が氾濫していた。橋が流されそうになっているところもあった。そういうところをあっちに逃げ、こっちによけながら、部隊は次第次第に山手へ向って移動して行った。

　夜が白々と明けかかったころ、武田勢は小高い丘の上にたどりついた。

　信玄はその丘の上で兵をまとめた。兵馬とも損害はなかった。雨は小止みになっていた。信玄は、案内人に褒美の金を与えて帰した。

　川鳴島一帯が洪水におし流されたという報告が入ったのは、その直後であった。

「工事奉行を連れて来てよかったのう」

　信玄は山県三郎兵衛につぶやいた。信玄は戦地によく工事奉行を連れて行った。戦さをするためではなく、その土地を検分させるためであった。信玄の頭の中には、戦いのすぐ後に来る、治安と経営があった。新しく手に入れた土地に新しい政治をするためには、工事奉行の知恵を借りねばならなかった。ただ戦いに勝って、領土を拡張するだけでは、ほんとうに占領したことにはならないと考えていた。

　二十年という長い時間を掛けて信濃を制圧したが、いまやその信濃は、完全に信玄のものになっていた。それは戦いの後の政治に信濃の民衆が満足しているからであった。

丘の上に陣取った信玄のところからは、むかで衆が八方に飛んだ。

「全軍を大宮に集結して大宮城を攻撃する」

という命令であった。

川鳴島にあった本陣が洪水で撤退したとき、信玄は、今度の駿河進攻は、この辺できりをつけようと考えたのである。日が高く昇ったころ、信玄の本陣は北に向って動き出した。甲州へ引き揚げの途中、大宮城を完全に手中に収めようと考えていたのである。

武田勢が続々と大宮に集中しているにもかかわらず、富士兵部少輔《ひょうぶのしょう》信忠の居城大宮城は平然としていた。武田勢が攻めて来たとき、いちはやく神田屋布城の兵を大宮城に引き揚げさせて防備を固めたのも効果的であった。

大宮城は、浅間《せんげん》神社の社殿に向って右側（東側）の小高い丘の上（現在の城山）にあった。城の周囲には堀を巡らし、富士山から流れて来る豊富な水を堀にたたえていた。

大宮司富士氏は代々神職であり、平安朝時代から、朝廷より賜った、駿河から遠江にかけての三万石におよぶ社領を管理していたが、戦国時代に入って、その社領の多くが、地方の土豪によってかすめ取られるに及んで、終《つい》に武装せざるを得なくなったのである。

富士兵部少輔信忠は神官というよりも、むしろ武人であり、その三人の子の信通、信重、信定もまた神官よりも武将的な性格の持主だった。

富士信忠と武田勢との対決は二度目であった。つい半年ほど前にこの地で激しい戦いがなされた。このとき、大宮城に向ったのは、穴山信君と葛山《かつらやま》元氏の二隊であった。もと今川家の重臣であった葛山元氏と富士兵部少輔とは顔見知りであったから、葛山元氏は何回か使者を富士信忠に送って降伏を勧誘したが富士信忠はこれに応じなかった。穴山信君は初めから力攻めを主張した。

「なんのこれしきの城、一気におしつぶせ」

と兵を向けたが、城はなかなか落ちなかったばかりか、城内から撃って来る鉄砲のために味方に多くの損害を出した。

「これは手ごわいぞ」

と城を囲みにかかると、夜になって、その囲みのどこかが乱破に襲われた。富士信忠はその軍の半数を城に置き、半数を外に置いてあった。外の敵は追えば背後の山の中へ逃げこんだ。富士山中腹まで続く大森林だから、ひとたびその山の中へ逃げこめばどうしようもなかった。その兵が夜になると出て来ては、駿河と甲斐との主要道路を通る小荷駄隊を襲ったり、城を囲んでいる穴山、葛山の両軍を襲った。

武田信玄は穴山と葛山が大宮城に手を焼いているのを見て駿河へ引き揚げさせた。

「しかし、今度は前のようにはゆかないぞ」

富士兵部少輔信忠は部下たちに云った。武田信玄自らが大軍を率いてやって来たのだから、どうにもならないと思った。今川は亡び、北条からの援軍が望めないとすると、降伏するか討死するかどちらかであった。浅間神社の社領を安堵するばかりでなく、旧領も復活してやるから味方につけという信玄の直筆の書状が届いたが信忠は屈しなかった。

　信玄ならずとも、こんなことなら誰にでも云えることだった。要は、信玄の本心だった。富士一族が降伏したところで、主なる者を切腹させて、傍系に跡を継がせて、信玄の傀儡《かいらい》的存在にするというのは信玄の得意の手であった。

「余は諏訪神社のような最期を遂げたくはないのだ」

　富士信忠は三人の子供に何度かそれを云った。諏訪家の直系諏訪頼重は、諏訪神社を安泰に置くという条件で武田に降伏し、そして古府中につれて行かれて切腹を強要された。諏訪神社の大祝《はふり》にするとだまされて諏訪頼重に弓を引いた高遠頼継もまた城を取られ、結局は殺された。だまして降伏させて、後で殺すという武田信玄の手段が分っているだけに容易に降伏はできなかった。

　降伏して、あとで、殺されるくらいなら、思う存分戦って死んだほうがましだと富士信忠は思っていたし、家来たちもそう思っていた。

　武田勢は大宮城を完全に囲んだ。弾丸除けの竹束や盾（厚い板の上に鉄板を打ちつけたもの）を並べ、土俵を積み上げて、じりじりと前進し、堀を埋め、城の石垣を抜いて、攻略にかかれば防禦の術《すべ》はなかった。

「しかし、こんな小さな城を、武田勢は、なぜあれほどの大軍で攻めるのであろうか」

　富士信忠は、城の櫓《やぐら》から武田の大軍を見おろして云った。大宮城が、甲州と駿河を結ぶ要路の途中にあるからであろうか。

　武田信玄は大宮城を囲んだまま攻撃命令を下さなかった。夜になると現われる乱破だけを警戒して、兵たちに休養を取らせていた。

　目付や横目付が、軍紀の取締りに当った。

「火気に注意せよ」

　という布令が頻繁に流された。

　浅間神社は駿河一の宮であり、信者は全国にいた。参拝の人が後を絶たないから、市内は活気に満ちていた。夏になると、富士山に登山する者が全国からやって来ていた。大宮では、一年で一番いそがしい時が始まろうとしていた。

　武田信玄は攻撃命令をなかなか下さなかった。なにか腹中に策があるようであった。敵の乱破の指導者とおぼしき者を捕えたという報告があった。信玄はその者を庭に引き出して訊問した。

「浅間神社の宮侍《みやざむらい》楠田小藤太」

　と答えただけで、なにごとも云わなかった。死を覚悟している顔だった。信玄は楠田小藤太を仮牢に入れるように命じたあとで、側近の者を呼んで、策を与えた。

　信玄のお側衆で口達者で有名な、真田昌幸《まさゆき》が牢番に化けて、楠田小藤太に云った。

「お前は、どうせ明日の朝は殺される。お祭りの前には、不浄な者はすべて始末してしまえというお館様の御意向だ」

小藤太は眼をかっと見開いて訊《き》いた。

「なにお祭りだと」

「そうだ。戦勝祈願をなさるのだ。富士信忠が神職を棄て、武将となったから、止むを得ず、下浅間宮（駿東郡須走）、吉田の浅間宮（南都留郡吉田）、一宮浅間神社（八代郡一宮）などの神主を呼んでお祭りをなさるのだ。すでに神主たちは大宮に着いている」

どうだ、酒を飲まないかと、真田昌幸は、茶碗酒を一杯、縛られたままの小藤太の口に入れてやり、自らも飲んだ。飲むと、昌幸の弁はよくすべった。しゃべりつかれて、昌幸はそこに眠りこけた。

楠田小藤太は、まず縄を解いた。身体が自由になると、牢を抜け出すことは、そうむずかしいことではなかった。しかし、小藤太は、大宮城を囲んでいる武田の兵に見つかって、追われた。

楠田小藤太は傷だらけになって、大宮城にたどりついた。

「どうしても、お伝えしなければならないことがありましたので、命がけで囲みを破って参りました」

楠田小藤太が云った。富士信忠はことの重大さを知って、重臣をそこに集めた。

「信玄は、兵を出して浅間神社を取り囲み、用の無い者が立入ることを警戒しています。特に、火には厳重に注意しているようでございます。これは、浅間神社が兵火に会うのを防ぐための警戒であると称しています」

楠田小藤太の「称しています」という言葉が気になったから富士信忠がその点を訊くと

「武田の兵はそのうちきっと富士信忠の手の者が、神社へ放火しに来るに違いないと云っております。それだけではなく、こんなことも云っております。富士信忠はもともと神官であった筈だが、神社を棄てて城にこもった以上もはや神に仕える者ではない。神官としての良心がないから、神社を焼くなどということは平気でするに違いない。神社を焼いておいて武田の軍勢が、浅間神社に火をつけたと触れ廻ることだってあり得ることだと申しております」

富士信忠は顔色を変えた。

「ひどいことを、そんなことを申しておるのか」

「それだけではありません。きのうまでに、下浅間宮、富士浅間大菩薩《せんげんだいぼさつ》宮、それから一宮浅間神社の神官たちが、大宮に集って、祭儀の用意をしております」

「祭儀の用意とはなにか」

「浅間神社本宮の祭儀の用意でございます。武田信玄が、大々的に戦勝祈願を致すについての準備でございます」

「ばかな、ここに大宮司がいるのにどうしてそのようなことができるのか」

富士信忠は真青になって云った。

「ところが、武田の者は兵卒にいたるまで、富士信忠は、神を棄てて、剣を取ったのだからもはや大宮司ではないと云っております。本宮の大宮司を誰にするかは、下浅間宮と富士浅間大菩薩宮と、一宮浅間神社の三社の宮司が協議して決めることになったそうでございます」

「武田信玄め。そのようないやがらせをすれば、この富士信忠が黙っておらず城を出て戦うか、或いは降伏を申しこむか、いずれかを選ぶに違いないと考えているのであろう、おろかなことだ。浅間神社の御神体は、既にこの城の中にお移し申してある。御神体の無い本宮には神は不在、そこでいかなる祭儀が行われようと、それは祭儀とは云えないであろう」

富士信忠は、敵の策謀にはかかるものかと心に云い聞かせたけれど、不安は隠せなかった。

「それで、その祭儀の際の神官長《かんおさ》は誰が務めるのだ」

「それが富士浅間大菩薩宮の宮司小佐野信房でござります」

「なに小佐野だと」

富士信忠は立ち上った。

「吉田の富士浅間社は、浅間神社の支社ではない。一宮浅間神社の宮司が神官長を務めるならまだ許せようが、この浅間神社とはなんのゆかりもない、吉田の富士浅間社の小佐野信房が神官長を務めるなどとはもっての他だ」

もともと、大宮の浅間神社本宮と、吉田の浅間神社は不仲であった。歴史的に本宮と支宮の関係がはっきりしていないこともあるが、それはかりではなかった。富士山頂の神領を巡って古来争いが絶えなかった。富士信仰が盛んになって、登山者が多くなるにつれて、大宮と吉田との感情問題は、いよいよその溝を深くしたかの感があった。

「よし、武田信玄が、飽くまでも、小佐野に神官長をやらせるというならば、その当日、祭儀場に鉄砲をぶちこむぞ」

まさかそんなことができるものではなかったが、富士信忠は、そのようなかたちで家来たちに彼の怒りをぶちまけたのであった。

山宮大夫《さんぐうたいふ》職宮崎久左衛門が富士信忠の前に手を仕えて云った。

「私を使者にして下さいませ。この祭儀についてはすべてが納得行くように必ず話をつけて参ります」

「なにか腹案があるのか」

「この命を投げ出せば、なんとかなります。信玄殿は、それほどものの分らない人ではないと思います」

宮崎久左衛門は翌朝、神官の装束《しょうぞく》で城を出た。同じような装束で彼に従う、決死の神官が五名いた。

武田勢は、宮崎久左衛門の一行には、矢も鉄砲も射かけなかった。宮崎久左衛門等は捕えられて、信玄の陣所につれて行かれた。

なんの用で山を降りたのかと信玄が訊くと

「武田殿には、本宮に於て戦勝祈願を行うと聞きましたので、富士信忠大宮司の名代として山宮大夫、宮崎久左衛門罷《まか》り越しましてございます」

と答えた。いささかも卑下したところがなかった。

「富士信忠は、現在大宮城にこもって、この武田に弓を引いているではないか、その富士信忠が、名代を派遣するとはなにごとか」

その信玄の問いに対して、宮崎久左衛門は祭儀とはいかなるものか、大宮の浅間神社がいかに由緒《ゆいしょ》があるものか、神官と武士との差は如何なるところにあるかを説いて、最後に結論を云った。

「いかに戦いの最中であろうと、神官が神に仕えることを忘れるわけには参りませぬ。私の命は既に神に捧げたものですから祭儀が終ったら、どのように御処置下さってもかまいませぬが、神代から伝わった神事のしきたりだけは破りたくないと存じます。噂のように、吉田の浅間神社の小佐野信房が神官長を務めるようなことがあれば、神は怒り、そのわざわいは武田殿だけではなく、日本全国に及ぶかもしれません。神の心は、あの富士山の中にあります。ひとたび富士が怒れば、日本の半分は灰の中に埋めることもできます。武士に作法があるように、神事にも作法がございます」

宮崎久左衛門の弁論は武田信玄を動かしたようだった。信玄は、三日後に、宮崎久左衛門を神官長として戦勝祈願を行った。その日のうちに、宮崎久左衛門は、大宮城に帰った。

「祭儀は順調に行われました。神官長は富士兵部少輔信忠の代理山宮大夫宮崎久左衛門が相務めました」

と富士信忠に報告した。

「武田殿はなにか云われなかったか」

富士信忠はめずらしく武田殿と殿をつけた。

「富士信忠は立派な神官であり武士である。祭儀に対して、山宮大夫を派遣してよこしたのはあっぱれであったと申しておられました。富士信忠が神官であったことが分った以上攻める必要はない、明日兵を引くと申しておられました」

「兵を引くのか？」

富士信忠はまだ信玄の本意を疑っていた。

「和議を計るのは今かと存じます。今を措《お》いてはないと存じます。戦って負けてからだと、交渉のしようがありませんが、今ならば互角にものを云うことができます」

宮崎久左衛門は力をこめて云った。

軍議が開かれた。大方は、和議に傾いていた。富士信忠の次男の信重だけが和議に反対した。

永禄十二年七月三日、和議は成立した。富士信忠は武田信玄に降伏した。領土は安堵された。その日のうちに、富士信忠の次男信重は大宮から脱出して、徳川家康をたよって行った。そして彼は生涯、この地には帰らなかった。

甲斐から駿河に出る道は、御坂道《みさかみち》、右左口路《うばぐちみち》、河内路、若彦路、睦合路の五道がある。このうち右左口路は駿河に出る最短距離の道であり、この道の要衝大宮を守る富士一族が武田になびいたことは、甲斐と駿河を直結したことになった。

小田原の土

「府中（駿河府中）より、小田原の方がいくらか涼しいかしら」

阿弥《あや》御寮人は、女中頭のかつに云った。

「さようでございます。確かに御当地の方が暮しやすうございます」

かつは、涼しいとは答えずに、暮しやすいと答えたのである。昨年の暮、武田信玄が駿河に馬を入れて以来の変転はあまりにも急であった。今川氏真は名実ともに駿河、遠江の二国を失い、いまは、正室阿弥御寮人の岳父、北条氏康にかくまわれる運命になっていた。だが、阿弥にとっては、夫の氏真が領主としての地位に居ても居なくともどうでもよかった。彼女は、大勢の腰元たちにかしずかれて、ちやほやされているよりも、その日その日を静かに暮すことができればそれでよかった。武田信玄の侵略のとき、はだしで城を逃げ出したときのことを思うと、どこでもいいから平和なその日が送れるところに居たかった。小田原城は彼女の生れたところであった。なにもかも懐かしいものばかりであり、ここに居たらもう安心だという気持が、阿弥に、その夏を涼しく感じさせたのである。

明け放された彼女の部屋からは、小田原の街並をへだてて海が見えた。涼しい風は海から吹いて来た。

「申し上げます」

海から吹いて来る風に乗って来たように、そっと近づいて来て、廊下の端に手をつかえた女があった。女中頭のかつが用件を聞いた。

「ただいま御門を通じて、御方様《おんかたさま》に書面が届けられました」

女は漆塗《うるし》りの文筥《ふばこ》をかつに渡して去った。

「おやこれは武田菱の文筥、もしやまた……」

かつは眉をひそめた。武田は嫌いだった。武田信玄の駿河侵入以来、武田を連想するものを見ただけで、胸くそが悪くなる。

もしやまた、とかつがその文筥から想像したのは、あかねのことであった。武田信玄の影のように現われるあかねが、またなにかを知らせに来たのではないだろうか。あかねが出現したあとには必ず血生ぐさい風が吹く。かつは、つい先だって、三島から山を越えて、この小田原まで逃げて来たときのことを思い出した。武田勢が撃ちかけて来る弾丸が頭上を飛び越えていく、あの無気味な音は、忘れようと思っても忘れることはできなかった。かつはその文筥の紐を解いて阿弥御寮人の前に置くと、心もち膝を進めて、阿弥の手元を見つめた。阿弥はかつの眼と文筥とを見較べながら、筥の蓋《ふた》を開けた。香《こう》でもたきこんであるのか、いい匂いがただよい出た。手紙は、彼女たちが想像していたとおり、あかねからのものであった。

（至急お知らせしたいことがございますので、当地まで参上いたしました。御寮人様の御生命にもかかわることゆえ、ぜひともお会いした上、そのことをお話し申し上げたいと存じます。私は、小田原城下の旅籠《はたご》伊勢屋半左衛門宅に鶴首《かくしゅ》しております）

「また来たわね」

と阿弥は云った。有難いような有難くないようなお客様であったが、会わねばならない客であった。

「お館様に相談なさったら如何でしょうか」

かつは常識的なことを云った。かつに云われなくとも、城外から人を城内に入れるには、父氏康か兄氏政の許可を得なければ出来ないことであった。しかも相手のあかねは、武田信玄の側室である。

阿弥はかつを通じて、氏康にすぐにも会いたい旨を通じた。

氏康はそのころなんとなく健康が勝れなかった。氏政に家督を譲って、楽隠居の身でいたいと思っていたのに、武田信玄の駿河侵略という新しい事態が発生して、無理矢理に動乱の場に立たされることになった。

「阿弥が会いたいというのか、そうか、そうか、直ぐ行くと申し伝えて置け」

そのとき氏康は、氏政ほか数人の家臣を交えて、駿河方面の防衛策を論じていた。大宮城を手に入れて、攻撃路をかためた信玄は近いうち必ず駿河に進攻するだろう。それをどうして防ぐかという作戦会議なのだが、相変らずの、その場限りの防衛策が出るだけで、思わず膝を叩いて、それだっ、それにしようというような名案を出す部将はいなかった。氏康はいらいらしていた。

(どれもこれも俗物ばかりだ。これでは北条の将来が思いやられるわい)

氏康はこのごろ、しきりにそれを思っていた。跡継ぎの氏政は、戦争の方はまあまあだが、調略の方はさっぱり駄目だ。先が読めないのである。ものごとを単純に考えすぎる。そこに起ったことだけに腹を立て、喜び、そして、すぐ馬に乗りたがる。

「父上、軍議中でございます。阿弥のことなど、あとになされたらいかがでしょうか」

「いや、軍議はお前たちだけで続ければよい。どうせ、これ以上のうまい案は浮ばぬだろう。石頭《いしあたま》には、石頭の案しか出ない、せいぜい出たところで、石地蔵の頭の苔《こけ》ぐらいのものだ」

氏康は、そう云って席を立ち、阿弥の待っている別室へ行った。

氏康の顔にはそばかすが多かった。年を取ると、そのそばかすを中心として顔のしみが多くなった。氏康の子供たちには、誰にもそばかすはなかったが、どうしたわけか阿弥だけには、父の氏康のそばかすが、そっくりそのまま遺伝したようにできていて、大きなそばかすのひとつひとつ拾い上げると、その場所まで似ていた。

「この子は、よう、おれに似ている」

氏康は、阿弥を子供のころから特に可愛がっていた。その阿弥を、今川氏真に嫁にや

るときも
「あんな男に阿弥をやれるか」

と反対したものである。そのころ既に氏真が、平均点以下の人間だということがわかっていたのである。しかし、大勢は、阿弥を氏真にやらざるを得なくなり、あんな男にと氏康が云ったとおり、氏真は駿河から追い出される運命になった。氏康は、阿弥が可哀そうでならなかった。氏真などに嫁にやらねば、余計な苦労もしないですむし、きっといまごろは、阿弥によく似て、やはりそばかすの多い孫を幾人か生んでいただろうにと思った。

「阿弥、いそぎの用というのはなにかな」

氏康のさきほどまでのきびしい顔がなくなり、にこにこしながら云った。お前の云うことなら、なんでも聞いてやろうぞというふうな、娘に甘い老人の顔になっていた。

「お父上、またあかね様が参ったのでございます。どうしたらいいのか御相談に参りました」

阿弥はそう云って、かつに持たせて来た文筥をそのまま氏康の前に置いた。氏康の眼が光った。阿弥がなにか甘えに来たのだろうと思っていたのがそうではなくて、どうやら背後に、含みがありそうな話だから、氏康は坐り直して、文筥の中の手紙を取った。身体をゆすぶったとき、氏康の鬢《びん》の白いほつれ髪が、阿弥の眼に止った。なにか父が急に年を取ったような気がした。この父とも、そう長く一緒に暮すことはできないのではないかと思った。阿弥は、ふと、もの悲しくなり顔を伏せた。

氏康はその阿弥を横眼で見ていた。小田原城に来ても尚、戦さのことを心配しなければならない阿弥が、気の毒でならなかった。

「会いたいというのだから、会ったらいいだろう。しかし、相手は忍びの術を心得ている女ゆえ油断はならない。お前を伊勢屋半左衛門宅にやるわけにはいかないし、あかね殿をこの城内へ入れるのもどうだろうかな」

氏康があかねに殿をつけたのは、あかねが信玄の側室の一人であったからである。

氏康は、しばらく考えてから
「やはり、正式に迎えをやって、あかね殿を城内へ呼び入れて、お前と会わせてやろう。警戒は充分にするから心配はいらぬ」

「お父上、あかね殿は私の命の恩人です。私の命を守ることを考えこそすれ、私に危害を加えることはございませぬ。必要以上の警戒などすれば、かえって北条家が笑われます。私がお父上に相談に参ったのは、会ったほうがいいかどうかということ、それだけでございます」

阿弥ははっきりと云った。

「会ったほうがいい。あかね殿が、お前に会いたいということは、信玄殿が、あかね殿の口を通してこの氏康になにごとかを云いたいのであろう。いわば、あかね殿は、武田方の非公式の使者と見るべきであろう。しかし、あかね殿はたいした度胸だな。どうしてこの小田原に潜入して来たのだろう」

　戦さが始まってから、人の出入りに厳重な眼が光るようになった。女一人で、どうして関所を越えて来たのだろうか。氏康は一度、あかねに会って見たいのだが、ここのところは飽くまでも阿弥を通したほうがいいと思って止めた。

　その翌日、あかねのところには、阿弥の女中頭かつが迎えの使者としておもむいた。朱塗りの女用の駕籠《かご》が用意されていた。警護の武士三十人あまりが、駕籠を取囲んで、小田原城に入った。

「御寮人様しばらくでございました。あれ以来なにごともなく、おすこやかな御顔を拝し、うれしゅう存じます」

　とあかねは挨拶した。あれ以来なにごともなく、という短い言葉の中には、伊豆戸倉の居館から脱出のときの狼狽ぶりを、ちょっぴり皮肉っているようでもあった。

「あかね殿、あの節はいろいろと御忠告いただいたのに」

　阿弥は言葉につまったが、あかねはすぐ阿弥の言葉を引き取って
「御寮人様の思うようにならぬ時世だからいたし方のないことでございます。今日私が参って、これから申し上げることも、またまた、御寮人様の意に副《そ》わない結果になるかもしれませんが、一応は申し入れおきまする」

　あかねは、阿弥の顔を直視して云った。

「なんのお話でしょうか。この城を出て、どこぞへ逃げよというお話でしたら、私はも

う落ちて行くべきところはございません」

阿弥はあかねの視線を受止めて云った。

「さすが北条氏康様の御息女、お推察のいいのには感じ入りました。実は秋の取り入れが終るころ、武田の大軍がこの小田原城を囲《かこ》みます。そして、この城は必ず落ちます。口先だけではなく、その準備はちゃんとできています。落城のとき、女はどうなるか、御寮人様は充分、御心得があると存じます」

あかねはすらすらと云った。

「この小田原城が落城するのですか。長尾景虎殿さえ、どうすることもできなかったこの城が、いくら武田の軍が強いといってもそう簡単に落ちるでしょうか」

阿弥は冷笑を浮べて云った。

「では、武田の軍勢が、どうやって、この城を落すか、その証拠をお見せいたしましょうか」

あかねは、たもとの中から、三つの紙包みを出して、阿弥の前に拡げた。中には、それぞれ、砂まじりの土が入っていた。

あかねは、更にたもとから小さく畳んであった絵図を出した。小田原城及びその近傍の絵図面だった。

「御寮人様、ごらん遊ばせ。武田軍は、この絵図に、甲、乙、丙と示されてある、三つの場所から、お城の下に向って坑道を掘り進め、お城の下に多重の爆薬を仕かけ、火を点じ、お城を一挙に覆滅《ふくめつ》いたします。武田軍が、松山城攻めに、坑道を掘り進めて、城を落したことを御寮人様も御存じだと思います。坑道を掘ることができるかどうかは、その城の地下の土の質によってきまります。この三つの紙包みの中の土は、甲、乙、丙の場所をひそかに掘って得た土でございます」

阿弥は顔色を変えた。彼女が坐っている、その畳の下からなに者かが突然現われ出て来そうな気味の悪さであった。

「で、あかね殿は私にどうしろと、おっしゃるのでしょうか」

あかねは、その言葉を鄭重に受取ると、一段と声を強めて云った。

「どうぞ、甲斐の国へお越しを願いとう存じます。もし、今川氏真様と御寮人様が甲斐にお越しになられるならば、お館様は喜んでお迎えすると云っておられます。いまの日本で安心して住んでおられるところは甲斐の他にはございません」

あかねはいっこうに臆する様子もなく、阿弥の顔が、怒りで赤くなっていくのを見ても、知らんふりをして、まことに、奇妙な勧誘を続けるのであった。

氏政は初めっから怒っていた。氏政ばかりでなく、その席にいる重臣たちの多くは、あかねの言葉を非礼きわまるものであると怒っていた。

「こうなったら、こちらから先に甲斐へ攻めこんだらどうであろうか。防ぐことにばかり気を配っているから、信玄をいよいよ、つけ上らせることになる」

氏政が云った。それは感情論であって、関東を完全に制圧していない北条にとってはできない相談であった。氏政の発言に賛成する者は少なかった。

「武田殿は、そちたちの議論をあらかじめ予想して、このようなことを云って来たのであろう。おそらく武田殿はいまごろ、大声をあげて笑っておられるだろう」

氏康は武田殿と云った。信玄は今は敵ではあるが、長い間もっとも信頼すべき味方の、武田殿と呼んでいた相手を、急に呼び捨てにするわけには行かなかった。

「では父上の意見を伺いましょう。信玄は、側室あかねを使者としてなぜこのようなことを云って参ったのでしょうか」

氏政が云った。

「わからないのか、いやわかりにくいだろう。わからないときには、まず幾つかの疑問点をあげて、その一つ一つを消して行けば、最後に残るものが真実に近いものになる」

氏康はそう云うと、祐筆に向って、顎《あご》をしゃくった。これから云うことを書き留めよという合図であった。

一、あかねの言は、単にいやがらせないし牽制に過ぎないこと

二、小田原城を攻めるように見せかけて、実は大軍を駿府に投入する下心があってのこと

三、小田原城を攻める前提としての威嚇《いかく》宣言であり、これによって、北条の動きをたしかめるためであること

氏康は、その三項目について議論を尽して見るように云った。

第二項の、駿河再侵入のための謀略という見方がもっとも多かった。氏政はそれ以外のことは考えられないと極言した。

「そうかな」

氏康は腕を組んだまま云った。

「余は、第三項こそ、武田殿の真意ではないかと思うが」

「もし、武田勢が小田原城を囲むということになれば、当方としては、願ったりかなったりのこと、敵軍を城に引きつけて置いて関東周辺をかため、敵の退路を断ち、矢弾《やだま》、糧食の尽きたるころを見計らって攻めかけ、皆殺しにするだけのことです」

そういう氏政を、氏康は哀れむような眼で見ていた。武田信玄ともあろうものが、いま氏政の云っているような手に簡単にかかる筈はない。武田信玄が、この小田原城を囲むには勝算あっての上でないとやらないことである。その勝算はなんであろうか。

「申し上げます」

と進み出た者があった。家老の松田憲秀《のりひで》であった。

「いままでの武田殿の戦さを拝見しますと、石橋を叩いて渡るような、まことに手固い戦さぶりでございました。まず属城の一つ一つを丁寧に落してから主城を攻めるというやり方でした。その手口から見ますと、小田原城を攻める前に、まず関東の諸城を攻めることは必定、小田原城を守るためには、武蔵鉢形城、武蔵滝山城の二城の固めを厳重にすることが肝要と存じます」

松田憲秀の云うことはまことに当を得たものであった。

「そのとおりだ。従来の武田殿ならばそのとおりにするだろう。しかし、このごろの武田殿のなされ方はちと違う」

氏康は云った。

「と申されますと……」

松田憲秀が怪訝《けげん》な顔をすると、その松田憲秀に云い含めるように云った。

「武田殿の戦さぶりは、去年の冬、駿河に攻めこんだその時からして既に従来の信玄流の兵法ではなくなっていた。電光石火の勢いで駿府城を落した武田殿のやり方は従来の武田殿を知っている者には理解されないことである」

「戦法が根本的に変ったと申されるのですか」

松田憲秀が云った。

「戦法が変ったというよりも、武田殿の考え方そのものが変ったと見るべきだろう。いまや、武田殿はたいへんな自信を持って戦さをやっている。総大将の自信が一兵卒にまで行きわたったときは恐ろしい力を発揮するものだ」

氏康が云った。

氏康の侍臣が入って来て、氏康になにごとかを告げた。

「丹沢《たんざわ》与衛門が参ったか、すぐここへ通せ」

丹沢与衛門という名を聞くと、そこに居並ぶ北条の重臣たちの顔色が動いた。丹沢与衛門は使い番衆の中でも特に氏康に眼をかけられている者であった。氏康が丹沢与衛門を使うときは、重要なことがらに限っていた。

「あかね殿は、阿弥に絵図を示し、甲、乙、丙三カ所の印があるところから土を取ったと申したそうである。その事実があったかどうかを、丹沢与衛門に調べさせたのだ」

氏康は丹沢与衛門を呼んだわけを説明した。あかねと阿弥が面会したのが午前中で、午後になって直ぐ、緊急軍議が開かれたのである。氏康は、阿弥から、あかねとの話し合いの結果を聞くと、直ぐ丹沢与衛門に、坑道調査の有無を調べさせたのである。

「与衛門、調べて来た結果をそのまま申すがよい」

氏康に云われると、与衛門は、直ぐ用意して来た絵図面を前に置いて話し出した。

あかねが持っていた絵図面にあった甲、乙、丙の三カ所については、阿弥だけしかその絵図面を見た者はなかったから詳しくはわからなかったが、大体の見当はついた。与衛門は部下数名を三カ所に出して、その辺をしらみつぶしに調べて廻った。その結果、ここ数カ月、人の出入りがない空屋が三軒見つかった。空屋の前の持主に訊くと
「この家は今年の正月ころ、お上《かみ》がひそかにお買い上げになったものゆえ、そのむきへお訊《たず》ね下さい」

とそれぞれが答えた。その係りの役人は誰かと訊くと、家老、松田憲秀の家臣、望月市兵衛ということがわかった。早速、望月市兵衛に問い合わせると、狐につままれたよ

うな顔をしているから、念のために、望月市兵衛を伴って、それぞれの旧家主に会わせるとこのお方ではないということであった。

丹沢与衛門はそれぞれの空屋の雨戸をこじ開けて中へ入って見ると、中には土がいっぱいつまっていた。その家の床下から、城の方角に向って、坑道が三間ばかり掘り進めてあった。

「家主たち三人が申すには、望月市兵衛だと名乗った武士は立派な身なりをしており、この家をお上がお買上げになったことは、他人に洩らしてはならぬ、もし他人に洩らしたら打首になるかもしれないと申し置いて去ったそうでございます」

丹沢与衛門は、甲、乙、丙三カ所の空屋の中から取って来た土の入った紙包みをそこに拡げた。その土と、あかねが阿弥のところに置いて行った土を比較して見ると、まったく、同質なものであった。

「北条家の家臣の名をいつわり、城下に穴を掘るとは、ふらちきわまる大悪党……」

松田憲秀が声を慄《ふる》わせて怒ったが、いまさらどうしようもないことだった。問題は、小田原城下に、武田側が人を入れて、試掘をしたという事実であった。北条方の度肝《どぎも》を抜くには充分な離《はな》れ業であった。重臣たちは色を失った。

「これはまさしく、武田方のおどかしだ。それ以外のなにものでもない。城下に土竜道《もぐらみち》を掘って、この小田原城を落すというなら、落して貰おう。土竜道が城の底に届くには、どんなに急いでも、一年はかかる。武田の大軍が、一年間もこの城を囲んでおられるとは考えられない。それこそ、留守中に、信濃と甲斐は上杉に取られてしまうだろう」

氏政が強がりを云ったが、この席では、なにか、よそごとを云っているようにさえ聞えた。

「とにかく、まず城下の守りを厳重にしなければならない。このぶんだと、武田の間者が、どれだけたくさん入りこんでいるか、想像もつかない。困ったことだ」

氏康が云った。困ったことだというのは、氏政の政策批判にも通じた。氏政は嫌な顔をした。

「ところで父上、阿弥の返事を待っているあかねの処置はいかが致しましょうか」

氏政が云った。

「あかね殿は、非公式ではあるけれど、武田殿の使者であることには間違いない。国境まで鄭重に送り返すしかないであろう」

しかし氏政は、氏康の考え方には不満のようであった。

「非公式の使者には責任は持てないな」

氏政はひとりごとを云った。彼の周囲の二、三人にしかわからない小さな声であったが、氏康には、氏政の口の動かしようから、氏政の言葉の内容が読めた。

「愚かな真似をするでないぞ、戦国の世は複雑だ。裏と表がぐるぐる変る」

いまは、武田は敵であるが、何時また友好国になるかもわからない。そのことを裏と表がぐるぐる変ると氏康は云ったのだが、氏政はそれを飲みこむことができなかった。

氏政はあかねが憎らしかった。妹の阿弥にしつっこくつき纏《まと》って来るあかねという女の出しゃばり方もさることながら、彼女を使っている信玄の得意然とした顔を思い出すと、悪寒《おかん》が全身に走った。

氏康が席を立った。氏政が続いて席を立った。その日の軍議はなんの結論も得られなかった。丹沢与衛門の報告は重臣たちに大きな衝撃を与えた。城下に敵の一味が坑道を掘りかけたということは重大事であった。これほどの大事を見逃していた責任は誰が負うべきであろうか。家臣たちはすぐそれを考えた。よくよく考えて見ると、この事件は、そこにいる重役のどの一人をとっても、少しずつは関係がありそうだった。彼等は会議どころではなかった。重臣たちの心の乱れを見て、氏康は席を立った。武田に対する応戦策の軍議は日を改めてすべきだと思ったのである。

氏政は席を立ったとき、あかねに対する処置を心に決めていた。

(信玄め、どこまでひとをばかにする気だ。父がなんと云おうと、この氏政は、いつまでもばか者扱いにはされぬぞ)

氏政はあかねを生かして帰すべきではないと思った。あかねは正式の使者ではない。あかねの個人的な考えで阿弥のところにやって来たのだから、生命の保証を与えることはないのだ。もともとあかねは不法入国をしているのだから、たとえあかねが殺されたとしても文句のつけようはない筈だ。

氏政は、その夕刻伊勢屋半左衛門宅に刺客を向けた。五人の武士が、あかねの座敷に斬りこんで討ち取る手筈を整えた。絶対失敗はできない仕事だから、伊勢屋の周囲を五十人で取囲むことになっていた。

「武田殿の御使者に贈り物を届けに参った」

と五人の主なる者が、伊勢屋半左衛門に云い、それをあかねに取り次ぎに行こうとする亭主の後に従って、あかねの部屋に入って行った。

あかねの部屋は空っぽであった。部屋の中央に手紙が置いてあった。宛名は、阿弥であった。

「客人をどこにかくしたのだ」

刺客たちはてんでに亭主を責めたが、亭主の知らないことであった。昼前に、塗駕籠に乗って帰って来たあかねは、そのまま、奥の座敷に通ると昼食を摂《と》った。それから後のことは知らないというのが宿の主人の云い分であった。

宿の女中や番頭が全部集められて訊問された結果、おおよそのことが分った。

あかねは小者を二人と女中を一人つれていた。あかねが昼食をしてから間もなく、あかねがつれて来た女中が用足しに出るのを見たものがあった。二人の小者が、小田原の名物はなにかと宿の女中に訊いて出て行ったのを見たものがある。間もなく、一人の小者が帰って来て、それから二人で連れ立って出たままだということであった。どうやらあかねは、その小者の一人に変装して宿を出たのではないかと想像された。

宿の周囲には厳重な見張りがついていて、宿から出た者には、いちいち尾行がつくことになっていた。その尾行を上手にまいてあかね等主従四人は姿を消したのである。

阿弥はあかねから送られた手紙を封を切らずに、父氏康のところへ持って行った。氏康は赤々と灯のともった部屋であかねから阿弥に宛てた手紙の封を切った。

「せっかく、御妹様のためを思うて、わざわざ出て参りましたのに、つめたきものをたずさえたる男たちのおしこみとは、なんともお礼の申しようがございません。この上は、もはや落城せんなきこととおぼしめし、御覚悟を召されたほうがよろしいかと存じます」

手紙の宛名は北条氏政になっていた。

氏康はにがり切っていた。

「ばかめが……」

氏康は、その手紙をそこに控えている氏政に突き出して云った。氏政は一読して顔色を変えた。

「女一人に手玉に取られて、城を挙げて、大騒ぎするとは、北条も末だ。しかし、あかね殿といい武田殿といい、水際だった手際だのう。武田殿の爪のあかでも、そちに飲ませてやりたいわい」

氏康は氏政を叱ると、さっさと寝所に去って行った。

「つめたきものをたずさえたる男たち……とこの手紙に書いてあるところを見ると、刺客を向けようとするこちらの策を事前に知ったということである」

とすると氏政の身辺にまで、武田の間者が入りこんでいることになる。氏政は首筋に刃《やいば》を当てられたような気がした。

「いやそうではない、あかねという女は、返事の遅いのを見て、刺客が向けられることを察知したのかもしれない。勝れた忍者は、人の心を読むという。あかねは、一度も会ったことのない、この氏政の心を読んで、この手紙を残して去ったのかもしれない」

氏政は手紙を見つめたまましばらくは動かなかった。隙間から吹きこんで来る風に、灯火が静かに揺れていた。

勝頼の鎌鎧

北条氏の諜報網は、北条早雲《そううん》の時代から、他の領国支配者と違った方法を取っていた。隣国に浪人、僧、商人などに変装した間者を送りこむような方法は比較的少なく、隣国の要所要所に、世襲の間者を置く方法を取っていた。外見的には間者らしいところは毫《ごう》もない商人や百姓が、実は親代々の北条の間者であることが多かった。これらの据置きの間者には、目立つような諜報活動はさせなかった。いつものとおりの生活を営んでいて、ふと眼に触れ、耳に入ったことを、その組織の組頭に通報するだけでよかった。通報すれば、それに見合った報酬が与えられた。この北条の据置きの間者組織は武田の領内にも古くから張りめぐらされていたけれど、その真相を摑むことはできなかった。町や村に流れている噂の拾い屋のようなものだから、他の住民との見分けがつかなかった。北条氏はこういう組織を通じて集めた情報を分析して隣国の動静を察していた。町人や百姓の口から出る生々しい声は、それを綜合した場合、かなり有力な手掛りが摑めた。

武田信玄は、北条のこの据置き間者の存在を頭に入れて、駿河侵攻以来、しばしば軍事行動を起す前に、作為的な噂をふりまいて、北条の諜報機関を混乱させた。

永禄十二年の八月の中ごろから、武田の大軍が関東に侵入し小田原城を攻略するという噂が流れた。噂ではなく、それは真実として伝えられた。兵農が分離されていない時代だから戦さが始まるとなると、地主や自作農の若者たちが徴用されて戦列に加わった。徒士《かち》、足軽、雑兵《ぞうひょう》などと呼ばれている人達で、実際はこの人たちの力によって勝負は決したのであるが、兜《かぶと》をかぶり、旗差物を背負い、馬に乗った騎士に比較すると、まさに雑兵の名のごとく決して目立った存在ではなかった。『甲陽軍鑑』には、当時の軍の組織のことがよく書いてある。この永禄十二年九月の、武田軍の小田原進攻作戦に従軍した小山田信茂について次のような記事がある。

兵衛尉（小山田信茂のこと）手勢弐百騎、雑兵共に九百の人数をもって、武蔵の内、源蔵殿（氏康の次男、由井源三、即ち北条氏照のこと）領分、八王子へ働《はたらき》出る。

これによると、兵力は手勢二百騎に対して雑兵七百人、合計九百人と解すべきであるが、大体当時の記録によると、騎馬武者一騎に対して、数名の徒士がついた。この騎馬武士は職業的武士と見てまず間違いないが（中には例外もあるが）徒士はほとんど農民であり、郷士であった。当時は、原則として出征の際の食糧は個人負担であったから、彼等徒士の衆は少なくとも一カ月間の食糧としての、干飯、米の粉、麦の粉、蕎麦粉《そばこ》などを、各自の名前をしるした袋に入れて背負い、槍を担いで、集合地へおもむいて行ったものである。出征したら、生きて帰るか、死んで帰るか分らないから、家族たちはその集合地（主として辻とか、村の上または下などが使われた）まで見送りに行った。出征に涙は禁物といっても、やはり女たちは泣いた。なにもわからず、母が泣くからその子も泣いた。このような民衆の動きがあるのだから、動員が敵に洩れないことはなかった。動員数、行く先、大将の名前等は、大体事前に敵方に知られていると見て間違いなかった。

この年の出征を前にして武田信玄は各武将に
「この度は関東に進出し、小田原の城を攻略する戦さだから、心して人数を備えるように」
と申し渡した。いつもならば攻撃目標を隠蔽《いんぺい》してかかるのに、このときばかりは、目的を明らかにした。情報は、北条方につぎつぎと入って行った。甲斐、信濃全域に亙って、小田原城攻撃のための出兵準備がなされていることが明らかにされた。

小田原城内で軍議が開かれた。
「武田方が、川中島の海津城、上野の箕輪城にそれぞれ二千の兵を止め置いたとしても、総兵力二万は動員できるだろう。さて問題は、その兵力がどっちに向うかだ。駿河か、小田原か……」

氏康が云った。結論を急いでいるような口吻《くちぶり》だった。この前、あかねが小田原に来たときの会議もそうだったが、概して、小田原城内での軍議は時間をかけすぎる傾向があった。これも、北条早雲時代からの習慣であった。一介の浪人から身を興した北条早雲が一国一城の主となったとき彼と共に働いて来た浪人たちを家老にして合議制度を敷いた。これが後世にまで伝えられた。氏康は、この長談議を嫌っていたが、家臣たちはこの会議に出席して、たいして役にも立たないような意見を吐くことによって、自分たちの存在を示そうとしていた。

氏康が発言する前に、諜報機関によってもたらされた情報が、ことこまかに分析されていた。情報による限りにおいては、武田勢は小田原を目ざしていると思われた。

「武田信玄の腹は読めておりまする。今回に限って、大ぴらに、小田原城攻略を口にしている信玄の采配《さいはい》の向くところは、駿河の府中かと存じます。大勢の農民を集めて、御《み》坂路《さかみち》、右左口路《うばぐちみち》、河内路などを補強しているのを見ても、彼が大軍をこの三道に送りこんで、駿河に進出しようという野心は明らかです」

松田憲秀が云った。これに同調するような意見がつぎつぎと出た。

「武田信玄が、小田原攻撃を口にしながら、実は駿河に大軍を送りこむつもりでいることは、他にも証拠がございます」

松田憲秀は家来に目配《めくば》せして、富士兵部少輔信忠の次男信重からの書状を読み上げた。

富士信重は、武田に従うことを嫌って、徳川家康の下《もと》に逃げ、ひそかに大宮城の内部の者と通謀して、武田の動向を探っていたのである。

その書状の内容は、九月早々、大軍を駿河に向けるから道中のことを宜しくたのむという正式依頼が信玄から富士兵部少輔信忠になされたことを知らせたものであった。道中のことを宜しくというのは、富士大宮城が古府中と駿河とを結ぶ最短距離の交通路右左口《うばぐち》を押える要衝であるから、一応、軍の通過を事前に内報し、道路の補修、宿泊地等についても気を配って置いてくれということであった。

「他の情報はどうあろうと、富士信重のものだけは信じないわけにはいかないだろう」

氏政が云った。その一言が、軍議の方向を決定づけたようであった。

「さよう、駿河の防備強化を急がねばなりませぬな。時期を失すると、この前のように、敵が箱根山まで押し登って来ることになるかもしれませぬ」

松田憲秀は駿河防備を厳重にするように云った。

「お前たちには困ったものだ。そんなことをしていると、いよいよ武田殿の術中に陥《おち》てしもうことになるぞ」

氏康が云ったが、その席上で、信玄が小田原城に攻め寄せて来るだろうと云うものは一人もいなかった。川越城主の大導寺政繁は声を強めて云った。

「もし仮に武田勢が小田原城に攻めこんで参ったとしたら、それこそ、こちらの思う壺《つぼ》、過ぐる年、小田原城を取囲んだ長尾景虎の二の舞を演じさせてやるだけではなく、今度こそ、退路を断って、おし包み、ことごとく討ち取ってやることができます」

大導寺もまた駿河方面に武田信玄は進攻するものと見ていたようであった。

氏康は面白くない顔をして黙ってしまった。既に家督を氏政に譲っているのだから、あまり横車を押すことはできなかったのである。軍議は終った。武田勢が駿河に進攻するものとしての北条側の作戦計画がたてられた。駿河の諸城に続々と兵や食糧が送られた。だが、万が一にということもあった。小田原城へも食糧が運びこまれ、非常の場合、小田原の町民をどこへ退避《たいひ》させるかについても一応は協議がなされた。

九月五日、碓氷峠《うすいとうげ》に向って行軍していた信濃の部隊が一斉に峠を越えて、上州に入った。その後を続々と各部隊が追った。そして九月六日には、武田信玄の率いる本隊が、古府中を出発して、碓氷峠へ向った。

信玄の旗本が、碓氷峠に向ったという間者の報告を聞いても、氏政はまだ、信玄が小田原城へ進攻するとは思っていなかった。武田軍が碓氷峠を越えたのは、今度が初めてではない、上杉勢を牽制するために、屢々《しばしば》この峠を越えている。西上野が武田の領地であるから、上州箕輪城まで行くのは自領内を歩くと同じことであった。箕輪城あたりまで行って突然引き返して、右左口路を駿河へ向うということも考えられるし、単なる示威運動とも思われた。

氏政は武田の動きを見詰めていた。

九月七日になって、郡内の小山田信茂の軍勢が小仏峠を越えて関東へ攻めこんだ。この行動は秘密裡のうちに計画されていて、ほとんどそれまで北条側の諜報網には気付かれていなかった。小山田信茂の軍は武田勢の中でも最強部隊だと評価されていた。その部隊が突然、関東平野に現われ、八王子の滝山城に向ったことは北条氏政の心胆を寒からしめるものであった。

碓氷峠を越えた武田の大軍は北条の支城には手を出さず、一気に南下して北条氏邦が守っている武蔵鉢形城（埼玉県大里郡寄居町）を囲んだ。

鉢形城は荒川の上流の川を見おろす断崖の上に建てられていた。川の方から攻撃することはできない要害であり、力攻めではなかなか落ちそうもない城であった。だが、北条氏邦は、突如として押しよせて来た武田の大軍を見て

（武田勢、三万八千に攻めかけられ、苦戦しているから、至急援軍を向けられたい）

と小田原に伝令を飛ばしたほど慌《あわ》てていた。恐怖のあまり、二万足らずの軍が三万八千に見えたのである。まさかということが起ったのである。

この期《ご》になって、北条氏政ははじめて、信玄が目ざしているものがなんであるかを知った。彼は、即日、越軍の上杉輝虎に援軍を要請した。

（武田信玄が主力二万を率いて関東に侵入したから、盟約によって至急軍を発して武田の背後を衝《つ》き崩《くず》して貰いたい）

そのとき、上杉輝虎は越中の一向宗徒の叛乱を押えるために出征中であった。関東出兵どころではなかった。それに、上杉輝虎は、未だに、北条父子を信用してはいなかった。盟約はしたが、それは休戦協定のようなもので、ほんとうの同盟国ではないと思っていた。上杉輝虎は頭の中にある大義をいかように考え直して見ても、北条氏のため越中から引き揚げる理由はなかった。

矢継早《やつぎばや》に使者が越後に飛んだが、さっぱり反応がないのを見て、氏政は独力の防衛姿勢をとった。小田原籠城であった。小田原城へ半年分の食糧が運びこまれた。城外に居住している武士たちの食糧や貴重品はすべて城内に運びこまれた。小田原の町民には、武田勢が来た場合、火を掛けられる可能性を指摘して、各自、近隣の知人を求めて逃げるように布令を出した。

（食べられるものは、たとえ、大根一本たりとも残して置くことはまかりならぬ）

と申し渡した。攻めこんで来た武田勢が食糧に苦しむのを見越しての命令であった。これは八年前に長尾景虎の率いる大軍が小田原を包囲したときのことを考えてのことであった。飢餓に迫られた兵たちは食を求めて近隣の農村へ出かけ、かえって、北条方の乱破に襲われて首を取られたのである。

北条氏政が小田原城防衛準備に狂奔しているころ、武田の本隊は、急に鉢形城の囲みを解いて、八王子に転進し、小山田信茂の軍と合体して滝山城を攻めた。総数二万であった。

信玄が蝿島（現在の東京都下昭島市拝島）に本陣をかまえた翌日、馬場美濃守信春（信房、民部ともいう）は信濃の牧の嶋《まきのしま》（長野県更級郡牧郷村）から五百騎を従えて駈けつけて来た。美濃守は信濃の留守居役を命ぜられていた。越後勢が信濃に侵入した際のことを思って、美濃守を、その方面の大将として置いたのである。

「留守居役の重任をそのままにして、駈けつけたことを御許し下さい」

と美濃守は云った。信玄は笑顔で美濃守を迎えた。馬場美濃守ほどの人であるから、留守居役が必要なしと見て駈けつけたのであろうと思った。

「なんぞ、越後の方に変りがあったかな」

信玄は訊いた。

「越中で騒動が起きました。上杉輝虎殿自らが出陣なされましたが、にわか坊主共に、痛めつけられて動きが取れないでおります」

にわか坊主というのは一向宗の一揆《いっき》のことであった。

信玄は大きく頷いた。本願寺の門跡顕如《けんにょ》を通じての工作が今度もまた功を奏したのである。

「金の効《き》きめはたいしたものだのう」

信玄が笑うと、美濃守も笑った。越中の一向宗へは、信玄から金が送られていた。甲斐の黒川金山の金の産出量が少なくなったかわりに、駿河の安倍金山を手に入れた。そればかりではなく、かねて長崎へやって置いた大蔵藤十郎がイスパニヤ人の宣教師から、水銀を用いる混汞《こんこう》法による、金の吹立て法を学んで戻って来てからというものは金の産出額が急増した。軍資金の見通しがつくと、信玄はすぐに、その金の使い方を考えた。安倍金山の金は越中へ送られて光彩を放った。上杉輝虎は越中の一向宗の一揆に引きつけられて動けなかった。

上杉輝虎が動かないことを見届けて、馬場美濃守は戦列に参加したのであった。

「この度の戦さは、ことの他大事な戦さでございますので」

美濃守は思い出したようにぽつんとひとこと云った。

宿将、馬場美濃守には、信玄が今度の戦いに、運命をかけていることが気懸《きがか》りだった。いままで石橋を叩いて渡るような戦さをしていた信玄が、去年の十二月の駿河進攻以来、積極的戦法を採《と》るようになったのはなぜなのか美濃守は考えた。

いままで、信玄にあせりや、戸惑いや、感傷や、感情の激発などが起った場合は、たいていあの病が起ったときだ。

(もしかするとまた例の病が再発したのではなかろうか)

美濃守はそんなことをふと思った。そう思って見ると信玄はしばらく前に見たときより痩せたように見えた。眼の光りが鋭くなったような気もした。美濃守は内心怯《おび》えた。美濃守は信玄につきまとってはなれぬ労咳が再発したときどのような症状になるかをよく知っていた。まず、それは眼の色に現われた。眼に異様な輝きというか、病的な輝きが見えて来ると間もなく発熱した。それからその病気特有のいろいろの症状が現われるのだ。

「お館様、身体をおいたわりくださりませ」

美濃守はつい思ったことを口に出してしまった。自然に頭が下った。

「そちが余の身体を心配してくれる気持はわかるが、人にはそれぞれ天命というものがある。いかにして、その人に与えられた天命をまっとうするかというところに生きる意義がある。美濃守、分るかな、急がねばならないときには急がねばならない」

美濃守は、はっと答えた。頭を上げて信玄の顔が見られなかった。急がねばならないときには急がねばならないという言葉の中に、急がねばならない理由が隠されているように思われた。

美濃守は、彼の陣所に当てられた寺に戻ると、医師の御宿監物《みしゆくけんもつ》の居場所を探して、訪ねて行った。御宿監物は、美濃守の顔を見ると向うから声を掛けて来た。

「あなた様の来るのを待っていました」

御宿監物はそう云うと、周囲の者を遠ざけて、尚、美濃守の近くまで膝を進めて来て低い声で云った。

「お館様に、志磨の湯で静養して頂くようにすすめてはくださらぬか」

やはり美濃守の恐れていたことが起ったのだ。

「お悪いのか」

「いや、特にお悪いということはないが、今年の六月駿河の田子浦の川鳴島に陣を張っておられたとき、洪水の心配があるというので、陣を払って、一晩中豪雨の中を歩かれたことがある。そのとき風邪を召されて以来、どうも宜しくない。休養さえしておられればそう悪くなるとは思えないが、こう度々の御出馬では先のことが心配だ」

監物は暗い顔をした。

「よし、機会を見て、お休養頂くよう、申し上げて見よう」

美濃守はそうは云ったものの、自信はなかった。病気が再発したというのではない、その兆候があるというだけだのに、あまり出過ぎたことも云えなかった。だが、美濃守は、云うべきだと思った、自分が云わねば、云う人がないと思った。

美濃守は、このつぎ信玄のところに伺候したとき、まずそのことから先に云おうと思っていた。それを云うには、人がいないときでないといけない。信玄が病気だなどということが洩れたら大変なことである。

「お館様、こう度々、出陣が続きますと、お疲れでございましょう」

美濃守は機を見て云った。

「休めというのだろう、美濃守、余も休みたいわい。なにもかも人にまかせて休みたい。太郎義信が生きていてくれたら、おれはいまごろ、志磨の湯に浸っているであろう。しかし、今は休めない。勝頼がもう少し戦さのことが分るようにならないとこの采配を任せるわけには行かないのだ。あれは手の焼ける奴じゃ。だからといって放っては置けない。鉄は熱いうちに鍛《きた》えねばならないからな」

信玄が長男義信のことにふれ、勝頼のことを手が焼ける奴と云ったが、その言葉の裏には、父としての愛情がにじみ出ていた。美濃守はなにも云うことができなかった。四十九歳の信玄が急に老《ふ》けて見えた。

武田勝頼は、永禄九年九月に、上野の箕輪城攻撃に初出陣して以来、ほとんどの戦さに参加していた。勝頼は軍議に列しても活発に発言するが戦さにおいても勇敢に戦ってはたの者をはらはらさせた。勝頼は信玄の跡目であるから、もしものことがあってはならない。側近の者がそれを心配して自重するように云うのだが、勝頼はなかなか承知しなかった。

側近の最もおそれていたのは、はやまり過ぎて鉄砲に狙撃されることだった。当時の戦いは、まず鉄砲の撃ち合いから始まり、次に弓、そして槍を持った足軽を従えた騎馬隊が入り乱れての乱戦という段取りになっていた。しかし、城攻めはこれと様相がかなり違っていた。のこのこ近づいて、鉄砲の射程距離に入れば狙撃されることは間違いなかった。城攻めはその城の構えを充分研究して、その弱点を攻撃することから始まった。山城を取る場合は背後の山から攻めこんで、水の手を奪うとか、独立した城ならば、糧食の尽きるのを待つという包囲作戦が常套《じようとう》手段であった。

勝頼は、若いこともあったが、戦いの決着を急ぐ傾向があった。父の信玄の若いころのように、石橋を叩いて渡るようなことをせず、多少の犠牲を払っても、力攻めで落さないと気が済まないところがあった。そのような性質だから、乱戦になると、黙って見ていることができずに、敵軍に突入し、これぞと思う相手を見つけて槍を合わせた。

「おん大将としてのおふるまいとも思われません。落ち着き召され」

と家臣が諫《いさ》めてもなかなか聞こうとはしなかった。困り果てた家臣たちが、信玄にこのことを云った。

「そうか、よし、よし、勝頼にばかなことはするなとよく申しつけて置く」

信玄は、そうは云うものの、内心では、勝頼のわがままを許してやっていた。家臣たちが持て余すほど暴れ者になった勝頼を頼もしく思っていたのである。怪我でもしない限り、可愛い子には旅をさせろという気持もあった。やがては武田の跡を継ぐ男だから、今のうちに思う存分、実戦を経験させて置いたほうがいいとも考えていた。信玄は、勝頼がいじけた青白い大将にならないで、いかにも武将の子らしい勇猛な男に成長して来たことを喜んでいた。

もともと信玄は御世辞をいう男を軽蔑《けいべつ》していたが、勝頼のことについては例外であった。

勝頼様はお強いとか、めざましいおふるまいをなされるなどと云われると眼を細めて喜んだ。

武田の陣内で勝頼と並んで、目ざましいふるまいをする大将がもう一人いた。信玄の弟、信繁の子典厩《てんきゅう》信豊であった。信玄は信豊に特に眼をかけていた。信玄にとっては可愛い甥であった。この信豊もまた勝頼にひけを取らぬ戦さ好きの大将であった。なにかというと前線に飛び出したがる大将だった。

勝頼はその年二十四歳であった。彼は一頭を率いて、その大将として行動していた。

信玄は、武州蠅島《はいじま》に本陣を張って、滝山城攻撃を始めるに当って、攻撃軍の総大将を勝頼に命じた。信玄は、後見役のような形を取った。滝山城攻撃を勝頼の研究課題として与えたのである。

勝頼は型どおりの軍議を開いたあと、後詰めに、叔父の逍遥軒信廉と山県昌景の部隊をあて、小田原方面への備えとしては、内藤修理、真田源太左衛門尉信綱の軍を配置し、他の軍勢で滝山城を包囲し、勝頼自らが率いる軍一千と従弟の信豊が率いる軍一千が攻城軍の先手となって、滝山城に攻め登って行った。

滝山城は鉢形城と同じように背水の城であった。北面から東面にかけて多摩川の清流をひかえ、西面から南面にかけては山であった。攻撃するとすれば、山手から攻めかけることになる。地形を利用して築城された城は遠望しただけでそうたやすく落城するものとは思われなかった。信玄のそれまでの攻城作戦は無理押しで落すようなことは稀《まれ》で、たいがい事前に城内の者と連絡を取り、自落を誘った。まともに攻撃するより、調略によって落すほうが、はるかに有利だと考えていたからである。しかし、今度は北条との戦さが始まって間もないし、滝山城に固く閉じこもった敵に調略の手を延ばす余裕はなかった。信玄は勝頼の力攻め策を許した。

滝山城は平穏無事に過して来た城であった。それまでに、これほどの大軍を迎えたことはなかった。だから突然、八王子に進攻して来た小山田信茂の軍を見て驚いた北条氏照は城に籠って防戦する策を採《と》った。しかし小山田隊が、総数僅かに一千であり、それ以上増える様子がないので、氏照は二千の城兵を率いて反撃に出た。しかし、戦さ上手な小山田信茂は崩れると見せかけて、おびき出した北条勢を多摩河原で取り囲んで、二百五十一人を討ち取った。この時、北条方の侍大将、金指平右衛門尉と野村源兵衛尉が討ち取られた。

勝頼と信豊は、正攻法で攻めた。滝山城の外郭から一つ一つ攻め落して行く方法を取った。大軍を以て一気に攻め登るという城ではなかった。城の一角を攻め崩してそこに攻撃の力点を置いて更に奥を衝くという方法を取った。時間がかかるし、損害も覚悟しなければならなかった。

勝頼の軍は五日目に三の曲輪まで攻め登った。激しい死闘が繰り拡げられた。城内からは青梅《おうめ》の師岡《もろおか》城主、師岡山城守兼高が手兵を率いて出て戦った。師岡兼高は、武田勢来ると聞いて、師岡城を棄て、滝山城に籠っていたのであった。勝頼は、長槍を振り廻して戦う、師岡兼高を目指して進むと

「四郎勝頼――」

と名乗って鎌鑓《かまやり》をつけた。せまい三の曲輪の中の戦いだったので、総大将の勝頼がいきなり最前線に出たのは誰も気付いていなかった。

師岡兼高は勝頼と聞くと、牛のような唸り声をあげて突いて出た。師岡兼高は全身に返り血を浴びていた。勝頼はその長槍をはねかえして、鎌鑓で、兼高の高股《たかもも》を突いた。

兼高の郎党三人が主人の危機と見て勝頼の前に立ちふさがった。そこへ勝頼の旗本が数人槍先を揃えて突込んだ。師岡兼高と勝頼は引き分けられ、城兵は二の曲輪に退いた。

勝頼の戦さぶりが、軍監として派遣された、武田家の重臣跡部大炊介勝資《おおいのすけかつすけ》によって、信玄に報告された。

「勝頼様の働きは御見事でございましたが、あのとき、旗本が駈けつけるのがもう一歩遅かったならばお命がどうなったかは分りませぬ。しかし、敵は勝頼様の気魄に打たれて、もはや二度と討って出ることはございますまい。きつく二の曲輪を守って、援軍の来るのを待つに違いありません」

信玄は、跡部大炊介勝資の報告をじっと聞いていた。

「今日の戦さで味方の損害は」

敵の損害を聞かずに信玄は味方の損害を訊いた。

「討死三十八人、傷ついたる者百五十三名」

信玄は大きく頷いた。しばらくは言葉を発しなかった。怖《こわ》い顔で、なにか考えこんでいた信玄は突然云い放った。

「今夜中に陣を引いて、ここを出発し、夜道を掛けて小田原へ進む」

そこに居並ぶ、重臣たちの半ばは信玄の言葉を疑った。滝山城を落城寸前にまで追いつめて置いて、なぜ小田原へ進まねばならないのだろうか。

「勝頼、余の胸中が分るか」

信玄は勝頼に云った。

「ただいまのお指図によって分りました。このたびの戦さは、城を取る戦さに非ずして、北条の心を取る戦さと判断いたしました。敵の心を取れば、城は自ら落ちる。父上のお指図どおり勝頼は小田原へまっしぐらに馬を駈《はし》らせようと思います」

勝頼の答えに信玄は満足そうな眼を向けた。部将たちの半ばは、勝頼の云うことを聞くまでもなく、信玄の胸中を察していたが、半ばは、勝頼の言葉を聞いて信玄の真意を初めて知った。

信玄は北条の城の一つ一つにこだわっていて、味方の損失を招くことを嫌っていた。この出陣の目的は徳川と手を握り、上杉と組んだ北条に反省を求めようとするものであった。武田軍の迅速《じんそく》な行動とその戦力を見せつけてやるためだった。こうすれば、関東で、今尚、北条に反感を持っている土豪たちは、改めて武田に眼を向けるだろう。そして北条内部にあって、武田と従来どおりの和平関係を希望している者たちは、武田と戦うことの不利を覚り、再び武田との協調の動きが現われるであろう。部将たちは信玄の深謀に頭を下げた。

「わが胸中が分ったら、すぐ陣を払って出発だ」

翌朝、夜が明けてから、滝山城から周囲を見ると、武田の二万の大軍は一人残らず立去って、あとには塵《ちり》一つ残ってはいなかった。

小田原城四ッ門

『甲陽軍鑑』には史書として誤りが多いことは多くの学者によって指摘されているが、武田軍の小田原城攻撃から三増《みませ》峠の戦いについての記録は、日付から云っても、戦闘の推移を他の文献に徴しても、信頼性があるように思われるから、この章は『甲陽軍鑑』を基として書き進めて行くことにする。

八王子の滝山城を包囲していた武田軍は突如作戦を変更して夜陰に乗じて小田原を目ざして進んだ。進路は八王子から、座間(現在の神奈川県高座郡座間町)に向って南下し、勝坂、座間あたりで一泊して、翌日は相模川を渡って、厚木(神奈川県厚木市)、金田(厚木市金田)、三田(厚木市三田)、妻田(厚木市妻田)に陣を布《し》いて一泊し、形勢を見てから、次の日には田村(神奈川県平塚市田村)、八幡(平塚市八幡)、平塚(平塚市)に陣を取って、小田原進攻の策を練った。『甲陽軍鑑』によると、八王子から平塚までの三日間の武田軍の編制は次のとおりである。

押《おさえ》衆三頭《かしら》

山県三郎兵衛（昌景）
小幡尾張守（重定）
真田源太左衛門（信綱）及び真田兵部介（兵部丞昌輝）兄弟

御先衆十一頭《かしら》
内藤修理
小山田兵衛尉
足田下総（芦田下野守信守）
小山田備中
安中左近（安中左近大夫景繁）
保科弾正（保科正俊）
諏訪殿（諏訪安芸守頼忠）
相木市兵衛（昌朝）
栗原左兵衛（詮冬）
板垣殿（板垣三郎信安）
四郎勝頼公

二の手衆三頭

あさり（浅利右馬助信種）
原隼人（昌胤）
跡部大炊介《おおいのすけ》（勝資）

三の手御旗本前備《まえぞなえ》衆
典厩（武田信豊）
市川宮内介（国定）三十騎（諏訪城代、勘定奉行）
駒井右京進（昌直）
外様《とざま》近習　五十騎（武田信豊が統率）
馬場美濃守

御旗本組衆
武田兵庫（河窪兵庫信実、信玄の弟）
諸牢人　弐百騎余
井伊弥四右衛門
那和（縄）無理之亮
五味与三左衛門（与三兵衛）
（以上、武田兵庫が統率）
長坂長閑　四十騎

小山田大学　三十五騎（昌貞、小山田昌行の弟）
下曾根　廿騎（覚雲軒）
大熊備前　三十騎

跡《うしろぞなえ》備衆
逍遥軒（武田信廉、信玄の弟）
一城殿（一条右衛門大夫信竜、信玄の弟）
海士尾《あまお》　五十騎（西上野海女尾氏）
白倉　五十騎（西上野衆）
余田　八十騎（依田氏西上野衆）
大ど　十騎（大戸氏西上野衆）

小荷駄衆
甘利衆　百騎
米倉丹後守
畠加賀（畠野加賀）

『甲陽軍鑑』のとおりに並べ立てて見ると、頭は約二十、総兵力二万と見積ってまず間違いないだろう。たいへんな動員数である。この編制表で分るように、武田信玄は、小田原城攻撃作戦に当って、武田軍中で最も戦さ上手な、山県、小幡、真田兄弟の三頭を押《おさえ》衆にした。『軍鑑』によると、相模川渡渉作戦に当って敵の奇襲を予想し押衆三頭が警固に当ったと書いてあり、また、川を渡ってからも、『跡（後）を機《き》（気）づかひ被成（なされ）た』と書いてある。後備《うしろぞなえ》はちゃんとあるのだが、この他に押衆を用意したのは、関東諸城の北条勢力の追撃を警戒したのであろう。

この軍編制にも見られるとおり、武田勢の中に多くの牢人《ろうにん》衆がいた。戦国時代には武田信玄だけではなく、各国の領主や武将が牢人を雇っていた。名のある牢人者は二十騎、三十騎とその輩下を従えて抱えられていた。戦さで手柄を立てれば、それぞれ褒賞を与えられ、やがて外様《とざま》に取立てられ立身出世ができた。この軍編制の中に大熊備前朝秀の名があるが、彼はもともと越後の上杉輝虎の家臣で頸城《くびき》郡箕冠《みのかむり》城主であったが、武田信玄の下に走り、しばらく客分牢人扱いをされていたが、箕輪城攻撃の戦いの功績によって侍大将となり三十騎を率いて旗本に参加している。三十騎とあるから、一騎に四、五名の徒士《かちつ》が従いたとしておよそ二百人を率いる侍大将となっていたのである。

信玄が、牢人たちを旗本に置き、牢人部隊は、信玄の実弟の武田兵庫（河窪信実）や、信玄の甥武田典厩信豊に統率させたところを見ると、牢人たちの武力は認めながらも、やはり独立した部隊としての扱いはせず、信用の置ける肉親をその上に置いて警戒の眼をゆるめなかったのである。牢人者だから、何時離反するかもしれないという懸念があったからであろう。

この陣立表には、武田信玄らしい特徴がこの他にも見えている。小荷駄隊を甘利衆にまかせているが、甘利衆の総大将甘利左衛門尉昌忠（晴吉）が永禄七年に戦死した後は、甘利左衛門尉の跡を継ぐ子供が幼いので、甘利の同心頭米倉丹後守重継が、甘利衆百騎の陣代として小荷駄奉行を務めたのである。

小荷駄隊の任務は、戦いをするのではなく、武器、食糧、弾薬、金銭などの物資の輸送に当るのであるから、あまりぱっとした任務ではなかった。滞陣が長くなると、附近の農民から食糧の徴発もしなければならなかった。物資が多く、運搬に人手を要し、遅れがちになるので、敵の乱破《らっぱ》や伏兵に狙われやすかった。信玄が大将がいない甘利衆を戦闘部隊に出さず、米倉丹後守を陣代として小荷駄奉行にしたのは、甘利左衛門尉亡きあと、甘利衆を他の組頭の支配下に置くのは、甘利衆の反発を招く恐れがあるので、一応、同心頭の米倉を長として、小荷駄隊に当らせたのである。武勇において、その実力を知られている甘利衆ならば、まず小荷駄隊をまかしても大丈夫と見たのであろう。大将の居ない部隊を上手に使った例である。

武田軍は平塚から道を海岸沿いにとって一気に西進して、甲府津《こうづ》（小田原市国府津町）、前川（足柄郡橘町前川）、酒匂《さかわ》（小田原市酒匂）に進んで陣を布《し》いた。八王子を出発してから四日目であった。

この間、信玄は八方に物見、間者を放って敵の動きを偵察した。八王子の滝山城、寄居の鉢形城などには、幾人かの物見を残して置いて、城内の動きを監視させていた。

北条方の諸城主は、武田信玄のあまりにも敏速な軍事行動に意表を突かれた形でいた。どうしたらいいのか分らず、小田原城からの指令を待っていた。

北条に対して含むところのある関東の諸将は、北条氏政の命令には、易々と応ずる様子はなかった。それらの諸将には武田信玄からちゃんと手が打ってあった。関東の諸豪は傍観の姿勢を取っていた。

小田原城内は、混乱していた。武田の大軍が小田原城目ざして進撃して来ると聞くと、直ちに籠城の準備にかかった。武田の大軍を引きつけて置き、機を待って、滝山城の北条氏照、鉢形城の北条氏邦に武田の後方を攪乱させ、動揺したところを城から出て、挟み撃ちにしようというのが氏政の考えだった。

上杉輝虎へも矢継ぎ早の出兵の催促をした。小田原城に籠城と決ると、城下に住んでいた武士たちの家族が、食糧や家財道具まで持って、小田原城に引き越して行くのを見て、小田原町民は黙ってはいられなかった。八年前に、長尾景虎が攻めて来たときは町が焼かれ、町民はひどい目に会っている。武田軍が来れば同じようなことが予想された。小田原の町民は家財をまとめて続々と町を逃げ出して行った。

「小田原城は防戦準備で手いっぱいで町民を見てやることもできません。中には、足手纏《まと》いになる老人を置いて逃げる者さえあります」

「小田原城へ運び込まれる、武士たちの荷物運搬の人夫に化けて、城内へもぐりこんで調べましたるところ、城内には、収容することができないほどの米が運びこまれているばかりではなく、籠城する武士たちの家財道具や女子供たちで足の踏み場もないほどごった返しています」

物見がつぎつぎと、酒匂の本陣に来て報告した。

間者の報告は、信玄が直接聞く場合が多かったが、跡部大炊介や山県昌景が信玄にかわって聞き取ることもあった。

跡部大炊介勝資が
「軍議を開きましょうか」

と信玄の顔色を見て云った。

信玄は勝資の顔をちらっと見ただけで
「その要はない。それよりも、心利きたる者に、酒匂川の瀬踏《せぶ》みをさせよ」

と云った。

「心利きたる者？」

勝資は、さて誰にしようかと考えていると
「初鹿野《はじかの》伝右衛門にさせよ」

と信玄の口から命令が出た。勝資は、恐れ入って頭を下げながら、信玄が、常になく気が立っているなと思った。瀬踏みの役まで信玄自らが指示することはあるまいと思った。初鹿野伝右衛門は、加藤駿河の末子であった。川中島で戦死した初鹿野源五郎の跡を継いで伝右衛門と称したのである。初鹿野源五郎の従弟で初鹿野伝右衛門という武士がいたが、既に上田原で戦死していた。

初鹿野伝右衛門は香車と書いた旗差物を背に差し、三十騎を率いて酒匂川の瀬踏みをした。その夜のうちに渡河点は決定され、各部隊に知らされた。明くれば十月一日、この日法螺の合図によって武田軍は一斉に酒匂川を越えた。武田軍が酒匂川を渡り終ったころ、酒匂一帯に火の手が上った。進軍に当っての景気づけと示威行動であった。場合によっては小田原の城下町も焼き払ってしまうぞという威嚇でもあった。

酒匂の煙は小田原城内からもよく見えた。とうとう来るべき敵が来たという感じだった。北条軍の武士たちは武器を取って待った。

酒匂川を渡った武田信玄は城攻めにはすぐ掛らず、海岸沿いに進んで、小田原の西の風祭《かざまつり》に本陣を構えて、小田原包囲の陣形を取った。

各軍団に信玄の命令がむかで衆《なか》によって達せられた。

一、みだりに掠奪《りやくだつ》すること勿れ

一、みだりに火を放つこと勿れ

もともと、武田軍の軍紀は厳しかったが、小田原城攻撃を前にしての、この布令は意気ごんでいる若い兵たちの勢いを減殺させるものであった。戦さは大集団による暴力行為である。血を見て狂った大集団はなにをやるか分らなかった。そして、その最中のことは、或る程度大目に見られていたものである。中には、これをいいことにして、物を掠奪し、女を犯す兵がいた。そうすることが、せめてものなぐさめとして戦争に出て来た兵もいた。

小田原の町はひっそりとしていた。住民はほとんど逃げていなかったが、逃げられない事情があって残っている者や、逃げ遅れた者もいた。信玄が、小田原に入っても、直ぐには城攻めにかからず、包囲の態勢を取っていたのは、はやる兵の気を静めるためであった。

信玄は、もともと小田原城を落すつもりはなかった。滝山城、鉢形城が健在である以上、たやすく小田原城を落すことができないことは分っていた。それにもかかわらず、小田原まで攻めこんで来たのは、北条父子に武田の武力を示し、反省を促すためであった。

(従来通り、武田と手を組んでいた方がよかったのではないか)

そのように反省する機会を与えるための、示威運動であった。だから小田原を焼き払い、無辜《むこ》の怨恨《えんこん》を買うような戦さをする必要性は毫《ごう》もなかった。

信玄は丸一日兵を休めた。そして十月二日、信玄は小田原城の外郭、四ッ《よつ》門蓮池《もんはすいけ》方面に向って攻撃を開始した。作戦上、この方面に当る家屋は焼かれた。民家もあったが、武家屋敷が多かった。

この攻撃に内藤修理の隊が向けられた。西上野衆の強さは、箕輪城攻略のとき充分に証明されていたが、武田方になってからの戦いでは、いままでこれといった戦功はなかった。先陣に立った西上野衆は、四ッ門を打破り蓮池に攻めこみ、ここを守っていた城兵と戦って、此処を占領した。蓮池附近から上る煙が小田原城を覆《おお》った。

北条軍は四ッ門蓮池あたりまでは武田軍の入ることを計算していたようであった。城兵は城に籠《こも》って、出て戦おうとはしなかった。武田軍の物見が近よると、城内から鉄砲で狙撃された。

北条氏康、氏政は明らかに持久戦を武田軍に強いていた。

十月三日、四ッ門蓮池の火事が収まったあとに、北条の重臣松田尾張守憲秀の屋敷だけが残っていた。周囲が焼けて、そこだけが残ったのは、武田軍が松田の屋敷だけをわざと焼かないで置いたようにも思われた。それればかりではなく、松田の屋敷から、米俵が担ぎ出されるのが城内から見えた。

「松田殿はなぜ米を残して置いたのだろう」

「屋敷が焼かれなかったのは、中に米があったからなのだ、それにしてもおかしなことよ……」

などと私語する者があった。

城外に放してある北条側の物見から、松田屋敷には、武田方の跡部大炊介勝資が入ったという情報があった。跡部と松田とは遠い姻戚関係になっていたし、両人は以前から交際していた。

「内部に気をつけないと、いつ、いかなることが出来《しゅったい》するやもわかりませせぬ。信玄は、城を攻める前に、まず城内にいる者の心を攻めると云われています」

氏政に進言した者がいた。家老の松田憲秀が武田側と陰でつながっているのではないかという噂が出た。松田憲秀のそれまでの言動にも疑いが挟まれた。武田軍が小田原を攻めることは絶対にない、駿河の防備こそ肝要だと主張していた松田憲秀の口裏を疑われたのである。

北条氏康、氏政はいよいよ慎重になった。武田軍の動向をよく見定めなければうっかり動けないぞと思った。

十月四日夜、信玄は次々と報告に帰って来た間者や物見の報告を聞いた後、新しい命令を出した。

滝山城の北条氏照が動き出したばかりではなく、鉢形城の北条氏邦の軍勢も動き出していた。忍《おし》衆、深谷《ふかや》衆、川越衆の一部は既に厚木あたりまで来ていた。

信玄は撤退の時機が来たと見た。

信玄は十月五日早朝小田原城の包囲を解いて鎌倉に向うことを全軍に告げた。氏政は物見を放って武田の動向を探り、武田軍が鎌倉へ行くということを知ると
「鎌倉へ行くならば、こっちの思うつぼだ。鎌倉に封じこんでからみな殺しにしてやろう。急ぐことはない」

氏政は武田軍を追撃しようという部将たちを押えた。しかし、武田軍は平塚まで行くと、そこで方向を九十度変えて、厚木に向って北上した。こうなると武田軍が三増《みませ》峠を

越えて甲州へ帰るという目的がはっきりした。厚木方向にいた北条軍は平地で戦うのは不利と見て三増峠に引き下って防備を固くすると共に、小田原城へ走り馬を飛ばせて武田軍の動きを知らせた。小田原城ではこのときになって、やっと武田軍の行動の真意を摑んだのである。それ、追撃に移れと云っても、その用意をするのに、まる一日近くは掛った。この一日の遅れは三増峠の合戦において北条軍が決定的な敗北を蒙る結果となった。

武田軍は急ぎに急いだ。退却となるとどうしても遅れ勝ちになる小荷駄隊を中に挟んで、三増峠へ、三増峠へと急いだ。この年の十月五日を新暦に換算すると十一月二十三日である。もう寒かった。武田の兵達は兵糧も乏しくなっていたし里心もついていた。今度の戦いは、勝ったのでも、負けたのでもない、やたらに駈けずり廻ったような戦さであった。旅の疲労が出て来るころでもあった。

三増峠に近づいて物見を出すと、峠には北条方の山家《やまが》衆の他、北条氏照、氏邦兄弟の軍勢、それに関東各地の軍勢が加わって、総勢およそ二万と推定された。更に物見を出して詳しく調べると敵の数一万三千というところが確かなところであった。

「この戦いは勝ったぞ」

信玄は跡部勝資に云った。

武田軍が二万、敵は一万三千、数において優勢なだけではなく、北条方は寄せ集めである。合戦ともなれば統制が取れなくなることは必定であった。問題は、小田原城からやって来る北条父子の本隊が来ないうちに打ち破ることであった。

信玄は三増峠攻撃を前にして軍議を開いて、まず小荷駄隊のことに触れた。

「山越えとなると小荷駄隊は甘利衆だけでは荷が重すぎる。改めて内藤修理に小荷駄奉行を命ずる。甘利衆は内藤修理の指揮下に入るように」

そう云われた内藤修理は、いささか不服のようだったが
「退却作戦が成功するか否かは、小荷駄隊が無事通過できるかどうかにかかっている。退却作戦の主役は小荷駄隊だ。小荷駄隊が斬り崩されることは味方の恥である。三増峠を小荷駄隊を守って通れる大将は内藤修理の他にはいない」

と信玄に云われると、内藤修理は、その役を引き受けざるを得なくなった。

信玄は味方を三分して、三増峠の敵を撃つ策を立てた。本道を馬場隊、内藤修理の小荷駄隊、勝頼の隊、浅利隊の四隊が進み、三増峠の西側にある志田峠には山県昌景が指揮する八頭の部隊が攻め登り、三増峠の東側の山には武田信玄が率いる本隊が攻め登り、三方から三増峠の敵を攻め崩すという作戦であった。

別に三増峠の近くにある津久井城には小幡隊を向けることにした。

十月六日はよい天気であった。この日の攻撃に当って、貝の役（号令伝達役）を云いつけられた典厩信豊は、信玄の傍に立って、今か今かとその合図を待っていた。

霜《しも》が降《お》りて寒い朝だった。朝靄《あさもや》を突いて走り馬が着いた。北条軍の本隊が小田原を出たという報告であった。信玄の采配が高く上げられ、それが横にさっと流れた。典厩信

豊が連れて来ていた五人の貝衆が同時に法螺貝を口に当てた。貝の音は山々に木霊《こだま》を返しながら長く尾を引いた。

武田の軍団はいっせいに動き出した。信玄のいる本陣から、むかで衆があちこちに走った。馬が使えないところは、木の中を走り、藪の中をくぐって走った。

敵を三方から囲むような場合は、どの隊が先に出てもいけなかった。場合によると先に頭を出した隊は全滅することもあった。三つに分けた力は、その力を使う時間は同時でなければならなかった。敵に近づいても他の味方が近づくまではみだりに動いてはいけなかった。敵の挑戦に応じてもいけなかった。この辺のこつは、戦さの経験がある大将は心得ていたが、若い大将は功をあせって、とんだ目に会うことがあった。むかで衆は各隊の進撃を調整する役も務めていた。諸方で鉄砲が鳴った。五人、十人とまとまった物見の小隊が衝突したり、見張りの兵が狙撃されたりした。北条方の山家の衆は、山の中を猿のように駈け巡っては、武田軍の騎馬武者を狙撃した。

日が昇るに従ってあたりが騒然として来た。三増峠の頂上に陣を取っている北条軍は、武田軍が三隊に分れて来るのを知ると、直ちにそれに対処する策をとった。各登り道を人数を出してふさいだ。

「この道を武田四郎勝頼の生首が登って来る。討ち取った者は恩賞望み次第ということにしようではないか」

と氏照が云うと氏邦もまた兄に負けずに

「四郎勝頼の首を挙げて関東一の豪傑になれとふれて廻りましょう」
と云った。しかし、三増峠本道は狭く、この道に一万三千が勝頼の首を取りに押し出して行くわけにはゆかない。武田軍の小荷駄隊を中心とした四隊もこのことを万々承知であった。

三増峠の合戦の模様は結果的には塩尻峠の合戦とよく似ている。塩尻峠の合戦は峠の上で待ち受けている小笠原軍を、塩尻峠越えの間道をたくみに利用して攻め登った晴信の軍が打ち破ったのである。塩尻峠は峠の上は松林地帯だったが、三増峠は途中が杉林で頂上附近は麓の村の採草地になっていた。三増峠から志田峠までの十余町の尾根の両側も草原になっていて、そこに尾根道がついていた。北条軍の一万三千は、この尾根筋の草原に陣をかまえて、三増峠本道と志田峠道との両方を警戒していたのである。

北条氏照、北条氏邦の兄弟は武田軍二万を迎えて決戦するつもりはもともとなかった。峠道を押えて、武田軍の通行を阻止するのが目的であった。小田原の氏政からもそのように命令されていた。

大軍が峠道を押えていると聞けば、武田軍はこの道を避けるであろう。もし強引《ごういん》に峠道を押し登って来たとしても、狭い通路に栓《せん》をした恰好で待っている北条軍をそうたやすく打ち破ることはできない。武田軍は峠の途中で停滞を余儀なくされる。そのころになると、小田原城を出た北条軍の主力、およそ五千が武田軍の後尾を衝く。こうなると武田軍は非常に不利な形勢になる。これは、氏照、氏邦のみならず、峠を守る北条軍の主なる大将は誰でも考えていたことであった。小田原から、武田軍の後を追って北条軍の本隊がやって来るという期待があるから、四郎勝頼の生首が坂を登って来るぞ、などと大言を吐《は》いておられたのである。まさか、この峠を遮二無二《しゃにむに》武田軍が登って来るとは思っていなかった。

「敵は退くと思うか」

氏照は弟の氏邦に訊いた。

「おそらく信玄のことですから、一刻二刻の小手調べをした後で、峠越えをあきらめ、全軍を率いて相模川沿いに甲州街道へ逃れることを考えるでしょう。そうなれば、吾等は山を降りて津久井方面で武田軍の通行を阻止すればよいわけです」

「しかし、相手は武田信玄、どんな手段《てだて》で来るかも分らないから、気をつけるように」

氏照はそう云って氏邦を志田峠方面の守備に返した。

物見に出してある山家衆が、次々と氏照のところに来て報告した。

「志田峠を目ざして登って来る敵は、山県昌景を総大将とする八頭の軍勢、鉄砲隊を杉林の中に散開させてじりじりと押し登って参ります。鉄砲隊の後には槍隊が犇《ひし》め き合っております。馬上で指揮している大将を除いては、多くは馬を降りて登って参ります」

（やる気なのかな信玄？）

氏照は背筋に冷たいものを感じた。敵が多量の出血覚悟で峠を押し登って来るというならば、こちらも逆落《さかおと》しを掛ける準備をしなければなるまいと思った。

戦いの様相は、尾根の草原へ一刻でも早く出ようとする武田軍と、そこまで来ないうちに撃退しようという、北条軍との争いになった。斬り合い、殺し合いが暗い森の中で行われたが、まだまだそれは大合戦の前哨戦であった。大部隊と大部隊、軍団と軍団との決戦にはなっていなかった。暗い森の中では戦さがやりにくいのである。

「小幡《おばた》尾張守、五百騎を率いて中津川沿いに津久井の城に向っております」

北条氏照がこの情報を得たのは巳《み》の刻（午前十時）であった。

物見からその報告を聞いたとき氏照は顔色を変えた。戦さ上手と云われている小幡軍が背後に廻りこんだのは、信玄が本気で決戦を挑んでいる証拠であった。

たいへんなことになったと氏照は思った。武田軍を峠から追い落すことを考えるより先に、追い落された自分の姿を見たような気がした。武田の将兵が、自分の首を狙《ねら》って、おしよせて来るのが見えるようだった。小田原からの北条軍主力が到着するまでとても持ちこたえられそうもないような気がした。

「本陣の守りを厳重にしろ」

氏照がそう叫んだとき、彼は明らかに守勢に立っていた。

「東山の頂《いただき》めざして、武田信玄の旗本部隊が襲《お》しよせています」

報告が入った。三増峠の東側四丁ばかりのところに山があった。名はあるだろうが物見は知らなかったから、東山と云ったのである。その東山から尾根が三増峠を経て志田峠まで延びていた。もしその東山を武田軍に占領され、そこに本陣をかまえられると、北条軍は眼下に見おろされることになる。

「一兵たりとも山へ上げるな、力の限り防ぐのだ」

氏照は東山へ、忍衆（武州埼玉郡忍城主成田氏の配下）、深谷衆（幡羅郡深谷城主上杉氏の配下）、臼井衆（下総印旛郡臼井城主原氏の配下）、佐倉衆（下総印旛郡佐倉城主千葉氏の配下）、小金《こがね》衆（下総葛飾郡小金城主原氏の配下）、岩槻《いわつき》衆及び川越衆を移動した。これらの関東諸衆の総大将として相模玉縄（大船の西玉縄村、現在鎌倉市）城主、北条上総守右衛門大夫綱成を当てた。

北条氏照にしてみると、非常召集はして見たものの、関東の諸衆の動きに対しては、今尚、全面的に信頼を置くわけにはいかなかった。北条一門の北条上総守を、これらの寄せ集め部隊の指揮官にしたのも、当時の情勢を雄弁に物語るものであった。

戦線は予想外に横に拡がった。

東山から三増峠、志田峠を結ぶ、十六丁ばかりの尾根に北条軍は兵力を分散し、武田軍もまた、峠道から森の中に随時展開して、尾根を目ざして、じりじりと押し登って行った。

合戦の機は熟していた。北条軍、武田軍は、互いに相手の出方を待っていた。どちらが先に手を出しても、その手を出したところを中心として血みどろの戦いが始まるのだ。それまで、あちこちに起っていた小競合もなく、山は静まり返っていた。鵯《ひよどり》の鳴き声が戦線をかすめて通っていった。

三増峠の合戦

甘縄城主北条上総守綱成は六十に近い、歴戦の武士であった。氏照に命ぜられて、関東勢を率いて、東山に対して備えを立て、物見を放って様子を探ると、東山へ陣を取りつつあるのは、武田信玄の本陣十六備《ぞなえ》（一備は現在の約二個小隊ぐらいの兵力）であった。三増峠の東側にあるその山は、尾根の瘤《こぶ》の一つで、三増峠を押えている北条氏照のところから見ると、ちょっとした丘陵に過ぎなかった。大軍が拠点とするところではなく、また大軍が攻めるところでもなかった。三増峠を挟んで、尾根一帯に合戦が行われたとしても、その東山だけは敵にとっても味方にとってもたいして役には立たないところであった。しかし、その東山に武田軍の本陣が登ったとしたら話は別だった。そこに立つと三増峠から志田峠までよく見えた。指揮を取るのに絶好な場所であった。

「これはまずいことになったぞ」

北条上総守は直感した。彼はすぐ伝令を氏照のところへ飛ばして、東山を武田の本陣十六備が占拠しつつあることを報じ

「機を失せず、中央の敵を攻め落すことこそ、御存分になされませ」

と告げた。敵の本陣が東山の頂で活動を開始する前に、小荷駄隊を中に挟んで、三増峠を目ざして登って来る、馬場美濃守、武田勝頼、内藤修理、浅利信種の四隊を攻撃したらどうかと進言したのである。

若い氏照は上総守のその進言を快く受け取らなかった。また、例の年寄りの癖が出たなと思った。氏照は、もっともっと、敵が近づいたところで一斉に攻撃してやろうと思っていた。彼は山家衆に命じて武田隊の動きを探らせ、随所に狙撃隊を出して敵の進撃をはばんだ。武田隊が疲れ切ってやっと峠に達したところを見計らって、追い落そうという考えを変えるつもりはなかった。

北条上総守は気が気ではなかった。愚図愚図していると、志田峠に向っている山県三郎兵衛昌景の指揮する八頭が北条氏邦の軍と合戦を始めるかもしれない。それよりもなによりも、東山を見張り所として武田の本陣が腰を据えたらどうなるだろうか。北条上総守は、武田信玄が鉄砲の音を巧《たくみ》に利用して、軍を動かすということを知っていた。東山で鉄砲の音を合図に指揮を取られたらどうにもしようがないと思った。

（こうなったら、敵の本陣が陣を布き終る前に東山を積極的に攻めて敵の指揮系統を混乱させるより方法はない）

上総守は決心した。

彼は、関東の諸将に東山へ向って進撃を命じた。臼井衆、佐倉衆、小金衆、岩槻衆はそれぞれ草叢《くさむら》の中に身を伏せて、槍をかまえながら東山の頂上を目ざして押し登って行った。

「武田の鉄砲に気をつけよ、みだりに身を起してはならぬ。攻めるときは号令するから一斉に立ち上れ」

上総守は全軍にそう伝えた。上総守の命令が伝令によって各部隊に通達されたときである。東山の上から声が流れて来た。はじめは云うことがよく聞き取れなかったが、やがてはっきりと一語一語が聞えて来た。

「臼井衆、佐倉衆、小金衆に申上げる。みなの衆は、もともと北条を敵として戦って来た千葉氏の一族、原氏の御一統ではないか。現在はやむなく北条の勢力下にいるが、やがては昔通りに独立して、下総の国を支配する侍衆である。その衆がなんで宿敵北条氏に味方をする要があろうぞ。われ等武田軍は、みなの衆が一日も早く北条の桎梏《しっこく》から脱するためにと、この戦さを起したのだ。既に臼井城主原常陸守殿とは互認の書状を交換している。みなの衆、愚かな手立てをして、自らの命を落すまいぞ。武田軍は、臼井衆、佐倉衆、小金衆を敵と見做《みな》さないから、みなの衆は、はや旗をおさめ、槍を担いで退きたまえ、退き候え」

この呼び声は何回も何回も繰り返された。臼井衆、佐倉衆、小金衆と名を云われた部隊の足が止った。武田側の云うことにある程度真実味があったからである。彼等は、やりたくもない戦さにむりに駆り出されて来たのだから、もともと、武田軍に対して敵愾《てきがい》心はなかった。兵たちは互いに顔を見合わせていた。

北条上総守の物見が引き返して来て上総守に報告した。

「敵は渋紙を張り合わせて作った、大きなじょうご（上戸の意、現在でいう漏斗《ろうと》）のようなものを口に当てて怒鳴っております。渋紙じょうごは他にもたくさん用意されているようです」

「敵は、言葉でわが千葉衆をたぶらかそうというのだな」

上総守は伝令を千葉衆のところに飛ばして

「敵の虚言に乗るな。敵の云うことにまどわされて、命令に従わないものは味方といえども容赦はしない」

と伝えた。

だが、武田軍からの声の売り込みは更に続いた。千葉衆だけではなく、岩槻衆、江戸、川越衆と呼びかけの範囲を拡げて行ったのである。

「弱い北条に味方してなんとする。北条は武田軍に城下町の小田原を焼かれても城を出て戦うだけの勇気がなかったではないか。武田軍は手向う者だけを討つ、戦う意志を現わさない者には危害を加えない。逃げる者は追わない。武田が求めているもの、それは北条氏照と氏邦兄弟の首である」

渋紙じょうごの声は大きく拡大されて山の上からおりて来て、北条上総守の陣を通り越して、三増峠の北条氏照のところまで聞えた。内容は分らないが、大きな声で怒鳴っていることだけは分った。

「なにごとが起ったのか、直ちに調べてまいれ」

氏照は、上総守のところに伝令を飛ばして、渋紙じょうごによる宣伝の事実を知った。

「おのれ、武田信玄め、槍、刀の勝負を嫌って、声で勝負を挑むとは憎い奴」

と怒ったところで、北条側には、渋紙じょうごの用意がなかった。声のよく通る男に、反駁《はんばく》させて見たが、とても敵《かな》わず、たちまち、武田軍の渋紙じょうごの声に叩き伏せられた。

志田峠の方でも同じようなことが起った。

「忍《おし》衆、深谷衆にものを申す。もともと忍衆、深谷衆は北条の家来ではなかった。忍衆は武蔵国切っての豪族成田氏の家来衆であり、深谷衆は上杉氏の家来衆である。多年の間、北条に痛めつけられて来たみなの衆は北条を憎みこそすれ、なんでその北条を攻めようとするこの武田軍に槍を向ける要があろうぞ。武田とみなの衆との間には、なんの遺恨も存念もない筈。武田と北条は今戦っているが、この争いに対して、成田殿も上杉殿も、静観するという書状を寄せられている。みなの衆、旧敵北条に義理立てする要はない。さっさと忍へ落ちたまえ、深谷へ帰り召され候え」

渋紙じょうごの声は、あちこちから聞えた。武田軍は戦いを忘れて、もっぱら宣伝によって関東衆の意気を沮喪させようとしているようだった。

鉢形城主、北条氏邦は、渋紙じょうごと、それを使って、大声を発する敵を狙撃するように山家衆に命じた。山家衆が森の中へ入ると、渋紙じょうごは今度は山家衆に向って、いったい山家衆は北条のためにどれだけ保護を受けているのか、命をかけて北条のために尽すべき筋がどこにあるのか、と呼びかけた。山家衆もたじろいだ。

全く思いがけない武田軍からの声の攻撃で前線が膠着《こうちゃく》したように見えたが、実はこの間に武田軍の主力は着々と峠に向って前進していた。

上総守は、これ以上猶予はならないと見て、指揮を弟の綱義にまかせると、馬に乗って本陣に戻って、氏照に進言した。

「敵の声に勝つためには、中央の敵に逆《さか》落しをかける以外に手はござらぬ。志田峠に向って来る敵が、尾根に出たら、わが軍は苦戦に陥ります」

氏照は、上総守綱成の必死の顔を見て、やっと三増峠を登って来る武田軍に対して逆落しを掛ける決心をした。

氏照の率いる主力部隊は三増峠にかかる道の左右に散開して山の中を攻め降りて行った。

東山の武田の本陣で放った、鉄砲の一斉射撃の音が続けて三度聞えた。氏照の軍が三増峠へ攻撃をしかけたから、志田峠に向っている山県昌景の率いる八頭は急ぎ志田峠に出て、氏邦の軍を圧迫せよという命令であった。

此処に三増峠の激戦が開始された。

三増峠を先頭切って登って行くのは、武田軍中で最も戦さの経験が深い馬場美濃守の軍であった。二番手は内藤修理、その後に小荷駄隊がぴったり続き、跡備《うしろぞな》えが四郎勝頼、そして殿《しんがり》は浅利信種の率いる一千の軍であった。総数約五千であった。氏照は兵を二つに分けて、峠の前後から武田軍を攻撃する方法を取った。北条上総守の長男氏繁は山家衆を主とした二千余を率いて山の中を降りて浅利信種の軍を襲った。暗い森の中で激しい殺し合いが始まった。浅利信種は、大将が馬上にいては敵の鉄砲に狙撃されるからと家来がいさめるのも聞かずに馬を降りなかったので北条氏繁の率いる鉄砲隊の弾丸に当って即死した。浅利信種が死ぬと、検使として本陣から派遣されていた、信玄の旗本曾根内匠《たくみ》が指揮を執った。

信玄は川中島の合戦以来、各頭へ、旗本を検使として派遣していた。検使は、一種の軍目付《いくさめつけ》でもあり軍監《ぐんかん》でもあったが、いざ大将が倒れると、大将に代って検使が指揮を執るというところが、武田信玄の立てた独特な軍法であった。

この三増峠の戦いに際しても、信玄は旗本の中から検使として、真田喜兵衛（昌幸）を馬場隊へ、四郎勝頼隊へは三枝勘解由《さえぐさかげゆ》を、浅利隊へは曾根内匠を派遣しておいたのであった。

浅利信種の戦死の後、浅利隊の指揮を執った、曾根内匠は、

「逃げる敵は追うな、打ちかかって来る敵だけを討て」

と命令した。浅利隊の用務は小荷駄隊を守る殿《しんがり》部隊であった。手柄をあせって兵たちが分散するのをいましめたのであった。

馬場隊も勝頼隊も氏照の率いる軍に両側から攻められて一時はかなり苦戦をした。小

荷駄隊を守っている内藤修理隊は、最も多くの敵を迎えて戦わねばならなかった。一時は、小荷駄隊の牛や馬についていた人夫にまで槍を持たせたくらいであった。

先頭の馬場隊が敵の重囲を抜け出て、峠の頂《いただき》へ出ようとした。暗い森の中で守勢に立つのは不利であった。えいえいおうおうと掛け声を掛けながら、押し登っていく馬場隊のすぐ後の勝頼隊も、勝頼の首を狙う北条勢の一旗組に悩まされ続けていた。だが森の中の戦いは、そこが行動不自由なるがために、にわかに勝敗が決する性質のものではなかった。一度激しくぶっつかり合っては、双方で引き、またぶっつかり合って戦うという繰り返しが、二刻（四時間）あまり続いた。双方にかなりの死者、手負いが出た。

釣瓶《つるべ》撃ちに数回、鉄砲の一斉射撃があった。それまでもしばしば東山の頂にある武田の本陣から鉄砲の合図があったが、釣瓶撃ち数回の連続発射は、全山を震駭《しんがい》させるほどの響きを持っていた。まさしく武田軍の勝利の号砲であった。

三増峠への道で苦戦を続けていた馬場、勝頼、内藤、浅利の四頭の将兵は、その号砲を聞くと一斉に歓声をあげた。その号砲は、山県昌景の率いる八頭が志田峠を越えて尾根に出たことを知らせたものであった。山県昌景が率いる八頭が志田峠から三増峠に通ずる尾根に出たということは、北条氏邦の軍が八頭に圧迫されたことを意味していた。こうなればあとは時間の問題であった。北条氏邦の軍は峠から追い落とされ、尾根伝いに三増峠に廻りこんで来る武田八頭は、氏照の退路を断つことになるのである。

氏照は、氏邦からの伝令によって、情勢不利を覚ると、退却を命じた。これはまことに下手なやり方だった。この場合、氏邦には後方の津久井城へ退《しりぞ》かせ、氏照の軍は、むしろ、三増峠の狭間《はざま》をそのまま下って厚木に出た方がよかった。三増峠の頂上へ向う武田軍四隊と山の中で擦れ違った方が損害は少なかったに違いない。しかし氏照は退けと号令した。武田四隊はこれを追って三増峠をおし登り、山県昌景の率いる八頭は、氏邦の軍隊を峠の向う側に追い落した余勢を駆って、氏照の背後に向ったのであった。

それればかりではなかった。それまで東山の武田の本陣にいた旗本十六備三千が山を下って北条上総守綱成の率いる関東軍に攻めかかったのである。臼井衆、佐倉衆、小金衆は、武田の本陣からの、声の攻撃で、すっかり戦意を失《な》くしていた。北条上総守の叱咤《しった》も役には立たなかった。北条勢は三増峠の上に追いつめられ、三方から包囲された。

古来大会戦、大合戦が行われた場合、多くの死傷者が出るのは、負け戦さと決った直後の状態の如何である。川中島の大会戦がそうであった。上杉軍は犀川を渡って敗走するときにもっとも多くの死傷者を出した。

三増峠の合戦に於ても、小荷駄隊を守って峠道を登って来る四隊はかなりの苦戦をした。前半の戦いに於ては武田軍の損害が多かった。しかし、一度、勝負の見通しがついてからというものは一方的な戦いが行われた。もともと北条軍は寄り集りであったから崩れるとなると、その速度は速かった。千葉衆、忍衆、岩槻衆などはさっさと戦線を去って活路を求めようとした。北条氏照、北条氏邦、北条上総守等の北条一族の軍が武田の大軍に包囲されて大打撃を受けた。

武田信玄は東山の本陣から、眼下の草原で行われている死闘を見ながら、あれこれと指図をしていた。

北条氏照の家来に大石遠江守という豪傑がいた。大石遠江守は、白い陣羽織を着て、鎌鑓を持って戦った。大石遠江守を討ち取ろうと取り囲む、武田方の武士が次々と傷ついた。鎌鑓が折れると、大刀を振りかざして武田軍を悩ました。既に死を覚悟の上の戦さぶりであった。東山の上から見ると、白い蝶が多くの鳥に囲まれながら舞を舞っているようであった。

武田信玄はむかで衆の一人を、勝頼のところにやって、その白い羽織の武士を生け捕るように命じた。勝頼の旗本伊藤玄蕃《げんば》、鮎川甚五兵衛、原大隅、石坂勘兵衛の四人が一度に取り掛って、大石遠江守を生け捕りにした。大石遠江守は、その後信玄の家来となったが、三年後、北条と武田が和睦《わぼく》したとき、北条氏照のもとへ帰還を許された。

三増峠の戦いの後半は、北条方の一人の豪傑を生け捕りにせよという命令が、本陣から出されるほど、武田軍には余裕があった。戦いは武田軍の一方的な勝利に終った。峠の稜線から追い落された北条軍は中津河原へ出て、川に沿って厚木方面へ逃げた。

厚木には北条氏政の率いる軍が小田原から続々と到着していたが、命からがら落ちて来た北条氏照、北条氏邦、北条上総守等の将兵の姿を見ると、武田軍との一戦をしようという気は起らなかった。北条氏政は、むしろ、敗走して来る北条軍の後を追って来る武田軍を警戒した。

夜がそこまで来ていた。太陽が晩秋の山にかくれると、寒さが身にしみた。北条氏政は、全軍を厚木に止めて、三増峠への進撃をあきらめた。武田軍は峠を越えて、沓《くっ》地《ち》川の山王の瀬を渡ったところの河原に勢揃いして、勝鬨《かちどき》の式を行った。この式に当って信玄は太刀取りは内藤修理、そして弓矢取りの役は山県三郎兵衛昌景に命じた。

太刀取りを内藤修理に命じたのは、内藤修理が小荷駄隊守備というもっとも困難な役を為《な》し遂げた功績を讃《たた》えたものであった。

三増峠の合戦はもともと攻撃戦ではなかった。小田原進撃という大行軍を終って、帰路にかかった武田軍の通路を北条氏照、氏邦の軍がさえぎったから打ち破ったまでのことであった。武田の武威を北条に示すためには、一糸乱れず堂々と甲州へ引き揚げることが必要であった。三増峠に待ちかまえていた北条軍と戦うがために小荷駄隊を捨てたとなると武田の名折れであった。

武田信玄が、三増峠の合戦で、小荷駄隊に主眼点を置き、小荷駄隊を防備する形の戦さをしたのはこのためであった。当時の合戦においては戦略上小荷駄隊を捨てて、先を急ぐこともまれにはあった。しかし、この三増峠の戦いにおいては、その小荷駄隊を守備して峠を越えるところに重要な意味があったのである。

そのころ西上作戦を頭に描いていた信玄は、その遠征に勝利を収めるためには、いかにして補給路を確保するかを考えていた。信玄が小荷駄隊を非常に重要視し、これを大事にしたのは、京都に武田の旗を立てるという大目的があったからである。

とまれ、この三増峠の戦いは武田軍の大勝利に終った。討ち取った北条軍の首は三千二百六十九あったと『甲陽軍鑑』には書いてある。

武田軍は、敵の首を厚く葬り、首帳を持って、その地を去って、道志河畔に陣を布いて一泊した。

翌日は朝から雪が降っていた。十月七日と云えば新暦に直すと十一月二十五日であった。その年の初雪であった。

道志から甲州街道までは一里余あった。二万に近い大軍が、雪の降る山の中を粛々と行進した。

戦いは終った。どうやら今度の戦いでは命を落さずに済んだが、この次の戦いではどうなるだろうかと思いながら歩く者もいた。三増峠の戦いで敵の首を取った者は、それに対する恩賞がどういうかたちで現われるかを考えながら歩いていた。

戦いで傷ついた将兵は、戦友の肩にすがり、又は担架に乗っての凱旋《がいせん》であった。確かに武田軍は三増峠で北条軍に大打撃を与えた。北条軍に武田軍おそるべしという恐怖感を与えるのに充分な効果を挙げた。だが、この凱旋は、雪の山道という気象状態の暗さもあったが、なんとなく意気の挙がらぬ行軍であった。

あの川中島の大会戦が終った後のような、満足感はなかった。箕輪城を攻め落したときのような勝利感もなかった。三千二百という大量の首を取ったが、その勝利によって武田軍が新しい領地を得たのではなかった。こういう戦いは今度が初めてではなかった。

過去にも幾度かあったが、その場合は、この次にはきっとその地に来て、その領地を取るという期待があった。新しい領地を得れば、その恩賞は、なんらかの形で、下々にまで行き渡るのである。しかし、今度は違った。今度の戦いは、初めっから、北条の領土を戦い取るための戦いではなかった。北条軍に武田軍の強さを示すための示威行動であった。その目的は将兵のことごとくが知っていた。知ってはいたが多くの兵は、ただ働きをさせられたようなむなしさにつきまとわれていた。

雪に風が加わって吹雪の様相を呈して来ると、兵たちの気持はますます荒《すさ》んだ。腹は減るし、寒かった。

（なんだって、おれたちはこんな苦労をしなければならないのだ）

という不満が頭の中に持ち上るのも、こういう時であった。

兵たちは甲州街道に出ても、一途《いちず》に歩かせられた。道々に村があり部落があった。そこは甲州領だから村や部落には人がいた。暖かい食べ物を欲しいと云えば出してくれるであろうし、火が欲しいと云えば、薪を持って来るであろうけれど、上部からの命令で、そういうことは固く禁じられていた。行軍中に勝手なことをすると、叱られるばかりではなく、時によると首が飛ぶことがあった。

内藤修理の隊の二十人頭《がしら》の高間雄斎は、負傷者二人を連れていた。小荷駄隊を守備していた内藤隊は、何回となく敵の攻撃を受けて、その度に犠牲者を出した。高間雄斎の組も足軽が一人死に二人が負傷した。二人とも重傷なので担架で運んだ。十七人が交替で担架に掛っていたが、吹雪の中の担架運びは容易なことではなかった。

吉野という小さな村の近くを通過中に担架の一人が寒さを訴えた。三増峠の戦いの折、高股を敵の槍で突かれて出血が多かったから寒さが身にしみるのである。顔色が真青になりがたがた震えていた。高間雄斎は、民家の庭に立寄って、焚火をして負傷者を暖めた。民家の老人が出て来て、焚火を囲んでいる兵たちに、蕎麦《そば》団子を焚火で焼いて食べるように出してくれた。負傷者には、力がつくようにと熱い味噌汁を与えた。

横目付の曾根原主膳という侍が、これを見て、高間雄斎を責めた。

「行軍中である、勝手に焚火に当るなど、もっての他のことだ」

曾根原の語気は荒かった。

「負傷者が寒さを訴えたのだから止むを得ないではないか、暖めてやらねば、この男は死ぬかもしれない。出血多量の場合は寒さが一番いけないことぐらい承知であろう。この負傷者を暖める為に、われ等十七人は風除けとなって周囲を取り巻いているのだ」

高間雄斎は曾根原に逆襲した。云い合いならば高間雄斎の方が横目付の曾根原より達者だった。曾根原は雄斎に云い負けた口惜しさから、たまたま近くを通り合わせた、侍大将の三枝《さえぐさ》善右衛門に
「あそこに焚火に当っている不埒《ふらち》な者がいますので、たしなめたところ、云うことを聞きません」

と云いつけた。

三枝善右衛門は馬上から、農家の庭をひょいと見た。焚火の近くに担架に寝せたままの負傷者がいた。

「そこにいる衆、今宵の泊りは一里先の諏訪村である。焚火に暖まったら先を急いで、よきねぐらを探すよう心掛け召され」

と声を掛けたまま行き過ぎた。高間雄斎はその好意的な忠告を受けると、すぐその場を去りたくなかったのである。雪はいよいよ激しく降って来るし、気温は降下した。兵達は凍傷をおそれた。負傷兵を担いで行くより、自分の身の方が大事になって来ていた。はやく、暖かいところに落ち着きたいと思っていた。諏訪村は小さな村であった。大軍がこの村だけに泊るわけにはゆかないし、雪が降っているから野宿はできない。各部隊は諏訪村及びその附近の民家に分宿するように割り当てられた。

諏訪村には古くから諏訪神社の支社があった。神社と云っても、常時神官がいるような社ではなかった。冬の間は無人であった。

高間雄斎の率いる二十人はこの社を一夜の宿舎として割り当てられた。他に三十人ばかりの上野衆がいた。重傷者が全部で三人、負傷者が七人になった。どうやら雪はしのぐことができたが、火がないかぎり寒さに打ち勝つことはできなかった。火が無ければ湯を飲むこともできなかった。枯草や薪を探しに行ったが、その附近には見当らなかった。寒さと飢えで気が立っている兵たちが、社殿の附属施設をこわして焚火を始めた。

神社を焼くなどということは、もっての他のことであった。高間雄斎はことの重大さに驚いたが、制止できる状態ではなかった。兵たちは、大半が手足に凍傷を受けていた。重傷者はもっとひどい状態であった。高間雄斎はそのときすべての責任を取ろうと決心した。

横目付の曾根原主膳は、高間雄斎の率いる二十人が諏訪神社をこわして焚いていることを目付に報告した。目付が現場へ行って制止したが、兵たちは焚火を止めようとはしなかった。焚火を見て附近にまだ宿舎が決らずにいた兵たちがつめかけて来た。手足に凍傷を受けた者や負傷者が多かった。彼等は神社に上り込み、床板をはがして燃やした。目付や横目付の力では制止できなかった。制止しようとすれば、それでは薪を持って来い、薪のあるところへ案内しろと逆に目付や横目付をつかまえて、こづき廻す始末であった。寒気はきつくなる一方だし、夜を前にして、寝場所がはっきりしない兵たちは、時間が経つにしたがって昂奮した。

横目付の曾根原主膳はその状況を本陣に報告した。

「なに諏訪神社の支社を……」

信玄は顔色をさっと変えたが、外の吹雪に眼をやると勝頼を呼び寄せて云った。

「兵たちが諏訪神社の支社を薪にしているそうだ。よほど難渋しているからであろう、よく見てから、応変の処置を取るように」

武田信玄は神仏を崇拝する武将であった。また、信玄の諏訪神社に対する信仰は格別だった。遠い昔、武田氏が武田の荘《しょう》にいたころは諏訪神社の氏子であったという歴史的事実もあって、武田は諏訪法性《ほっしょう》の軍旗を用いていた。その社がいくら支社であったからといって諏訪神社を焼くということは常識では考えられぬことであった。

勝頼も父信玄の一言によって、情況を察した。勝頼が馬に乗ると、その後を二十騎ほどの旗本が追った。武田の重臣跡部大炊介勝資が、勝頼の傍に馬を寄せて来て云った。

「勝頼様のなされ方を将兵のすべてが見ております。よくよくお考えになって処置なされますように、兵を罰するより、兵を救う道こそ、この場合は大切でございます」

勝頼は、跡部勝資の顔を見ただけでなにも云わなかった。勝資の顔は吹きつける雪で真白だった。

諏訪神社支社の前で馬をおりた勝頼は石段の上を見上げた。社の屋根から煙が上っていた。

社殿の中にいた兵たちは勝頼が来たと聞いたが、火を消そうとはしなかった。高間雄斎が勝頼を迎えた。

「すべてはこの高間雄斎が命じてやらしたことでございます。御存分に、御処置をお願い申上げます」

雄斎は降り積っている雪の上に膝を屈して云った。

「負傷者は何人か」

勝頼が訊いた。

「重傷者が三人、負傷者は七人おりまする」

勝頼は、それに対して大きく頷いてから云った。

「余は、諏訪神社の大祝《おおはふり》諏訪頼重の孫である。神代の時代から諏訪神社の大祝としての血統を受け継いだものである。余がここに来たのは、武田勝頼としてではなく、大祝諏訪勝頼として参ったのだ。用向きは、諏訪村の諏訪神社支社を新営するため、神霊をしばらくの間、諏訪神社本社へお移し申上げたいからである。高間雄斎、余はそちに、遷《せん》宮《ぐう》の儀に際しての脇役を申しつける」

そして勝頼は更に言葉を続けて
「まずその雪の下にある榊《さかき》の枝を取ってまいれ」

と命じた。勝頼の指すところには、榊の木はなかった。雪をかぶっている笹があるだけだった。雄斎がためらっていると勝頼は声を高めて云った。

「心で榊を見よ」

それで雄斎は勝頼の気持を察した。この大雪の中で榊を探すのはたいへんだから、笹の葉で間に合わせようというのであった。

勝頼は、雄斎の取って来た笹の葉を手に持って神殿に近づくと、笹の葉で型どおりのお祓《はら》いをして祝詞《のりと》を唱えた。音吐《おんと》朗々としてあたりを圧するものがあった。

勝頼は祝詞を唱えながら、亡き母、湖衣姫のことを思い出していた。あなたは諏訪家の直系です。代々諏訪神社に仕える大祝の血統を受け継いでいるのですからお祓いの形と祝詞ぐらいは覚えていなければなりませぬ。そう云って母が連れて来た神官の矢島満明に教わったお祓いの形と祝詞が、ここで役立ったかと思うと感慨無量だった。

勝頼の旗本もついて来た跡部勝資も、勝頼がお祓いを行い祝詞を上げることができるなどとは思ってもいないことであった。人々は首を垂れて勝頼の祝詞を聞いた。雪の中の儀式は荘厳に行われた。

勝頼は祝詞が終ると、本殿の扉を開けて、そこに祭ってあった、諏訪神社のお札を懐中に収めた。

「諏訪村の諏訪神社の神霊は、諏訪神社の大祝、諏訪勝頼が、今日ただいま、本社殿へお移し申上げることに相成った。明年この地に新しく社殿ができるまでに、この旧社殿は取りこわして置くように」

勝頼は高間雄斎にそう命ずると、家臣に向って、これから、直ちに諏訪村の名主《みょうしゅ》のところへ行くから案内せよと云った。

勝頼主従は、諏訪村の名主尾形太郎右衛門のところに寄って、諏訪村の諏訪神社支社は、来春、勝頼が費用を出して新築するから、それまでの間、神霊は諏訪神社本社に移すことを告げた。尾形太郎右衛門は、勝頼の処置に繰り返し礼を述べた。

勝頼の一行が鶴島の本陣に帰りついたころは既に日は落ちていた。吹雪はいよいよ激しくなった。本陣に当てられた寺の本堂で勝頼を待っていた信玄は、勝頼からの報告を聞くと

「止むを得ぬ処置」

と一言云っただけだった。讃《ほ》めもけなしもしなかった。しかし、この事件についての噂話は跡部勝資が勝頼に予告したとおり、二、三日の間に全軍に拡がった。信玄の後継者としての勝頼の人気はいやが上にも挙がった。特に、信濃や上野などの分国の将兵には、若い大将勝頼の評価は確定的なものになった。

……七日、当地に至り、着陣の刻《みぎり》、万般制止これ多しと雖《いえど》も、分国の猛勢帰陣の上、甲乙人等、草薪その便これなきによりこの宮破却し畢《おわ》んぬ……。(諏訪社棟礼『甲斐国志』)

御先陣を賜る

武田信玄は、古府中に帰ったその翌日、山県昌景、馬場美濃守、跡部勝資、典厩信豊、四郎勝頼の五人を呼んで云った。

「出陣は何時ごろにしたらいいか」

帰陣した翌日に、出陣と云われたので、五人はびっくりした。小田原遠征は将兵たちに多大な労苦を与えた。その兵を休養させ、遠征の準備をするには相当な日数が要る。五人は五人とも、それぞれの思惑の中をさまよっていた。

「四郎は次の出陣についてどのように考えるか」

勝頼は、このごろときどき、父信玄にこのようなことを訊かれることがあった。山県、馬場、跡部などの重臣の前で武将としての能力を試されているようで、決して気持のいいものではなかったが、逃げを打つわけには行かなかった。

「北条が自国の防備のために、駿河にやってあった兵を相模に呼び戻すとしたら、その軍移動が終るのは十一月の初めとなるでしょう。従ってわが軍が駿河へ出陣する時期は十月半ばごろがいいのではないかと思われます」

勝頼は常識的な答え方をした。信玄の小田原城包囲作戦が、北条に対する陽動作戦であるということを頭に置いての考え方であった。

「北条が駿河の軍を引き揚げなかったらどうする。北条が駿河の派遣軍を更に強化するようだったらどうするか」

「そういうことはありません」

「なぜないと云える。北条にはまだ氏康殿が健在だぞ」

氏政は大した男ではないが、老いたりといえども氏康は油断ができないと信玄は云ったのである。

「はっ、もし北条が駿河の兵を引き揚げないようでしたら、こちらから引き揚げるように工夫いたします」

「その手だては？」

「小仏峠口から氏照の滝山城を突きます。信濃の兵を軽井沢に集めます。前と同じことをもう一度やれば、必ず、敵はそれに応じます。越後の方は、これから厳寒期に入るから心配することはないと存じます」

信玄は、頷いた。いいとも悪いとも云わなかったが、勝頼の答え方に満足していることだけは、はっきりしていた。

「信豊はどう考えるか」

信豊は父の信繁によく似ていた。兄信玄の云うことを忠実に守り、戦さの度毎に、最もつらい場に立って戦い、ついに川中島の戦いで死んだ信繁の風貌をそのまま受け継いでいた。信玄はその信豊が、四郎勝頼のよき協力者となっているのを、心温まる思いで眺めていた。

「勝頼様と全く同じ考えでございます」

信豊は勝頼を立てた。信玄は信豊のその謙虚さに内心で満足しながら

「若い者には、若い者の考えがあるのう」

信玄は馬場美濃守に云った。山県、馬場、跡部の三人の重臣のうち、馬場美濃守が一番の年長者だから、彼に向って同意を求めたのである。

「勝頼様の御意見に同感でございます。駿河に派遣してある北条の軍が動くのと、時を同じゅうして動くことこそ肝要かと存じます」

信玄は頷いて、眼を山県昌景にやった。そちの意見はどうかという眼であった。

「されば、この度の駿河侵入は、北条に、駿河を断念せしめるための戦さでなければなりませぬ。少々の犠牲を払っても北条方の城を一つや二つは攻め取らずばなりますまい。その城は……」

山県昌景は、跡部勝資の方を見た。一人で全部云わずに、跡部に発言の機会を与えたのである。跡部勝資は、自ら陣頭に立って戦うという武将ではなかった。むしろ彼は、武より文に秀でた男で、外交、調略にかけては武田陣内では随一の人物であった。跡部勝資の従弟、跡部重政が勝頼の側近の第一人者である関係から、太郎義信が死んで信玄

の後継者が勝頼と決って以来というもの、勝頼のあるところには必ず勝資があるような存在になった。信玄も勝資が武田家中枢の重臣としてそうなることを別にへんとは思っていなかった。勝頼の地位が強化されれば、勝頼の気に入りの家臣が表面に出て来るのは当然なことであった。

跡部勝資は山県昌景から問題を譲られると、即座に答えた。

「それは蒲原《かんばら》城でございましょう。蒲原城には北条新三郎兄弟がいますが、この城はそれほど守りの固い城ではありません。攻めれば必ず落ちる城でございます。この城を落せば、駿河と相模のつながりは断絶いたします」

信玄は大きく頷いた。なんと賢い、そして気心の合った家来たちであろうと思った。信玄が一言も云わずとも、信玄の胸中をその座に連なる者はすべて察していたのである。このように、主従の心がぴったり合ったときこそ、戦力が、倍にも三倍にも発揮できるのだ。信玄はふと、小田原の城内で、北条一門が、武田対策をどうしようかと、例によって長ったらしい評定を繰り返している様子を想像した。思わず笑いが出そうであった。今度こそ、旨く行くぞという自信が信玄の顔を明るくした。

「いずれにいたしましても、軍を発するまでには一月《ひとつき》はございましょう。その間、お館様にはごゆるりとなされるようお願い申上げます」

馬場美濃守が云った。心配は信玄の健康であった。凱旋して来た翌日、軍議を開くなどということからして異例であり、そのようなことをすることが、健康でない信玄の身体から出て来るあせりのような気がしてならないのである。以前の信玄は、こんなではなかった。凱旋した当時は、昼間から側室の局《つぼね》を訪れることは稀ではなかった。長途の戦さの緊張の後には、このような日があってこそ、その次の戦さの構想も浮ぶものであると家臣たちは考えていた。

それなのに、今度は——まるで戦さに憑《つ》かれたようであった。

「美濃守、余にごゆるりなどと本気で云っているのか。そちが、余の心をほんとうに知っているならば、ごゆるりなどとは云えぬ筈だ。余もつらい。休みたい。しかし今は休んでいてはいけないのだ。兵たちはもっとつらいだろう。不平や不満も多いだろうが、ここしばらくは、休んでいるわけには行かないのだ」

美濃守に向って云っている言葉ではなく、そこにいるすべての人に向って云っている言葉であった。

信玄は、それから一刻あまり、五人の者たちと一カ月後の駿河侵入を予定しての作戦を練った。軍議が終ったときは、もう夕刻になっていた。

ひとりになった信玄は、馬場美濃守がごゆるり、と云ったことを思い出していた。このごろは戦さにかまけていて、女たちを見てやる暇が失《な》くなったことを気にしていた。

信玄の足は久しぶりで奥へ向った。戦さから帰って来て、はじめて、この乾いた回廊の板を踏むときの気持は格別だった。奥には局があり、そこには北の方の三条氏の他、愛妾の里美の方、恵理の方、そしてあかねの方がそれぞれいた。

信玄は、その乾いた回廊に一歩を踏み入れると、その奥で彼を待っている女たちの息づまるような期待を思った。信玄が最後に訪れる女が、その時点に於て、もっとも愛されている女であるか否かは別にして、信玄が帰館しての最初の訪れに彼女たちは異常な期待を持っていることは事実だった。彼女等はそのことをお館様の御先陣を賜ると称していた。武将の妻妾らしい隠語であった。御先陣を賜るために多少の工作もあった。気の利いた女中を迎えに出したり、局の前に花を飾ったりしたが、そういう見えすいたことをすると、信玄はかえって、その局を避ける傾向があったので、彼女等は、ただひたすら、耳を澄ませて信玄の足音を待っていたのである。

御先陣が決ると、一夜はそこにいることになっていたからその局は俄《にわか》に騒がしくなり、女たちの出入りが繁くなった。それに比較して他の局の女たちはひっそりとして、屈辱感に満ちた眼を回廊の方に向けていた。

御先陣が決っていたのは湖衣姫が生きていたころであった。信玄は戦さから帰ると、昼夜にかかわらず、真直ぐに湖衣姫の局へ向った。しかし、湖衣姫が死んでからは、三条氏を除いて、里美の方と恵理の方とが、公平な御先陣の機会を与えられていた。そしてあかねの方が愛妾になったしばらくの間は御先陣を独占したが、近ごろは御先陣そのものが遠のいたようであった。

「お館様は年齢のせいでしょうか、それとも……」

健康が勝れないためだろうかと私語する女たちもあったほど、信玄が局を訪れる日が少なくなった。

　信玄は、たしかに、女に対する欲望は若いときのように旺盛ではなかった。しかし、その欲望が失くなったのではなかった。彼はまだ四十九歳であった。若い女を見れば心も動くし、戦線にあって、ふと女の肌を恋しく思うこともあった。時によると、若い頃よりも激しく側室たちの身体を求めることもあった。その信玄が、このごろ局に足を向ける回数が減ったのは、信玄自身の心に期するものがあったからである。そのころ、信玄は、持病の労咳が、またまた擡頭《たいとう》して来ていることを知っていた。午後になると微熱が出て来るし、異常に咽喉が渇いたり、夜半、燃えるような情欲に悩まされることがあった。それらの現象はすべてあの労咳という病の前兆であった。信玄は、執拗に彼を追って来る労咳を今まで避けて来ていた。追いすがられたと思ったとき見事に体をかわした。しかし今度は、今までのようにはゆかないように思われる。医者が云ったのではなく信玄自らがそう考えたのである。今度の労咳という敵は今までとは違っていた。今までのように、その姿をあからさまにして立向って来るのではなく、慎重に準備を整えながら、じわじわと攻めて来ていた。一方向からではなく、彼の身体のあらゆる部分から徐々に、深いところへ侵略して来るように思われてならなかった。

　労咳は明らかに今までにない姿勢で挑戦しかけて来るように思われる。労咳は信玄が京都に上って天下人になりたいという野望を知っているのではなかろうか。彼の野望が勝つか、それ以前に信玄を殪《たお》すことができるか、労咳はその勝負を挑んで来ているのではなかろうか。信玄はそのように考えるのであった。労咳には負けたくなかった。京都に武田の旗を立てるまでなんとしても生きていたかった。駿河を攻略し、遠州を席巻《せっけん》すれば、あとは勢いに乗じて京都までおし上ることは可能と考えられた。

信玄は、その急ぐ気持をことさら他人には示したくはなかったが、信玄の心を知る重臣たちは、信玄の身体のことを心配しながらも、やはり信玄と共に急いでいることを知っていた。いまや急ごうとする気持は、武田の宿命のように覆いかぶさって来ていた。

信玄は回廊へ一歩を踏み入れたとき、正妻三条氏のところを訪れようと思った。夏の終りごろから身体の具合が悪くて伏せっていると聞いていたから一度見舞ってやらねばならないと思った。

回廊を妻妾たちのいる館《やかた》の入口まで来ると、そこに、三人ほどの番士がいた。入口に錠があるから錠の口と云われているところであった。そこから中は、信玄以外の男性が入ることを許されなかった。

いつもの信玄ならば、その女の館への入口で、どの局へ行くかをもう一度考え直すために、ほんのちょっとだけ立止って番士の礼を受けてから、目的の廊下へ足を踏み入れるのであったが、その日は、女の館の入口に来たとき既に心は決っていたので、中央の廊下へ真直ぐに入って行った。局へ続く廊下は入口で別々になっていたから、他の側室のいる局の前を通らないでもいいようにできていた。

信玄は、三条氏の局に続くその冷たい廊下を歩きながら、まるで他人の家の廊下を歩いているような気がした。三条氏とは、太郎義信の事件以来、会ってはいなかった。三条氏が太郎義信夫妻の肩を持ち、特に於津禰の方の兄の今川氏真との交信の片棒を担いだことが分って以来というものは全くの疎遠になっていたが。だが、三条氏が信玄の正室であることはかくれもない事実であった。正室が病気だというのに見舞ってやらないという法はなかった。

三条氏は、信玄をしばらく別室に待たせて置いた。女たちの衣擦れの音から察すると、三条氏が信玄を迎えるための用意をしているように思われた。

（いらざることを）

信玄はそう思っていた。

三条氏は着替えしたばかりではなく、化粧までして信玄を迎えた。

信玄は三条氏の顔を見て声を飲んだ。まるで別人のような女がそこに坐っていた。三条氏はもともと大柄な女であった。顔も大きく、どちらかと云えば肥っていた。その三条氏は見違えるほど瘠せていた。顔は化粧のせいもあったが、それまでついぞ見たことのないほど白く透《す》き徹《とお》り、明らかに病的なものであることを示していた。

「よくぞ、お出で下さいました。私は死ぬまでに一度だけ、お館様に今生《こんじょう》のお別れをしたいと思っておりました」

と三条氏が云った。

「なに今生の別れだと？」

信玄はそう云いかえして三条氏の顔をもう一度見直した。その白さは、あの湖衣姫の透き徹る白さだった。湖衣姫に死が訪れようとしていたとき、このような肌の色をしていたのだ。信玄は、もしや三条氏がと思うと、冷たいものが背筋を走った。

「驥庵《きあん》の申しますには、私の病は急性の労咳であるとのことでございます。おそらく、私の生命はあと半年は持たないだろうと思います」

「驥庵がそんなことを云ったのか、驥庵が？」

信玄は思わず大きな声を出した。驥庵というのは、三条氏が京都から呼んだ医者であった。京都好きの三条氏は、草深い田舎の医者にかかるのは厭《いや》だと云って、以前から京都の医者を迎えていた。驥庵もその一人であった。

「驥庵は労咳だとだけ申しました。あとは私の診断でございます」

「素人のそなたになにが分る。ばかな……」

信玄は吐き出すように云った。いくら不仲な妻であっても、妻が急性の労咳に罹《かか》ったなどとは思いたくなかった。急性の労咳は死を意味していた。それは常識であった。信玄が強い言葉で三条氏の素人判断を否定して、驥庵だけではなく、他の医者にも診せたほうがいいだろうと、しきりにすすめると三条氏は
「お館様のそのお心だけで充分でございます。そのようなおいたわりのお言葉を頂いたのは、京都からこの地に参って以来のことでございます」

三条氏は涙を浮べて云った。

「そなたは余の正室じゃ、余が正室の健康を心配するのはあたりまえのことではないか」

「ありがとうございます。そのお言葉だけでも、私は死んで行けます。でも女には欲がございます。執念がございます。もしお館様がいまの言葉が誤りでないと申されるならば、その証《あか》しをお示し下されませ」

「あかしとな、言葉だけではいけないと申すのか」

「はい、身を持ってお示し下さいませ」

三条氏はきっとなって云った。それを云うときの三条氏の眼は怖《こわ》いほど輝いていた。

「なんなりと云って見るがいい」

信玄は、三条氏の容易ならぬ眼の光に圧倒された。

「御先陣を賜りとう存じます」

あまりにも意外な申出に信玄は固唾《かたず》を飲んだ。三条氏は信玄より一つ年上であるから五十歳であった。既に夜の営みからは長い以前に解放されていた女性であった。そのような煩悩があるということさえも想像できなかった。御先陣を賜りたいというのは別のなにかを要求していることであろうと思った。信玄はあれこれと想像したが、思いつくことはできなかった。

「この年齢《とし》と病の身で恥を忍んで申し上げます。ぜひとも、今宵は御先陣を賜りたく、お願い申し上げます」

三条氏は敷物の上に手をついて云った。もはや三条氏が望んでいることは明白だった。
「私はお館様にずっと嫌われておりました。私が京都から連れて来たおここに、お館様がお手をつけなされて以来というもの、御先陣を賜ったことは一度もございませんでした。他の女たちが交互に御先陣を賜っているという話を聞くにつけて、正室の身でありながら、それを頂くことができずに心苦しく思っておりました。それは、すべて、この身が悪かったのでございます。私が悪いからお館様に嫌われているのだと分っていても、やはり、御先陣を頂きたいと思う気持は変るものではございません。私の生命はそう長いことはありません。悲しい、さみしい、苦しい生命の灯《ひ》がまさに消えようとしているのです。私の望みが不条理なものであったとしても、それを云わないではおられません」

三条氏は張りつめていた姿勢を崩すと、さめざめと泣いた。気の強い三条氏が泣くのを見るのも信玄にとっては初めてのことであった。

三条氏がおここと云ったとき、信玄の頭には、あの愛らしい側室おここのことが思い浮んだ。おここは急性の労咳であった。おここの病が信玄に伝染することを懼《おそ》れて、三条氏はおここを殺した。しかし、そのとき既に信玄は、そのおここの労咳を受け継いでいたのである。そして、その労咳は、信玄から、湖衣姫に伝染《うつ》り、湖衣姫は死んだ。それだけではない。今、三条氏が労咳に罹《かか》っているのだとしたら、おそらくその病源も、信玄の身体を通じて、いつの日にか三条氏の身体に乗り移っていて、突如として、表面に現われたのではなかろうか。

信玄は、その労咳を憎んだ。同時に、その労咳に毒された自分の運命を見つめながら、女としての欲を棄て切れない三条氏を哀れな女だと思った。京都の公卿左大臣三条公頼の娘として生れた彼女が、こんな草深いところへ嫁に来たのは、貧乏公卿の三条公頼が武田信虎の示した莫大な結納金に眼がくらんだからであった。金持ちの地方大名に娘をやって置けば、いざというときには助けて貰えると思ったからであった。そして、信虎が、彼女を嫡子晴信に迎えたのは天皇家とつながりが深い三条家と縁を結んでいて損はないと考えたからであった。二人はそうして結ばれたのであった。そして二人はいままで仲の悪い夫婦であった。義信の成長につれて、義信まで、不仲の渦中の人としなければならなかった。その義信はいまはない。三条氏が義信の次に生んで、北条氏政の正室となった時姫も早死してしまった。

(不憫《ふびん》な女よ)

信玄はそう思った。夫の信玄から真の愛情の言葉を受けたこともなく、真の愛撫を受けたこともなく過ぎて来た彼女が、人生の終末に臨んで望むことが御先陣を賜るということであれば、尚更可哀そうであった。

(労咳とはそのようなものであろうか。五十になった三条氏に御先陣を賜りたいという女の執念の火を燃え上らせ、余には、生命と引きかえに、京都に武田の旗を立てたいという野望をたぎらせる――労咳とはそのような不当な望みを湧かせる病であろうか)

「よし、今宵は此処を動かぬぞ」

信玄は云った。三条氏の望みをかなえてやることは、信玄の望みもやがてかなえられることのように思われ、労咳というものの正体をはっきり見定めるためには、今宵一夜ぐらい三条氏と共にしてもいいと思った。

「では、お館様は」

「久しぶりだ。ゆるりとな……」

信玄は、美濃守が、ごゆるりとなさいませと云った言葉を思い出しながら云った。

三条氏の顔に赤味がさした。彼女は急に、十も二十も若がえったように、華やいだ声で侍女たちに酒の用意をさせたり、床の支度をさせた。彼女自身も立ったり坐ったりした。とても病人だとは思われなかった。

信玄は終始彼女に押されていた自分を回顧した。十六歳で彼女と結婚したあのころから三条氏は、夜の営みにおいては常に積極的であった。彼女の方が年齢が上だったこともあったが、彼女がそのことに真剣だったということは、それだけ信玄の愛情を強く求めていたことであった。不仲の原因はいろいろあったが、彼女が信玄を嫌ったのではなく、信玄の方が彼女のその積極性を嫌ったことによる不仲でもあった。

信玄は当惑気であった。辟易《へきえき》した。三条氏が五十という年齢をいささかも感じさせないばかりか、盛りであったころの彼女を更に一まわり大胆にしたような態度で信玄を求めて来たからだった。灯は消されていた。外の物音も聞えなかった。その静寂《しじま》の中で、三条氏は全身で信玄を求めた。喘《あえ》ぎ、呻《うめ》き、もだえた。その激しい乱れ方の中にいると、彼は三条氏その者さえ見失いそうになった。彼は負けまいと力み、与えられるよりも与えるべきである自分の場に立とうとした。こんな激しい御先陣がいままであったであろうか。側室たちはいかなるときといえども静かに迎えた。女の方から積極的になるということはあり得なかった。常に信玄との間には、いくらかの距離があった。その距離をつめよう、つめようとしても、側室たちはその距離を保持しようとした。お館様と側室とは、いかなる場合も、同位ではなかった。同位であってはならないと彼女等は考えていたようであった。声も動きも恍惚境《こうこつきょう》に於てさえも、つつましやかという名の遠慮がありいつわりがあった。だが、今、信玄が三条氏に見たものは、そういうものをいっさい取りはらった、一個の女性の姿であった。荒々しい、たくましい、淫靡《いんび》極りない、そして飽きることを知らない女性の肉体であった。

信玄は生れて初めて、三条氏の中に女性を知ったような気がした。女とはこういうものであったかと思い知らされた。女とは、年齢にはかかわらずに、男以上に大きな欲求を抱いているものであることを知らされた。そういうことを知らされずにいた自らの愚かしさも痛烈に悔いられた。時刻の経過がつまびらかでなかった。三条氏は、けっしてものを云わなかった。身体だけで、その夜はまだまだ明けてはならないことを信玄に知らしめようとしているようだった。彼は、三条氏の身体がなぜこんなに熱いのだろうかと思った。発熱しているのだとは考えたくなかった。情熱の度合が示すものだと思いいたかった。

明け方近くなって信玄はまどろんだ。彼の傍から三条氏がいつ去って行ったのかは知らなかった。信玄は深い泥沼の中に沈んだように寝入った。満たされた充実感と疲労が彼の寝顔にただよっていた。

翌朝、信玄が眼を覚したときには、三条氏はいなかった。侍女たちに聞くと、その朝、早々に、義信の菩提寺の東光寺に墓参に行ったということであった。

「義信の墓へ行ったのか」

信玄には三条氏の気持が分った。おそらく三条氏は、義信が死ぬ間際まで心配していた、父と母の不仲について、義信の墓前に報告に行ったのだと思った。父と母はめでたく和合したと義信の墓の前で報告する三条氏の姿が見えるようであった。

信玄は三条氏の局を出るとき、もしかすると、もう二度と此処を訪れることはないかも知れないと思った。

その信玄の予想は当った。三条氏の病はそれから急に悪くなって行った。医者のすすめによって、躑躅《つつじ》が崎の館を出て志磨の湯の近くの日当りのいい家に入って、専心療養に努めたが悪くなる一方であった。彼女が死んだのは、翌年の夏の声を聞いて直ぐであった。この六カ月の間に信玄は三度も駿河に馬を入れるほどの多忙な日々を過していたが、彼は三条氏の病気を案じて見舞いに行こうとした。しかし
（お館様とのお別れはもう終っております。いまさらこの醜《みにく》い姿をお見せしたくはあり

ません)

三条氏はきっぱりと断わった。

これは半年先のことであって、この日信玄は正室三条氏の将来に不安は抱いてはいたが、まさか半年先に死ぬとは思っていなかった。

信玄は、昨夕《ゆうべ》通って来た、中央の廊下を通って館の入口まで来ると、鈴の間のあたりで女たちの声がした。鈴の間とは男子禁制の女の館の内と外を連絡するための鈴を置いてある間であった。控え室に使用されることもあった。女たちが、そこで鈴を振れば、外の番士が用件を聞きに直ちに参上することになっていた。

鈴の間には、里美の方、恵理の方、そして、あかねの方が、それぞれ侍女を連れて信玄を送りに出て来ていた。信玄が女の館へ来たときは、いつもこうして送るのが習慣になっていた。

信玄はそれぞれの女たちに声を掛けながら、幼い子が一人もいないのに気がついた。男子は七歳、女子は六歳になるとそれぞれ母の手を離れて傅役《もりやく》のところへやられることになっていた。そこに幼い子が見えないというのは、側室たちに出産の能力がなくなったことではなく、信玄自身が彼女たちを訪れる機会が減じたことを示すものであった。信玄は、なにかしら淋しい気持になった。一番若い側室のあかねにとっては、子供を生まないことは肩身のせまい思いがするであろうと思った。

女たちはそれぞれ美しく化粧をして、信玄に挨拶し、そして信玄を送り出した。どの顔にも嫉妬の片鱗も見えなかったが、彼女たちが心の中で、なにを考えているか信玄にはよく分っていた。

信玄の顔はいくらか上気していた。照れてもいた。いいとしをして昨夜《ゆうべ》はと内心思っていた。真面目くさった顔をしていながら、女たちは、昨夜のことをなにもかも知っているのだ。知っていて、知らんふりをされるということはつらいことだった。

「急に寒くなった。みなの者も風邪を引かぬように」

信玄はいままで、ついぞ云ったことのない言葉を口にして、いそいで錠の口をくぐった。

駿河府中城降落

永禄十二年十一月九日、武田信玄の名代《みようだい》として四郎勝頼は諏訪神社に父信玄の起請文《きしようもん》を捧げた。父信玄の比類まれなる武将の血と母湖衣姫の秀麗な美貌を享《う》け継いだ勝頼が、百騎余りを従えて馬上豊かに行く姿は人の眼を牽《ひ》いた。諏訪家は諏訪頼重の代で亡びたが、その諏訪頼重の孫が、今や、武田信玄の後継者として、ゆるぎなき地盤をきずいていることは、諏訪の住民にとってまことに感動的なことであった。涙を流しながら見送る人もいた。

勝頼は諏訪神社に祈願を終えると、湖畔の湯館に一夜泊ることになっていた。その湯館は、母の湖衣姫と共に居たところであり、思い出深いところであった。

「勝頼、あなたはお館様におとらない立派な武将になるのですよ。そしてあなたは、お館様の跡を継ぐ人になるのですよ」

幼いころ、母が勝頼の耳元でうるさいほど云ったことが思い出された。

諏訪の湯館には勝頼の内室のふくの方がいた。ふくは諏訪家重代の家老千野《ちの》家の一族の出であった。信長の養女雪姫が信勝を生んで間も無く、産褥熱《さんじよくねつ》で死んでから、半年ほど経って、勝頼の内室と決った女《ひと》であった。武田信玄の跡を継ぐ勝頼であるから、正室たるべき女はそう簡単には決らなかった。結婚は政略として最大限に利用すべきであると考えていた時代であるから、陪臣《ばいしん》の娘であるふくが正室になることはできなかった。そのことは、ふくも承知しており、勝頼も充分に知っていた。ふくは、女児まきを生み、まきは二歳であった。ふくが諏訪の湯館に来ているのは、彼女の父の千家大膳頭《だいぜんのかみ》昌繁の葬儀に列する為であった。昌繁は既に五十を幾つか越していた。当時としては早死の方ではなかったが、ふくの嘆きは深かった。

「さぞ気落ちしたであろう」

勝頼は、ふくに会うと、なぐさめの言葉を掛けてやった。ふくは父の死に会って、いささか痩せたようであった。その憂いを含んだふくの顔が勝頼にはかえって新鮮に見えた。

「湯に入ろう」

勝頼はふくに云った。ふくは、それを冗談と思っているようだったが、重ねて勝頼に誘われると

「なにかと心が滅入《めい》っていて、……お許し下さいませ」

と逃げた。

「出湯《いでゆ》の里では、男女が同じ湯舟に入るのはごくあたり前のことであろう」

勝頼はちょっと皮肉を云った。ふくが厭だと云っても無理に誘ってやろうと思った。

「それはそうですけれど、私は父の死に会ってけがれた身ですので」

「それなら、そのけがれをこの勝頼が洗い落してやろうぞ」

勝頼は大きな声で、湯の支度をするように侍女に云った。諏訪の湯は温度が高いから、掛け樋《ひ》の水を引き入れて、適当の温度にしないと入れなかった。

勝頼は、母の湖衣姫がこの湯館にいたころ父の信玄がときどき訪れて来て、共に湯に入ったことを覚えていた。

「まきも一緒に入れてやろう」

勝頼にはふくが生んだ娘のまきを交えて親子三人で湯に入ることが、たいへん楽しいことのように思われた。まきの名が出ると、ふくはもう、勝頼の申出をことわるわけにはゆかなかった。

湯殿におりると、湯殿は湯気で煙っていた。ふくは恥じらいながら着物を脱いだ。侍女が、まきを裸にしてふくに渡した。まきは片言をしきりにしゃべりながら、ふくの手に引かれて湯舟におりて行った。勝頼は、その親娘《おやこ》を見ながらゆっくり湯につかった。戦さに明け暮れしている多忙の日の中にこうした憩《いこ》いのひとときがあることが不思議のように思われた。これから駿河進攻作戦が始まると益々忙しくなるのだ。父信玄の西上の希望が膨脹するに従って彼の身辺もまたせわしくなる。

「どれ、まきを抱いてやろう」

勝頼は手を延ばしてまきを抱き取った。丸々と肥ったなめらかな幼女は、ちょっと支えるだけで浮いていた。

「いい湯だ」

勝頼はふくに云った。ふくは勝頼に肌を見せるのが恥かしいのか首まで湯につかっていた。そのふくの姿を見ていると、勝頼は母の入浴の姿をあれこれと思い出した。母はまぶしいように美しい身体をしていた。母の身体がつややかに輝いていたことも覚えている。そのころの湯舟は新しいものに取りかえられていたが、湯は同じところから湧き出て来るし、湯館も昔のままであった。

「なにを考えていらっしゃるのですか」

ふくが勝頼の顔を見て云った。

「母のことだ」

「美しいお方だったと父から聞いております」

まきが、ぴちゃぴちゃと湯をたたいた。湯がはねて勝頼の眼に入った。

勝頼が湯から上って一休みしているところに、侍臣の小原下総守忠国が来て、諏訪の上原城城代市川宮内介国定が待っていることを伝えた。

「折角のところをな」

勝頼は小原下総をかえりみて云った。

「拙者も、折角おくつろぎのところだからと申し上げましたが、ぜひにと申されるので……」

小原忠国は恐縮しきった顔をしていた。

「止むを得まい」

勝頼は衣服を改めて市川宮内介に会った。市川宮内介は勘定奉行も勤めたことがあった。武田信玄の家臣団の中では頭の切れる人物と云われていた。

「おくつろぎのところまことに失礼とは存じますが」

市川宮内介は深々と頭を下げた。

「なにか急な用ができたのか」

勝頼は湯から上ったばかりでほてった顔をしていた。

「勝頼様が葛山《かつらやま》元氏殿の御息女を此処にて御引見《ごいんけん》なされることになっていると聞き及びましたので、その件についてお伺いに上りました」

「なに葛山元氏の息女とな？」

勝頼は首を傾《かし》げた。今川家の重臣葛山元氏は、早くから武田信玄に通じていた。去年の十二月の駿河進攻の嚮導《きようどう》役を務めたのは葛山元氏であった。元氏が武田の陣営に加わると同時に、人質としてさし出した二人の娘が、諏訪に居ることは知っていた。武田信玄が諸方に勢力を拡大するに従って人質の数はどんどん増え、古府中には置き切れなくなって、或る者は諏訪へ置いてあった。

「勝頼様には、この春駿河遠征の折、葛山元氏殿にお会いなされたとき、諏訪に立ち寄ったら、御息女を引見してやろうと約束されたということでございますが」

市川宮内介にそう云われて、勝頼はこの年の六月に駿河から伊豆三島を攻撃した折、陣中で葛山元氏と会って、そのような話をしたことを思い出した。なにかの話のついでに、葛山元氏には息子はなく息女ばかり二人あり、何《いず》れも絶世の美人だと、誰かが云ったので、そんなに美人ならば、会って見たいものだと云ったことがある。勝頼は二十代である。美しい女の話が出れば、そのような冗談が飛び出してもおかしくはない。葛山元氏は、その勝頼の言葉尻をとらえて、娘は現在諏訪におりますので、諏訪へおいでになったときは是非引見していただきたいと云った。勝頼はそれを承知した。ただそれだけのことであった。

「約束と云えば約束、冗談と云えば冗談……」

勝頼は笑った。

「しかし、葛山殿の息女奈美殿に従って来ておりまする、鮎沢常陸《ひたち》はそのつもりで用意しております」

「そのつもりというと、葛山元氏の息女の奈美に余が会うことを予期しているというのか」

「さようでございます。御引見と申される意味を鮎沢常陸はもっと深く考えているように思われまする」

市川宮内介の眼が光った。そのひとことで勝頼はすべてを飲みこんだ。鮎沢常陸は葛山元氏の命を受けて、奈美を勝頼に押しつけようとしているのだと思った。

引見とは言葉の文《あや》で、それは一方的な見合いのようなものであった。勝頼が奈美に会うことは、即ち、勝頼が奈美を側室に求めたことになり、葛山元氏にして見ると、娘を勝頼の側室として献じたことにも成り得るのであった。

「これは、ちと面倒なことになったのう」

勝頼はひとりごとを云った。葛山元氏は駿河の豪族である。その娘を側室にするのはかまわないが、勝頼には、葛山元氏その人がどうも信用できないのである。今川氏真に背を向けて武田信玄に従ったまではいいが、その後の行動があまりぱっとしない。はかばかしい手柄を立てないし、彼の息が掛っている旧今川氏の家臣団をことごとく武田陣営に引張りこむという約束もいっこう実行しようとしないのだ。

「鮎沢常陸は余が諏訪へ来ることを何時知ったのか」

「それは分りませぬが、きのうあたりから、館に人を入れて掃除をしたり、料理人を招いて料理の支度をしているところを見ると、既に勝頼様がお出になるのを知っていて、迎える準備をしていたように推察されます」

勝頼が父信玄の名代として諏訪へ来ることは内密であった。そのことを事前に知っていることは油断がならなかった。誰かが、鮎沢常陸に通報したのだ。勝頼は、武田陣営の末端に食いこんでいる北条の諜報網を、ちらっと頭に思い浮べた。その組織を通じて情報が鮎沢常陸に洩れたとすれば、鮎沢常陸と北条とは通じていることになる。

「今宵は都合が悪い。明日奈美殿に会うつもりだと云って置け、そして明日になったら、急用ができて古府中に帰ったと伝えてやれ、どうも会わないほうがよさそうだ」

勝頼の気持は市川宮内介にすぐ伝わったようだった。宮内介は何度か頷いて帰って行った。

翌朝、早く勝頼は諏訪を発って古府中に向った。古府中に帰って、父信玄に諏訪神社に起請文を捧げたことを報告したあとで、葛山元氏の娘奈美のことを話した。なんでもないようだが、なにか意味がありそうに感じたからであった。

「そうか」

信玄はひとこと云っただけで、勝頼のとった行動をいいとも悪いとも云わなかった。しかし、なにかしら、考えていることだけは確かだった。

武田信玄はその翌日、古府中を出発して駿河へ向った。富士山麓の樹海の中を通る、右左口《うばぐち》路を通って大宮に出て、富士浅間大宮司、富士兵部少輔の居城大宮城に足を止めた。

信玄の本陣は大宮城に落ち着いたが、先遣部隊は、続々と駿河に向っていた。

信玄は、蒲原城に攻撃目標を置いた。この城に対しては、四郎勝頼と甥の典厩信豊を主力とする精鋭を向ける決心をした。今度こそ駿河を手中に収める気力を北条方や徳川方に見せるためだった。

信玄は攻撃に先立って、葛山元氏の軍を先方《さきかた》に使った。寝返って味方になった軍隊を最前線に出すのは、信玄に限らず、当時の戦いの常識であった。その働きぶりによって、忠誠心を判定するというむごいやり方であった。川中島の合戦においても、武田軍、上杉軍共に信濃の兵を先方として使った。

　葛山元氏は藤原氏の支流で駿河国駿東郡葛山邑《むら》に古くから住んでいる豪族であった。一時は駿東から伊豆、相模にまで勢力を延ばしていた。今川氏と勢力を争い、北条氏とも戦った。結局、今川氏に仕えることになったが、北条氏とも姻戚関係があった。今川氏真を見限って武田信玄に従ったときには、たちどころに千騎をそろえることのできる実力者と云われていたほどであった。

　蒲原城攻撃の先方衆を命令された葛山元氏は兵を集めると称して駿河に入ったが、なかなか蒲原城を攻撃する様子を見せなかった。四郎勝頼を総大将とする、三千の大軍がすぐそこまでやって来ると聞いて、やっと二百ほどの軍勢を率いて、蒲原城に向ったが、たちまち城兵に追い散らされて、勝頼の本陣に逃げこむと
「蒲原城には北条幻庵《げんあん》の子の北条新三郎兄弟が千余の強兵を率いて立てこもっております。力攻めに押せばお味方の損害は増えるばかり、この城を落すには囲むしか他に手立てはございません」

　と云った。

　勝頼は葛山元氏の腹を見抜いていた。元氏は戦さをするつもりはなく、おそらく北条とも通じ、北条と武田の中間にいて、うまく切り抜けようと考えている二股武将だと見た。そのうち尻尾を出すだろうと、元氏の身辺を厳重に見張らせていると、十二月の初

めに元氏から北条氏政宛の書状を持った男が捕えられ、元氏の裏切り行為は明白となった。葛山元氏は捕えられて、富士大宮城の信玄のところに送られ、さらに諏訪に送られて幽閉された。

四郎勝頼は颯爽《さつそう》として蒲原城に向った。十二月三日、蒲原の西、由比（現在庵原郡由比町）と倉沢の二つの城を攻め取った。城というよりも砦に近いもので、それぞれ二百人ぐらいの敵が籠《こも》っていたが、武田軍の来襲を受けると戦わずして退いた。

勝頼は蒲原城を包囲し、攻城作戦を練《ね》った。もと、今川氏真の家来で、この蒲原城に居たことのある常盤《ときわ》万右衛門という武士がいた。郎党数名を率いて国々を渡り歩く戦国浪人であったが、武田の陣営に加わってから、落ち着き、各所で手柄を挙げていた。

勝頼は常盤万右衛門を呼んで、蒲原城のことを聞いた。

「蒲原城を取るには城の背後の道場山に登り善福寺曲輪《くるわ》を攻めるのが手取り早いと思います」

常盤万右衛門は絵図を指して云った。更に彼は、善福寺曲輪の守備について知っているだけのことを話した。

常盤万右衛門の云うことと物見の報告とは合致していた。

勝頼は隊を二つに分け、勝頼は常盤万右衛門を案内として道場山から城の背後を攻め、従弟の典厩信豊は城の正面から攻める策を立てた。

「総大将が背後から攻めるというのは、まことにおかしなこと、典厩殿が道場山より攻めるのが至当に思われます」

跡部勝資がその作戦に文句をつけたが、軍監として派遣されて来ている山県昌景は

「戦さにさような形式はござらぬ。すべて味方が勝つべき最高の方法を考えればよいこと。典厩殿の兵を以って敵を正面に引きつけて置き、本隊が背後からかかることは、まことに当を得た戦法と存じます」

山県昌景は勝頼の肩を持った。軍監は信玄の代理である。山県昌景の一言は重く響いた。跡部勝資は沈黙した。

十二月六日未明、武田軍は行動を開始した。まず、勝頼の率いる二千の軍が道場山に登った。軍の移動を終り、いよいよ道場山から善福寺曲輪に攻めかかる段取りができてから、勝頼は合図の鉄砲を放った。

典厩信豊の軍兵は、それぞれ、弾丸《たま》除けの竹束を前にして大手門におしよせて行った。勝頼の率いる軍兵もまた竹束をころがしながら、善福寺曲輪におしよせ、前もって用意して来た鉄鉤《てつかぎ》のついた縄を、曲輪門に引きかけて、引き崩しに掛った。内部では、そうはさせまいと必死に防いだが、なにしろ、多人数でおしかけて、次々と新手を繰り出して来るので防ぎようがなく、一刻あまりで善福寺曲輪は落ちた。常盤万右衛門の云ったとおりであった。

敵兵は二の丸に退いて城を死守しようとしたが、やがて大手門を打ち破って殺到して来た典厩信豊の軍におされて、結局本丸に閉じこもるほかはなかった。落城は時間の問

題であった。

「此処まで来たら、落城したも同じです。一時攻撃を休んで、矢文で降伏を勧告したらいかがでしょうか」

跡部勝資が勝頼に進言したが
「戦さには勢いがある。いま味方はその戦さの勢いに乗っているのだ、手をゆるめたら、落ちる城も落ちなくなる」

勝頼は陣頭に立って采配を振った。総大将が敵前に出ることは鉄砲で狙撃される虞《おそ》れがあった。勝頼がそうすれば旗本は彼を守るために人垣を作らねばならなかった。

勝頼を中心として、旗本隊が本丸に向って攻めかかった。

「これは慮外」

軍監の山県昌景が思わずつぶやいたほどであった。勝頼が旗本にかこまれて、本丸へ殺到するのを見て、典厩信豊もまた旗本の精鋭を率いて本丸に殺到した。

城門は打ち破られ、勝頼と信豊の姿が城の中に消えた。

山県昌景は勝頼に無理をしてはならないと云おうと思った。武田の跡を継ぐ勝頼の身にもしものことがあってはならない。そのことは信玄からくれぐれも云われていた。

山県昌景が打ち破られた城門をくぐって中に入ると、勝頼と信豊が太刀を抜き放って、肩を並べて石段を走り登って行く姿が見えた。止めようがなかった。

蒲原城は落城し、城内の敵はことごとく斬られた。

城主の北条新三郎と弟の北条長順は北条幻庵の子であり、北条早雲の孫であった。狩野新八郎、清水太郎左衛門、笠原為継、荒川長宗等の城将はことごとく討死した。七百十一人の首が挙げられた。この城には女子供は居なかった。かねてこの日のあることを覚悟して、それぞれ安全な場所に逃していた。蒲原城陥落の報は、駿河に残存する、北条方の出城に次々と知らされた。城主以下七百余名が一人残らず殺されたという話も伝えられた。抵抗する北条の城に対して、武田軍がいかに苛酷な態度で臨んでいるかが充分に知らされた。

蒲原城がたった一日で落城したという話が小田原に伝えられたとき、氏政は顔色を変えた。武田軍の強さと戦略の旨さを腹いっぱい味わされた感じだった。武田軍が十月に小田原城を囲んで以来、氏政は駿河の兵力を相模に移動して、小田原城防衛を厳重にした。小田原を固めることは、駿河が手薄になることであった。武田信玄は、その虚を衝《つ》いたのである。

氏政は、上野の沼田城にいる上杉輝虎に書を送って救援を求めた。信濃へ兵を入れて武田信玄を牽制するように依頼した。だが輝虎は動かなかった。

蒲原城は駿河を制する要所であった。この城が落ちれば、駿河の府中城はもはや武田の手に落ちたも同然であった。

薩埵《さった》峠附近にいた北条軍は、勝頼の軍が来ると聞いて戦わずして敗走した。

武田信玄は蒲原城に本陣を移し、早速駿河経営に乗り出した。

蒲原城は落ちたが、まだ駿河の府中城には今川氏真の家臣岡部正綱が守っていた。軍を進めて攻撃することはいとやすいことであり、攻撃すれば落ちることも分っていたが、信玄はみだりに兵を進めなかった。去年の十二月に府中まで攻めこんで、帰途を北条軍にさえぎられた苦い思い出があったからである。

信玄は使いを府中臨済寺の鉄山宗鈍《てつざんしゅうどん》にやって、府中城の岡部正綱に降伏を勧誘させた。鉄山宗鈍はもともと古府中の人であった。信玄は、あらゆるところに、将棋の駒となるべき人間を用意していたのである。

府中城の岡部正綱等は三日三晩に亙って論争を重ねた末、武田信玄に降ることに決った。鉄山宗鈍はこの回答を持って信玄を訪れた。信玄は、岡部正綱他、重なる者から人質を取って彼等を武田の陣営に加えた。府中城は武田軍に明け渡され、岡部正綱は侍大将としての待遇を受け、後清水城の城主となった。

駿河の府中を武田信玄が占拠したことによって、駿河は、北条、武田、徳川の三氏によって分断されることになった。駿河平定にはまだ時間があった。

信玄はその年の暮れもおしせまったころ、古府中に引き揚げた。

諏訪に幽閉されていた葛山元氏が、外から手引きをする者があって、脱走をくわだて、市川宮内介の兵に追われて、大門峠で斬られたという知らせがあった。

「いずれは切腹を命ぜられると思っての脱走であろうが、終りがよくない」

と信玄はつぶやいた。

信玄は市川宮内介に命じて、諏訪に人質として置いてある葛山元氏の二人の娘のうち長女の奈美を古府中へ連れて来るように命じた。

　奈美が古府中に来た日は吹雪であった。市川宮内介に連れられて書院に入って来た奈美は寒いのか怖いのか慄えていた。

「そちの父の葛山元氏がなにをしたか知っておるか」

　と信玄は奈美に訊いた。

「はい、よく存じております」

「もしそちの父が、逃げおおせたとしたら、そちはどうなったと思うか」

　と重ねて訊くと
「はい、私が殺されることになります。そうなっても私は父を恨みません。逃げられないで死んだ父こそ不憫だと思っております」

　奈美はとても十五歳の少女とは見えないほどはっきりと答えた。なかなかしっかりした子だなと信玄は思った。葛山元氏に似て、眼が大きく、鼻筋が通っていた。書院に通されたときは慄えていたのに、一度信玄に声を掛けられると、慄えはぴたりと止まっていた。やはり武将の子だなと思った。

「この武田信玄が憎いと思うか」

　という問いに対しては
「いいえ、そうは思っておりません。もともと父が裏切ったのが悪いのでございます。

でも私は父が亡くなったと悲しくて……」

奈美は涙を見せた。

「これからどうしたいと思うか、できることなら望みをかなえてやろう」

というと、奈美は

「葛山の名をなんとかして残したいと思います。もしそれがかなえられたら、父の死も無駄にはならなかったことになるでしょう」

それは奈美の本心か、それとも側近にそう云えと云われたのか分らないが、十五歳の女の子が、必死になってそれを云う姿は哀れであった。

「奈美と申したな、その方の望みをきっとかなえてやろう」

信玄は、その時六男信貞を奈美の養子にして、葛山の名跡を継がせようと考えていた。

信玄は、そのことを信貞に伝え、葛山元氏の旧臣たちにも話した。葛山元氏は諏訪で殺されたが、その娘奈美のところへ、武田信玄の息子が養子になることは葛山家にとってまことに名誉あることであった。駿東郡一帯に勢力を持つ葛山元氏の旧臣たちは信玄の処置を恩情ある計らいとして受け取り、以後武田家に心服した。

信玄は葛山元氏の一件が片づいたあとで、四郎勝頼と典厩信豊を呼んで、蒲原城攻撃について注意を与えた。

「蒲原城を攻め亡ぼした手柄はみとめてやろう。しかし、大将自らが雑兵にまじって刀を振うなどとは、なんということだ。大将とは部隊を指揮するものであって、自ら得物を持って戦うものではない」

四郎勝頼も典厩信豊も黙って聞いていた。

「聊爾者《りょうじもの》という言葉を知っておるか、すなわち、そちたちのように、そそっかしい行動をする者のことだ」

信玄は二人をきつく叱った。

そこには、重臣たちがいた。重臣の前で息子と甥を叱れば、重臣の中から、必ず、勝頼や信豊の肩を持つ者が現われ出て来ることを期待していた。だが、その時は不思議に誰も口を出さなかった。信玄が本気で叱っているのではなく、勝頼も信豊もほんとうに叱られているとは思っていないことが、その場の雰囲気で瞭然としていたからである。またこういうとき下手に口を出して、おべっかを垂れていると思われたくないという気も家臣たちの間にあった。

勝頼が父信玄の許を辞して回廊に出たとき、穴山信君が後を追って来て云った。

「大将は自ら戦うものではないとお館様は云われましたが、自ら戦うほどの勇気を持った大将でないと家来は従いては行けませぬ。この度の四郎殿のおふるまいはまことにあっぱれなものと思っております」

と云った。穴山信君は魁偉《かいい》な顔をしていた。その顔で、云いたい放題のことを云う彼が、勝頼に向って、そんなお世辞を云うことは珍しいことであった。

穴山家は武田家と非常に近い血筋にあり、武田家の中で一大勢力を持っていた。高遠城主に過ぎない勝頼よりも、穴山信君の方がはるかに大きな兵力を持ち伝統を持っていた。

勝頼は信君に讃められたことが嬉しかった。誰かにそう云って貰いたかったところであった。

「いやどうも、なかなか戦さは難かしいもの、これからもいろいろ面倒なことが起るでしょうが、よろしくお願いします」

と勝頼は信君に下手に出た。

「いや、こちらこそ宜しくと申し上げたいところです」

信君はそう云ってから、つと勝頼の傍に寄って

「四郎殿の息女のまき殿は当年何歳になられるかのう」

と訊いた。

「二歳になります」

「二歳、実は拙者の息子の信千代が五歳になる。どうかな、今のうちに約束しておいては貰えないだろうか」

「約束と申しますと……」

勝頼は信君の顔を見た。

「さよう信千代の嫁にまき殿を欲しいのです」

「まだ早いのう」

「だが約束だけはして置いてもよいであろう」

「さよう、穴山家の嫡子のところならば、いやおうはござらぬが……」

と勝頼はあとを濁《にご》したが、信君は、すかさず
「早速御承知下されてありがたい。これで武田家は安泰」

そう云うと、なにごともなかったように、哄然《こうぜん》と笑って去って行った。勝頼は、その時、信君に一方的にしてやられたようで、やや不安であったが、そこではっきりと訂正もできなかった。まさか、このことが、将来、武田の運命を左右するほどのことになろうとは考えてもいなかった。

武田信玄が、四郎勝頼と典厩信豊を、聊爾者と呼んだ話は文献にも現われている。信玄が蒲原城が落城した数日後の十二月十日付で徳秀斎に宛てた書状には
例式四郎、左馬助信豊聊爾《りょうじ》故、無紋《むもん》に城へ責《せ》め登り候、寔《まこと》に恐怖候の処、不思議に乗り崩し候。

例によって、そそっかしい勝頼と信豊は、無やみに城へ攻め登って、一時はどうなることかと心配したが、不思議に城を乗り崩してしまった、という意味である。この書状を、多くの史家は、信玄が、息子や甥を、聊爾者だと云いながら、実は自慢しているのだと解釈している。とまれ、信玄は蒲原城を落し、駿河府中城を手に入れ、多年望んで

いた海のある国に出て、西上への道を眼前に見たとき、その喜びを誰かに伝えたかったに違いない。

（火の巻おわり）

あとがき

新田次郎

「歴史読本」に武田信玄を書き始めてから満六年経った。月に一度、三十枚ずつの原稿を書いていても、枚数は積り積って二千枚を越し、信濃を平定した武田信玄は西上の野望を抱いて駿河に進攻した。このような長期連載になると、信玄の戦術、政略が年と共に変って行くように、私の武田信玄に対する考え方も気付かないうちに少しずつ変り、筆風もまた変化して行くように思われる。

火の巻でもっとも力を入れて書いたのは太郎義信の事件である。太郎義信が父信玄に逆心を抱いたが為に座敷牢に入れられ、ついには自害して果てたということは「甲陽軍鑑」に書いてある。品第十二には、永禄十年御自害候。病死とも申也。と書いてあり、品第卅三には、其年の春、三十の御歳、太郎義信公御自害也。と書いてある。同じ「甲陽軍鑑」でも、自害説の他に病死説を取上げているところを見ても、真相は伝えられていなかったに違いない。川中島の大会戦のときから信玄と義信とが仲違いをしていたとか、義信が飯富兵部と共に信玄を追放しようとしたなどということはおそらく俗説で、真相は信玄の駿河侵攻作戦に対して義信が反対したから自害させられたという歴史家の見方が正しいであろう。ただ自害したか病死したかについては全くわからない。分らないところが小説になるのである。私が自害説を取らずに病死説を取ったのは、私の史観であって、ここで自害説を取れば、私の中の信玄像は根底からひっくりかえってしまうことになる。

連載中、小説に出て来る人物の子孫と称する人からしばしば手紙を頂いた。多くは激励の手紙であったが、中には、先祖自慢の手紙があって、うちの先祖はもっと強かった、もっと偉かったのだから、そのように書き直せなどと云って来る人もいた、史実と小説を混同して、そんなことのあろう筈は絶対ないなどという抗議もあった。歴史小説を書いていると思わぬところに伏兵がいるものである。

昭和四十六年五月

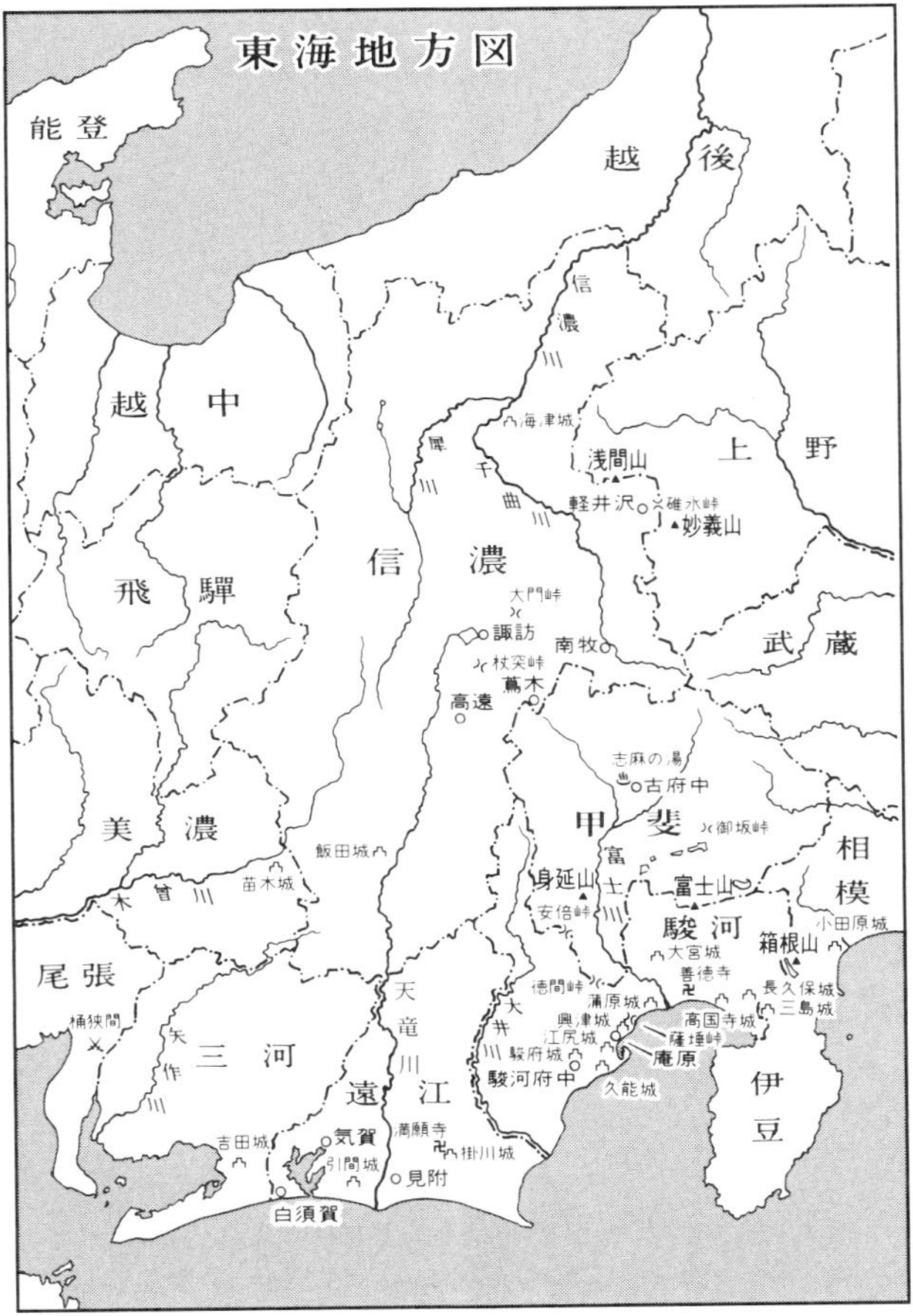
東海地方図
能登
越後
越中
信濃川
海津城
犀川
千曲川
浅間山
上野
軽井沢
碓氷峠
妙義山
飛驒
信濃
大門峠
諏訪
南牧
武蔵
杖突峠
蔦木
高遠
志麻の湯
古府中
甲斐
御坂峠
美濃
飯田城
相模
富士川
身延山
富士山
苗木城
木曽川
安倍峠
駿河
小田原城
箱根山
大宮城
尾張
善徳寺
長久保城
徳間峠
蒲原城
三島城
天竜川
大井川
興津城
高国寺城
桶狭間
江尻城
薩埵峠
矢作川
三河
駿府城
庵原
駿河府中
伊豆
遠江
久能城
吉田城
気賀
満願寺
掛川城
引間城
見附
白須賀

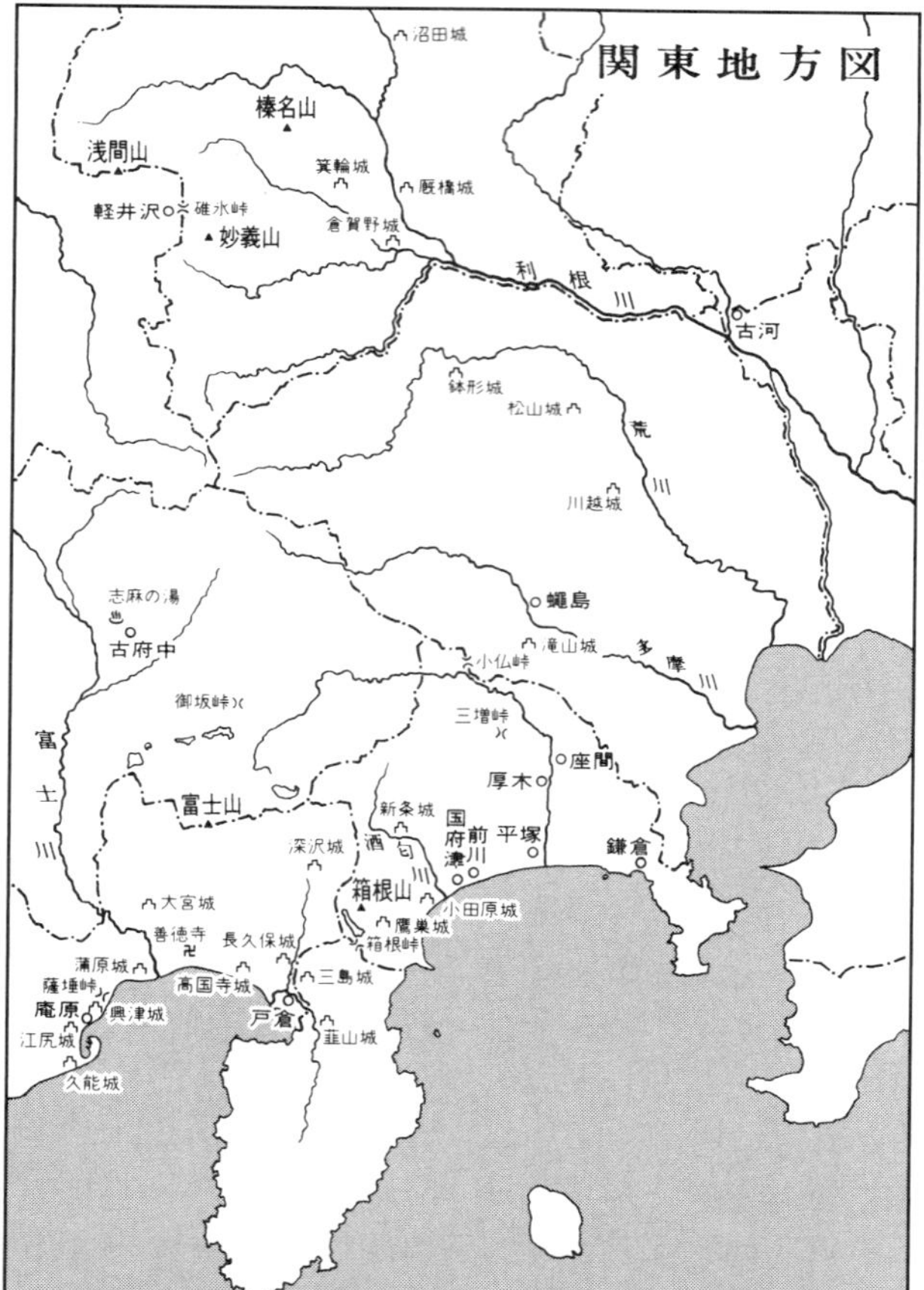
関東地方図
沼田城
榛名山
浅間山
箕輪城
厩橋城
軽井沢
碓氷峠
妙義山
倉賀野城
利根川
古河
鉢形城
松山城
荒川
川越城
志麻の湯
古府中
蠅島
滝山城
多摩川
小仏峠
御坂峠
三増峠
富士川
座間
厚木
富士山
新条城
国府津
前川
平塚
深沢城
酒匂川
鎌倉
箱根山
大宮城
小田原城
善徳寺
鷹巣城
長久保城
箱根峠
蒲原城
三島城
薩埵峠
高国寺城
庵原
興津城
戸倉
江尻城
韮山城
久能城

本書は一九七四年十一月に刊行された文庫の新装版です

文春文庫

武《たけ》田《だ》信《しん》玄《げん》　火《ひ》の巻《まき》

定価はカバーに表示してあります

2005年5月10日　新装版第1刷
2022年5月15日　第11刷

著　者　新《にっ》田《た》次《じ》郎《ろう》
発行者　花田朋子
発行所　株式会社文藝春秋

東京都千代田区紀尾井町3-23　〒102-8008
TEL　03・3265・1211㈹
文藝春秋ホームページ　http://www.bunshun.co.jp

落丁、乱丁本は、お手数ですが小社製作部宛お送り下さい。送料小社負担でお取替致します。

印刷製本・凸版印刷
Printed in Japan
ISBN978-4-16-711232-5